ROMANZI E RACCONTI

Soma Morgenstern
Il figlio del figlio perduto

traduzione dal tedesco di Alessandra Luise *e* Sarina Reina

Marsilio

Prima edizione: novembre 2022
www.marsilioeditori.it

IL FIGLIO DEL FIGLIO PERDUTO

Libro primo

I

Quale delegato al congresso degli ebrei fedeli alla Legge, il grande possidente Wolf Mohylewski era in partenza. Era già il secondo congresso mondiale, doveva tenersi a Vienna nelle prime settimane di agosto dell'anno 1928 e, per la seconda volta, la comunità ebraica del capoluogo del distretto aveva eletto come suo rappresentante il proprietario delle terre di Dobropolje, che tutti chiamavano Welwel Dobropoljer. Quale membro fondatore del movimento degli ebrei devoti, che si proponeva di condurre (e ricondurre) gli ebrei di tutto il mondo verso la sacra dottrina, Welwel Mohylewski aveva anche l'incarico di sbrigare alcuni preparativi in sospeso, e pertanto aveva avuto molto da fare già durante l'ultima settimana di luglio.

Welwel Mohylewski andava malvolentieri a Vienna. Aveva passato quattro anni in quella città, quattro tristi anni vissuti da profugo di guerra. Anni dell'esilio, della miseria, dell'umiliazione, anni della disgregazione; disgregazione anche della sua famiglia. A Vienna abitavano la vedova del suo unico fratello, caduto in guerra, e il loro figlio, un nipote che poteva avere vent'anni, del quale Welwel nulla sapeva, nulla doveva sapere e del quale poteva solo indovinare, con il cuore in pena, come stava crescendo lì nella grande città, estraniato dal suo popolo, dal suo Dio, certamente ancora più estraniato da Dio e dal suo popolo di quanto fosse stato quel rinnegato di suo fratello negli ultimi anni della sua sconclusionata esistenza.

Welwel Mohylewski andava malvolentieri a Vienna, eppure non vedeva l'ora di partecipare al congresso. Le ombre che le sue disgrazie e quelle della sua famiglia gettavano sulla capitale non potevano opporsi al viaggio nemmeno per un istante, tanto brillante gli appariva la luce degli obiettivi che si prefiggeva il congresso e tanto radiosa la luce delle speranze legate al pio movimento. In vista di consultazioni importanti, attendeva pensieroso il giorno della partenza e sistemava le questioni pratiche per i dieci, quindici giorni della sua assenza, con la noncuranza di un uomo abituato a dedicarsi a compiti più nobili. Ma una segreta inquietudine turbava la sua attesa, un'inquietudine che non aveva alcun legame con il congresso e che montava con l'approssimarsi del viaggio. E quando il giorno arrivò, Welwel Dobropoljer entrò in uno stato d'animo di attesa solenne e trepidante eccitazione come se, invece di partire per un congresso, si apprestasse a vivere giorni festivi di spiritualità elevata, come quelli che vengono chiamati Giorni Terribili.

2

Welwel si svegliò di buon'ora. Il sole che andava sorgendo sulla vasta pianura della Podolia aveva appena iniziato a fendere le imposte verdi con i primi lampi di luce. Ancora seduto sul bordo del letto, prese il bicchiere che stava accanto a una ciotola sul comodino, spruzzò alcune gocce d'acqua sulle dita della mano sinistra che, con la disinvoltura dei gesti ripetuti, servì le dita della mano destra. Il lavaggio delle mani era compiuto. È un atto puramente simbolico, che l'uomo devoto esegue all'inizio della giornata e che nulla ha a che vedere con l'igiene del corpo. Un'abluzione che serve a purificarsi prima della preghiera. A occhi chiusi, sempre seduto sul bordo del letto, Welwel innalzò da un petto ancora intorpidito dal sonno la preghiera che rende grazie al Creatore: per il ritorno dell'anima dopo le metamorfosi del sonno, per il bene di esser nato ebreo e non, Dio ne guardi, di un'altra fede, per l'onore di esser nato uomo e non, Dio ne guardi, donna; quel mormorio breve, provvisorio e rapido, con cui l'uomo devoto affronta la giornata prima di prepararsi a recitare la vera e propria preghiera del mattino che, secondo la tradizione, fu istituita dal patriarca Abramo. Si lavò quindi più a fondo per la cura quotidiana imposta dalla vita terrena, sbrigò una serie di piccole incombenze profane con l'eccesso di zelo che in parte è abitudine ereditata dall'infanzia in parte rigido rituale, si vestì e si avviò verso la "stanza del nonno".

Nel corridoio ancora in penombra gli venne incontro Pesje, la governante, e come se avesse atteso lì tutta la notte per comunicargli una notizia importante, gli disse in tono partecipe della disgrazia: «Il vecchio Jankel sembra essere impazzito; ha cambiato idea un'altra volta, non parte più.» Welwel guardò il viso afflitto di Pesje senza capire, poi abbassò lentamente le palpebre come a calare un sipario davanti all'irritante donnetta, e si chiese – domanda su cui si erano arrovellati più volte tutti gli inquilini di casa – quale spirito maligno suggerisse alla dolce Pesje il vezzo di portare cattive notizie e, preferibilmente, di primo mattino. Anche Pesje aveva abbassato le palpebre. Solo ora lo salutò, augurandogli il buongiorno, e dalla postura contrita sembrava porsi lo stesso interrogativo che ruminava il suo padrone. La mente di Welwel, invece, era stata distratta da un altro pensiero. Perché mai, si chiedeva, questa dovrebbe essere una cattiva notizia per me? Perché ho speso tanti giorni per tentare di convincere quel vecchio lunatico a venire con me a Vienna? In che modo potrebbe aiutarmi a risolvere la faccenda? E poiché formulando una domanda chiara nella mente aveva toccato la faccenda che, nemmeno con se stesso, neppure con un pensiero, osava considerare seria, lasciò che il malumore scatenato dall'annuncio inopportuno di Pesje traboccasse in collera: «Perché ficchi il naso in faccende che non comprendi?» Pesje accolse il rimprovero come un dono meritato e rimase al suo posto. Le spalle incurvate, il petto incavato, le esili braccia con mani percorse da vene in rilievo incrociate sul piccolo ventre sporgente, seguì con occhietti apprensivi il suo signore contrariato, leggendo ognuno dei passi che risuonavano contro le mattonelle di pietra del lungo corridoio come un prosieguo della conversazione che, a suo parere, si era interrotta troppo presto.

Pesje aveva una cinquantina d'anni, quasi l'età del suo padrone, e da trenta serviva in casa; una zitella attempata, una foglia secca sull'albero di Israele. Magra e ossuta, aveva tratti rozzi e avvizziti, e pure la voce era sottile e avvizzita. Solo la chioma era giovane e rigogliosa, delle belle trecce di un rosso fiammante che, non essendo sposata, poteva esibire in tutto il loro splendore. La chiamavano Pesje-sempre-in-pena, non perché vi fosse alcunché da eccepire nella sistemazione in casa Mohylewski, ma per il suo essere sempre terribilmente preoccupata per qualcosa. Si dava pena anche per sciocchezze, perfino per ciò che avrebbe dovuto rallegrare la casa e l'amministrazione domestica. «Centoventi mucche da latte abbiamo questa primavera, misera me!» era capace di dire, mostrando la più profonda afflizione. Oppure: «Welwel ha invitato tre poveri al prossimo shabbat e domani sarà macellato un vitello, misera me!» Non provava alcuna pietà per il vitello, amava i poveri ed era orgogliosa e felice che potessero mangiare a sazietà di shabbat a

Dobropolje. Eppure, si sentiva in pena. Si occupava della casa, dell'amministrazione domestica, del giardino, della famiglia, dei campi, dell'intero villaggio. Questa costante preoccupazione non pregiudicava né il suo lavoro né il tempo dell'ozio che, al pari del suo lavoro, per lei non era mai privo di afflizione. Perfino nei pomeriggi di shabbat, quando vestita di nero sedeva in giardino davanti al vialetto d'accesso e lasciava scivolare lo sguardo sui fiori e gli alberi, sui prati e i campi, sulle colline e i boschi, sullo stagno e il canneto, la sua piccola fronte era solcata e corrugata dall'afflizione, mentre le sue mani senza requie sembravano soppesare il fardello delle preoccupazioni passandoselo da una all'altra. Molti anni prima, quando era ancora giovane e bella, il fratello di Welwel, Josef – allora lo chiamavano affettuosamente Jossele; sarebbe poi caduto in guerra, ma il suo nome in casa non poteva più essere pronunciato già da molto prima della guerra –, insomma, una generazione prima, il ragazzo Jossele aveva domandato a Pesje-sempre-in-pena che cosa mai la preoccupasse così tanto, ricevendo in risposta una frase che sarebbe diventata famosa in tutto il circondario: «Com'è bella la colza in fiore quest'anno, misera me!» Per inciso, era stato sempre Jossele a trovare il primo soprannome di Pesje: panpepato in salamoia. Il tempo però aveva consumato la sostanza dolce della sua natura, lasciando solo Pesje-sempre-in-pena.

La voce orante di reb Welwel borbottava, mormorava, cantava nella "stanza del nonno", trapassando porte e finestre, animando il mattino silenzioso della casa silenziosa, mentre Pesje era ancora immobile alla finestra del corridoio, assorta, afflitta e curva sotto il peso dei suoi pensieri, sotto lo splendore dei suoi capelli rossi – un cruccio illuminato da un bengala in casa Mohylewski.

3

La “stanza del nonno” si trovava nell’ala sinistra della casa padronale che si sviluppava interamente al piano terra. Non era la stanza più bella, ma era la più grande. Le pareti imbiancate erano rivestite fino a metà altezza in legno di abete rosso, non verniciato, lo stesso di cui erano fatte le grosse assi piallate del pavimento e i banchi di preghiera che nella stanza erano disposti in otto file da quattro. Al centro della parete rivolta a oriente, la stella di David, in filigrana dorata, riluceva sullo sfondo rosso scuro della tenda che copriva la piccola arca della Torà. Lungo le altre tre pareti erano appesi scaffali di libri che andavano dal bordo superiore del rivestimento in legno fino al soffitto, zeppi di volumi di ogni formato, da piccoli e consunti libri di preghiera con la cosiddetta rilegatura a specchio, a grandi in-folio, le cui copertine di legno erano rivestite con ruvida tela di sacco. Al centro del soffitto pendeva un lampadario sostenuto da catenelle di ottone lucido, con una corona di candele di cera giallina di foggia più grossolana rispetto alle bianche candele sottili e scanalate, infilate nel candelabro a sette bracci lungo la parete orientale. La stanza era appena rischiarata dalla luce verdognola che filtrava attraverso le quattro grandi finestre del lato rivolto a nord. Le finestre non avevano tende e non ne avevano neanche bisogno, perché davanti a loro si ergeva, fitto di alti faggi, come un secondo muro di protezione innalzato dalla natura, il ripido pendio della grande foresta di Dobropolje, che era foresta solo da questo lato, mentre lungo gli altri due lati della casa prendeva già le sembianze di un parco, o di un giardino, e su quello orientale addirittura di un frutteto.

La “stanza del nonno” era la sala di preghiera della casa, la casa di preghiera del villaggio, la casa di preghiera degli ebrei delle terre d’intorno, che in ogni stagione e con ogni tempo si radunavano di shabbat e nei giorni festivi per le funzioni liturgiche. Benché in realtà allestita dal bisnonno di Welwel, reb Mosche Mohylewski, e per testamento destinata in perpetuo a casa di preghiera, continuava a essere la "stanza del nonno" anche per la quarta generazione, e forse lo sarebbe stata anche per la quinta, sempre che... sempre che fosse possibile trovare un modo per comunicare all'ultima generazione anche solo l'esistenza di questa stanza e poi trovare la giusta via per farne capire il significato, senza mortificare o addirittura offendere né la quinta generazione né la "stanza del nonno".

Per Welwel non era stato difficile placare il malumore suscitato dai modi maldestri di Pesje. Non appena ebbe richiuso la porta alle sue spalle, fu travolto nuovamente dalla solenne euforia che l'imminenza del viaggio gli aveva messo addosso negli ultimi giorni. Si soffermò per qualche istante, assorto nei suoi pensieri, davanti a una delle quattro finestre aperte della "parete verde", stupendosi della quantità di rugiada che bagnava l'erba e i rami dei faggi dopo una notte così calda. Con un'occhiata alla betulla, fuscello argentato in mezzo ai faggi imponenti, che si stagliava umida e pura contro il cielo, comprese che in realtà durante la notte doveva aver piovuto, e si dispose alla preghiera.

Si avvolse dapprima nell'ampio mantello color avorio con righe nere lungo i bordi, lo scialle da preghiera, e sussurrò le prime benedizioni con labbra che si muovevano vivaci, animate da un infantile eccesso di zelo, in mezzo alla barba nel volto ancora assonnato. Il braccio sinistro scivolò fuori dalla manica del caffettano in reps di seta; con pochi gesti resi svelti e sicuri da una consuetudine di migliaia di giorni di preghiera, rimboccò la manica fino alla spalla e mise a nudo il braccio per indossare il filatterio. Estrasse l'astuccio dal sacchetto di velluto e lo accolse con una benedizione e un bacio. In un batter d'occhio avvolse il laccio intorno al braccio, dall'ascella fino alla falange più piccola del dito medio, scandendo l'esatto numero di giri prescritti con le parole della preghiera. Il laccio del secondo filatterio cinse subito il capo, fermato da un nodo, coronando la fronte con l'astuccio delle pergamene che, attraverso i brani della sacra scrittura, testimoniano l'alleanza del popolo con Dio. Quando poi lo ebbe ricoperto con la fascia copricapo in seta blu dello scialle da preghiera, ripiegando all'indietro sulle spalle i bordi del mantello, reb Welwel era pronto: come il cavallo di Dio, bardato per la preghiera.

Rivolse allora all'Eterno molti canti. Canti antichi e antichissimi. Melodie antichissime, antiche e nuove. Le più antiche erano malinconiche e di una solennità grave. Sono le melodie delle preghiere che vanno recitate nei giorni feriali così come di shabbat e nelle feste più importanti. Quelle antiche a volte erano di una curiosa, balzellante gaiezza. Tali sono perlopiù le melodie che accompagnano le preghiere dello shabbat. Le melodie nuove non erano poi affatto nuove. Lo sembravano soltanto a paragone delle antiche e delle antichissime. Tali sono le melodie della vita quotidiana, tali gli abiti della preghiera di un normale giorno di lavoro. Sono simili agli abiti degli ebrei di questa terra tanto denigrata. Abiti che aderiscono a corpi inquieti, umiliati, malnutriti, in cui scorre un sangue antico e fiero; abiti con il taglio antiquato di un paese lontano, con i loro colori, le loro pieghe, i loro taschini, i loro rammendi e i loro rattoppi, eppure talmente connaturali alla tristezza slava di questo paesaggio da non poter pensare gli uni separati dall'altra. L'orante intonava le melodie, al modo in cui il popolo canta le sue canzoni. Più che le note, erano le parole a catturarlo. Poiché queste melodie sono umili e dimesse come il popolo, mentre le parole della preghiera, in quanto parte di Dio, sono grandi e potenti. La melodia spesso sembrava offuscata dalla gloria delle parole;

brancolava nella luce senza raggiungere il suo senso. «E verrà a Sion il Redentore per quelli di Giacobbe che si arretrano dalla colpa» esultavano le parole e la melodia diceva, lamentandosi quasi piangesse: «Guarda com'è caduto in basso il nostro onore tra i pagani, ci disprezzano e ci rifiutano come una donna impura.» Era la melodia a sbagliarsi? Era l'orante? Rallegratevi, o giusti, nel canto di lode composto per l'Eterno e per gli uomini onesti! Le parole si rallegravano della propria verità, la melodia singhiozzava la sua, di verità: poiché siamo come spighe al vento, come pecore veniamo condotti al macello. Di shabbat e nei giorni di festa, le medesime preghiere potevano indossare l'abito melodico della gioia oppure, nei giorni ordinari, la veste sonora del tormento e del dolore, del dolore e dell'umiliazione.

Pur essendo un uomo di indole calma e gentile, Welwel pregava al modo dei ferventi che nella preghiera s'infiammano; così come pregano i chassidim. Pregava come aveva imparato a pregare da suo padre fin da bambino e poi da ragazzo. La voce di Juda Mohylewski, morto ormai da tempo, continuava a vivere nelle preghiere del figlio. E ogni volta che l'orante, eccitato quel giorno per la partenza, correva il pericolo di allontanarsi dalla melodia o dalle parole, ecco che interveniva la voce del padre a ricondurre la voce del figlio sulla retta via – al pari di un uomo che in una stanza buia si alza e accompagna per mano chi entra. Lo spirito e il corpo dell'orante sembravano ugualmente partecipi di quell'ardore. Camminava su e giù, sembrava che i versetti e le frasi avessero una misteriosa relazione con lo spazio, misurabile tramite le battute che scandiscono il canto. Arrivava la parola che veniva salutata con una leggera inclinazione del busto, come il saluto fugace che si rivolge a un buon amico incrociato per la strada. E ne arrivava un'altra, davanti alla quale l'orante si fermava e faceva un inchino rituale piegandosi sulle ginocchia, come davanti a un trono invisibile. Arrivava un canto cui andava incontro con passo di danza saltellante, come per il ritorno gioioso di un vincitore. E ne arrivava un altro accolto a braccia pietosamente, dolorosamente aperte, e lasciato andare come quando ci si congeda da un defunto. Una melodia recava un suono esalato simile al sospiro di un uomo che sogna. Un'altra produceva un suono che erompeva dal petto, ricordando il grido selvaggio di un cosacco nella steppa. Una volta si fermò davanti all'arca della Torà, si coprì il volto con la fascia superiore dello scialle da preghiera, quasi che nella parte così incappucciata volesse isolarsi in quel silenzio dove abita Dio. Dopo aver pronunciato il versetto, levò le braccia e batté le mani, fuori di sé come un bambino che in giardino ha scorto un uccello colorato mai visto prima. Per le diciotto benedizioni si sistemò ben eretto di fronte alla parete orientale. Nel cerchio magico dei "tre passi" si fermò con i piedi uniti, quasi a formarne uno solo, restando immobile in beato abbandono, quasi che un uccellino si fosse posato sul braccio sinistro, quello cinto dal paramento sacro, prima che il busto riprendesse a dondolare con incontenibile esuberanza, a destra e a sinistra, a destra e a sinistra, curvandosi e piegandosi simile a un giunco al vento, ondeggiando come una foglia in balia della tempesta.

Era trascorsa una buona ora. Allorché uscì dalla stanza della preghiera nel corridoio, ora rischiarato dalla luce del giorno, reb Welwel apparve rinfrancato nel corpo e nello spirito, come fosse appena riemerso da un bagno tonificante.

4

Welwel si sedette a tavola per la colazione, vicino alla finestra che dava sul vialetto d'accesso. Era stata la stessa

Pesje, e non la ragazza che aiutava in cucina, ad apparecchiare. Anche se era domenica, aveva scelto una tovaglia bianca e pulita come faceva per lo shabbat, perché era il giorno della partenza e la lunghezza del viaggio, così le sembrava, era tale da poter destare solo preoccupazioni. In tavola c'erano brocche e brocchette, tazze e ciotole; caffè, latte, panna, burro, uova, pan di segale, biscotti di farina di segale e latticello con semi di papavero, biscotti di farina bianca e chiare d'uovo montate a neve, panpepato e una grande bottiglia di acquavite. Una volta seduto, Welwel rimase immobile per un bel po'. Si trovava per così dire in un momento di passaggio: non più intento alla preghiera, ma non ancora pronto per il cibo. Non che i fremiti dell'atto liturgico non gli avessero procurato un grande appetito, ma si tratteneva. Esiste infatti una particolare sensibilità che impedisce all'uomo veramente devoto di servirsi delle vivande, per quanto questo non sia espressamente proibito dalla Legge, fino a quando sul braccio sinistro sono ancora visibili i segni dei sacri lacci che lo cingevano durante la preghiera. Iniziò dunque dall'acquavite, che bevve a piccolissimi sorsi, poi versò il caffè, il latte e la panna, zuccherò e mescolò, senza quasi accorgersi che i suoi pensieri, sfuggiti al controllo della volontà, stavano serpeggiando, timidi ma inarrestabili, verso la faccenda che in piena coscienza, come già detto, non si permetteva neppure di sfiorare. Ma quando la notizia che gli aveva recato Pesje di primo mattino – ovvero che il vecchio Jankel aveva per l'ennesima volta cambiato idea – gli tornò in mente non più sotto forma di semplice delusione, bensì di spavento, decise di negarsi ogni ulteriore speranza di persuadere il vecchio a seguirlo e scacciò con fermezza tutte le considerazioni sull'argomento. La determinazione a cui dovette ricorrere gli fece capire quanto in realtà gli pesasse dover rinunciare al suo compagno di viaggio e quanto le mutate circostanze complicassero la famosa faccenda. Ma non era ancora il momento di affrontarla. Fantasticherie, ecco cos'erano, fantasticherie che il vecchio Jankel aveva imbastite tutte da sé. Chissà perché aveva insistito tanto per andare insieme a lui. Con il sospiro profondo di un sollievo imposto, Welwel tornò a rivolgersi alla tavola imbandita. Dei segni che il paramento sacro aveva lasciato sul braccio sinistro non c'era più traccia. Ora poteva mangiare. Con gesti pacati e gravi si servì lentamente, come un vero contadino, e in abbondanza, come un vero possidente.

Alle sei in punto il cocchiere Panjko imboccò con la carrozza il vialetto d'accesso. Guidandola con abilità nella curva, la fermò esattamente davanti al primo gradino della scala di pietra, infilò la frusta nel lungo fodero di cuoio fissato al parafango anteriore della carrozza, prese in consegna le valigie portate dalla domestica e sistemò tutto nella cassa sotto il sedile anteriore, poi balzò dalla vettura sulle mattonelle di pietra e rimase ritto in piedi a fianco del cavallo di destra, le redini di cuoio gialle strette nel pugno: un impeccabile cocchiere che all'occorrenza, se il caso lo richiede, è pronto anche a cedere le redini. La carrozza leggera, con ruote alte, un ampio sedile imbottito per due persone sul davanti e un sedile solitario e sospeso per il cocchiere dietro, era lavata, lustrata e ingrassata di fresco. I raggi delle ruote laccati di giallo paglierino, con il lato interno dipinto di rosso, scintillavano; la frusta, infiocchettata di nappe verdi e rosse, spuntava dalla nuda cassa di legno come il fiore da una pianta in vaso. I cavalli, due bai dalla fronte bianca, i fianchi tesi nei finimenti leggeri, scalpitavano impazienti sul selciato, lustrando il mosaico bruno del posteriore con il rigido nodo della coda accorciata.

Nel frattempo, Welwel aveva terminato la prima colazione. All'arrivo della carrozza si alzò soddisfatto, con l'aiuto di Pesje indossò uno spolverino bianco sopra il lungo caffettano di seta nera e, sopra lo zucchetto che portava sempre, mise il cappello piatto di velluto nero. Il cappello dei chassidim. Preso l'ombrello, si avvicinò alla finestra e gettò uno sguardo alla vettura e al cocchiere per controllare che fosse tutto a posto.

«Buongiorno, signor padrone» salutò Panjko. «Il signor amministratore arriva subito.»

«Viene anche lui?» si stupì reb Welwel. Formulò la domanda voltandosi verso la stanza in cerca di Pesje, più che guardando il vialetto d'accesso. Pesje però non c'era più.

«Il signor amministratore viene fino alla stazione dei treni» riferì precisando Panjko, anche se dal tono non sembrava proprio gioire al pensiero di quella compagnia.

L'amministratore arrivò dall'edificio dell'economato, attraverso il frutteto: un vecchio asciutto, di alta statura, in un caffettano di media lunghezza che nel sole mattutino appariva grigio e all'ombra degli alberi mandava bagliori verdi e violetti, con un taglio più simile alla casacca di un contadino che alla veste degli ebrei. Sotto la casacca aperta portava una giubba corta con due file di bottoni di stoffa, in testa un cappello di paglia nera dai bordi rivolti verso il basso e pantaloni alla cavallerizza grigi con guarnizioni di cuoio. Calzava stivali neri, i gambali alti e morbidi erano lustri e lucidati al punto da riflettere come uno specchio, via via che a passo lento avanzava lungo il sentiero del giardino, ora un filo d'erba ora uno stelo con il suo fiore, ora una strisciolina ora uno scampolo di cielo azzurro. Il viso era molto abbronzato e solcato da un intrico di rughe. Le *pejes* scendevano dalle tempie in due larghe ciocche che confluivano nella barba, simili a due ruscelli selvaggi in un fiume ampio e placido. La barba folta era ancora nera intorno al viso affilato, mentre più sotto, laddove ricopriva la scollatura della camicia e metà della giubba, si distinguevano alcuni peli bianchi assai grossi, come se al vecchio fosse caduto nella barba qualche filo di rafano sottaceto. Gli occhi erano piccoli, grigi, profondamente incavati sotto la fronte sporgente, le sopracciglia appena accennate, quasi non avesse peli a sufficienza anche per quelle. Dalla radice del naso adunco si dipartiva una cicatrice evidente che, ricordando un vermicello, serpeggiava sulla guancia sinistra e poi si rifugiava nella barba. Questo era l'amministratore.

Era già ben oltre la settantina e si chiamava Jankel Christjampoler. I contadini dell'intero circondario dicevano: il signor Jankel l'amministratore. Gli ebrei dell'intero circondario nei giorni feriali dicevano: il signor amministratore; di shabbat: il signor Christjampoler; durante le festività ebraiche importanti: reb Jankel. È con questi appellativi che gli ebrei si rivolgevano a lui. Alle sue spalle, invece, nei giorni feriali e di shabbat e perfino durante le festività ebraiche importanti lo chiamavano: Jankel il goj. A passo pesante, l'amministratore capo avanzava sulle sue lunghe gambe da cavallerizzo, in mano una frusta con il manico intrecciato, la cui vernice nera, logora e screpolata, sembrava la stessa del nero cappello di paglia, quasi a suggerire che manico di frusta e cappello fossero stati intrecciati nella stessa occasione, dalle stesse mani e con lo stesso materiale, appositamente per Jankel Christjampoler.

Panjko aveva adocchiato al primo sguardo quella frusta. Legò quindi provvisoriamente alla leva in ottone del freno le redini che fino a quel momento aveva tenuto in mano, tolse la sua bella frusta dal fodero, andò di corsa sul lato opposto della casa, dove c'era la cucina, e la affidò in custodia alla domestica Malanka. Quanto è più bella la mia, di frusta, pensò Panjko celando la sua amarezza. Ma vallo a dire al vecchio... da cristiano poi! Deve portare la sua vecchia frusta lui, di domenica! Che piaga, altro che ebreo! La mente di Panjko avrebbe voluto indulgere in considerazioni più profonde sul vecchio Jankel, ma non ce n'era il tempo. Vide che il padrone aveva già preso posto in carrozza, mentre il vecchio, con il piede sinistro appoggiato sul predellino di ghisa, ispezionava i cavalli con gli occhi.

«Perché hai accorciato la coda ai cavalli?» domandò. La sua voce ruvida spazzò via tutta la quiete del mattino. Lo disse a voce molto alta, come se il povero Panjko non fosse già di fronte a lui, ma ben lontano, da qualche parte in fondo al frutteto oppure dietro il fienile, le scuderie, i magazzini, o magari in cima al poggio.

«Visto che stanotte ha piovuto tanto, signor amministratore, mi son detto che ci sarà del fango in quel brutto pezzo di strada tra Nabojki e Poljanka.» Jankel si issò di scatto descrivendo un ampio arco con lo stivale destro, come se stesse montando a cavallo. «Naturalmente» bofonchiò, in apparenza placato. «Visto che ha piovuto tanto. Ci sarà del fango. Il padrone ha indossato lo spolverino bianco, visto che ha piovuto tanto. Il cocchiere annoda le code ai cavalli, visto che ha piovuto tanto. È estate ma è anche autunno...» Aveva afferrato le redini. I cavalli partirono a piccoli balzi, zoccoli e ruote rimbombarono brevemente sul selciato e in pochi istanti ogni durezza fu inghiottita dal suolo nero della strada del villaggio. Molleggiando silenziosa, la carrozza impresse i primi solchi della giornata sul fondo piatto e soffice della strada, dopo la calda pioggia della notte estiva.

5

Il villaggio si era svegliato da tempo. Dai comignoli in mattoni sui tetti ricoperti di paglia delle casupole contadine uscivano brevi e densi sbuffi di fumo che si levavano a spirale nell'aria celeste. All'aperto, nelle aie, gli uomini rimettevano in ordine la settimana di lavoro; in casa le donne cucinavano il pranzo della domenica. Un vecchio contadino si stava radendo vicino al pozzo, in ginocchio davanti a un minuscolo specchietto di latta tenuto da un bambino seminudo che piangeva. Un cane da guardia dal pelo rosso e arruffato, ancora di vedetta, slegato dalla catena, si avventò sui cavalli al trotto con cupi latrati notturni, ma all'ultimo momento ci ripensò, non commise suicidio, fece un'inversione e proseguì la sua corsa sfrenata accanto alla carrozza lungo alcune fattorie, tenendosi però a debita distanza dalla frusta di Jankel. Nell'aria risuonavano le campane del villaggio, rintocchi limpidi dalla chiesa cattolica romana, rintocchi energici dalla chiesa greco-cattolica. Davanti alla casa con il tetto di scandole del piccolo possidente Bielak, le ragazze di casa, figlie e domestiche, erano impegnate a sciogliersi le grosse trecce e a spidocchiarsi minuziosamente per la domenica. Un contadinello conduceva uno stuolo di giovani oche, alcune già starnazzanti altre ancora pigolanti, per l'intera larghezza della strada, facendo schioccare con forza nel mattino il suo frustino di lino dal manico corto. All'arrivo dei cavalli al trotto, con un salto nel fossato salvò se stesso e il suo tascapane, abbandonando al loro destino le oche che schiamazzavano e svolazzavano in tutte le direzioni. La porta della taverna di Schmiel Grünfeld era aperta: due contadini uscivano passando tra le ante pesanti dalle bandelle in ferro, trasportando alcuni barilotti di birra che poi caricavano su un carro a rastrelliera, mentre un terzo vi spargeva sopra fascine di paglia e fieno fresco con tutta la tenerezza delle sue grosse mani.

«Sono di Nabojki. I contadini di Nabojki si sposano e festeggiano in piena stagione del raccolto» disse Panjko con gran serietà, intendendo informare i suoi signori.

«Sono di Janówka» ribatté Jankel. «Ieri è morto il vecchio Bjernatski.»

Che piaga, altro che ebreo!, pensò nuovamente Panjko. Come fa a sapere di primo mattino che ieri è morto qualcuno a Janówka? Sistemato sul sedile posteriore, Panjko irradiava la dignità contadina della domenica. Indossava una giacca marrone corta dalle maniche larghe, che portava sulle spalle come un'*ulanka*: era una bella giubba ornata di ricami ucraini, filettature di panno rosso e con due file di nappine di lana; i bottoni sembravano papaveri rossi. In testa portava un grande cappello a ruota di paglia grossolana, colore del grano, con una cinghia di cuoio che dava l'idea di fissare il volto al cappello passando, invece che sotto il mento, sotto il labbro inferiore. Intorno ai fianchi una larga cintura di cuoio ricamato, con svariate catenelle, taschini e ciondoli. Gli ampi pantaloni di lino grezzo stampato di colore blu erano infilati in stivali bassi di cuoio bulgaro, rifiniti da un sottile risvolto giallo. Rilucente di bei colori e ben accomodato sul suo sedile, Panjko ondeggiava dietro le schiene incurvate di Welwel e Jankel come una domenica gaia e luminosa a ridosso di uno shabbat cupo e malinconico.

Stava all'erta, Panjko, sempre pronto a farsi in quattro per il padrone che gli sedeva davanti. Se stavolta l'amministratore l'aveva estromesso dal posto di guida, lui cercava di rendersi utile altrimenti. Forniva informazioni al suo padrone. Indovinando, o credendo di indovinare, la direzione del suo sguardo, azzardava di quando in quando un commento discreto. «Nessuna delle tre figlie di Bielak ha ancora trovato marito. Eppure, a ciascuna spettano in dote quindici iugeri di terra arabile» osservò con noncuranza, come se rimuginasse la cosa fra sé. Coglieva al volo tutti i saluti, in particolare quando voleva risparmiare al padrone l'obbligo di rispondere. Accadeva per esempio che un vecchio contadino o un giovanotto si levassero il cappello, salutando i passeggeri con le parole «sia lodato Gesù Cristo». Panjko allora era lesto a ricambiare con un solenne «sempre sia lodato», e la sua voce riusciva a manifestare la propria cortesia di uomo devoto, attestando allo stesso tempo la piena validità dell'evasivo «buongiorno!»

con cui Wolf Mohylewski soleva rispondere a quel genere di saluti. Tu saluti nel nome di Gesù, molto bene, sembrava dire la voce di Panjko. Ma il mio padrone ha la sua religione, motivo per cui risponde «buongiorno». Non per questo non è un uomo devoto, e comunque la cosa non ti riguarda!

All'uscita dal villaggio, la carrozza infilò una stretta strada erbosa che correva diritta lungo il fiume. Con le redini allentate, i cavalli si lasciarono andare a un trotto più disteso e Panjko fu preso dall'incertezza: il sentiero non era poi così bagnato come aveva temuto, dunque era possibile che non vi fosse affatto del fango nel tratto compreso fra Nabojki e Poljanka. Se solo avesse potuto saltar giù e snodare le code ai bai per rimediare in tempo alla figuraccia che aveva fatto. Ma vai a parlare con il vecchio Jankel! Tanto non si fermerà. Avrà sempre ragione. Mai sarà possibile sapere tutto quello che sa lui. Forse viene con l'età, si consolò Panjko. Anche mio padre era sempre il primo a sapere tutto: chi era morto, chi si sposava, chi menava le mani e dove, chi finiva dietro le sbarre...

Tra i vapori azzurri dell'alba, via via più sfumati, si annunciava una giornata limpida. Il sole fiammeggiava rosso. La terra podolica aveva assorbito avidamente l'abbondante pioggia del temporale e i prati ne aspiravano le ultime gocce. Accarezzata dal sole mattutino, l'erba umida splendeva di riflessi viola porpora. La raccolta del frumento e della segale era già terminata. Sui campi dorati e argentati di stoppie spiccavano le biche di frumento e di segale, simili a contadine grasse e tonde, con i fazzoletti calati sulla fronte; come ometti di piccola statura, i fusti rigidi dell'orzo sfoggiavano baffi allisciati in cui scintillavano ancora perle di pioggia. Per vaste distese tremolavano le esili spighe verde tiglio dell'avena. Il trifoglio rosso chinava milioni di testoline appena lavate, intorno alle quali migliaia di api ronzavano intrecciando avide danze. Nei campi di mais luccicavano le lunghe foglie umide: verdi pugnali affilati fra barbe chiare che pendevano dalle pannocchie non ancora mature, come se fossero gonfie di pianto. Le acque del fiume fumavano. Le onde verdi erano sfiorate da un alito di vento lievissimo, che sembrava provocato dal frullo setoso e iridescente delle libellule nei canneti. Eppure la sua forza era sufficiente per stampare, complici i lampi di sole, miriadi di monete d'argento sulla superficie dell'acqua. Rotolavano tutte insieme come infilate in un'unica collana: un ruscello d'argento fuso in mezzo alla purezza minerale della corrente verdognola.

Panjko assorbiva lo splendore del mattino con il suo torace ampio, Welwel con occhi devoti. Jankel sembrava non voler prendervi parte. Guidava i cavalli, lui. Il suo sguardo abbassato teneva costantemente d'occhio le diagonali e gli angoli disegnati dalle gambe dei cavalli al trotto; il fitto groviglio di erbe che precedeva i cavalli in mezzo ai solchi di ruote tracciati verso l'infinito della steppa; l'ombra spezzata del timone che, come un folletto, guizzava e giocava a rimpiattino con il groviglio di erbe sottostante; la danza sconnessa delle ombre dei cavalli, danza di ombre di destrieri giganti, con lunghe gambe che percorrevano il canneto come su trampoli, ed enormi teste che ripetevano rozzi cenni di assenso verso il fiume.

Jankel aveva ripiegato le falde del caffettano sopra le gambe e infilato la frusta tra gli stivali lucidi che teneva leggermente incrociati. Le redini erano strette in pugno, nelle sue grandi mani da contadino, scure e legnose. Portava la carrozza. Il capo dondolava appena, mentre il vento appiattiva la barba sul petto e faceva svolazzare le *pejes*. Portava la carrozza e taceva.

Il vecchio si è alzato con il piede sinistro, pensò Welwel. Ha messo i pantaloni da cavallerizzo solo per indispettirmi. Non li mette mai di domenica. Visto che passiamo per

Kozlowa, gli ebrei di Kozlowa avranno di nuovo di che sparlare: ecco Jankel il goj che se ne viene in città con i pantaloni da cavallerizzo, e Welwel Dobropoljer che non dice niente. Ma cosa gli dovrei dire? È arrabbiato perché mi sono occupato tanto del congresso durante il raccolto. Sta diventando sempre più scorbutico. Non fa che lamentarsi del congresso. Non gli va più bene niente. È già una fortuna che s'intenda con Domanski. Un bravo economo, Domanski, uomo capace. Uno che sa fare da sé. Potrebbe cavarsela per mesi senza di me, per un paio di settimane ce la farebbe benissimo anche senza Jankel. Dobropolje non scappa. Il vecchio potrebbe tranquillamente partire con me. Perché poi m'importa così tanto che venga anche lui? Guarda come sta tormentando il nuovo baio! Il povero cavallo ha già iniziato a sudare. Diventa ogni giorno più insopportabile, il vecchio. Welwel si appoggiò allo schienale e chiuse gli occhi. I pensieri però lo confondevano. Si disperdevano, sviavano, prendevano altre strade, ma per tornare sempre alla faccenda...

In effetti, il vecchio Jankel faceva di tutto per tormentare il nuovo baio, che era un buon cavallo. Il suo unico difetto era di essere il primo cavallo a memoria d'uomo a essere stato acquistato per Dobropolje senza il parere di Jankel. Un grave difetto. Perché Jankel, anche se ufficialmente era ancora l'amministratore, si stava facendo vecchio e con la meticolosa, meschina gelosia dei despoti che hanno fatto il loro tempo, stava bene attento a non passare per il vegliardo che adesso si lascia sfamare per riconoscenza. Il successore è già stato assunto. Benissimo. Bisogna provvedere per tempo e Domanski, il nuovo economo, è un bravo agricoltore. Sarà anche capace come amministratore, quando verrà il momento. Ma che bisogno c'era di acquistare subito dei cavalli alle sue spalle? Una perfida coincidenza, per di più, aveva voluto che un paio di settimane addietro Jankel udisse per la prima volta il motto irridente che – in realtà già da anni – circolava nel villaggio. Si trovava davanti alla scuderia e osservava il sellaio rammendare una briglia che era proprietà privata di Jankel. Fu allora che udì quella frase. All'interno, due garzoni stavano strigliando i cavalli da sella e intanto chiacchieravano. Ed ecco che uno dei due la pronunciò. Venne fuori incidentalmente, come per caso, un modo di dire che sembrava essere già d'uso comune nella scuderia: «Eh sì, un portantino non è un soldato, una capra non è una vacca, e Jankel non è un amministratore.» Era una nuova generazione di stallieri che non conosceva Jankel! Come potevano sapere quale eccellente amministratore era stato una volta? I loro nonni lo sapevano, i loro padri lo sapevano. I giovani invece avevano visto solo il vecchio Jankel. E adesso c'era anche un nuovo economo, il signor Domanski, il futuro amministratore, e già Jankel veniva deriso dai garzoni di scuderia. Certo che un paio di ceffoni... Macché! Ci aveva pensato bene. Non sarebbe servito a nulla. Aveva colto esattamente il tono. Sapeva che l'espressione era nata in paese, dalle bocche dei contadini, e ciò che nasce in paese ha le radici solide. Sapeva che neanche i più sonori ceffoni avrebbero potuto estirparlo, quel modo di dire. In fondo, non c'era poi da meravigliarsi che circolassero certe frasi. Se la gente si procurava cavalli nuovi senza interpellarlo! Ma lui, Jankel, gliela avrebbe fatta vedere! All'economo, il signor Domanski, e al suo principale, il signor Wolf Mohylewski! Reb Welwel Dobropoljer!

Fu la mattina di quello stesso giorno che Jankel architettò il piano. Lo instillò goccia a goccia – una parola, una goccia! – nell'orecchio di Welwel. Ogni giorno qualche goccia. Premeva soprattutto per accompagnarlo a Vienna. Sarebbe stato lui a risolvere la faccenda, Welwel non avrebbe dovuto preoccuparsi di nulla. Anzi, non occorreva neppure che ne conoscesse i dettagli. Quando però si rese conto che Welwel, che in principio era apparso profondamente turbato, per non dire sconvolto dal piano, aveva iniziato, se non a esprimersi, almeno a riflettere seriamente – oh, quanto seriamente – su quel proposito e a rimuginarvi sopra, Jankel smise di occuparsi della faccenda, senza tuttavia poter nascondere a se stesso che, di punto in bianco, era diventata qualcosa che gli stava a cuore. Vale a dire una pura, disinteressata, autentica faccenda del suo cuore inizialmente stizzito. Nessuno infatti si era sorpreso più di lui quando, all'ultimo momento, aveva mandato a dire tramite Pesje-sempre-in-pena che non aveva intenzione, non era in grado di partire. Una volta annunciata la ritirata, però, prese le distanze dal progetto con convinzione sempre maggiore. E così, del piano concepito con animo ostile ma rivelatosi poi tanto promettente, sembrava non essere rimasta molto più che la scintilla iniziale: il nuovo baio acquistato alle sue spalle.

Visto che quel giorno aveva l'occasione di provarlo per la prima volta, lo stava sottoponendo a un attento esame. Ebbene sì, stava facendo quel che l'occhio del padrone aveva colto immediatamente: stava tormentando il cavallo. Non che facesse uso della frusta! Quella era infilata tra i suoi stivali, il cordone ripiegato in grembo, placido come la sciabola di un militare che, seduto in una sala da concerto, ha riposto l'arma metallica con estrema cautela per evitare ogni rumore. Al vecchio bastavano le redini. Nelle sue mani mostravano di essere uno strumento adatto a condurre come a confondere, a calmare come a innervosire, a trattenere come a strattonare – a seconda che lo strumento guidasse il buon vecchio cavallo di destra o lo sciagurato nuovo baio. Jankel lo faceva con un'aria del tutto innocente, come un esaminatore esperto. Posati sulla vittima, i suoi occhi sembravano a tratti perfino compiacersi delle proporzioni armoniose dell'animale, sulle quali nulla aveva da ridire, e del buonsenso che lo portava a cercare e a trovare – sempre che l'esaminatore lasciasse libero l'esaminato – una sintonia con il cavallo di destra, che ancora non conosceva e al quale non era abituato. Libero però lui non lo lasciava. Disapprovava la naturale esuberanza del cavallo e lo teneva costantemente a freno, in ogni situazione. Quando, per esempio, le ruote di destra finivano in un avvallamento nascosto dall'erba e il timone girava lateralmente verso il vecchio cavallo, invece di aspettare che il baio allungasse le falcate per correggere in tempo la direzione di marcia, Jankel lo incalzava anzitempo. Con il risultato che, slanciandosi in avanti, il sensibile baio andava a urtare con il petto contro il timone, facendo scartare l'intero convoglio senza averne colpa. La bestia sentiva e sopportava la mano ingiusta del conduttore e, prima ancora di aver percorso la breve stradina erbosa che portava a Poljanka, aveva effettivamente iniziato a sudare come l'ultimo dei ruminanti. Dietro il falso cocchiere, Panjko sudava anche lui, solidale con il baio. Welwel Dobropoljer sedeva abbandonato sullo schienale imbottito. Con gli occhi chiusi ignorava il comportamento sciocco del vecchio e i pesanti sospiri di Panjko che, schiarendosi rumorosamente e con intenzione la gola alle sue spalle, esprimeva la sua amarezza nei confronti di Jankel e si appellava all'intervento dell'istanza superiore.

Potevano trovarsi a un tiro di schioppo da Poljanka, quando Jankel con un cenno del capo emise il suo giudizio definitivo sul nuovo baio. Non senza una punta di rammarico, allentò le redini e si mise a guardare lontano.

«La vedi, Welwel, quella macchia bianca e nera laggiù?» domandò, indicando con il manico della frusta impugnato all'incontrario la collina oltre le case di Poljanka. Jankel era presbite, ma considerava il difetto dovuto all'età come un vantaggio personale e si vantava dell'acutezza della sua vista, soprattutto negli spazi aperti.

«È un contadino con un cane» disse Welwel senza alzare lo sguardo.

«È un contadino con l'aratro» lo corresse Jankel. Al suo principale dava del tu, avendo tenuto sulle ginocchia sia Welwel che il fratello caduto in guerra. Prima di ribattere, però, non aveva potuto fare a meno di restare in silenzio scortesemente a lungo. Ormai non doveva più niente a nessuno.

«È un contadino con una vacca» proseguì Welwel conciliante.

«E tu che dici, Panjko?» domandò Jankel con aria astuta.

«È una vacca con un contadino.» Panjko si associava all'opinione del padrone, ma dando la precedenza alla vacca rispetto al contadino, quasi a voler sottolineare l'incorruttibilità della sua persona.

«Certo, e la vacca ara con le corna, bue che non sei altro!» replicò Jankel. «Vista la posizione del campo, è Fedjko Cyhan. E lo sai che cosa sta facendo lassù con quella vacca che poi è un cavallo grigio? Sta arando. Fedjko Cyhan sta arando il campo...»

«Di domenica?» si stupì Welwel. La cosa cominciava a interessarlo.

«Ebbene sì» confermò Jankel. «Fedjko Cyhan ara di domenica. E non sarà certo la prima volta nella sua vita di peccatore, che Fedjko Cyhan ara di domenica.»

«Insomma, andiamo a vedere!» s'infervorò Welwel, così Jankel prese a tirare le redini con nuovo brio, come se il viaggio per lui avesse acquistato un senso solo ora. Al trotto sostenuto non tardarono a raggiungere Poljanka e non appena furono di fronte alla collina, poco oltre il minuscolo abitato, fu chiaro come il sole che il vecchio Jankel poteva fare affidamento sul suo sguardo presbite. Lungo il pendio, dove s'incrociavano le strette strisce di terreno coltivato, c'era un robusto contadino di bassa statura, in abiti di tela da giorno di lavoro, che nel suo campo di segale da poco mietuto camminava dietro il vomere e, solo soletto di domenica, arava la china soleggiata.

«Eccome se è Fedjko Cyhan!» esultò Jankel, mentre si avvicinavano al campo stopposo arato di fresco ai piedi della collina.

Welwel posò dolcemente la mano sulle redini, Jankel strinse i gomiti ai fianchi e la carrozza si fermò. Il contadinotto sembrava non notare i testimoni del suo misfatto. Giunto a metà della collina, presso il margine superiore del suo campo, sollevò l'aratro – facilitando la curva al cavallo aggiogato che ne approfittò per piluccare con i suoi denti lunghi il trifoglio del campo vicino –, lo rigirò di lato e raschiò via i residui di terra nera rimasti attaccati dentro la cavità del vomere. La lama riluceva e risuonava, e i suoni si mescolavano melodiosamente con i limpidi rintocchi di campana della chiesetta di Nabojki.

«Che Dio ti benedica!» esordì ad alta voce Panjko, rivolto al contadino in alto sulla collina, che in quel momento sembrava indugiare. Senza neanche voltarsi, il contadino operoso ricambiò il saluto con un mormorio, ostentando disinteresse, come se ogni momento passasse di lì qualcuno a importunarlo con i suoi saluti. Quindi affondò l'aratro nel suolo ed entrò scalzo nel solco, e intanto i suoi occhi sembravano perlustrare la terra assai più a fondo del vomere.

Nel frattempo, Panjko era saltato giù. Con gesti rapidi snodò le code dei cavalli e in un istante le due mazze di crine si trasformarono in due serpenti sibilanti. Poi, lentamente, girò intorno al nuovo baio fingendo di dover aggiustare qualcosa alle briglie. Il cavallo, che aveva girato la fronte bianca verso la carrozza, le orecchie minacciosamente abbassate, e che con occhi pieni di collera guardava lo sconosciuto torturatore al posto di guida, allungò il collo, asciugò la testa sul braccio di Panjko ed emise un profondo e sonoro sbuffo di protesta.

«Il nuovo baio è un buon cavallo» disse Jankel, che sembrava intenzionato a prolungare la sosta, impegnato com'era a tenere in grembo il sacchetto portatabacco con la mano destra, mentre con tre dita della sinistra arrotolava una sigaretta, alla maniera dei soldati di cavalleria. «Il nuovo baio è un buon cavallo. Ma tu, grullone, avresti dovuto capire da un pezzo che andava attaccato a destra.»

«Ha solo tre anni. Quanto può aver camminato con le briglie addosso?» obiettò Panjko, offeso. «E il nostro vecchio baio è sempre stato attaccato a destra!»

«Il nuovo baio ne avrà quattro, di anni. E il vecchio cammina dovunque lo metti, come un bambino.»

«Li scambio di posto, signor amministratore?»

«A Kozlowa faremo una sosta più lunga» disse Jankel, voltandosi verso Welwel.

Benché si compiacesse della pace sopraggiunta tra Jankel e il nuovo baio, in quel momento Welwel non era interessato alle discussioni familiari. Cercava con lo sguardo Fedjko e il suo aratro. Preceduto da una nuvola di mosche e tafani che lo faceva sbuffare, il cavallo grigio si era finalmente avviato in discesa, a passo lento, trascinandosi dietro aratro e contadino. Quando fece la curva per invertire la direzione di marcia, il contadino smise di giocare a nascondino e, impugnate le redini con la sinistra, fermò il cavallo, si levò il cappello e si inchinò. I suoi occhietti, due piccoli specchi d'acqua azzurro chiaro nel viso ossuto color terra, fissavano i viaggiatori con scaltra umiltà.

«Che Dio ti ascolti» replicò alla benedizione di Panjko, come se l'avesse salutato un istante prima.

«Pensi che Dio benedirà il campo che stai arando di domenica?» domandò Welwel.

«Dio è giusto» disse il contadinotto con timorata devozione, ed emise un profondo sospiro.

«È così che lo ringrazi del magnifico sole che ci ha concesso durante il raccolto? Erano dieci anni che non avevamo una stagione così bella!»

«Ahi, mio signore, è proprio perché domani il tempo

cambierà!» disse Fedjko, levando gli occhietti al cielo limpido, come se avessero già scorto le nubi gonfie di pioggia e stesse solo calcolando la distanza celeste che restava loro da percorrere prima di rovesciarsi a torrenti sul suo campo. «Stanotte c'è già stato il primo temporale.»

«E se anche il tempo dovesse cambiare? Potevamo forse desiderare una stagione migliore? Se non avessi finito di portar dentro il raccolto, non ci sarebbe nulla da ridire. Si può mettere al sicuro il pane anche di domenica. Ma arare?»

«È che io sono solo!» si lamentò Fedjko in un tono che cantava lutto e miseria. «Mia figlia è andata a servire in città, in casa di ebrei, la sgualdrina!»

«Perché tu non le dai niente da mangiare, razza di un cane mascalzone!» intervenne Panjko, di rinforzo al suo padrone, che lo zittì con un cenno della mano.

«Perché non ho nulla da mettere sotto i denti, né per me né per il mio cavallo. Nel granaio non c'è più un filo di fieno» cantilenò Fedja. «Certo» aggiunse scandendo piano le parole, quasi stesse saggiando un terreno pericoloso, «certo che se qualcuno avesse pietà di un povero contadino e lo volesse aiutare con un carico di fieno... Allora sì che uno potrebbe mettersi l'abito della domenica, come ogni buon cristiano, e andare a messa come Dio comanda!» I suoi specchietti d'acqua azzurri ora brillavano con il fulgore della fede e anche della speranza.

«Sta bene!» disse Welwel esitante. «Avrai il tuo carico di fieno. Ma adesso lascia stare il lavoro e corri subito a casa!»

«Hooo, grigio, a casa!» si precipitò Fedja, e in preda al timore che uno stratempo potesse spazzar via il suo carico di fieno, scordò perfino di ringraziare. Panjko però saltò giù, corse fino al campo e, camminando lungo il margine delle due strisce di terreno arato, contò – e ricontò, per sicurezza! – i suoi passi e i solchi arati di fresco, linee nere tracciate di netto che sembravano correre fra pani di burro fragrante sotto un sole nero.

«Sono quattordici più quattordici. Se al ritorno conto anche un solo solco in più, una piaga ti mando, altro che fieno, non è vero, mio signore?» Panjko era invidioso del carico che quel figlio di una sgualdrina aveva ottenuto così facilmente. Di fieno in realtà ce n'era in abbondanza, ne era avanzato perfino dall'anno precedente. Ma non ce n'era di gente onesta e povera a Dobropolje? Gente più onesta e più povera di quel Fedja?

«Hooo, baio, a Nabojki» gridò Jankel facendo il verso a Fedja.

«A Nabojki riusciremo senz'altro a combinare qualche altro buon affare con il fieno.» Era molto divertito, il vecchio Jankel: l'incontro con Fedja si era svolto esattamente come aveva immaginato e il risultato ora gli procurava un grande spasso. Quando ebbe gustato la soddisfazione fino in fondo, distolse lo sguardo dai cavalli e si girò verso Welwel, pronto a iniziare una lunga conversazione: «Di' un po', a te cosa importa se Fedja lavora di domenica?» domandò.

Il viso di Welwel schivò la domanda di profilo. In quel momento lo interessavano molto di più il gracidio delle rane nel canneto e la cicogna che, sulle lunghe zampe rosse, stava di vedetta in riva al fiume, mentre con il becco vermiglio ripulito sembrava fare la posta all'altra cicogna, ovvero il suo riflesso capovolto nell'acqua.

«Sei forse il curatore dell'anima di Fedja Cyhan?» Jankel continuava imperterrito con le sue domande, che presto divennero un monologo. «A te piacerebbe avere intorno tutto in perfetto ordine. Specialmente tutto quello che ha a che fare con la religione. Sei un uomo devoto. Benissimo. Ma che t'importa di Fedja Cyhan e della sua fede? Questa non è più devozione! Si chiama clericalismo! Anche voi ebrei cominciate a diventare clericali adesso. E questo non è per niente bello.»

«Sai dirmi cosa intendi per devoto e per clericale?» domandò Welwel, ormai rassegnato a difendere la causa della religione e degli ebrei davanti a Jankel.

«Io non sono un uomo istruito, Welwel, tu lo sai. Ma so che mi capisci. Non ti so dire la differenza. So però che c'è una grande differenza. I clericali se ne occupano troppo, mi capisci? Se ne *preoccupano*. Mi fanno venire in mente il conte Konjski e le sue proprietà: quando in una tenuta dei Konjski viene assunto un agronomo che ha studiato e questo inizia a fare migliorie, a organizzare e a vuotare tutto il sacco della sua scienza, io sono sempre in grado di calcolare esattamente quando quella proprietà verrà messa all'asta e divisa in parcelle. Funziona in modo analogo con le vostre organizzazioni devote. Voglio dire, con quelle clericali. Ti garantisco che devoto vuol dire tutta un'altra cosa.»

«Io non ti capisco, Jankel. Può darsi che tu abbia ragione. Ma di preciso, cosa vuoi da me? Sono forse un clericale?»

«Non sono un dottore della Legge come te. Questa cosa però la so anch'io. Sta scritto: *Poiché da Sion uscirà la Legge e da Gerusalemme la parola del Signore*. E voi? Voi non fate che viaggiare, dibattere, organizzare... Tra un po' la Legge uscirà da Vienna e la parola del Signore dal congresso! Ma prima che questo accada, Fedja Cyhan fa in tempo a procurarsi un carico di fieno.»

«Mio padre diceva: "Un contadino che lavora di domenica, ti può uccidere lunedì"» ribatté Welwel.

Jankel alzò lo sguardo con lo scatto di un uccello che gira la testa. «Quando avrebbe detto una cosa del genere tuo padre? Non gliel'ho mai sentito dire.»

«In viaggio. Stavamo andando a Rembowlja, l'estate dell'anno in cui morì Rabbi Abba, il nostro prozio. E noi stavamo andando sulla sua tomba.»

«Noi chi?»

«Papà, io e...» Qui Welwel s'interruppe, come ogni volta che il nome del fratello rinnegato, Josef, riemergeva dall'oblio che gli aveva imposto la famiglia. Welwel si fermò, deglutì alcune volte come uno scolaro che si blocca mentre recita una poesia e, come uno scolaro, arrossì.

«Papà, tu e... lui» gli venne in soccorso Jankel, che si pentì immediatamente di aver fatto una domanda così sciocca; avrebbe potuto benissimo rispondersi da solo.

«Sì» sospirò Welwel, sollevato. «Venne con noi. Era a casa per le vacanze e nostro padre gli ordinò di accompagnarci. Ha anche recitato la preghiera per i morti sulla tomba di Rabbi Abba.»

«Che storie mi vieni a raccontare? È stato tuo padre a recitare il *kaddish* per Rabbi Abba. Tutto l'anno. Me lo ricordo molto bene. Rabbi Abba era arrivato a novantadue anni, è sopravvissuto a tutti i suoi figli e perciò è stato tuo padre a dire il *kaddish* per suo zio, non... lui!»

«*Anche* lui. Lo so meglio di te, Jankel. Anche lui. Per un motivo ben preciso. Un motivo che non ti posso dire.»

«Senti senti» si meravigliò Jankel. «Dunque esistono ancora storie che io non conosco.»

«Ho detto che stavamo andando a Rembowlja. Prima di Konopiwka vedemmo un contadino al lavoro nel suo campo. Se arava o mieteva, non lo ricordo più. Era una domenica, come oggi. La cosa fece infuriare mio padre e dalla sua espressione era chiaro che gli avrebbe detto qualcosa. Quando fummo più vicini, però, il contadino riconobbe mio padre e se la dette a gambe.»

«Lo vedi! Lo vedi!»

«Come tu l'hai chiesto a me oggi, così lui quel giorno domandò a nostro padre che cosa gli importasse se un contadino lavorava di domenica. La risposta non l'ho più dimenticata.»

«Ma lo vedi, Welwel, lo vedi! Se me l'avessi raccontato prima, avrei saputo dirti esattamente come si distingue un uomo devoto da un clericale: davanti a tuo padre il peccatore ha tagliato la corda, da te ha ricevuto un carico di fieno. La differenza sta tutta qui.»

«Sono di gran lunga inferiore a mio padre, sicuramente anche per devozione, non solo perché non posso competere con il suo sapere. Però non dipende solo da me. Non voglio certo commettere peccato, ma i tempi sono cambiati, Jankel. È questo che non capisci. In fondo tu te ne stai sempre al villaggio.»

«Naturalmente» disse Jankel pensieroso. «I tempi sono cambiati. E quindi anche quello che ha detto tuo padre oggi potrebbe non essere più vero. A quei tempi forse un contadino che lavorava di domenica doveva essere un soggetto così scellerato che bisognava guardarsi da lui. Oggi non è più così. Fedja Cyhan non farà sicuramente niente di male. Sarà felice di andare a ritirare il tuo carico di fieno e magari di soffiartene un fascio in più, se gli riesce. Tutto qui.» Jankel sembrava essersi placato, perché dopo qualche istante di riflessione aggiunse ancora: «Forse non sei proprio un clericale, dopotutto. Perché un vero clericale, posto che ceda un carico di fieno, si adopera in ogni modo per ricevere in cambio un carico d'avena.»

Con queste parole Jankel pose fine alla discussione, e stavolta fu lui ad appoggiarsi allo schienale e lasciar correre i pensieri, gli occhi semichiusi. Pensava al suo vecchio amico e padrone Juda Mohylewski, che se n'era andato da tanto, pensava a Dobropolje; ai campi fertili, ai prati grassi di Dobropolje; al villaggio di Dobropolje, che era la sua casa; al lavoro di Juda Mohylewski e al suo di lavoro di tanti e tanti anni, lì a Dobropolje, al lavoro di tutta una vita da parte di intere generazioni, il cui senso ora si perdeva nell'incertezza del futuro. I suoi pensieri cercavano anche di indovinare le circostanze legate alla recitazione del *kaddish* per Rabbi Abba. Era la prima volta che ne sentiva parlare e aveva l'impressione che ci fosse sotto qualcosa d'importante se nemmeno lui, Jankel, l'uomo di fiducia di Juda Mohylewski, ne era stato messo al corrente. Perché era stato Jossele a dover dire la preghiera per i morti per il vecchio Rabbi Abba? Perché lui e non Welwel? Il volto di Jankel si oscurò e la sua barba parve di colpo più grigia e invecchiata.

Ma quando di lì a poco arrivarono a Fuchsenfelde, la vista dei tetti d'ardesia rosseggianti, delle casupole imbiancate a calce e delle graziose aiuole dell'insediamento tedesco, scacciò il pensiero che lo tormentava. Tanto che Jankel si concesse un piccolo divertimento. Si fermò davanti alla casa del tabaccaio e droghiere Lejb Kahane e, a voce alta, quasi volesse allertare l'intero borgo, esclamò: «Lejb! Un pacchetto di trinciato mediofine per Jankel Christjampoler!» All'aprirsi della porta suonò una campanella e sulla soglia comparve un ebreo con barba nera e tonda, giacca corta blu scuro e calzoni pied-de-poule, in testa un rigido cappello nero. Rivolse a Welwel il saluto di pace e un «buongiorno» a Jankel, allungandogli il pacchetto desiderato. Jankel frugò a lungo e maldestramente nelle sue numerose tasche, prendendosi più tempo del necessario per racimolare le poche monete che gli doveva.

Per riempire il silenzio, il droghiere s'informò sulla destinazione del viaggio. «Dove andate, signor Mohylewski?» domandò affabile.

Come se avesse atteso solo l'imbeccata, Jankel gli diede prontamente gli spiccioli e la risposta: «Andiamo a Leopoli. Perché Leopoli è una vera città.»

Udite quelle parole, il droghiere Lejb scomparve fulmineo dietro la porta del negozio, neanche dovesse ripararsi da un getto d'acqua fredda sparato verso di lui, mentre Jankel riagguantò brusco le redini e lanciò la carrozza al galoppo, come se il tabacco l'avesse rubato.

«Ma come si fa a umiliare una persona così, senza motivo?» disse Welwel, mentre i due bai avevano rallentato riprendendo il loro trotto abituale. «Devi sempre offendere quel pover'uomo!»

«Non è affatto un pover'uomo. È solo un gran tonto» replicò Jankel, divertito come possono esserlo un bambino o un vecchio dopo aver messo a segno una burla malvagia.

La burla consisteva nel pronunciare una frase in apparenza del tutto innocente: «Perché Leopoli è una vera città.» La frase non era né più né meno che il nomignolo di Lejb Kahane. Forse perché viveva in mezzo a tedeschi, Lejb era un fanatico del progresso e come tale amava decantare le lodi dello sviluppo tecnico. Si interessava di nuove invenzioni, nuovi edifici, nuove macchine. La sua bottega era tappezzata di immagini di piroscafi, dirigibili, aerei, campi sportivi, palazzi del cinema. Le ritagliava da vecchie riviste illustrate e istruiva i suoi clienti sul loro significato. Odiava il villaggio e la vita di campagna era per lui un martirio, mentre la città, la grande città, ovvero la vita in una metropoli era il suo sogno. In qualità di esperto – quando poteva, una volta ogni due o tre anni, si recava a Leopoli – dava valore solo alla grande città e disprezzava cittaduzze e cittadine facilmente raggiungibili nei dintorni. Non avevano neanche il tram! Per Lejb Kahane il tram era un corredo indispensabile. «Leopoli! Leopoli è una vera città» soleva istruire chi era disposto ad ascoltarlo, tutte le volte che aveva l'occasione di spiegare la differenza fra piccola e grande città. Pronunciava questa frase in tono solenne, sempre in tedesco, anche quando la questione veniva dibattuta in ucraino, in polacco o in jiddisch. Il tedesco per lui era sinonimo di tecnica, di progresso, di grande città. Si compiaceva enormemente di poter riconoscere a Leopoli, per via del suo tram, lo status di grande città. E amava ripetere così spesso e volentieri il suo verdetto, «Perché Leopoli è una vera città», che la frase era diventata inscindibile dalla sua persona.

Se si fosse trasferito nel lontano Occidente, là verso

dove volavano tutti i suoi sogni più audaci di una vita bella e vera, forse Lejb Kahane sarebbe diventato un rivenditore di apparecchi radio, un commerciante di automobili o un distributore di pellicole cinematografiche. Qui a Fuchsenfelde, nell'ambiente in cui si ritrovava, la sua grande passione per il progresso non gli aveva procurato nient'altro che un buffo soprannome. Era da tempo infatti che non lo chiamavano più Lejb Kahane, bensì: signor Leopoli-è-una-vera-città. Un nome indubbiamente lungo, ma usato molto volentieri. La gente qui ha ancora tempo, molto tempo. Non si scompone per qualche sillaba in più o in meno. A poco a poco, però, anche le malelingue non si azzardarono più a menzionare tanto in fretta la città di Leopoli in presenza di Lejb. Perché Lejb era un uomo irascibile, non certo uno di quelli che sopportano in silenzio. Solo al vecchio Jankel non dispiaceva comprare un pacchetto di tabacco, quando era di passaggio, e già che c'era tirare in ballo Leopoli.

Certo, non sempre gli capitava di cogliere al volo una domanda del droghiere con la semplicità e la disinvoltura di questa occasione. Ma per quanto stesse in campana, il patito del progresso finiva sempre per caderci. C'erano volte in cui si rifiutava di avviare qualunque conversazione con il vecchio Jankel. Nemmeno questo serviva. All'ingegnosa perfidia del vecchio, era sufficiente che il droghiere augurasse «buon viaggio» al momento del commiato per trovare il modo di piazzare la frasetta: «A Leopoli non dicono più "buon viaggio", ora si dice "buona fortuna!", perché Leopoli è una vera città.» Una massima collaudata e sempre pronta all'uso. Che stavolta, oltretutto in presenza di Welwel, fosse semplicemente bastato rispondere a una domanda, anche se non rivolta a lui, lo colmava di pura gioia. L'assaporò trionfante e l'ombra di un sorriso divertito aleggiava ancora sulla sua barba quando, in piena canicola, raggiunsero Kozlowa.

6

A Kozlowa si fermarono qualche ora. Welwel per i suoi affari, Jankel per le sue commissioni. Ma si separarono subito, perché Welwel per nulla al mondo avrebbe tollerato di farsi vedere nella cittadina accompagnato dai pantaloni da cavallerizzo di Jankel. Il vecchio lo sapeva e ne ebbe riguardo. Si fece tagliare i capelli dal barbiere Hersch, sebbene il parrucchiere Fruchtmann avesse fama di essere il migliore artista del capello di Kozlowa; voleva evitare d'incontrare Welwel. Pranzò da Kestenblatt, sebbene il borsch di Zalel Adler fosse rinomato, e meritatamente; lasciava a Welwel il boccone migliore, senza invidia. Dopotutto era lui a mettersi in viaggio, Dio sa quando avrebbe trovato di nuovo qualcosa di buono da mangiare nella metropoli! Erano le quattro quando Panjko riattaccò alla carrozza i bai ben nutriti, dissetati e spazzolati, piazzando a destra quello nuovo, come ordinato da Jankel.

Il vecchio era di umore raggiante. Ora teneva la frusta in mano e la usava solo con delicatezza: mentre i cavalli, ristorati dalla sosta, andavano spediti al trotto accompagnando l'andatura con il movimento ritmato delle teste, alla pari di due musicisti che in concerto si danno l'attacco, Jankel faceva sibilare la frusta all'unisono con il loro passo. Se un tafano li infastidiva posandosi da qualche parte fuori dalla portata delle loro code, la frusta li difendeva serpeggiando tra di loro. Perfino il nuovo baio spaurito, che ora Jankel trattava come se l'avesse non solo acquistato lui ma anche personalmente addestrato, capì presto che quegli interventi e quei tocchi di frusta non erano colpi ma carezze.

Arrivava un villaggio e poi un altro villaggio; a una chiesa di paese seguiva un'altra chiesa di paese; a un pozzo a carrucola un altro pozzo a carrucola; a una casa parrocchiale un'altra casa parrocchiale; a un nido di cicogna su un tetto di paglia un altro nido di cicogna su un tetto di paglia; a una taverna di paese un'altra taverna di paese. Negli intervalli si estendevano campi e pascoli, prati e boschi. C'era sempre un intermezzo d'estate torrida tra i villaggi. E sempre un intermezzo di domenica gioiosa nei villaggi. Ora il nuovo baio non sudava più, e anche la fronte di Panjko era asciutta. Il sole tramontava.

Giunti a Daczków Wielki, imboccarono la strada provinciale. Per un breve tratto era in discesa, e la frescura ombrosa di un boschetto d'ontani avvolse i viaggiatori. Lì pascolava una mandria di giovani vitelli. Venti piccoli musi rosa salmone frugavano maldestri nell'erba verdeggiante. Un picchio martellava solerte nel silenzio. Sul bordo del ruscello, un giovane pastore se ne stava sdraiato sull'erba in tutta la sua lunghezza, così abbandonato da far credere a un abbaglio, soltanto una camicia e dei pantaloni bianchi di lino grezzo buttati lì per trarre in inganno. Il suo braccio si estendeva in una lunga verga, alla cui estremità un cappio di crine bianco stava giusto dondolando sopra la testina di un cardellino quando dalla strada in discesa sopraggiunse cigolando la carrozza. L'uccellino squittì e volò via. Il pastore si drizzò seduto e cercò con gli occhi la vettura che ora avanzava al passo, lentamente, sul tratto ombroso. Scorse due barbe ebree e d'improvviso, come il grido all'uccellino, gli eruppe una canzoncina dal petto:

Oj, jichaly shydy z hory
Taj ne hamowaly
W tschuzyj chati schabas maly
W sratsi zymowaly

Una canzoncina in segno di saluto alle due barbe ebree:

Oj, gli ebrei in discesa arrivaron
e non frenaron
in casa d'altri dovetter svernare
e shabes in cul mandare

Il giovane cantante meditava sulla seconda strofa ma non poté comporla. Gesù Maria! L'amministratore e il padrone di Dobropolje!, esclamò tra sé appena riconobbe i due viaggiatori. Decise subito che non aveva alcun senso scappare. Il vecchio avrebbe potuto raccontare la cosa al signor Krasnianjski e sarebbe stato ancora peggio. Si rimise velocemente il cappello per poterselo togliere in tempo al saluto, e aspettò lì fermo.

«Ehi, piccolo, vieni qua!» riecheggiò la voce di Jankel nel boschetto. I vitelli alzarono curiosi i loro piccoli musi e guardarono il pastore che, pur temendo una punizione, si avvicinò impavido.

«Oggi il signor Krasnianjski è a casa o a caccia?» chiese Jankel senza arrestare la carrozza.

«Il signor amministratore è a casa. Il signor amministratore è andato a caccia ieri» rispose precipitosamente il ragazzo, convinto che la domanda celasse solo uno stratagemma. Continuò comunque a seguire la vettura e levò i suoi occhi di fanciullo neri, forti e ribelli sul vecchio Jankel.

«Di' al tuo padrone che passerò a trovarlo al ritorno, e portagli anche i miei saluti.»

«Molto bene, signor amministratore.»

«Allora, hai capito cosa riferire?»

«Molto bene, signor amministratore! Il signor amministratore di Dobropolje passerà a trovarlo tornando dalla stazione e manda anche i suoi saluti al nostro signor amministratore» replicò il giovane, in preda a un sacro fervore come se recitasse una frase del catechismo a scuola.

«Perfino i saluti! Hai ricordato proprio tutto. Sei un ragazzo intelligente» lo lodò Jankel.

«Buon viaggio!» gridò il pastorello, e si fermò a guardare con occhi radiosi la carrozza allontanarsi.

«Sai di chi è figlio?» domandò Jankel a Panjko. «Il viso non mi è nuovo.»

«Di Smoljak, il guardiano dei campi, che è stato a servizio anche da noi, per due anni; è il più piccolo.»

«Un tesoro di ragazzo!» disse Jankel.

«Quello Smoljak ne ha tre così, tutti e tre dei veri cosacchi» precisò Panjko, deliziato di poter raccontare qualcosa che nemmeno il vecchio Jankel sapeva.

Anche Jankel era contento. Certo, aveva sentito la canzoncina, ma gli era piaciuta. Era pure soddisfatto del messaggio indirizzato al suo vecchio amico Krasnianjski. Quel messaggio, in realtà, era destinato a Welwel. Non s'illudesse mai di poter convincere il vecchio Jankel all'ultimo momento, a tre chilometri dalla stazione! L'annuncio della sua visita a casa Krasnianjski era un netto rifiuto diretto a Welwel, l'ultimo e definitivo.

Lasciato il boschetto di ontani, sbucarono tra due campi perfettamente piani, sembravano livellati da una corda, a destra un campo d'avena, a sinistra uno di trifoglio bianco. In lontananza, il terrapieno della strada ferrata con le due rotaie luccicanti al sole correva sopra i campi come un lungo ponte su un ampio lago, e la stazioncina ferroviaria sembrava la casetta del guardiano del ponte.

«Guarda quest'avena! Ti sfido a trovare un'erbaccia! Il vecchio Krasnianjski, lui sì che è un vero agricoltore! Un campo d'avena così lo vedi solo dal mio Krasnianjski o...» Jankel voleva dire a Dobropolje, ma sospettando che Welwel potesse intenderlo come un elogio rivolto a se stesso, aggiunse non troppo sinceramente: «... o a Czatoryje.»

«O piuttosto a Dobropolje» rettificò pacifico Welwel. Quanto a lui, non aveva occhi che per il campo di trifoglio.

Welwel Dobropoljer non poteva vedere un campo di trifoglio senza rimanerne incantato, cosa abbastanza innaturale per un uomo di campagna. Però doveva essere un campo di trifoglio bianco, e da quelle parti il trifoglio bianco era una rarità. Nella vita di Welwel c'era un giorno particolare, il giorno del trifoglio bianco, forse il più bel giorno della sua infanzia, che era stata così felice come solo può esserlo un'infanzia vissuta al villaggio. Da allora erano trascorsi quarantacinque anni, eppure quel giorno era ancora così fresco nella sua memoria come nessun altro dei suoi primi anni di vita.

«Pensa un po', esiste il trifoglio bianco!» gli aveva annunciato suo fratello Jossele un giovedì, tornando da scuola.

«Certo che esiste! Lungo le strade erbose e nelle conche dov'è caduto sterco di vacca. Trifoglio bianco selvatico.» Lui, Welwel, lo sapeva bene.

«No!» aveva ribattuto il fratello. «Intendo vero trifoglio, vero trifoglio bianco! Ne hanno piantato un campo intero e ora sta fiorendo.» Jossele era tutto eccitato per questo evento e, puntualmente, Welwel rivedeva il bagliore entusiasta negli occhi voraci del fratello maggiore, che allora aveva dieci anni.

«Chi ti ha raccontato questa storia?»

«Andrej, il nostro mungitore Andrej. Lui ci va domani. Lo hanno seminato per la prima volta e non verrà falciato, così semplicemente, come il trifoglio rosso. L'intero campo deve maturare, per le sementi, capisci. Sarà tagliata solo una piccola striscia, forse tre iugeri, ha detto Andrej. Per i vitelli. Andrej ci va domani alle sette. E Teklunja andrà con lui.»

«Ma Teklunja deve andare a scuola.»

«Deve? Solo noi siamo costretti ad andare sempre a scuola. Ogni giorno a scuola! Andrej la porta con sé. Per un giorno salterà la scuola. Almeno Andrej fa qualcosa per i suoi figli.»

«Noi potremmo andarci domenica. Chiediamo a Jankel, ci porterà di sicuro.»

«Figurati! Lo sai dov'è il campo? È "dietro gli stagni"! Jankel non andrà fin là solo per noi. E papà non permetterà mai una cosa del genere.»

«Se non viene falciato, riusciremo eccome a vederlo!»

«Che dici? Perché il trifoglio fiorisce in eterno, vero? Fino alla Festa delle Capanne o addirittura fino a Purim?!»

Come sempre, la reazione pacata di Welwel aveva mandato Jossele su tutte le furie. «Per quel che mi riguarda, non aspetterò certo Purim. Ci andrò domani con Andrej.»

«E chi va per te a scuola?»

«Tu! Ci vai tu. Da solo, io non vengo!»

«Andrej non ti porterà con sé. Avrà paura. Se papà lo scopre, se la vedrà brutta.»

«Mi sono già messo d'accordo. Mi porterà in cambio di un pacchetto di trinciato. Ovviamente se vieni anche tu, vuole due pacchetti.»

«E dove lo trovi anche un solo pacchetto?»

«Ne ho già comprati due. Eccoli!» Jossele aveva aperto la sua cartella. I due pacchetti stavano sul fondo ma non li tirò fuori. Welwel guardò dentro per controllare. Anche Jossele guardò dentro per sincerarsi che fossero ancora lì.

«Uno per te, uno per me.»

«E dove hai preso i soldi?»

«Mica ho rubato. Di cosa hai paura, cagasotto? Me li sono guadagnati con i salmi.»

«Per il tabacco?»

«Perché fai il finto tonto? Io ho un patto con papà: per ogni salmo che imparo a memoria, ricevo dieci heller, e questo lo sai già. Riesco a imparare due salmi a settimana. Ma quando Andrej mi ha parlato del trifoglio bianco, era domenica, mi sono messo subito sotto e ieri gli ho già recitato il terzo salmo. Papà era molto stupito, e mi ha pagato subito i trenta heller per i tre salmi.»

«Per il tabacco?»

«Cosa c'entrano i salmi con quello che faccio con i soldi?! Potrò comprarmi quello che voglio o no?»

«Ma due pacchetti costano quaranta heller, non trenta!»

«La vecchia signora Grünfeld mi ha anticipato dieci heller. E sabato pomeriggio o domenica reciterò il quarto salmo e salderò i miei debiti. Ho imparato due salmi per te, ma se fai così non serve che tu ci stia.»

«Posso fare anch'io lo stesso patto con papà.»

«Liberissimo! In sei mesi guadagnerai di sicuro quaranta heller, con la testa che ti ritrovi!»

«Non serve che impari i salmi per me se fai così!»

«Ho già sistemato tutto con Andrej. Domani usciamo alle sette meno un quarto. Per una volta ci hanno detto di arrivare a scuola prima, no? Camminiamo piano, come se andassimo a scuola, fino alla casa del parroco. Come sempre. Lì ci mettiamo a correre, attraversiamo il giardino di Bielak e arriviamo allo stagno e poi al ponte. Ci nascondiamo sotto il ponte e aspettiamo che arrivi Andrej con il suo carro.»

«E da là sotto come fai a sapere chi sta arrivando? Potrebbe anche essere papà, o Jankel, o qualcuno della fattoria, ci riconoscerebbero e capirebbero subito che abbiamo marinato la scuola.»

«Tutto sistemato con Andrej. Quando arriverà al ponte, si fermerà e, fingendo di parlare ai cavalli, griderà: "Ehi, voi due!" A quel punto noi corriamo fuori, saltiamo sul carro e via al galoppo fino a "dietro gli stagni". Vengano pure a cercarci laggiù. Se ci stai...»

Welwel ci era stato. Certo, l'impresa gli sembrava piena di pericoli, malgrado la presenza di Andrej. Certo, non capiva come Jossele avesse potuto lasciarsi andare al punto di spendere tutti i soldi dei salmi in tabacco, ma alla fine non sarebbe stato ancora più vergognoso piantare in asso il proprio fratello, il buon Jossele, che per lui aveva imparato due salmi? E dunque, ci stette.

Tutto filò a meraviglia. Solo sotto il ponte presero una gran paura, perché furono subito scoperti. Dal pascolo comunale arrivò una vecchia mucca pezzata rossa con un corno rotto, infilò la testa sotto il ponte di legno, soffiò dalle narici bianche due nuvole spumose di vapore contro i fuggiaschi, li fissò con i suoi grandi occhi tondi, scosse il muso e disse: «Ehi, voi due!» Presero a bombardarla di sassi, ma lei non si spaventò. Rimase lì immobile, quasi ancorata, quasi volesse attirare l'attenzione dei pastori sulla sua scoperta. Finalmente arrivò anche Andrej. Schizzarono fuori e come fulmini si arrampicarono sul carro a rastrelliera. Erano salvi!

Teklunja, nel suo piccolo giacchino rosa con i bottoncini rossi, l'abito rosso con il grembiule bianco, aveva già un'aria adulta sotto il fazzolettino a fiori. Si atteggiava un po' a padrona di casa. «Sedetevi così!» mostrò loro sollevando una delle gambe abbronzate tra i pioli della rastrelliera. Come se Jossele e Welwel non sapessero come bisognava starci seduti! Aveva dodici anni e andava a scuola nella stessa classe di Jossele, dove le femmine sedevano a destra e i maschi a sinistra. Partirono alla volta del campo di trifoglio. Non al galoppo, contrariamente a quanto annunciato da Jossele, eppure dopo nemmeno mezz'ora arrivarono "dietro gli stagni".

Era come se fiocchi di neve fresca fossero caduti su una distesa verde sotto il sole più splendente; così venne loro incontro, debordante di luce, il campo di trifoglio. L'aria intorno emanava un profumo intenso e dolce di miele, di estate ronzante. Arrivarono molto vicini al campo. Vicinissimi! E quella fu la sorpresa. Andrej non si fermò lungo il margine, né scese a falciare. No. Entrò con il carro dritto nel campo! «Perché non possiamo falciare qui» spiegò ai bambini. «Dobbiamo attraversarlo tutto. Laggiù, in fondo, c'è un tratto umido dove il trifoglio è cresciuto troppo. Mi hanno detto di tagliare quella striscia lì. Altrimenti anche i vitelli resterebbero senza. Questo è tutto buono per le sementi. Che si vendono a caro prezzo. Perché il trifoglio dà poche sementi.»

Proseguivano sopra il trifoglio. Tutte le api di tutta l'estate sembravano essersi riunite sul campo. Neanche fosse pervenuto loro un segnale: "dietro gli stagni" c'è del trifoglio bianco! Proseguivano nel trifoglio. Il carro pareva navigare su un mare verde punteggiato di fiorellini bianchi. Veloci, i bambini si tolsero le scarpe e, imitando Teklunja, lasciarono penzolare le gambe tra i pioli. I piedi nudi sfioravano le testoline candide bagnate di rugiada come accarezzando dell'acqua argentata.

Avanzavano molto lentamente. I cavalli erano in preda a una voracità irrefrenabile. Estasiati, con i lunghi denti strappavano, mordevano e sminuzzavano. Quando si fermavano per assicurarsi un boccone più abbondante, nemmeno la frusta di Andrej sortiva qualche effetto. Anche i bambini erano inebriati. Sporgevano le teste tra i raggi della rastrelliera, guardavano giù e il mondo intero appariva verde e argento. Le stesse api erano inebriate. A due o tre alla volta si avventavano su una testolina di trifoglio che, rabbrividendo ai loro avidi baci, s'inclinava e si torceva.

Com'era passata veloce quella mattina del trifoglio bianco! E com'era stata ricca! Migliaia di mattine a scuola svanirono impalpabili, nessuno sforzo di memoria ne avrebbe mai restituito una traccia. Solo la mattina del trifoglio bianco, con tutto il suo verde, tutto il suo profumo e tutta la sua felicità, restava sempre fresca e limpida come la rugiada... Per non parlare del ritorno a casa! Andrej aveva caricato il carro fino al bordo. E loro si erano sdraiati sopra affondando nel trifoglio – ora potevano cercarli quanto volevano! Chi avrebbe mai sospettato che fossero lassù! Tutti e tre se ne stavano distesi in cima al carro, immersi nel trifoglio; Teklunja si era nascosta volontariamente, pur non avendo nulla da temere. Se ne stavano sdraiati lassù nella luce verde e fresca – mai erano stati su un giaciglio tanto morbido – come sospesi tra due cieli verdi. Da sotto, da molto lontano, giungeva smorzato lo scricchiolio del carro, da sopra, da molto in alto, il gorgheggio delle allodole. E tutto sembrava dissolversi nel verde e nel profumo.

Teklunja teneva Jossele stretto tra le braccia, quasi volesse proteggerlo, e lui passava il tempo contando i bottoncini del suo corpetto. Uno, due, tre, diceva toccando con la punta dell'indice ciascun bottoncino. Nove, dieci, e poiché non ce n'erano altri, contava ancora – undici, dodici – toccando, una volta a destra una a sinistra, il petto di Teklunja. Aveva dodici anni e due minuscole rotondità tese sul petto, come se sotto il giacchino le avessero infilato due ciliegie ben sode.

Reb Welwel si sbottonò lo spolverino e poi il caffettano. Il sole era già basso a occidente, ma il ricordo lo aveva accaldato. Il campo bianco di trifoglio era sempre lì, a sinistra, che irradiava la sua luce fino al terrapieno della ferrovia.

Sulla destra si estendeva il campo d'avena, capolavoro di Krasnianjski. Se Welwel aveva occhi solo per il trifoglio, Jankel aveva occhi solo per l'avena. Se il primo aveva lo sguardo fisso a sinistra, il secondo lo aveva fisso a destra.

Welwel meditava: quanta felicità ma anche quanta tristezza gli giungeva da quel campo di trifoglio! Davanti alla distesa in fiore, profumata e ronzante, il suo cuore si scioglieva come cera. Non era forse un cuore solo, il suo, a portare tutta la dolcezza e tutto il peso di due campi di trifoglio? Non era forse un cuore solo a portare due giorni di trifoglio bianco, due: il giorno forse più felice della sua infanzia e forse dell'infanzia del fratello? Welwel non era più giovane, la forza della sua immaginazione si era indebolita: da qualche tempo non riusciva più a ricordare il volto del fratello. Solo davanti a un campo di trifoglio bianco quel volto riaffiorava vivido alla memoria come in un bagliore verde: i begli occhi castani, sempre grandi, sempre troppo aperti, occhi avidi, ghiotti; il viso gentile di un ragazzino di dieci anni, tutta quella grazia fisica, grazia che, secondo Welwel, aveva finito per danneggiare la natura del fratello se non addirittura corromperla.

E lontano, da qualche parte, in un altro mondo – distante chissà quanti mondi dal campo di trifoglio – ora vive il figlio di questo fratello, e lui, Welwel, con quel figlio non dovrebbe mai scambiare una parola, mai scambiare uno sguardo?

Jankel contemplava il campo d'avena e pensava: Se il sole splende così ancora un giorno, l'avena sarà matura. Anche la sua avena a Dobropolje sarà presto matura. Ma questa volta sarà lui, Jankel, e non Domanski, a dividere il campo tra i falciatori. Chissà quanti raccolti d'avena gli restano ancora da vivere! E dunque, sarà lui ad andarci, non Domanski. È una bella mattina. I falciatori, donne, uomini, bambini, sono già tutti lì riuniti, nei loro vestiti colorati. Hanno posato gli attrezzi lungo il campo e stanno seduti ad aspettare. Ecco che arriva Jankel sul suo cavallo. I falciatori si alzano. «Dio vi benedica» li saluta tutti Jankel, e tutti in coro lo ricambiano con lo stesso augurio, come fanno i contadini, in modo solenne, prima della messa. Poi scende da cavallo e si mette al lavoro. Misura il campo contando i passi e chiama forte per nome i falciatori.

Welwel pensava: Se solo venisse anche il vecchio... Dopotutto è stato lui a ideare il piano, ha pensato lui come arrivare fino a Vienna, da quella donna, come parlarle, così semplicemente, senza giri di parole... Ha sempre una mano fortunata, il vecchio, e per me è un viaggio troppo pesante. Forse riesco ancora a convincerlo. Forse se gli racconto del congresso e di tutto quello che vi accadrà... Verranno circa ottanta, forse anche cento rabbini! E per i rabbini il vecchio ha avuto sempre un debole.

Jankel pensava: In larghezza il campo "Za Mazurom"

farà millecinquecento passi buoni. Lui, Jankel, misurerà il campo contando esattamente i passi e tutti i falciatori conteranno insieme a lui, verificando con lo sguardo la lunghezza dei suoi passi.

Fu allora che Welwel disse: «Al congresso, a Vienna, vengono cento rabbini! I nomi più illustri, i luminari d'Israele, arrivano da tutto il mondo! Presidente onorario del congresso è stato nominato Rabbi Israel Friedmann, il rabbino di Czortków...»

Jankel pensava: I primi venticinque passi saranno per Onufryj Borodatyj. È il più anziano e resta il miglior falciatore del villaggio...

Welwel disse: «Il secondo presidente onorario è Rabbi Awrohom Mordechaj Alter, il rabbino di Ger...»

Jankel pensava: Venti passi per Iwan Kobza...

Welwel disse: «E verranno anche Rabbi Chajim Ojser Grodzansky, detto il Wilnaer...»

Jankel pensava: Trenta passi per Bohdan Derenj; ha cinque figli...

Welwel disse: «... Mordechaj Friedmann, il rabbino di Sadagor...»

Jankel pensava: Venti passi per Nikoden Ranek...

Welwel disse: «... Rabbi Meier Don Pltzki di Ostrów...»

Jankel pensava: Venti passi per Walko Zoryj...

Welwel disse: «... Rabbi Israel Meier Hakonen, chiamato "Chofez Chajim", il Rav di Radom...»

Jankel pensava: Venti passi per Ambrozy Dobrowolski...

Welwel disse: «... Rabbi Jizchok Selig Morgenstern, il rabbino di Sokolów...»

Jankel pensava: Trentacinque lunghi passi per Kassjka Kobylanska e suo figlio. Ha ancora i denti più belli e il seno più bello dell'intero villaggio...

E infine Welwel disse: «E per te, per accoglierti personalmente nella veste di ospite d'onore al congresso, ci saranno Chojsek e tutti i saggi di Chelm!»

Jankel si ridestò. «Tu mi stai prendendo in giro, Welwel!» sbottò seccato.

«Se non sai ascoltare, Chojsek è il rabbino giusto per te!»

Terminò così, con una nota stonata, lo scambio d'idee tra il campo di trifoglio bianco e il campo d'avena di Krasnianjski.

Terminarono anche, a sinistra, il campo di trifoglio, a destra, quello d'avena. E la stessa strada provinciale, come se avessero esaurito il pietrisco, si trasformò all'improvviso in una ripida stradina d'erba soffice. Erano arrivati sul piazzale davanti alla stazione ferroviaria. Era coperto da un folto tappeto erboso ben rasato e recintato con del filo spinato. Jankel non condusse la vettura direttamente verso l'entrata. Eseguendo una curva stretta, fece inversione: la carrozza si fermò già pronta per il viaggio di ritorno.

Welwel capì la manovra e, prima ancora che la vettura si arrestasse, si era alzato dal sedile e si era tolto lo spolverino. Prontamente lo gettò a Panjko e, ritto in piedi, come davanti a un pulpito, tenne un discorsetto a Jankel guardandolo dall'alto in basso: «Sei proprio un vecchio pazzo, Jankel! Un vecchio pazzo malvagio! Hai architettato il tuo bel piano solo per confondermi, per vendicarti di qualcosa, di cosa non lo so. Mai, nemmeno un istante, hai pensato seriamente di venire con me per parlare con il figlio di Jossele! Non sei obbligato a venire! Non ho bisogno di te! Tanto hai sempre una gran fretta. Non serve che ti trattieni ancora. Riparti subito! Il tuo Krasnianjski ti starà già aspettando con il suo rum!»

Il discorso era arrivato del tutto inatteso e con tale veemenza, che non solo Panjko ma anche Jankel rimase inchiodato al suo posto. Panjko non aveva mai visto il suo padrone tanto in collera. Jankel, pur sapendo per esperienza che una volta l'anno Welwel mostrava il pugno di ferro del grande possidente, appariva tuttavia molto turbato. Cercò una risposta pertinente ma non la trovò.

Reggendosi con una mano allo schienale del sedile, con l'altra al parafango, e senza usare il predellino, Welwel smontò dalla carrozza con un salto all'indietro; così facendo, il lungo caffettano si spiegò come un paracadute. Quindi posò un piede sul predellino e si girò levando gli occhi verso Panjko. Questi saltò giù a sua volta, munito di uno straccio giallo e di una spazzola. Lucidò le scarpe di Welwel e spazzolò via la polvere dal caffettano. Perché ce n'era di polvere sulla strada provinciale! Il padrone aveva fatto bene a mettersi lo spolverino. Il vecchio Jankel non la sa sempre più lunga, alla fin fine. Davanti al padrone perde tutta la sua sicurezza...

Sì, in quel momento Jankel l'aveva proprio persa. In modo lento, goffo, faticando e gemendo, era intanto sceso dalla carrozza. Esaminò i cavalli; fece alcuni passi inutili sul prato; si stirò le membra; si grattò la schiena affaticata. Poi restò fermo, giusto dietro a Welwel, e i suoi occhi stanchi presero a seguire i movimenti delicati e circolari della spazzola, quasi che da quella procedura dovesse risultare qualcosa di particolarmente importante. A un tratto disse: «In fondo potrei venire anch'io... Solo che non ho le mie cose per il viaggio.» La voce suonò opaca e flebile, come se per questa comunicazione, di fatto irrilevante e insensata, avesse impiegato solo una minima porzione della sua solita forza.

«Se vieni, in fondo si troverà anche a Tarnopol o a Leopoli o poi anche a Vienna uno spazzolino, una camicia da notte, un paio di scarpe e dei pantaloni nuovi per un vecchio ebreo» replicò Welwel dopo un lungo silenzio, necessario per recuperare tutta la sua tranquillità e pace.

«Se è per questo...» s'intromise Panjko con un tono esitante, rivolgendosi a Welwel e non al vecchio Jankel, «le cose del signor amministratore sarebbero già qui.»

«Hai portato le mie cose?!»

«È successo che, signor amministratore...» cominciò a

spiegare Panjko senza tuttavia distogliere gli occhi dal suo padrone, «Pesje, la signorina Pesje, questa mattina mi ha detto: "Jankel, il signor amministratore" ha detto così, "è un uomo anziano, lunatico come tutte le persone della sua età. Chissà! Magari all'ultimo momento cambia di nuovo idea e alla fine vuole partire anche lui. Se andrà così, sarà una bella scocciatura per il nostro padrone, che dovrà comprargli biancheria, vestiti e scarpe e dovrà spendere denaro inutilmente per quel vecchio lunatico, misera me!" Così mi ha detto, la signorina Pesje.»

Welwel guardava il vecchio Jankel. Il vecchio Jankel guardava Welwel. Jankel rizzò la testa attorcigliando con le dita della mano sinistra le ciocche della lunga barba sale e pepe. Welwel rizzò la testa tirando e tormentando con le dita della mano sinistra la rada barbetta castano chiaro. Rimasero per un momento in quella posizione, barba contro barba. Poi entrambi pronunciarono il loro unanime giudizio su Pesje. Jankel in forma di domanda, Welwel in forma di risposta.

«Cosa puoi dire a Pesje?» domandò Jankel.

«Cosa puoi dire a Pesje!» rispose Welwel.

7

Per cautelarsi da altre eventuali sorprese da parte di Jankel, Welwel avrebbe tanto voluto mandare via Panjko e la carrozza all'istante. Ma non ne aveva il coraggio. Non capitava certo tutti i giorni di andare alla stazione e Panjko voleva vedere il treno e assistere alla partenza.

Il cocchiere era molto indaffarato. Uno dopo l'altro, portò i bagagli al terrapieno della ferrovia e li dispose in fila. La valigia di Welwel, la sua borsa da viaggio, la coperta tigrata, la grande scatola rotonda in cui era arrotolato il cappello di velluto dello shabbat con le tredici codine di martora. Portò anche la valigetta di Jankel, che però sistemò separata dai bagagli di Welwel. Non era un oggetto di valore e a Panjko non piaceva per nulla. Lui stesso, Panjko, ne possedeva una simile. Era una semplice cassettina di legno, cerchiata da bande di ferro rivettate e di un colore indefinibile e scurito dal tempo, una valigetta come quella che portano con sé tutte le reclute al servizio di leva e tutti i soldati in licenza. Guardando da vicino il coperchio, si poteva decifrare l'iscrizione a grandi caratteri: caporale Jankel Christjampoler, K. u. K. IR N° 15, dove il 15 stava per Quindicesimo Imperial Regio Reggimento di Fanteria. E l'anno: 1876.

Panjko era accanto ai bagagli. La mano a squadra sulla fronte, spiava in lontananza l'arrivo del treno. Alla prima apparizione di una vaga nuvoletta di vapore, corse nella sala d'aspetto e annunciò: «Si vede già il fumo!»

Ora era il vecchio Jankel a mostrarsi irrequieto. Ma non era ansia da viaggio. Jankel, di animo comunque risoluto e in gioventù perfino temerario, aveva curiosamente un sacro terrore di tutto ciò che era macchine, motori, impianti di combustione e a vapore. La sola trebbiatrice gli procurava malessere. In inverno, alla distilleria dove di tanto in tanto doveva recarsi per un'ispezione, accadeva di vederlo imboccare livido in volto l'uscita più vicina perché una valvola della caldaia aveva preso a fischiare.

Quando il treno sferragliando, sbuffando e stridendo irruppe nel silenzio della piccola stazione, evitò accuratamente di guardare la locomotiva e lasciò che Welwel lo precedesse. Concitato, nonostante non vi fosse alcun motivo per avere particolare fretta, Panjko sollevò e passò i bagagli a Jankel e Welwel, che nel frattempo erano saliti. Il cappello in mano, accompagnò per un momento il treno che si avviava lento, salutando solennemente. Poi rimase ancora un po' lì, a seguire il fumo che si allontanava.

Il sole calò dietro un banco di nubi purpuree e proiettò quattro fasci di raggi orizzontali attraverso i finestrini dello scompartimento. Nel pulviscolo di luce abbagliante e vibrante, il vecchio Jankel non riusciva nemmeno a distinguere i passeggeri. Ma il commerciante di granaglie Schwalbnest di Dénysow li aveva riconosciuti subito. Rivolse loro il saluto di pace e prontamente si mise seduto davanti a Welwel Dobropoljer, lasciando un posto libero tra sé e Jankel. S'informò sul raccolto di frumento e segale a Dobropolje. Welwel però non rispose subito, aveva prima da affidargli una missione più importante. In treno, gli disse, sicuramente era possibile trovare altri sette ebrei, e poiché loro erano già in tre, forse si sarebbe potuto formare un *minjan* per la preghiera del crepuscolo; era giusto l'ora della *mincha*. Il commerciante consultò immediatamente il controllore il quale, per fare un piacere a Welwel Dobropoljer, promise di mandare un drappello di ebrei alla prossima fermata, perché in quel treno non si poteva passare da un vagone all'altro.

Nel frattempo Jankel si era ripreso dalle ultime emozioni. Si era accomodato nell'angolo accanto al finestrino, dietro uno dei fasci di luce che lo separavano dagli altri viaggiatori. Qualche istante e poi si mise a proprio agio. Sollevò le gambe avvolte negli stivali tirati a lucido, sfiorò appena con lo stivale sinistro il commerciante di granaglie e gli indicò cortesemente con la punta del destro che il posto di fronte, a fianco di Welwel, era libero. Quindi si allungò. Posò il cappello di paglia nero sul petto, già coperto dalla barba, intrecciò le grandi mani dietro la nuca e si mise a guardare i pali del telegrafo che sfrecciavano uno dopo l'altro fuori dai finestrini.

Non accennò a cambiare la sua posizione comoda nemmeno quando, durante la sosta nella stazione successiva, il drappello di ebrei radunato dal controllore animò di colpo lo scompartimento. Erano venuti non in sette bensì in nove per formare, come richiesto da Welwel Dobropoljer, un *minjan* per la preghiera del crepuscolo.

«*Nu* Jankel, *mincha*!» lo esortò Welwel sottovoce ma energicamente.

Jankel optò per un compromesso. Fece scivolare di nuovo il cappello sulla testa e portò a terra uno degli stivali, lasciando l'altro pendere per metà dal sedile. In questa posa osservò il frenetico viavai con fredda indulgenza.

«In treno» gli sussurrò Welwel nell'orecchio, alludendo al suo risaputo terrore delle macchine e del vapore, «non si dovrebbe essere così cocciuti.»

«Ma si può pregare anche riposando» replicò Jankel. «In fondo, fate già un *minjan* più che completo anche senza di me. Da quando Jankel recita la *mincha*?»

«In treno... può sempre succedere qualcosa, Jankel.»

«Proprio in treno» ribatté lui con un filo di voce, perché il drappello cominciava già a mormorare e l'una o l'altra testa a dondolare, senza che fosse chiaro se quel dondolio accompagnasse la preghiera o fosse rivolto a Welwel, «proprio in treno, come ha detto quell'uomo devoto, penso che non sia sempre conveniente attirare su di sé l'attenzione di Dio.»

Welwel emise un sospiro profondo e lo lasciò perdere; e rattristato ma anche contento che nessuno avesse potuto sentire le parole sfrontate del vecchio Jankel, si unì al *minjan*.

Jankel seguì ancora un po', gli occhi vecchi, stanchi e assorti, il gioco terribilmente monotono che i pali del telegrafo facevano con i finestrini del treno. Poi le sue palpebre senza ciglia si chiusero lentamente. E poco alla volta, sulle prime incerto ed esitante, un profondo russare notturno s'insinuò nella confusione delle voci, accompagnando infine come basso continuo ben temperato la cantilena, il fervido bisbiglio, l'eccitato mormorio degli oranti.

Libro secondo

I

Nel corso delle quattordici lunghe ore di viaggio da Leopoli a Vienna, si riaffacciarono tutti i dubbi che Welwel aveva silenziosamente covato, anno dopo anno, intorno al piano di Jankel. Nella solitudine dell'insonnia, accanto a Jankel che russava come dal fondo di un pozzo, Welwel sedeva, nero e muto, nell'angolo dello scompartimento vicino al finestrino. Il suo cuore era gravato dai brutti ricordi che erompevano dalla memoria, quasi avessero subdolamente atteso le ultime ore prima della sua decisione. Si è mai sentito di un ebreo devoto che si cura del figlio di un rinnegato? Del figlio di un fratello rinnegato? Bel modo, bel modo davvero ha trovato Welwel, il nipote di Sussja Mohylewski, per onorare l'impegno del suo *kaddish*! La vergogna inflitta alla famiglia una generazione addietro non poteva certo essere cancellata. La macchia era indelebile per l'eternità. Sarebbe stato insensato non ammetterlo. Dal momento che suo fratello aveva abbandonato la fede, si era infranto il prestigio di un'autorevole stirpe di uomini devoti, spezzato l'orgoglio, allentata la coesione della famiglia. Il declino era segnato. Se pure ci fossero state nuove generazioni, pure migliori e più forti delle precedenti – ed era già un peccato solo pensare all'ipotesi di tali generazioni future –, nemmeno queste avrebbero potuto rimediare a quanto accaduto in passato. Comunque sia, gli anni e la fragilità della memoria umana hanno steso un velo di oblio sull'onta subita, beninteso: una falsa consolazione per la famiglia, ma pur sempre una consolazione. Ora lui, Welwel, era lì lì per squarciare quel velo, per riaprire tutte le vecchie ferite e rinnovare l'antica vergogna. E da chi si stava lasciando sviare in questo modo? Da un vecchio ignorante che, come un bambino, confida nel potere della sua mente astuta.

Abituato a svegliarsi con i primi rumori dell'alba, Jankel sonnecchiò fino a giorno fatto, cullato dallo sferragliare del treno che assorbiva ogni altro rumore. Quando aprì gli occhi, un grande sole rotondo aveva già dissipato le brume opaline del mattino. Si alzò lentamente, piegandosi e stiracchiandosi, aprì la sua piccola valigia e ne estrasse una bottiglia di acquavite che tenne qualche istante tra le mani, come per scaldarne il contenuto, ma poi senza perdere tempo la portò alle labbra e ne bevve un lungo sorso gorgogliante. Rimise quindi la bottiglia al sicuro emettendo rumorosi schiocchi di lingua e di labbra, che esprimevano tanto la sua soddisfazione personale quanto l'apprezzamento per il potente distillato prodotto in casa a Dobropolje. Rivolto un biascicato «buongiorno» al suo compagno di viaggio e scostatolo dolcemente dal posto accanto al finestrino, alzò il tavolinetto, vi appoggiò sopra i gomiti e si mise a osservare quel mondo sconosciuto. Il treno correva veloce attraverso una regione ondulata: sui prati i contadini e le contadine raccoglievano l'ultimo fieno dell'anno. Da uomo di campagna, Jankel aveva occhi solo per i campi, i prati e la gente al lavoro. A giudicare da quel che vedeva, lì era già autunno e la cosa lo sorprese molto.

«Sono contadini anche quelli?» domandò dopo un po', indicando la strada sottostante che correva parallela al terrapieno della ferrovia, dove ragazzi e ragazze, appollaiati come corvi su biciclette e con attrezzi agricoli in spalla, sciamavano singolarmente, a coppie o a frotte.

«No, sono impiegati di banca» disse Welwel con voce roca e beffarda. Senza essersi accorto che aveva ricambiato a malapena il suo buongiorno, Jankel lo guardò stupito. Davanti al viso stanco e tormentato, domandò ancora: «Non sei riuscito a dormire, Welwel?»

Le labbra di Welwel rimasero sigillate e lo sguardo era irritato. Jankel tentò un'espressione conciliante ma, non ottenendo alcuna attenzione, tornò a voltarsi verso il finestrino. Vide che quei contadini indossavano abiti da città e, nelle stazioncine dove il treno scivolava rapido come una slitta, vide contadine accalcate con le loro ceste davanti a piccoli convogli ferroviari. Le ceste erano colme di verdura, polli e uova. In testa portavano tutte dei cappelli, cappellini molto buffi. Di contadine con il cappello Jankel non ne aveva mai viste in vita sua, e davanti a quello spettacolo non poté che sbarrare gli occhi. Dimenticò perfino il divario che aveva notato rispetto al lavoro nei campi, quel cambio di stagione sopraggiunto per così dire nel volgere di una notte che lì per lì lo aveva entusiasmato. Dimenticò l'irritazione di Welwel e la sua risposta beffarda, dimenticò il viaggio e la sua meta. Rimase per un bel po' assorto nella contemplazione. I suoi vecchi occhi ancora capaci di vedere lontano si lanciavano, simili a un rapace durante la caccia, su quegli strani corvi appollaiati sulle biciclette e su ogni contadina che portava fieramente il suo cappello.

«To'! Che gente di campagna fine!» sentenziò infine ad alta voce. Sembrava un giudizio definitivo e niente affatto benevolo. Di lì a poco, infatti, distolse lo sguardo dal finestrino e sprofondò in un silenzio trasognato, tenace come il mutismo di Welwel. Senza più aprir bocca, arrivarono a Vienna.

Erano appena scesi dal treno e ancora all'interno della stazione Nord quando, di punto in bianco, Welwel disse a Jankel: «La mia prima destinazione qui a Vienna sarà il rabbino. Se il rabbino dice di no, non voglio più sentir parlare della faccenda.»

«Quale faccenda?» domandò Jankel spaventato, poiché a udirsi suonava come una minaccia.

«Sai benissimo di cosa parlo.»

«Vuoi andare dal rabbino di Czortków?»

«Sì. Dal rabbino di Czortków.»

«Ci sarà anche il rabbino di Czortków al congresso?»

«Abita qui. In pianta stabile. Dal 1914.»

«Va bene, Welwel, come vuoi» disse Jankel. «Comunque, hai i nervi a fior di pelle, meglio dormirci sopra.»

2

Welwel attuò la sua minaccia, anche se non con tutto il rigore annunciato. Andare dal rabbino fu in effetti la sua prima preoccupazione, ma non fu al rabbino di Czortków che fece visita, non si consultò con il grande rabbino di Czortków, bensì con un rabbino di scarsa importanza, di tal poco conto che lo stesso Welwel, pensando a lui, gli negava il titolo di rabbino. Lo considerava piuttosto un rabbinuccio, un *rebtschik*, termine che a volte può assumere una connotazione quasi dispregiativa, come a dire: «... ed è pure un rabbino!» Welwel conosceva questo *rebtschik* fin dai tempi di guerra, nelle ultime settimane prima del congresso si erano scambiati un paio di lettere in merito a questioni organizzative che riguardavano gli ebrei fedeli alla Legge.

Non che Jankel gli avesse suggerito espressamente di rivolgersi a un rabbino meno importante, tuttavia aveva senz'altro fornito il suo contributo nel fargli cambiare idea. Quando furono scesi dal treno, Welwel decise che avrebbero raggiunto a piedi il vicino Hotel Continent.

Dopo aver affidato i bagagli a un facchino – Welwel aveva abitato a Vienna per quattro anni e conosceva bene soprattutto il quartiere di Leopoldstadt –, imboccarono la Praterstraße in direzione dell'albergo. Jankel era fresco e riposato. In treno aveva dormito per l'intero viaggio e ora osservava ogni cosa attentamente con il suo sguardo acuto. Come tutte le anime semplici, per strada era attratto in primo luogo dalla gente, dalle persone. Quante persone! Nei pressi del Carltheater il suo volto si illuminò alla vista di un gruppo di austriaci in uniforme e lustri stivali alti che uscivano da una trattoria.

«Lo vedi, Welwel» esclamò compiaciuto, «a Vienna tutti portano gli stivali alti!»

«Ma quelli sono soldati, Jankel» lo informò Welwel.

«Quelli? Soldati? Vuoi che non sappia riconoscere un soldato? I soldati portano la baionetta quando sono a passeggio in città. Altrimenti vanno a finire in gattabuia e ci marciscono pure. Soldati! Figuriamoci. Solo le serve, ossia gli attendenti, possono farsi vedere senza baionetta in città. Appunto perché sono più serve che soldati. Ma quelli laggiù non sono soldati.»

«Allora saranno giovanotti di qualche associazione equestre.»

«Cavalieri? Come no. Specialmente il ciccione con la barba. Con quella pancia ti dico che in tutta la vita non ha mai visto un cavallo da vicino. Magari sarà un professore. I viennesi sono gente in gamba sai. E infatti lo sanno: le uniche calzature degne di un uomo sono gli stivali alti.»

«Guardate là, due ebrei!» gridò in dialetto viennese qualcuno dal marciapiede di fronte. «Polacchi! Ebreacci!»

«Lo vedi Welwel? Sono civili!» constatò trionfante Jankel. «Adesso protesta pure quanto vuoi, io mi tengo i miei stivali. Eh, Vienna sì che è una vera città.»

Welwel non aveva nulla da ridire. Si sentiva a disagio

quando gli ebrei di una cittadina come Kozlowa si burlavano di Jankel, mentre a Vienna, diceva a se stesso, c'erano matti di ben altro genere. Che il nostro Jankel se ne vada pure in giro con i suoi stivali, non darà nell'occhio più di qualsiasi altro polacco.

Il battibecco mise Welwel di buonumore e anche la vista delle vie di Leopoldstadt, che gli erano familiari, riuscì momentaneamente a scacciare i pensieri notturni. Dopo aver riposato per un'ora, ciascuno nella propria camera d'albergo, dopo essersi lavati e cambiati d'abito, dopo che Welwel ebbe recitato la preghiera del mattino e fatto colazione con Jankel – il vecchio era talmente intimidito dalla metropoli che non osò toccare il cibo per primo e Welwel, se l'udito non lo ingannava, credette perfino di sentirlo mormorare qualche formula di preghiera –, insomma, dopo che si furono sistemati, Welwel disse con voce sommessa e senza guardarlo: «Ora, Jankel, devo lasciarti solo per un po'.»

«Lasciarmi solo? Portami con te, Welwel. Aspetterò fuori dalla casa del rabbino finché avrete finito di parlare. Ora che sono qui, voglio vedere la città, la gente...»

«In realtà volevo prima andare alla borsa dei prodotti agricoli» azzardò Welwel.

«E io dovrei restare qui? È una vita che coltivo la terra e non ho mai visto una borsa dei prodotti agricoli. Non puoi farmi questo, Welwel!»

Welwel emise un sospiro profondo. Non voleva affatto andare alla borsa. Che ci andava a fare? Di prodotti agricoli, certo, ne aveva in abbondanza, i magazzini erano ancora pieni dal raccolto precedente. Ma le frontiere erano chiuse, non c'erano affari da poter concludere qui. E poi, era per caso venuto a Vienna per affari? Voleva semplicemente nascondere a Jankel che nel frattempo un piccolo *rebtschik* aveva alleggerito di un compito il grande rabbino di Czortków. Adesso era pure costretto a portarlo alla borsa dei prodotti agricoli. Per fortuna era di strada, a pochi passi dall'albergo. La deviazione non prese molto tempo e anche la visita al *rebtschik* non durò a lungo. Jankel attese fuori dal portone e disapprovò, fra sé e sé, la condotta di quel grande rabbino che, pur possedendo una residenza principesca a Czortków, preferiva vivere in una modesta casa in Rembrandtstraße.

3

Simche Winiawer si riempì di non poco orgoglio vedendo comparire Wolf Mohylewski come suo discepolo, ovvero suo chassid. Era per lui un grande onore e ne avrebbe anche avuto guadagno – il *rebtschik* viveva in grande povertà. Eppure non rese le cose semplici né a se stesso né a Welwel. Dopo i saluti e un rapido scambio di opinioni sull'imminente congresso, Welwel Mohylewski si ritrovò seduto davanti al *rebtschik* come un uomo confuso e sconfitto.

«Come forse lei sa, reb Simche, io avevo un... fratello.»

«Lo so» disse Simche. Welwel vide calare le palpebre pesanti sugli occhi rotondi e indolenti del *rebtschik* e quasi udì le sue labbra spesse mormorare la formula malvagia: *Cancellato sia il suo nome tra i vivi e i morti!*, sebbene le labbra di Simche fossero rimaste sigillate e nascoste dalla barba.

«Sono vedovo» proseguì Welwel.

«Lo so, non da oggi.»

«Non ho figli.»

«Lo so, non da oggi.»

«Possiedo una grande proprietà.»

«Lo so, lo sanno tutti i bambini ebrei.»

«Non ho eredi.»

«Lo so, non da oggi.»

«A Vienna abita un bambino» disse Welwel in un soffio, la voce spezzata.

«*Lui* non vive più?» intuì il *rebtschik*.

«Caduto in guerra.»

«Lodato sia il vero giudice.»

«Il mio amministratore, un vecchio ebreo, un ebreo semplice, mio lontano parente da parte di madre, mi tormenta da anni per via di questo bambino.»

«Lo so.»

Era alquanto improbabile che sapesse anche questo. Ma il *rebtschik* continuava a elevarsi. Quanto più Welwel si inchinava, tanto più il *rebtschik* si elevava. Era già diventato un *wunderrabbi*, faceva miracoli: sapeva tutto. Quanto a sapienza, ascendenza e forse perfino devozione, non era che un piccolo uomo, se paragonato a Welwel Mohylewski. Ma in quel momento Welwel non era nient'altro che il fratello di un rinnegato e davanti al *rebtschik* avrebbe voluto farsi piccolo fino a scomparire. In ogni caso, quell'ultimo «Lo so» lo ferì come un colpo sordo alla testa, che lui abbassò così tanto da toccare il piano del tavolo con la fronte.

«Il bambino...» lo incoraggiò il *rebtschik*.

«Nel mio testamento ho già disposto che, dopo la mia morte, la proprietà della tenuta passi al Fondo Nazionale come scuola agraria per coloro che desiderano emigrare in Palestina.»

«Lo so.»

«Ma non è così semplice. Molte cose dipendono dalla proprietà e il mio amministratore, come dicevo...»

«Lo so» lo interruppe il *rebtschik*. «E il bambino?»

«Il bambino è un ragazzo» gemette Welwel.

«Quanti anni ha?» domandò il *rebtschik*.

«Può avere diciotto anni, o forse ne ha già venti.»

«Mmh. Un uomo adulto dunque. Lo conosce?»

«No, reb Simche!» disse Welwel con tutta la forza della sua voce, «appunto per questo vengo a chiedere il suo consiglio. Lei vive qui, nella metropoli, conosce queste famiglie viennesi molto meglio di me.»

«Lo so, lo so» confermò il *rebtschik* alzandosi in piedi. Si mise quindi a girare intorno al tavolo con aria pensosa. Al terzo giro, che a Welwel parve il centesimo, il *rebtschik* tornò a sedersi e a occhi chiusi, dondolando il busto, in un tono cantilenante che saliva ogni volta con la frase principale e calava a ogni inciso, decretò: «Nelle famiglie che vivono senza tradizione, i figli si rivoltano contro i genitori. In una famiglia come quella in cui è cresciuto questo bambino, i figli crescono del tutto senza fede. Ma questo bambino è ormai un uomo adulto. Un adulto! Si può facilmente immaginare che la sua famiglia non avanzerà obiezioni. Ciò che lei offre al ragazzo non è cosa da poco. Ma che cosa farà lei, reb Welwel? Cosa farà se questo figlio, forse tra anni, forse appena dopo la sua morte, che cosa farà se questo figlio, Dio ne guardi, un giorno dovesse rivelarsi degno figlio di suo padre? Cancellato sia il suo nome tra i vivi e i morti!»

Welwel levò la fronte, levò lo sguardo e cercò gli occhi del *rebtschik*. Con un'inflessibilità di cui non li avrebbe creduti capaci, gli occhi del *rebtschik* sostennero il suo sguardo. Fu come un lampo. Attraverso quegli occhi Welwel comprese il significato che si celava nella maledizione: non era una formula, non era una semplice frase fatta per maledire i rinnegati. Era la sentenza di un giudice. Con un verdetto pronunciato una volta per tutte, il *rebtschik* gli porgeva il significato evidente della formula. Cieco, quanto era stato cieco Welwel, se ci voleva così poco per istruirlo, per persuaderlo, per indicargli la giusta via!

«Sarebbe tentare Dio» disse il *rebtschik*. «Mi creda, reb Wolf» aggiunse, a titolo personale, Simche Winiawer.

Con il cuore colmo di umiltà, Welwel prese congedo dal piccolo *rebtschik* come da un grande rabbino.

4

Simche Winiawer non poté comunque fare a meno di accompagnare Welwel fino al portone di casa. Sul pianerottolo fra due rampe di scale, gli rivolse ancora una domanda: «Il grande Rabbi Abba, che la sua memoria sia di benedizione, non era un amico di suo padre?»

«Rabbi Abba di Rembowlja era un prozio di mio padre» rispose Welwel.

«Ahiahiahi!» fece il *rebtschik*. «Che disgrazia! In una famiglia simile! Ahiahiahi. Mi auguro che non sia venuto a saperlo, il grande Zaddik, che la sua memoria sia di benedizione...»

«No, no» disse Welwel, «ma c'è un nesso fatale tra la morte del mio prozio e la disgrazia accaduta in seguito...» aggiunse esitante, seguendo il filo di un ricordo che in quel momento non riusciva ad afferrare.

Non appena scorse Jankel, che lo aspettava con impazienza nell'ingresso, Welwel si separò in tutta fretta dal *rebtschik*. Immaginando fosse uno dei portieri del rabbino, Jankel non lo degnò di un secondo sguardo. Peraltro, quella mattina alla stazione aveva già deciso di agire di testa sua, a prescindere da quello che avrebbe detto il rabbino. Dall'espressione pensierosa di Welwel risultava però fin troppo chiaro che una decisione era stata presa e l'attesa aveva esaurito la sua pazienza. Per alcuni passi camminò appresso a Welwel senza aprire bocca, ma poiché non riusciva a strappargli un commento nemmeno lanciandogli eloquenti occhiate di incitamento, Jankel passò all'attacco: «Certo io non ho il diritto di dire niente, però ci ho riflettuto a lungo – ne ho avuto tutto il tempo – e te lo dico con franchezza: non mi piace affatto che il rabbino, uno che possiede un castello da principi a Czortków, abiti qui, in questa Rembrandtstraße. Non voglio dire niente contro questa strada, mio Dio, una grande città non è un pascolo, una strada è una strada, in casa però, in quella casa, c'è una puzza tremenda.»

«Suvvia, Jankel! Hai pensato seriamente che il rabbino di Czortków vivesse in quella casa?»

«L'hai detto tu che andavi dal rabbino! O mi stai forse prendendo in giro?»

«Sono stato da un rabbino. Ma non dal rabbino di Czortków.»

Dunque non ha osato, pensò Jankel senza lasciar trasparire la sua esultanza. «Adesso non credo più a niente di quello che dici, Welwel. Non sei stato da nessun rabbino.»

«E invece sì, Jankel. E per venire subito al dunque: è deciso. Della faccenda non parliamo più. Né ora né mai. Te lo chiedo per favore.»

«Sei stato da un rabbino? Va bene. E come si chiama, questo rabbino?»

«Il nome non ti direbbe niente. E poi lo hai visto.»

«Quello era il rabbino?!» esclamò Jankel. Il tono della domanda tradiva giubilo e trionfo. Sarebbe stato anche capace di ignorare la decisione del rabbino di Czortków, se fosse stato necessario, ma dell'opinione di un *rebtschik* da strapazzo se ne infischiava proprio. Ebbene sì, se ne infischiava! Per la prima volta, da quando avevano messo piede a Vienna, il vecchio Jankel camminava davanti a Welwel. A grandi falcate, faceva strada. Irradiava lo stesso orgoglio di quando misurava il campo di segale contando i passi per dividere il lavoro tra i falciatori. E fischiettava pure.

«Non correre così, Jankel. Tu hai dormito tutta la notte. Io non ho chiuso occhio. E non fischiare, ti prego. Per me puoi andartene tranquillamente in giro con i tuoi stivali alti. Ma un vecchio ebreo che fischia per la strada qui non si è ancora mai visto.»

«Va bene, Welwel, non me ne volere. Sei stato da un rabbino. È deciso. Non parliamo più della faccenda.»

«È giusto così, Jankel. Temevo già che l'avresti presa molto a male. Mi sento sollevato. Sarebbe come tentare Dio, credimi. Adesso sto bene. Mi è passata anche la stanchezza. Ora posso mostrarti un po' Vienna. Che cosa vorresti vedere? Per cominciare, andiamo al grande tempio in centro città, poi...»

«Se non è troppo lontano, prima preferirei vedere la Grande Ruota.»

«Non hai ancora visto la Grande Ruota?»

«Perché, si vede forse da Dobropolje?»

«Jankel! Quando esci dalla stazione Nord, sei proprio davanti alla Grande Ruota!»

«Davvero? Io non l'ho vista!»

«Eh, se fosse stata una vacca, non ti sarebbe certo sfuggita.»

«Ho capito, Welwel. Mi sento davvero come quel contadino che non riusciva a vedere la città perché le case gli coprivano la vista. Ma tu perché non me l'hai indicata?»

«Come potevo immaginare che avessi lasciato gli occhi a Dobropolje?»

«Perché eri arrabbiato. Sei sempre arrabbiato con me.»

«Fa niente, Jankel. Ti ci porto subito, là c'è anche il Prater. Ci andiamo con il tram.»

Ma Jankel non ebbe fortuna con la Grande Ruota. Alla fermata del tram trovarono un chiosco di giornali e Welwel comprò un paio di quotidiani per vedere che cosa aveva da dire la stampa viennese sul congresso dei fedeli alla Legge. Nulla aveva da dire. Solo in un foglietto jiddisch trovò quello che cercava. Accanto all'articolo dettagliato che sorvolò con un'occhiata, c'era un annuncio stampato in grassetto, rivolto direttamente ai partecipanti al congresso.

«Cattive notizie?» domandò Jankel vedendolo impallidire, mentre il giornale gli tremava fra le mani.

Welwel stava leggendo un avviso per i delegati al congresso.

«È successo qualcosa di grave, Welwel?»

«Niente d'importante, Jankel... Hanno anticipato una riunione del comitato. Devo preparare i documenti. Purtroppo dobbiamo tornare subito in albergo.»

«Non fa niente, Welwel. Sei comunque sfinito, ti tremano le mani.»

Si affrettarono a rientrare per la strada più corta. Arrivati a destinazione, all'improvviso si sentirono entrambi molto stanchi e andarono a riposare. Welwel doveva riprendersi dal viaggio e dalle forti emozioni della giornata; il vecchio Jankel dal trambusto e dalle impressioni disordinate della metropoli.

5

Non fossero stati ebrei in caffettano, i delegati al congresso, che erano alcune centinaia, sarebbero passati inosservati per la strada. Vienna era infatti piena di visitatori. Si era voluto dedicare quell'anno a un grande musicista che a un secolo dalla nascita veniva celebrato con un importante festival. Poiché anche questo genio, come la maggior parte dei grandi geni della musica, era un viennese, le manifestazioni celebrative, con tutto il peso dei loro cento anni, si concentravano a Vienna. Decine di migliaia di cantanti – come dichiaravano essi stessi e come puntualmente riferivano anche i giornali – erano giunti in pellegrinaggio a Vienna da ogni parte del mondo. Avevano cantato migliaia di *Lieder*, l'intera città viveva all'insegna della musica. C'erano state rassegne musicali e vocali per tutti i gusti. Si era cantato e suonato ovunque: nelle sale da concerto e nelle chiese, nei caffè e nelle scuole, all'aria aperta nelle strade e in gruppi amatoriali nelle piazze. Nell'anno del giubileo gli organizzatori del festival, desiderosi di offrire ogni possibile godimento ai loro ospiti, avevano rispolverato anche una forma antiquata di composizione musicale: la serenata. L'intuizione, frutto della mente di un melomane, si era rivelata particolarmente felice. Forse perché il gusto del pubblico viennese, poco incline all'eccessivo frastuono, ostentava il suo disinteresse per i grandi spettacoli musicali a vantaggio delle più modeste serenate; forse perché il buongusto, ossessionato com'è dalla tradizione, si era fatto lusingare anche stavolta da una forma antica: le serenate furono accolte con ardente entusiasmo proprio dal pubblico più sensibile all'arte e gli organizzatori furono lieti di corrispondere a questo bell'ardore. Dopo il primo concerto, allestito in via sperimentale come preludio al festival, furono riproposte in più occasioni a margine della rassegna e per concludere, come ultimo tributo cittadino, era prevista una serenata in una cornice molto rispettabile, in una piazza molto rispettabile per ospiti molto rispettabili.

Anche il Dr Stefan Frankl, vicedirettore dell'Ufficio generale della stampa, si rallegrava già da giorni in vista di questo concerto. Con i suoi tanti cantanti il festival gli aveva procurato molto lavoro, molte preoccupazioni e molte seccature professionali. Ora che la buriana era felicemente passata, il Dr Frankl aveva deciso di assistere all'ultimo evento musicale del festival, come ricompensa per tutte le fatiche sopportate e per suo piacere personale.

Aveva fatto un salto in ufficio nel tardo pomeriggio per dare un'occhiata ai giornali del lunedì. Di solito non era lì a quell'ora. L'impiego in un settore così imprevedibile come la stampa e la frequentazione di uomini atipici come i giornalisti non consentivano un orario fisso. Come nelle redazioni, anche per lui le ore di lavoro più intenso si concentravano il mattino e la sera tardi. Solo eccezionalmente il Dr Frankl andava in ufficio di pomeriggio. Quel lunedì non sembrava esserci nulla di importante da sbrigare, ma tra i suoi doveri professionali rientrava un particolare tipo di ascolto: sentir crescere l'erba dei giornali seminata dai vicini. Un ascolto quotidiano che non si esauriva mai.

Il Dr Frankl allungò la mano verso la pila di giornali che si era appena formata in un angolo della sua grande scrivania. Pareva che i suoi polpastrelli fossero dotati di vista propria. Tastarono rapidissimi il bordo della pila e in men che non si dica pollice e indice avevano afferrato la piega del foglio desiderato. Senza approfondire il contenuto, il Dr Frankl setacciava le notizie. A lui importava solo essere sul posto, nell'eventualità che il suo capo desiderasse maggiori informazioni sul congresso dei fedeli alla Legge, alla cui cerimonia di inaugurazione si proponeva di assistere, anche se non in via ufficiale. Per questo si trovava dunque in ufficio: seduto alla sua scrivania, attendeva che il telefono squillasse.

Benché di piccola statura, stretto di spalle e molto magro, il Dr Frankl era una figura che si faceva notare componendosi, per così dire, di tre colori, come una moderna linoleografia: il nero corvino dei capelli, il bruno tabacco dell'incarnato e il bianco dei grandi bulbi oculari sporgenti che, dietro le spesse lenti degli occhiali, esprimevano una gravità vigile e pacata, incline alla tristezza fuori dalle stanze d'ufficio. Aveva appena superato i cinquant'anni, ma seduto alla scrivania sembrava averne poco più di quaranta, impressione ingannevole che si ribaltava di colpo a suo sfavore, non appena questo piccolo uomo carico di energia nervosa si alzava in piedi e, chino in avanti, passava da una stanza all'altra. Allora aveva l'aria di uno ormai prossimo alla sessantina. Dipendeva dall'inclinazione del busto, una postura inveterata che in realtà non corrispondeva al suo fisico, ma incarnava soltanto quell'affettazione di superiorità che doveva esibire un uomo della sua posizione, uno che per mestiere era sempre il meglio informato, una postura quasi da anziano che oltretutto era una ricalcatura. L'aveva mutuata dal suo capo, al quale lo legava anche un'amicizia ben nota tanto nell'ambito professionale come in città.

Mentre aspettava che il telefono squillasse, il Dr Frankl passava il tempo scorrendo molto velocemente i giornali. Con un gesto nervoso della mano sinistra – una via di mezzo fra un colpo e uno strappo – lisciava un foglio, mentre la destra si allungava oltre una pila di documenti per prendere il flaconcino d'acqua di colonia, accessorio immancabile della sua scrivania, farne cadere qualche goccia sui polpastrelli inumiditi e così rinfrescare le tempie sui due lati, picchiettandole meccanicamente dal basso verso l'alto. Il suo era un accorgimento per alleviare il mal di testa. Sebbene fosse un ex reporter, il Dr Frankl si era occupato a lungo di cronaca e perciò soffriva di emicrania, disturbo che lo colpiva puntualmente ogni volta che si accingeva anche solo a prendere in mano un giornale. Il suo ricorso all'acqua di colonia andava però interpretato anche come una sorta di critica al mondo del giornalismo. E il Dr Frankl soleva esercitare la sua critica con grande vigore, soprattutto in presenza dei signori della stampa.

Gli agili movimenti della mano destra alle prese con il flaconcino mostravano inoltre una lontana somiglianza con i rapidi gesti che reb Welwel ripeteva durante la piccola abluzione rituale che precedeva la preghiera del mattino. Il Dr Frankl non poteva certo immaginare una simile analogia, ma ne sarebbe stato piacevolmente sorpreso se qualcuno glielo avesse fatto notare. Non era infatti uno di quegli ebrei che occupano posizioni elevate senza riuscire a liberarsi del timore di essere scambiati per ebrei. Anzi, nel senso che viene attribuito all'espressione in Europa occidentale, egli era addirittura un cosiddetto ebreo di stretta osservanza.

Per effetto della lettura dei giornali, le pieghe, i solchi e le rughe sul viso bruno tabacco iniziarono a unirsi nel disegno di un sorriso compiaciuto. Il disegno però non riuscì a essere completato: l'apparecchio sulla scrivania emise tre squilli rapidi e brevi e la voce sommessa di un segretario annunciò al Dr Frankl la chiamata che stava aspettando.

6

Il direttore aveva appena ricevuto il rapporto del segretario. A quel punto gli sembrava importante conoscere anche l'opinione di Frankl sul congresso. In realtà lo fece chiamare perché voleva informarsi sugli effetti di una nuova dieta. Il direttore e il Dr Frankl, infatti, soffrivano della stessa malattia metabolica e di tanto in tanto si confrontavano sulle rispettive esperienze fatte con le varie cure. I burloni dell'ufficio, per esempio il segretario Czerny, cinguettavano, sia pure senza malizia e con umana partecipazione, che non era stato il mestiere né la visione del mondo a far nascere l'amicizia tra i due, bensì la malattia che avevano in comune. Da paziente relativamente più giovane e meno vulnerabile, al Dr Frankl spettava il ruolo pionieristico nella sperimentazione di nuove terapie e al capo piaceva chiedere consigli alimentari più spesso a lui che non al medico di famiglia. Ma quando vide entrare il Dr Frankl, che una volta tanto aveva un aspetto fresco e sembrava di umore allegro, tenne a bada il fastidioso interesse per la nuova dieta – non dubitava che fosse almeno in parte responsabile dell'evidente benessere del suo amico –, e con il consueto piglio di chi vuol vederci chiaro portò subito la conversazione sul congresso degli ebrei.

«Che cosa vuol dire *Agudat?*» domandò, gettando uno sguardo al foglio da cui sembrava leggere qualche parola. «Lo chiamano congresso dell'*Agudat*, giusto?»

Il Dr Frankl aveva preso posto su una sedia dorata con le gambe sottili e la seduta stretta, sul lato sinistro della scrivania, in posizione obliqua rispetto al suo capo. Aveva quasi l'aria di un candidato davanti all'esaminatore e con lo zelo di uno scolaro rispose: «Significa qualcosa come "unione" o "alleanza".»

«È una cosa nuova? Ha a che fare con la politica? Con il sionismo?» continuò a indagare il direttore. «È nuova e, come tutte le cose giuste, allo stesso tempo è anche molto antica: Unione degli ebrei fedeli alla Legge. Può darsi che vi abbiano aderito anche dei sionisti. Sempre che siano sionisti religiosi.»

«Ne esistono?»

«Credo di sì. L'ortodossia più rigorosa però respinge l'idea sionista, la considera una presunzione dell'essere umano che banalizza la fede messianica distorcendone il senso. Non so se sia esattamente l'argomentazione degli ortodossi, ma diciamo che potrebbero motivare così la loro opposizione al sionismo.»

«È informato su questo congresso? Sa qualcosa di preciso?»

Sul viso generoso del direttore era comparso un luccichio di curiosità, la curiosità del pensatore che era stato prima di doversi separare dalla sua cattedra.

«Ho passato in rassegna la documentazione, diciamo che mi sono fatto una prima idea.»

«Insomma, che cosa vuole questa gente dell'*Agudat*? Qual è lo scopo di questo congresso?»

«Da quanto ho capito, si tratta di un'organizzazione internazionale di ebrei fedeli alla Legge che intende contrastare l'allontanamento della gioventù dalle radici spirituali e morali, conseguenza della guerra e degli sconvolgimenti successivi, soprattutto a est. L'obiettivo, in sostanza, è quello di preservare un sistema di educazione religiosa con un fine universale.»

Il Dr Frankl un po' si vergognava di ricordare solo qualche slogan e frase di propaganda, e si ripromise di approfondire l'argomento.

«Dunque, anche i pii ebrei credono che sia giunto finalmente il momento di fare qualcosa contro l'abbandono della religione?»

«In realtà è sempre stata la loro posizione. Sono imbattibili nell'attaccamento alle proprie tradizioni.»

«Ma insomma, che cosa fa questa *Agudat*? Mi interessa molto.»

Il suo interesse era sincero. E a quel punto decise che al posto del segretario Czerny avrebbe mandato il Dr Frankl come suo rappresentante all'apertura del congresso. Il tono cinico con cui il segretario ne aveva parlato, come se si trattasse di un convegno per la promozione delle migliori barzellette ebraiche, gli pareva ora più inopportuno che mai.

«Fonda scuole: asili, scuole elementari, scuole secondarie, accademie, tutto con l'obiettivo di una severa educazione religiosa. Apprendere la Torà, diffondere la Torà, questa frase ricorre in ogni loro scritto di propaganda.»

«E chi mette il denaro necessario?»

«Di denaro non ne hanno, naturalmente» disse il Dr Frankl che, come tutti i viennesi, passava al dialetto quando il discorso cadeva sulla scarsità di denaro. «Ma fanno ciò che fanno tutte le persone religiose quando perseguono uno scopo edificante: raccolgono offerte, mendicano il denaro necessario.»

«In Polonia?»

«In tutto il mondo. Le donazioni maggiori provengono dagli americani.»

«Gli americani?»

«Gli ebrei americani.»

«Si ricordano ancora del loro Dio?»

«La coerenza religiosa dell'agire umano si è persa da tempo anche fra gli ebrei. Ma la memoria di quella coerenza, o perlomeno la possibilità della memoria, non è ancora del tutto sopita. E i rabbini sanno come risvegliare questa memoria. Se poi si considera che dei quattro milioni di ebrei americani più di tre milioni e mezzo sono emigrati negli ultimi quarant'anni e per la gran parte dall'Europa orientale, non stupisce più di tanto che le pie aspirazioni come i bisogni degli ebrei orientali trovino quasi sempre una risposta presso gli ebrei americani.»

«La ringrazio, Dr Frankl. Questo congresso mi interessa molto e la prego di volerci rappresentare alla sessione di apertura. Per lei va bene, vero?»

Si alzarono quasi contemporaneamente. Con la postura che abbiamo già imparato a conoscere dal Dr Frankl, il direttore fece qualche passo nella stanza, una sala con grandi finestre. Si fermò davanti a una finestra e guardò fuori, verso la piazza, dove uno scampolo di pomeriggio estivo metropolitano, incorniciato da un'architettura trionfale, risplendeva nella luce dorata del sole.

Cambiando voce, in un tono che dissimulava a fatica il coinvolgimento emotivo, il direttore passò a informarsi della salute del Dr Frankl. Le parole sommesse, come posate sull'azzurro dell'orizzonte, parvero precipitare a picco sulla piazza. La risposta seguì a ruota, come una formula collaudata, unendo le due voci in una cerimonia responsoriale che i due uomini condussero, per così dire, senza parteciparvi personalmente. In piedi davanti alla finestra, isolato dal mondo esterno, il direttore non faceva troppe domande ed evitava accuratamente di toccare il punto dolente. Il Dr Frankl, che stava ormai per afferrare la maniglia della porta, rispondeva in modo conciso, tendendo a divagare. Lo scambio di natura confidenziale durò poco. Poi, lentamente, il paziente più anziano si voltò e in un attimo tornò a essere il capo. Nel salutare il dottore, ribadì il desiderio di essere informato sul congresso dei fedeli alla Legge, nel dettaglio e in privato.

7

L'incarico inatteso scombinò i piani del Dr Frankl per l'indomani pomeriggio. Martedì, infatti, aveva previsto di dedicare due ore ai suoi doveri paterni. Il Dr Frankl non era padre né era sposato, tuttavia aveva delle preoccupazioni che, pur scherzandoci sopra, percepiva come le preoccupazioni di un padre. Gli venivano dall'impegno che aveva assunto quattordici anni prima nei confronti del figlio di un amico, il figlio di un amico di gioventù caduto in guerra. Sebbene questa paternità adottiva fosse ormai di vecchia data, il Dr Frankl trovava le sue preoccupazioni di padre ancora relativamente nuove e inusuali.

Erano cominciate circa un anno prima quando il suo pupillo, dopo numerose metamorfosi naturali legate alla crescita, da bambino dolce, da fanciullo incantevole, da ragazzo molto promettente si era trasformato in un giovane difficile. Il tutore sapeva bene che la sua adorata amica Fritzi, come tutte le madri della buona borghesia, sopravvalutava ampiamente le difficoltà caratteriali del figlio. Il giovane, in fondo, perseguiva gli studi di architettura con diligenza e con quello zelo che, ben prima di sostenere l'esame di maturità, lo aveva spinto a scegliere tale indirizzo e – secondo il tutore – si distingueva dalla nuova generazione a cui apparteneva proprio per la serietà della sua condotta. Ma il Dr Frankl temeva di essersi lasciato indurre dalla madre a prendere un provvedimento sbagliato su una questione di non poco conto. E questo lo preoccupava.

A seguito di un episodio imbarazzante, la madre, sempre molto apprensiva, aveva infatti deciso di mandare il figlio per un semestre a Berlino, sotto la ferrea disciplina della nonna, e il tutore si era visto costretto a sostenere il provvedimento punitivo pur giudicandolo sbagliato. Ora non poteva che pentirsi di aver dato il suo consenso.

Perché a un mese dalla fine del semestre era arrivato un dispaccio concitato della nonna: quel nipote maleducato, così riferiva la nonna – che amministrava tirannicamente il patrimonio, l'orgoglio, la reputazione e perfino la saggezza della famiglia –, si era comportato nei suoi riguardi in modo tale da non poter più essere tollerato in casa. Un post scriptum, scarabocchiato chiaramente in uno stato di estrema agitazione, chiudeva il dispaccio lanciando un vero grido d'allarme: il nipote screanzato, nel frattempo, se l'era squagliata, e per di più senza bagaglio!!! L'infilata di punti esclamativi esprimeva il sentimento familiare oltraggiato e sembrava annunciare la minaccia di un diseredamento che del resto, come il fuggitivo stesso, non tardò ad arrivare. Il giovane, infatti, era tornato a casa, senza bagaglio, l'aria innocente e con un cospicuo ritardo, a vacanze inoltrate, reduce da un lungo viaggio che lo aveva riportato a Vienna e che aveva spacciato per una trasferta di studio programmata da tempo.

A differenza della madre, il tutore non si era lasciato impressionare più di tanto dal grido di allarme della nonna. Il Dr Frankl nutriva poca simpatia per la severa vegliarda – "la massa ereditaria", come la chiamava il genero, l'amico caduto in guerra –, tuttavia aveva preferito aspettare qualche giorno dal ritorno del ragazzo e fissare il loro primo incontro solo nel pomeriggio di martedì, una volta smaltito il broncio.

Tornato in ufficio, il Dr Frankl rimise mano alla sua agenda e rifletté se, in considerazione dell'incarico di partecipare al congresso, non dovesse automaticamente prolungare la fase del broncio oppure sospenderla un giorno prima. Il fatto che il direttore l'avesse voluto vedere in anticipo e ora avesse più di due ore libere dall'inizio del concerto depose a favore della sospensione del broncio al quale, oltretutto, lui stesso attribuiva scarsissimo valore pedagogico. In fondo al suo cuore – senza nemmeno sapere cosa fosse realmente successo di tanto mostruoso a Berlino – il tutore stava dalla parte del nipote contro la nonna dispotica, "la massa ereditaria".

Fece immediatamente telefonare al pupillo, dicendo che lo avrebbe atteso alle cinque in un caffè della città, il suo preferito, e si mise subito in cammino verso il locale, in via eccezionale perfino a piedi. E siccome l'aria del pomeriggio era piacevolmente fresca e la passeggiata gli giovava, lungo la strada si propose d'invitare al concerto il ragazzo, sempre fonte di tanti pensieri. Beninteso, solo se il colloquio avesse confermato che anche stavolta l'allarme della nonna era solo un modo per darsi importanza.

8

Come il tutore, anche Alfred aveva dato poco peso al broncio, ma ora si rallegrava soprattutto all'idea di rivedere lo zio Stefan.

Seduta in salotto davanti a un tavolino basso accanto alla finestra aperta, la signora Fritzi lavorava ai ferri un maglione bianco. Sul tavolino tirato a lucido e non imbruttito da una tovaglietta, il gomitolo di lana bianca, fioccosa, si muoveva lievemente al vento leggero che soffiava dal giardino, facendolo sembrare un crisantemo bianco a palla.

Nella sua stanza, Alfred stava tirando fuori i nuovi libri che aveva portato con sé, i "libri dello scandalo", quelli che avevano tanto inquietato la nonna al punto da definirlo "un sionista o forse qualcosa di peggio" nella lettera inviata a Vienna. In piedi davanti agli scaffali, Alfred poteva scorgere la madre attraverso la porta aperta. Fritzi mostrava così poco interesse per quei libri che gli venne il sospetto che avesse già frugato un po' tra le sue cose. Per lui non sarebbe stato un problema. I libri erano quasi tutti dei regali. Regali del suo nuovo amico, un amico vero, che finalmente aveva trovato a Berlino e del quale avrebbe anche voluto dire qualcosa, dopo aver parlato così a lungo e più volte della nonna.

«Molto gentile lo zio Stefan a invitarmi al caffè per un colloquio invece che convocarmi a rapporto, non trovi, mamma?»

In quel momento la signora Fritzi stava contando le maglie, aveva un problema di punti da risolvere e non rispose. La mamma tiene ancora il broncio, sospirò Alfred. Si scostò e pensò che avrebbe raccontato dell'amico prima allo zio Stefan, lui avrebbe sicuramente compreso. A cominciare da come l'aveva conosciuto: all'università, in biblioteca. La conversazione era iniziata con un argomento futile, poi erano andati insieme nella sala di lettura e si erano seduti, l'uno accanto all'altro, a leggere. Aveva un modo curioso di maneggiare i libri, lo studente Gabriel Friedmann. Le mani delicate, appassite come tutta la sua figura, più che toccare semplicemente il volume davano l'impressione di instaurare una sorta di legame affettuoso con le pagine, le sfogliavano avanti e indietro, le lisciavano, dando magicamente vita nello spazio a una lingua propria, una lingua pura, fatta di gratitudine e di umiltà, come se il libro fosse un libro di preghiere e le due mani fossero due labbra intente a pregare. Un talmudista!, decise Alfred, pur non avendone mai visto uno. Aveva poi osato chiedere: «La sua dev'essere una famiglia molto devota?»

«Sì. Già mio nonno era sionista.»

Più tardi, lasciando insieme la sala lettura, era emerso che con questa risposta sorprendente Gabriel Friedmann non aveva inteso disorientare o prendere in giro una persona curiosa che conosceva appena. La risposta era veramente un'informazione seria, che poi fu sviluppata nel corso di una lunga discussione su fede vecchia e nuova, su devozione vecchia e nuova, su sionismo e messianesimo.

«Lo zio Stefan è troppo buono con te. Fin troppo» replicò finalmente Fritzi dopo un lungo silenzio. «Un altro tutore ti darebbe una bella lavata di capo.»

«Lo farà anche lo zio Stefan, temo» la rassicurò Alfred.

Erano diventati presto buoni amici, Alfred e il talmudista. Un giorno, qualche settimana dopo l'incontro in biblioteca, erano entrati più in confidenza e il loro rapporto si era rafforzato, per così dire, di punto in bianco. Era successo al termine di una rissa tra studenti. Alfred, semplice testimone dei fatti, era uscito dall'osteria devastata con l'amico Gabriel ridotto in uno stato pietoso, e l'aveva accompagnato a casa. A quel tempo ad Alfred sembrava ancora che gli ebrei non lo riguardassero personalmente. Aveva dunque interrogato l'amico, ponendogli in un sol colpo una raffica di domande. Gabriel Friedmann aveva risposto come meglio poteva. E aveva concluso: «Mi ricordi quell'orfanello ebreo della leggenda chassidica che viene adottato da un possidente cristiano: il bambino cresce felice, contento, e non ha che un'idea vaga e infantile dei genitori e della loro religione. Un giorno vede gli ebrei dei villaggi intorno dirigersi verso la città. È la settimana che precede i Giorni Terribili e una strana fretta, un'atmosfera di festa, un'attesa fervente accompagna gli ebrei che sfilano sui loro carri. Il ragazzo si avvicina e chiede loro: "Dove state andando? Che tempo è arrivato per voi?" Vedi, Alfred, anche tu in fondo chiedi la stessa cosa ma con altre parole. Presto arriverà un tempo per gli ebrei che riguarderà anche te.»

«E cosa ne è dell'orfanello?»

«Gli succede un miracolo grazie a un libro di preghiere, il libro di preghiere di sua madre.»

«Mia madre non mi lascerà nessun libro di preghiere» aveva replicato Alfred.

«Anche i miracoli non sono più così frequenti. Ma se vuoi sapere dove vanno gli ebrei, ti puoi informare.»

«Nei libri?»

«Certo. Anche nei libri. Ne sceglierò alcuni per te.»

E Alfred si era informato nei libri che l'amico gli aveva portato. Tuttavia, ben presto aveva cominciato a seguire i propri gusti. Aveva scoperto il mondo triste, povero, ma non abbandonato da Dio, degli ebrei orientali, un mondo che gli sarebbe apparso molto lontano e forse ripugnante se non avesse conosciuto così presto la leggenda chassidica dell'orfanello, al quale succede un miracolo grazie al libro di preghiere della madre. Quel piccolo ebreo era diventato così il seduttore di Alfred. Con il passare del tempo gli diventò talmente caro e familiare, che credeva di conoscerlo per averlo sognato o come si conosce un vicino invisibile che, dietro la parete, intona canti sconosciuti ma molto belli.

«Hai rinnovato l'iscrizione al club, Freddy?» chiese a un tratto la signora Fritzi.

«Al momento, mamma, ho altri pensieri che l'atletica» rispose Alfred distrattamente. «Ma parliamo d'altro una volta tanto... Perché non vi sposate voi due, tu e lo zio Stefan?»

La signora Fritzi interpretò la domanda in senso psicanalitico. Volse il suo bel viso, arrossito d'orrore materno, verso il figlio che intanto si era involontariamente avvicinato al piccolo tavolino e, gli occhi bassi, guardava sorridendo imbarazzato il riflesso del gomitolo di lana sulla superficie lucida del legno. La signora Fritzi lasciò cadere sul tavolino i ferri con il pezzo di maglione bianco che aveva già lavorato, e disse: «Sei lo stesso lupo solitario di un anno fa. Probabilmente a Berlino hai vissuto isolato come fai qui. Sarei forse dovuta venire con te per cercarti dei compagni simpatici?»

«Non sarebbe servito un granché, mamma. Ma vedo che hai cambiato discorso. Non abbiamo parlato abbastanza di me in questi giorni? Va bene, lasciamo stare. E scusami se ti ho infastidito con la mia domanda.»

«Non vorrai mica fare questa strana domanda allo zio Stefan? Mi raccomando, caro, non farlo!»

«Oggi non ne avrei comunque il tempo, mamma. Oggi sarò ancora io l'argomento della conversazione. Ma poi basta! Poi sarà il vostro il turno! Ora devo andare, arrivederci, mamma!»

Si chinò sulle sue mani sottili posate sul lavoro a maglia, le cui vene bluastre tradivano la donna che aveva superato i quarant'anni. Il figlio lo notava tristemente per la prima volta. Lei gli accarezzò i capelli pettinati con la riga in mezzo. Era il primo gesto di tenerezza e di riconciliazione dal suo ritorno a casa.

«Hai dei capelli così belli, Freddy. Come tuo padre. Ma non li lavi quanto dovresti. Tuo padre era molto più vanitoso.»

«Mio padre era un bell'uomo!» esclamò in tono ostentatamente burlesco.

Mia madre è una donna affascinante, pensò nell'ingresso afferrando al volo cappello e guanti. Molto affascinante, e io le voglio un gran bene. A volte però non riesco a sopportarla. Perché è così? Perché tanti convenevoli? Anche con me deve sempre fare salotto. Certo, non si può essere la figlia di mia nonna impunemente.

La signora Fritzi stava in piedi davanti allo specchio nel salotto. Era uno specchio stretto, contornato da una cornice molto sottile laccata di rosso e appeso in un angolo tra due pareti bianche. Freddy ha ragione, constatò. Ci si vede a figura intera anche in uno specchio così stretto. Bella non sono più. Non serve un metro quadrato di specchio. Le forme però sono ancora perfette. Sì, Freddy ha ragione. E sa parlare bene, il ragazzo. Suo padre avrebbe potuto dire la stessa cosa. No, no! Quando si è avuto un uomo come il mio Pepperl, non ci si sposa una seconda volta... E con il cuore colmo di fedeltà per il suo Pepperl, la signora Fritzi riprese, sospirando, a lavorare ai ferri.

Lo studente Alfred Mohylewski aveva sicuramente i suoi pensieri. Ma non erano tali da poter turbare la gioia di essere tornato a Vienna. Per la prima volta nella sua giovane vita aveva trascorso un lungo periodo all'estero, molto lungo, così almeno gli pareva, oltretutto in una città che, secondo i cronisti di viaggio del momento, era l'esatto opposto di Vienna. In realtà era molto contento di essere di nuovo a casa. Perché a differenza del corpo – al quale si addice più la sequenza inversa – l'animo umano rinvigorisce proprio sotto le docce calde che gli vengono somministrate dopo quelle fredde. Se il soggiorno involontario a Berlino non era stato niente più che una cura ritemprante a casa della nonna severa, ora percepiva il ritorno a Vienna come un piacere ben meritato e già solo l'aria, le case e le strade della sua città erano per lui fonte di godimento.

Da quando era arrivato a Vienna, ogni giorno non aveva fatto altro che passeggiare. Con l'emotività propria della sua età, girava per le viuzze del vecchio distretto, dove lui e la madre abitavano in un appartamento in affitto, in una villetta con giardino, un tempo di proprietà della famiglia. All'estero aveva scoperto la bellezza e il valore di quelle viuzze antiche che fino ad allora, con il suo gusto moderno, aveva trovato al massimo graziose. Tutte avevano due file di casette. La maggior parte delle abitazioni era dipinta di quel giallo Maria Teresa che, con qualsiasi tempo, riluce caldo e intenso. Tutte avevano due file di alberi: aceri, castagni, acacie. Tutte difendevano con un recinto la propria quiete e sembravano un po' assopite negli agi e nelle antiche comodità. Per non risvegliarsi mai più. E tutte odoravano, già da lontano, di Schönbrunn.

Alfred aveva diviso il quartiere in porzioni. Ogni giorno percorreva un paio di stradine. Tale era la gioia di rivederle che non si era ancora spinto fino al primo distretto, il cuore della città. Aveva atteso pazientemente la fine della confusione festivaliera e di confusione per un po' non voleva più saperne. Ora gli sarebbe piaciuto andare a piedi fino in centro, fino al caffè, ma si era fatto tardi. Salì dunque sul tram e arrivò alla Ringstraße.

9

Alle cinque meno un quarto era davanti all'Opera. All'ora della passeggiata preserale, sul lato della Ringstraße dove transitava l'altra linea del tram in direzione del corso, sei grandi caffè avevano riversato all'esterno il loro intero contenuto di tavolini e sedie in vernice chiara, di signore variopinte e signori abbronzati. Protetti da alberelli e piante ornamentali, i tavolini, le sedie e gli avventori mettevano in scena il rituale del caffè all'aperto. Non ce ne sarebbe bisogno, constatò Alfred. Perché le quattro file di alberi del corso proiettavano lunghe ombre e, nel luccichio del pulviscolo dorato al calare del sole, l'intera Ringstraße sembrava il viale di un giardino. Ma ogni caffè voleva eccellere e, per trattenere i propri clienti, aveva cinto il marciapiede di alberelli, piante in vaso e fiori.

Ancora indeciso se dedicare quel quarto d'ora al lato sinistro del corso, tutto mondano, o a quello destro, meno mondano ma più colorito, Alfred si sedette per un momento su una panchina nel viale fresco e ombroso. Vi sostavano anche due giovani passeggiatrici già al lavoro, che tuttavia non lo infastidirono. Alfred contemplava i bei castagni che, come aveva letto nei giornali, da più di due settimane erano soffocati dalle tribune montate per la sfilata dei cantanti, e si domandava se non avessero sofferto o subito dei danni. Avevano montato le tavole una settimana prima del festival e dopo una settimana di concerti gli alberi ne erano ancora strozzati. In alto erano rigogliosi, in basso avevano sete, in alto erano alberi con la chioma protesa verso la luce, in basso erano legno coperto di legno. Forse avevano sofferto ma non avevano subito danni. Soddisfatto di questa constatazione, Alfred voleva chiedere alle due giovani passeggiatrici come fosse andata con i cantanti: quanto avessero faticato, quanto avessero incassato, ma al solo pensiero di essere sorpreso dallo zio Stefan che magari sedeva sulla terrazza del caffè, scacciò quella curiosità così frivola.

Il Dr Frank, che raramente andava al suo caffè a quell'ora, aveva preferito occupare un posto vicino alla finestra nella sala buia. Da lontano si apprezzava meglio lo spettacolo vivace sulla terrazza e poi la sala interna, completamente vuota e immersa nella penombra della tettoia esterna, era perfetta per il primo confronto con Alfred. Le grandi vetrate delle finestre erano abbassate, stare seduti lì dentro era come essere all'aperto con il triplo vantaggio di occupare una posizione dominante, godere della vista sulla Ringstraße e non avere nessuno intorno, perché perfino in un caffè viennese i vicini non sempre risultano gradevoli.

Sedeva lì da mezz'ora, aveva già preso il suo caffè doppio senza zucchero e osservava divertito la compagnia sulla terrazza: le signore davanti, nel bagliore vibrante del tramonto, sembravano uscite da una rivista di moda, le sopracciglia depilate, l'espressione attonita quasi fossero loro stesse stupite del proprio aspetto, le labbra rosse, il viso rivolto agli ultimi raggi di sole, si beavano come felini alla luce del tramonto; i signori, all'ombra della tettoia o dei loro quotidiani spiegati abilmente per schermarsi dal sole, leggevano.

Il Dr Frankl non usava leggere i giornali al caffè. Lo considerava una sorta di vizio, e riteneva volgare cedere a un vizio in pubblico.

Dalla sua posizione sopraelevata rispetto alla strada, poteva abbracciare con lo sguardo anche una porzione di viale e sbirciare i passanti. Aveva scorto anche Alfred che sedeva sulla panchina accanto alle due ragazze. Aveva addirittura creduto che il pupillo intendesse abbordarle – le giovani erano carine – e pensava: Presto cominceranno anche le inevitabili storie di cuore... E il suo animo si era riempito di pensieri, di invidia.

Premendo il cappello contro la spalla, Alfred cercava con gli occhi lo zio sulla terrazza; il Dr Frankl lasciò che cercasse, da padre voleva compiacersi appieno di quella visione. È cresciuto ancora, pensò. Ma sembra dimagrito e piuttosto sciupato. Inarca già il sopracciglio sinistro, come suo padre, e non ha certo perso la sua aria da saputello. A quanto pare, va anche dal barbiere, ma la meravigliosa lanugine all'attaccatura dei capelli, sulle tempie e tra le cartilagini della nuca preserva ancora tutto il suo candore infantile. Gli zigomi sporgenti, gli incavi profondi delle guance, gli donano l'aspetto da giovane levriero, quell'aspetto slavo che aveva anche suo padre. Gli occhi sono gli stessi di Fritzi. E sempre quella tenerezza semita del naso, così puerilmente assopito sul labbro superiore. Le spalle non troppo larghe, i fianchi stretti e tutto il portamento già meno sportivo e più sciatto. È cambiato tanto, ma rimane il caro ragazzo che in fondo è sempre stato, l'indole d'altronde è quella. Sembra piacere molto alle signore là fuori... Ah ecco, finalmente mi ha visto. Se piomba dentro così, accecato dal sole, travolgerà qualche cameriere. Ora devo fare il duro, ma che senso ha poi?

Il Dr Frankl si alzò solennemente. Alfred, precipitato dalla luminosità della strada nella penombra del locale, all'inizio non distinse che i contorni della piccola figura familiare e, gettatosi al collo del tutore, lo abbracciò di slancio e lo baciò sulla guancia rasata smontando, all'istante, tutta la premeditata serietà del saluto.

«Arrivi così, come un selvaggio! Un signore non corre. Un signore ha sempre tempo» esordì subito con un rimprovero il Dr Frankl, e si rimise a sedere.

«Io, già un signore? Ma zio, non sono un signore, io

sono un giovane ebreo!» replicò Alfred con un sorriso. E prendendo le mani del tutore fra le sue, si sorprese egli stesso a dire, senza averne l'intenzione: «E così arriviamo subito al punto!»

«Che cosa prendi?» domandò impassibile il Dr Frankl, facendogli notare con uno sguardo il cameriere alle sue spalle che aspettava l'ordinazione.

«Una noce d'oro, per favore.»

«... una noce d'oro...» ripeté, quando il cameriere si fu allontanato. «In realtà avevo voglia di una tazza grande di caffè lungo. Ma è così bello essere di nuovo in un locale dove un semplice caffè si può anche chiamare "noce d'oro" che l'ho ordinata!»

A poco a poco i suoi occhi si abituarono all'oscurità che, come una tenda, li separava dalla terrazza; finalmente vide l'espressione solenne, imperturbabile dello zio, si sedette di fronte a lui e tacque educatamente.

Il Dr Frankl aveva preparato il sermone in ogni minimo particolare. Ora però non gli piaceva più. Tutto questo gioco pedagogico non gli piaceva. La gioia di rivedersi era più forte del proposito di reprimerla.

Quando il cameriere ebbe posato il vassoio con un movimento sicuro ed elegante, anche in segno di particolare rispetto verso il Dr Frankl, vecchio e affezionato cliente, Alfred cinse con le dita la tazzina ovale, il cui smalto del colore del pane riluceva perfino nell'oscurità, donando all'intero caffè il calore di un luogo intimo e privato. Commosso da questa autentica e reale manifestazione d'affetto per la bella forma del vasellame, il Dr Frankl dimenticò all'istante tutti i suoi severi propositi.

«Non vorrei, adesso, tenere una lezione di buona educazione, Alfred; non sei più un ragazzino, devi essere responsabile delle tue azioni. Si tratta solo di questo: per me è imbarazzante constatare che i tuoi colpi di testa somigliano tanto alle bricconate dei figlioletti viziati della borghesia, che sono così disgustosi proprio perché loro credono di potersele permettere. Capisci? Io lo trovo disgustoso.»

Alfred accolse il rimprovero con tristezza. Inarcò il sopracciglio sinistro con aria da saputello, rifletté un momento, poi riprese la tazzina bruna mezza vuota con due dita della mano destra e per precauzione la posò nell'incavo della sinistra che la strinse piano, con delicatezza, come se fosse una creatura viva. Quasi attingendo la risposta parola per parola dalla tazzina, disse: «Ma sai bene che non è così, zio. Il piccolo patrimonio che ha lasciato mio padre basterà giusto per tre, quattro semestri di studio. In realtà viviamo con quello che ci passa la nonna. La mamma, per essere elegante, deve mettersi gli abiti che la nonna non usa più. Il nostro è un finto benessere. E di questi tempi è già una fortuna. Ma permettimi di ricordarti, zio, che io stavo per rinunciare anche a questo misero benessere.»

«Hai fatto bene a ricordarmelo. Un anno fa ti eri fissato con il sociale. Ora con la religione o che altro? La nonna ha scritto che sei diventato sionista, che vuoi convertirti all'ebraismo – si può sapere cosa hai combinato a Berlino?»

«Ma tu conosci la nonna, zio?» chiese Alfred sorridendo.

«L'ho conosciuta. Vent'anni fa. Quando la famiglia abitava qui, quando tuo nonno Peschek era ancora in vita. Ammetto che all'epoca la signora non mi stava molto simpatica. Tuo padre l'aveva soprannominata "la massa ereditaria" perché era così grassa e così ricca.»

«Una volta tanto una storia su mio padre che potrebbe piacermi.»

«E a me, ancora una volta, non piace il tono con cui ti diverti a parlare di tuo padre. I figli che crescono senza padre hanno sicuramente la possibilità di diventare uomini molto in fretta. Purtroppo hanno anche la possibilità di rimanere per sempre uomini a metà. Tuo padre, del resto, era il mio unico amico, nel caso tu ancora non lo sappia.»

«Io non ho conosciuto mio padre. Conosco solo qualche foto di famiglia e i racconti della mamma. E sento ripetere sempre la stessa cosa, un'unica cosa: che era un bell'uomo, che somigliava in modo sorprendente a quel famoso attore che venticinque anni fa era un beniamino del pubblico, e che per questo avrebbe potuto avere grande successo e popolarità... Francamente, non provo particolare simpatia per un uomo che arriva dall'Est, conquista subito una donna ricca e per questo si fa battezzare...»

«Questa poi! Conquista una donna ricca! Senti delle storie e travisi le parole! Tuo padre non ne aveva alcun bisogno. Allora era ben più ricco del nonno Peschek. Altrimenti, il consigliere commerciale Peschek non gli avrebbe dato sua figlia, nemmeno in cambio di un certificato di battesimo... Cosa vorresti dimostrare?»

«Vorrei che mio padre non si fosse fatto battezzare. Se fosse rimasto ebreo, ora sarei anch'io un vero ebreo, uno *Jude* con la *e*, e non uno *Jud'* con l'apostrofo come chi è semplicemente di origine ebraica! Perché gliel'hai permesso? Tanto più se era il tuo unico amico?»

«Sei tu o sono io qui a doversi giustificare?» chiese il Dr Frankl in tono pacato, mentre i suoi occhi tondi e sporgenti spiavano tutt'intorno, come cercassero tentoni dei testimoni per una tale sfrontatezza. «E ora, per favore, rimetti la tazza al suo posto. Rischi di rovesciarla.»

«Sono io qui a dovermi giustificare, zio... Si stava parlando della nonna, della "massa ereditaria".»

«Bene. Che cosa le hai fatto?»

«Si vede che non la conosci, zio. Che cosa le ho fatto? Vorrei tanto sapere chi sarebbe in grado di farle qualcosa. La nonna è una superpotenza. Sul serio. Deve essersi irrigidita nei vent'anni trascorsi in patria dopo il suo periodo viennese. È un tiranno di prima categoria. Ma anche a diciannove anni non è difficile perdonarle venti volte al giorno i suoi settantacinque. Perché la nonna ha anche i suoi pregi. È una donna molto intelligente, ha un aspetto splendido, te lo assicuro. S'interessa di tutto. Ancora adesso legge tutti i libri che contano, ascolta buona musica, un personaggio! Purtroppo... è mia nonna. Purtroppo è anche una maestra di calcolo, un'ebrea "razionalmente" assimilata. Non riesce a cominciare una frase, una su due, senza dire: "Io da buona cristiana..." Tu, zio, conosci ebrei influenti, "razionalmente" assimilati, che siano dei buoni cristiani?»

«Ne conosco alcuni. E, sinceramente, non mi entusiasmano. Quello che dici, Alfred» riprese battendogli il dito sulla spalla, «è molto interessante, e immagino che, pur esagerando, non sia un giudizio sbagliato. Ma, vedi, quando ero un giovane giornalista avevo un caporedattore che in casi del genere soleva dire: "Non ci servono le astrazioni. Lei racconti i fatti. Il nostro giudizio ce lo formiamo da soli." Quindi, mio caro, ecco ciò che voglio sapere da te oggi: che cosa hai combinato da dover scappare a gambe levate, e senza bagagli? Ti ascolto...»

«Allora, sono andato con la nonna al teatro ebraico.»

«La nonna va al teatro ebraico?»

«Da buona cristiana, ovviamente, non usa frequentare i teatri ebraici. Ma lo spettacolo era un trionfo. Tutti correvano a vederlo. Certo, per la nonna non sarebbe un motivo sufficiente, perché anche lei, come il tuo caporedattore, si forma da sé il proprio giudizio. E lei se ne intende! Il fatto è che molti della sua cerchia avevano visto lo spettacolo. E tutti ne erano estasiati. La tournée di questa compagnia di attori era l'argomento del giorno e la nonna voleva dire la sua. Così siamo andati...»

«Ti porta sempre con sé?»

«Macché! È questa la cosa strana! Mi ha portato con sé pensando che avrei capito meglio la lingua, meglio di lei, e che avrei potuto darle qualche spiegazione in più.»

«Da quando conosci lo jiddisch, Alfred?»

«È proprio questa la cosa strana! Figuriamoci se so lo jiddisch, e poi la nonna sarebbe la prima a non volere un nipote che parli jiddisch. Che idee ti fai, zio? Ma tra ebrei dell'Ovest ed ebrei dell'Est va così, stando alla mia piccola esperienza: per un ebreo di Cracovia, quello di Leopoli è un ebreo dell'Est. Quello di Cracovia lo è per quello di Ostrau. Quello di Ostrau lo è ovviamente per quello di Vienna. E quello di Vienna lo è per quello di Berlino. Si suppone, dunque, che anche un ebreo parigino consideri quello berlinese un ebreo dell'Est. Ma qui il gioco si ferma. Nessun ebreo può definirsi "più a Ovest" di quello di Parigi. Perché oltre c'è l'oceano e con l'oceano gli ebrei ci vanno da sempre cauti.»

«Dev'essere più o meno così, Alfred.»

«A teatro ero molto sorpreso, te lo confesso, la nonna non smetteva di chiedermi di tradurle parole o spiegarle passaggi non chiari. Ho cercato di fare del mio meglio spiegandole diverse cose...»

«E come hai fatto?» domandò il Dr Frankl, giusto per verificare.

«Avevo già visto lo spettacolo qui a Vienna. E poi con la lingua jiddisch succede questo: non si capiscono le parole slave ed ebraiche, ma se si sa il tedesco, il resto un po' alla volta si capisce, come succede con un dialetto che non è familiare, sempre che, ovviamente, non si abbiano resistenze a capirlo. Cosa non così rara. E questo è il caso della nonna. A teatro capiva più di quanto volesse. Al tempo stesso voleva capire tutto. Io cercavo di spiegarle quello che capivo, con il risultato però che lei diventava sempre più astiosa. Non era soddisfatta di me. S'irritava quando non sapevo, si offendeva quando spiegavo. Io lasciavo correre: in fondo la nonna è una signora anziana, e non ti nascondo che nonostante tutto le voglio molto bene. Così è andata avanti fino all'intervallo. Poi la situazione si è ribaltata. Nel foyer la nonna ha incontrato dei conoscenti, una coppia; la giovane signora discendeva dalla famiglia ebraica più illustre di Berlino – perfettamente assimilata, al punto da potersi entusiasmare per uno spettacolo ebraico senza provare alcun rancore. La cosa ha impressionato perfino la nonna che, da lì in poi, è stata tranquilla e gentile anche nei miei confronti. La sua comprensione dello jiddisch migliorava a vista d'occhio e non s'irritava nemmeno quando capivo più di lei o magari meno. Dopotutto di teatro non me ne intendo molto. Poi però, tornando a casa, è scoppiata la grande lite. Saliti in auto, la nonna voleva mettere in ordine le impressioni della serata. Da brava donna di casa non tollera il disordine neppure quando si tratta di impressioni. Insomma, faceva ordine. Io stavo ad ascoltare. Voleva informarmi e io mi lasciavo informare. Finché è giunta alle sue conclusioni: era stato tutto meraviglioso, uno spettacolo eccellente, attori eccellenti, una delle più belle serate a teatro, ma...! E ora, zio, apri bene le orecchie... Ma è un guaio che questi ebrei dell'Est si esibiscano a teatro qui. E più hanno successo peggio è! Capisci, zio?»

«Non ancora. Va' avanti.» Da un po' il Dr Frankl non vestiva più i panni del tutore e dell'educatore, il racconto di Alfred lo aveva messo di buonumore.

«Anch'io non capivo. Ma la nonna si è subito spiegata... È un guaio perché, per i nemici degli ebrei, gli ebrei dell'Est rappresentano la prova tangibile che gli ebrei sono diversi da loro, diversi dai non ebrei. E questo, ovviamente, è un guaio! Se non addirittura un pericolo, ha puntualizzato la nonna. E se lei avesse voce in capitolo, non autorizzerebbe questo spettacolo, per quanto eccellente sia. Questo genere di teatro danneggia gli ebrei locali che, come popolo ospite, dipendono dal popolo ospitante e devono evitare tutto quello che potrebbe eccetera – conosci di sicuro la musica, zio!»

«Sì» confermò il Dr Frankl, «la conosco bene.»

«Io invece no, e purtroppo non ho portato il rispetto che si deve a un'anziana signora.»

«Sei stato molto sfacciato?»

«Aspetta...»

Alfred, che fino a quel momento aveva esposto i fatti a sua discolpa con aria rilassata e divertita, avvicinò la sedia al tavolino e guardò il tutore dritto negli occhi: «Il suo ultimo argomento, la nonna l'ha preso da un noto industriale ebreo, un grande uomo, di cui però ha taciuto il nome. Altrimenti, forse, sarei stato più prudente. O anche no, chissà! Ora non so dire. La nonna, quindi, si è richiamata al grande uomo che avrebbe detto o addirittura scritto: gli ebrei sono tenuti a rinunciare perfino alle loro buone qualità se queste qualità, di per sé buone, rischiano di irritare la gente che hanno intorno. Che ne pensi, zio?»

«Conosco questa frase» rispose il Dr Frankl, e le sue sopracciglia si inarcarono disegnando due dolci curve sempre più alte, adagio però, e indecise, quasi rivivessero uno stupore già provato, vecchio e triste, come l'argomento in questione.

«Io la sentivo per la prima volta... Ecco, zio, ora sai tutto. Del resto, hai letto le lettere della nonna.»

«Bene, ma dimmi, perché senza bagaglio?»

«Giusto. E questa, in realtà, è la cosa peggiore. Lo so... Se avessimo discusso a casa, probabilmente non sarebbe finita in modo così drammatico. Non sono un bravo attore. Forse, a casa, la nonna mi avrebbe solo rispedito in camera, ma eravamo in auto. Lei era agitatissima. Così goffa, lì seduta in tutta la sua pinguedine, e io accanto a lei! Non sapeva più cosa inventarsi di patetico e allora ha ordinato di fermare l'auto. Ha esitato un attimo se scendere lei o cacciare fuori me. Io ho scelto la seconda e sono sceso...»

«E hai preso subito il treno, così, senza bagagli?»

«Sul momento pensavo di andare a casa per portare via le mie cose. Ma sapevo che la nonna mi avrebbe fatto un'altra scenata e ho preferito risparmiarmela. Ho sbagliato. Adesso me ne rendo conto. A pensarci bene, però, io non ho settantacinque anni e la nonna non ne ha diciannove.»

«Se è andata così» concluse il Dr Frankl dopo una pausa, «se è andata davvero come racconti, Alfred, be', allora... allora prendiamoci subito un altro caffè.»

«Certo che è andata così. Perché dovrei mentirti? Adesso poi che sono stato diseredato!... Perché quell'espressione malinconica, zio?»

«Quando è tanto, il denaro ha sempre un suo lato mistico. Vedi, Alfred: l'uomo che hai offeso così pesantemente davanti alla nonna aveva molto, moltissimo denaro. È terribile non poter contestare una sua frase senza pagarla cara. Tutta la tua eredità è andata in fumo. A causa di una sola frase. Per di più la frase che la nonna ti ha riferito non è che un piccolo peccato di gioventù di questo grand'uomo.»

«Non mi importa nulla. Ma quanti anni aveva per dire ancora simili stupidaggini?»

«Non era per niente stupido, mio caro. A modo suo era un grand'uomo. Erano altri tempi. Quando ha scritto quella frase – perché l'ha veramente scritta, quella o una simile, e poi l'ha fatta perfino stampare, insieme ad altre analoghe –, deve aver avuto all'incirca trent'anni.»

«Una bella età! Be', prima di compiere trent'anni, presenterò le mie scuse alla nonna.»

Il Dr Frankl non poté fare a meno di ridere. Alfred, da parte sua, sentì di essersi tirato fuori degnamente da quella spiacevole faccenda. Non aveva più da temere i rimproveri dello zio. Il Dr Frankl bevve un altro caffè doppio senza zucchero. Azionando la manovella, un cameriere riavvolse la tenda esterna. Una corrente d'aria fresca investì la terrazza ancora affollatissima e variopinta, penetrò attraverso le finestre e ravvivò l'aria viziata della sala buia dove, una volta arrotolata la tenda, si fecero largo le ombre leggere e rinfrescanti della sera, che fecero retrocedere la pesante penombra artificiale, rischiarando la sala di luce naturale.

10

«Vado al concerto, stasera. Inizia alle sette e mezzo. Se non hai da fare, potresti venire con me.»

«Grazie, zio. Volentieri. È tanto che non ascolto più buona musica. Ho dovuto lavorare sodo prima della fine del semestre. Vengo molto volentieri. Forse piacerebbe anche alla mamma.»

«No, la mamma non vuole. Ha già sentito parecchi concerti nelle settimane del festival.»

«C'era una gran confusione, vero, zio?»

«Sì, colossale. Non esiste parola migliore: colossale! Tu non hai visto niente?»

«No. È il primo giorno che vengo in città. Ero molto abbattuto. La mamma ha preso così a cuore tutta questa storia.»

«Come vedi, io non la prendo a cuore. Ma la prendo sul serio. Non la lite con la nonna, ma questa tua nuova fissazione...»

«Quale fissazione, zio?»

«La nonna ha scritto che leggi sempre testi sionisti. Che cosa significa? È il tuo nuovo pallino? Sei ancora molto giovane, Alfred, e devi procedere gradualmente. È una cosa naturale, devi cambiare pelle. Io ho un'opinione diversa dalla mamma. E lo vedi. Ma sai bene che non posso tollerare le esagerazioni, quelle no!»

«Di quali esagerazioni parli, zio?»

«Sei diventato sionista, sì o no?»

Ad Alfred venne il sospetto che fosse arrivato il momento del vero interrogatorio. Quell'aria volubile, divertita, che il tutore aveva ostentato durante il racconto sulla nonna era dunque solo una mossa pedagogica. E l'invito al concerto il contentino. Adesso mi aspetta pure il terzo grado, pensò. Non rispose subito. Rimase un attimo a fissare fuori dalla finestra la catena di passanti che sfilava ora allungandosi maglia dopo maglia, ora avanzando a gruppi, ora intrecciandosi in nodi, in ammassi; a un tratto lo sfiorò la paura dell'agitazione perpetua e insensata della grande città. Con sguardo triste si rigirò verso il tutore. Lo scrutò e, come riflettesse solo allora sulla questione, disse cautamente, soppesando le parole: «Non posso rispondere alla tua domanda se posta in questo modo. Un sì o un no avrebbero esattamente lo stesso valore.»

«Se è così, tanto meglio» si affrettò ad ammettere il Dr Frankl, e Alfred si rese conto che non aveva da temere alcun interrogatorio. Solo un attimo prima avrebbe tirato un sospiro di sollievo, ora invece sentiva di dover cogliere l'occasione per portare il tutore dalla sua parte.

«Poco fa non sei stato molto chiaro, facendo quella distinzione tra uno *Jud'* con l'apostrofo e uno *Jude* con la *e*. Che cosa volevi dire esattamente?» riprese il Dr Frankl con il tono di chi passa da un argomento importante a uno innocuo.

«Volevo dire che non intendo continuare a essere considerato semplicemente di origine ebraica, uno *Jud'*, voglio diventare un vero ebreo, uno *Jude*.»

«Ma davvero ti considerano uno *Jud'*?»

«Da molto tempo ormai il criterio per stabilire l'identità ebraica non è più la confessione. Ora si stabilisce in base al sangue.»

«Senti dunque la voce del tuo sangue? O che altro?»

«Non ho un udito così fine, zio. Voglio che la mia identità sia chiara.»

«Pare chiara abbastanza, verrebbe da pensare.»

«Un tempo, probabilmente, sarebbe stato così. Oggi è

diverso. Non voglio certo risolvere i problemi. So quanto siano difficili. Ma non vorrei più essere semplicemente uno *Jud'*, uno di quelli che hanno fatto dell'apostrofo – affibbiatogli a mo' di ingiuria – niente di più che una ridicola gruccia con cui zoppicare l'intera vita. Voglio essere uno *Jude*, uno *Jude* con la *e*!»

«Forse avresti bisogno di qualche consiglio.»

«Ma no, zio! Non c'è fretta. E non serve mettermi in guardia.»

«Caro Alfred» incalzò il Dr Frankl molto seriamente e, per togliere un po' di gravità alle sue parole, fece cenno al capocameriere, «ora non ho voglia di ergermi a tutore qui... Ne riparleremo. Si può vedere la questione come la vedi tu e ammetto pure che, oggi come oggi, non è cosa da poco. Ma adesso il punto è capire se tu, proprio tu, hai gli strumenti per intraprendere questo cammino.»

«Perché non dovrei?»

«A questa *e* che tanto ti manca, visto che vuoi diventare un autentico ebreo» replicò il Dr Frankl con un'enfasi che non sfuggì ad Alfred, «a questa *e* ci può arrivare solo chi ha compreso il significato di un'altra parola, una grande parola, alla quale gli ebrei attribuiscono da sempre il significato più importante: la fede.»

«È per questo che mi sono riproposto di sperimentare in prima persona se uno *Jud'* può ancora diventare uno *Jude*.»

Il Dr Frankl si era alzato in piedi. Alfred provava un senso di disagio. Mentre il tutore pagava il conto, si appoggiò di nuovo allo schienale della sedia e chiese: «Hai voluto spaventarmi o mettermi in guardia? La mia non è una nuova fissazione.»

«Né spaventarti né metterti in guardia, mio caro... E ora, dobbiamo sbrigarci.»

II

Il concerto, organizzato dalla Società mozartiana di Vienna ed eseguito dall'ottetto di fiati della Staatsoper, si svolgeva nel cortile del palazzo arcivescovile. Programma: la *Serenata n. 11 per fiati in Mi bemolle maggiore* di Mozart, l'*Ottetto in Mi bemolle maggiore* di Beethoven e la *Serenata n. 12 per fiati in Do minore* di Mozart. Come tutti gli eventi previsti negli ultimi giorni del festival, anche questo era stato pensato per concludere degnamente le celebrazioni del centenario. Era il gran finale.

Il cortile del palazzo arcivescovile – un rettangolo di otto archi di pietra per il lungo e cinque per il largo, con i semicerchi degli archi ricoperti da foglie verdi di vite selvatica – era illuminato per l'occasione, piuttosto fiocamente, da una luce soffusa che creava una sorta di penombra, come del resto si addice all'atmosfera delle serenate. Uscieri seriosi assegnavano i posti accogliendo gli spettatori in silenzio come se si trattasse di una funzione religiosa. Molti uomini erano vestiti in modo elegante, anche se non proprio da sera.

Seduti lì, certi dell'alta qualità dell'esecuzione, una volta tolto il cappello si poteva immaginare che i presenti fossero ospiti graziosamente invitati in un bel salone delle feste, sotto le nuvole di un cielo basso dipinto. Senza cappello, però, la testa iniziava a patire il freddo e non restava che tornare subito a indossarlo. I frequentatori abituali del chiostro arcivescovile nemmeno accennavano a togliersi il cappello; tra questi, per esempio, gli otto signori dell'ottetto di fiati. Erano seduti su una pedana improvvisata davanti alle partiture illuminate e suonavano. Due clarinetti, due oboi, due corni e due fagotti trasformavano l'aria fresca della sera in magnifiche serenate.

Il pubblico occupava sedie pieghevoli bianche, disposte in file ben allineate. Un cordone teso lungo le arcate separava il cortile dalle gallerie laterali, gli spettatori seduti da quelli in piedi. Una misura stravagante questo cordone, pensò Alfred. C'erano persone modeste, introverse, assai distinte, rispettose di tutte le leggi, in particolare di quelle del botteghino. Nessuna delle persone obbligate a stare in piedi, che qui si consideravano piuttosto aventi diritto a stare in piedi, avrebbe mai osato superare il cordone. Ai corni: i signori Karl Stiegler e Karl Romagnoli.

Tra il pubblico c'erano molte signore di una certa età, signore anziane che, perfino da sedute, si appoggiavano ai loro bastoni, con occhi benevoli o anche malvagi sotto i loro cappellini vezzosi. Le più attempate si vedevano soltanto all'arrivo, e quindi mentre salivano molto lentamente una scala interna. Poi si accomodavano dietro le finestre illuminate al primo piano del palazzo, dove se ne stavano al caldo grazie alla benevolenza dell'arcivescovo. Lui però non si distingueva tra le ombre dietro le finestre. Forse non abita qui? Ai clarinetti: i signori Viktor Polatschek e Richard Schida.

Vi erano anche dei distinti stranieri. Un giovane inglese alle spalle di Alfred sussurrò al vicino che, proprio prima dell'inizio del concerto, aveva fatto la conoscenza del famoso taldeitali, grande artista del cinema. Anche Alfred avrebbe voluto approfittare dell'occasione per vederlo in carne e ossa, simpatico come se lo figurava dall'immagine che il cinematografo aveva reso tanto familiare. Lo cercò con lo sguardo tutt'intorno, tra gli spettatori e perfino sotto le arcate, dove però non distingueva stranieri. Invano. In prima fila scorse una splendida inglese in un lungo cappotto di broccato color argento e chiaro di luna: stava seduta a fianco di un uomo elegante che somigliava al famoso artista. L'uomo che si alzò durante il breve intervallo, per sfidare con occhi minacciosi il freddo del cortile che ghermiva le esili spalle di broccato della sua splendida vicina, era uno spilungone straniero. Non c'era però in quel signore straniero alcun indizio che permettesse alla memoria di riconoscerlo. Tuttavia, pensò Alfred, se il famoso taldeitali, che sullo schermo non si dà affatto tante arie, è in realtà quello spilungone con la faccia da straniero, stasera ho almeno imparato a riconoscerlo. Agli oboi: i signori Alexander Wunderer e Armin Tiroler.

In un corridoio laterale c'era un frate grasso che se ne stava a gambe larghe, con i piedi ben piantati al suolo sotto il lungo saio trattenuto da una cintura pesante; il suo volto pingue e bonario era solcato da pieghe carnose che la bella musica contraeva in smorfie rozze. Perché continua a sghignazzare? Forse ride delle signore in ascolto, assorte a tal punto nel godimento spirituale da non poter fare a meno neppure qui, nell'aere divino e mozartiano, di chiudere gli occhi nel rapimento estatico dell'ascolto. Forse il frate grasso pensa anche che fa bene allo spirito sublimare i piaceri del corpo senza chiudere gli occhi. A fianco del frate grasso e astuto, in un quadro simile, verrebbe spontaneo raffigurare la voluttà della carne. Ai fagotti: i signori Karl Strobl e Franz Bellino.

Nella penombra di un'arcata guizzava di tanto in tanto un grembiule bianco. Le cuoche amavano le serenate.

Sopra il tetto del palazzo arcivescovile si ergevano scure due torri della cattedrale di Santo Stefano, parte del medesimo complesso architettonico del chiostro. Una torre rotonda e tronca, l'altra alta, slanciata e a punta, entrambe avvolte da nubi pesanti.

La musica delle serenate spandeva felicità ovunque, ora mormorando candida e allegra come una fisarmonica, ora scrosciando onnipotente come un organo. Popolo e Dio uniti in un girotondo spensierato: rococò.

12

Trascorse un lungo istante, pieno di felicità e muta gratitudine, prima che le mani dell'uditorio osassero applaudire.

Il segnale arrivò dopo che una vecchia signora si fu alzata in piedi e, puntando il bastone verso i leggii ancora illuminati, espresse i suoi ringraziamenti all'ensemble con una voce che avrebbe fatto onore a un generale: «Siete stati eccellenti, signori!» Gli artisti, a loro volta in piedi, si levarono i cappelli e risposero ai ringraziamenti sorridendo. Quindi spensero ciascuno la luce del proprio leggio e il pubblico cominciò a disperdersi lentamente, senza far rumore, come se avesse appena assistito non a un concerto ma a una messa in forma di serenata in memoria di Mozart.

Al pari di tutti gli spettatori, anche il Dr Frankl e Alfred lasciarono il cortile, già immerso nell'oscurità, con calma, a passo felpato, senza scambiare una sola parola sulle rispettive impressioni. L'anziana con il bastone aveva parlato per tutti: cosa dire di più? Erano stati eccellenti, i signori!

Nella Rotenturmstraße, sulla via di casa, il Dr Frankl pensava: Forse è stata una buona idea invitare il ragazzo proprio stasera. Le idee confuse, tutti quei lunghi discorsi, con un concerto simile si dissolveranno nel nulla. Tra una settimana si sentirà di nuovo perfettamente a casa. Alfred è troppo sensibile alla musica per essere un estremista. Lo porterò con me anche domani. I contrasti fanno spesso miracoli.

Alfred, il braccio dello zio intorno al suo, rifletteva: Quando si ascolta una musica così, si pensa di non aver diritto a intervenire nelle faccende di questo mondo. Non aver diritto a intervenire nelle faccende di questo mondo è un pensiero profondo, sacro. Ma solo in un mondo perfetto, signori! L'idea messianica è molto, molto più profonda: contempla sia il diritto a intervenire sia la sua negazione. La magia cangiante della superficie, è questo il grande pericolo. E la musica è il pericolo più grande in assoluto. Porta ovunque. Ma porta o accompagna soltanto? Probabilmente solo accompagna. Lo zio Stefan se ne intende di musica più di me? Curioso, aveva un'aria così devota ascoltando le serenate!

Nella Himmelpfortgaße il Dr Frankl prese un taxi. Congedandosi, trattenne un po' più a lungo la mano di Alfred nella sua e disse piano, fugacemente: «Domani devo assistere all'inaugurazione di un congresso di ebrei. Qui a Vienna si tiene un congresso di ebrei ortodossi. Se ti interessa, puoi venire con me.»

«Mi interessa eccome, zio! È molto gentile da parte tua. Di che congresso si tratta? Non ho letto nulla sul giornale.»

«Passa a prendermi in ufficio domani alle tre e mezzo. Ma sii puntuale! Salutami la mamma. E mi raccomando, con lei non fare quei discorsi... Intesi?»

«Ma cosa ti salta in mente! Dunque a domani, sarò puntuale. Buonanotte e grazie!»

Libro terzo

PRIMA PARTE

I

Il congresso iniziò con una commemorazione funebre.

Sul podio rialzato e ampliato per l'occasione con assi di legno, dove avevano preso posto i rabbini e i principali dirigenti del movimento, ai piedi del pulpito degli oratori era stato collocato un tavolino coperto da un drappo nero, decorato con la stella di David intessuta in fili d'argento, su cui campeggiava un candelabro d'argento che reggeva candele bianche.

Quando le candele furono accese, allo scoccare delle quattro, un tenue lucore rischiarò i volti di quanti occupavano il podio e le prime file della platea, un debole pallido lucore che relegava nella penombra tutte le altre file e i palchi della sala. Ci volle quindi un bel po' prima che il silenzio in cui erano precipitati il podio e le prime file si irradiasse all'intera sala, creando un'atmosfera di tensione, il silenzio opprimente che precede l'incipit di un lamento funebre ebraico: vocalmente ancora un silenzio che trattiene il respiro, musicalmente già il primo suono della preghiera, il suono della morte.

Prima ancora che l'ignaro pubblico delle file posteriori potesse apprendere da quello delle file anteriori che dovevano essere commemorati dei defunti, sul podio era comparso un cantore che andò a sistemarsi davanti al tavolino con il drappo nero e il candelabro acceso. Innanzi a lui si era fatto silenzio. Alle spalle del cantore, che aveva il viso rivolto verso il pubblico in sala, si alzarono in piedi gli uomini riuniti sul podio. Allora si alzarono anche le persone in platea e nei palchi e, con l'aspirazione che introduce il primo suono della preghiera, il pubblico dei congressisti si tramutò in una devota comunità del popolo che chiama le sue case dei morti case della vita.

Il cantore era un *baal bechi*: un maestro del pianto. La sua voce sommessa, che sembrava provenire da una cripta, intrecciò le prime parole, pronunciate sottovoce e con umiltà, in un attacco supplichevole e implorante che fece breccia in tutti i cuori devoti. Poi la voce distillò, goccia a goccia, tutto l'antico strazio di un lamento funebre la cui melodia altro non è che una perfetta coloratura del singhiozzo, una melodia che divampa inestinguibile traendo il suo fuoco sonoro dall'eterno focolare delle lacrime ebraiche. Come un vento caldo il canto accarezzò i volti pallidi degli uditori, infiammando i loro occhi. Fino a che il canto, avvolto in se stesso come in una veste di lacrime, riproduceva le vecchie formule pietrificate della preghiera, gli occhi del pubblico resistevano; resistevano anche gli occhi saggi dei rabbini sul podio, per i quali le parole della preghiera certo non erano formule pietrificate. Ma quando il canto ebbe raggiunto il culmine della sua curva tonale e da quell'altezza dolorosa iniziò a vacillare – è questo il momento in cui l'anima del defunto, chiamata per nome, fa il suo ingresso nella schiera dei giusti: sembra che la voce venga meno, invece è un virtuosismo dei cantori più abili –, quando, giunto all'apice, il canto si spezzò e l'antica melodia, vacillando, si abbassò bruscamente per accogliere le nuove vittime nella comunità dei giusti, accadde che, udendo pronunciare il nome della prima vittima, lo zaddik di Ger, in piedi in prima fila davanti al suo posto d'onore sul lato sinistro del podio, lanciò un grido, un repentino grido di terrore. Un brivido percorse la sala e fece abbassare le fronti.

Il cantore aveva pronunciato il nome di quel Rabbi Ischmael ha-Cohen che, secondo la testimonianza di un giornalista francese, era stato trascinato via dai suoi libri sacri, ucciso e abbandonato per strada. Quando il *baal bechi* riprese il canto, adattando all'occorrenza il testo della preghiera, e pronunciò ancora una volta il nome del defunto Rabbi Ischmael non in quanto dipartito bensì in quanto assassinato per la santificazione del Nome, toccando ancora una volta il tono più alto, accadde di nuovo che lo zaddik di Ger eruppe rumorosamente in singhiozzi. E questo pianto maschile che spezzava la voce del cantore attraversò la sala come un allarme, mettendo in subbuglio gli animi.

I rabbini sul podio e i chassidim presenti tra i delegati intesero quel singhiozzare senza pudore e senza ritegno come un messaggio. Lo zaddik di Ger stava gridando loro: «Piangete, ebrei, piangete pure! Non abbiate vergogna! Nessun popolo ha così tanto da piangere come noi. Guardate: non piangiamo solo di dolore, piangiamo di terrore!» Lo intesero anche gli altri ebrei, quelli dei palchi e della platea, e fila dopo fila imitarono il suo esempio.

Gli invitati non ebrei, ma anche gli ebrei dell'estremo Ovest, sulle prime sorpresi e sconcertati davanti a un'espressione così esaltata di lutto collettivo, trovavano conforto nella supposizione che si trattasse di un singolare rito in onore dei defunti che non spettava a loro giudicare. Con occhi velati assistevano alla commemorazione funebre inondata di pianto. In ogni caso vedevano soltanto i rabbini singhiozzanti sul podio rialzato, una moltitudine di occhi vecchi e giovani che nessuno tentava di nascondere con le mani, mostrando a tutto il popolo grosse lacrime che colavano sulle barbe. Quel popolo piangeva, come sempre, nell'oscurità.

La preghiera per i morti è una preghiera breve. La melodia non fa che prolungarla di qualche respiro. Le anime da includere nella preghiera erano però un centinaio e così la commemorazione si attardò su cento nomi, su cento suoni, su mille sospiri, su mille lacrime.

Il cantore era l'unico uomo sul podio, forse l'unico ebreo in tutta la sala, a non partecipare allo spargimento di lacrime sante. Sembrava anche totalmente indifferente al suo canto. Il viso largo, pieno e paffuto con la barba tonda castano scuro, i luminosi occhi neri con le palpebre pesanti e carnose, non sembravano esprimere la minima emozione per l'effetto che il canto della sua voce aveva prodotto sul pubblico in ascolto. Quando ebbe terminato la preghiera, che alla fine ripete le parole sommesse e imploranti dell'inizio, quando con l'ultimo commovente colpo d'ali il canto si spense nell'umiltà del silenzio, il cantore lasciò il podio con la stessa discrezione con cui era arrivato, senza farsi notare, ma il suo viso sano e splendente portava il rossore di un'intima soddisfazione, come quello di un ufficiale giudiziario che abbia portato solennemente a termine un ordine di pignoramento secondo i termini di legge.

L'addetto alla sala, un cristiano sopraggiunto a ruota per portar via il tavolino con il drappo nero e il candelabro d'argento, scese dal podio al seguito del cantore, quasi fosse la sua pallida ombra. Lascia comunque un senso di mistero il fatto che un uomo, una volta diventato un *baal bechi*, pur essendo un maestro del pianto, non abbia più motivi per piangere.

2

«Senti, zio, ma perché qui fa tanto caldo?» domandò Alfred.

«Qui non fa per niente caldo. È solo un'impressione, mio caro» replicò il Dr Frankl.

Alfred si guardò intorno e saggiò la temperatura della sala con gli occhi.

«È vero, zio, non fa per niente caldo. Ma perché ho questa impressione?»

Il Dr Frankl ora si tolse il cappello che, con stupore di Alfred, aveva indossato quando era iniziato il canto; posò sulle ginocchia, nell'ordine, il cappello nero, i guanti chiari in cuoio lavabile e il foglio del programma e guardò Alfred di traverso, con un lungo sguardo assente, come se non avesse capito la domanda. Alfred, come un bambino sperduto nell'atmosfera a lui del tutto nuova di quella sala, scrutava impotente ogni gesto dello zio, sforzandosi di imitarlo per non commettere errori. Si tolse anche lui il cappello e con un sorriso trasognato disse: «È che non siamo abituati a sedere in un palco con il cappello in testa, per questo abbiamo l'impressione che faccia tanto caldo in questa sala.»

Il Dr Frankl, che ancora non aveva distolto gli occhi da Alfred, continuò a guardarlo per qualche istante, ora però con attenzione, accontentandosi di questa spiegazione dettata dall'evidenza.

3

In sala brillarono le luci elettriche. Sebbene avessero acceso soltanto le lampade a parete, Alfred ora riusciva a distinguere le file dei volti. Essendo arrivato con lo zio proprio nell'attimo in cui iniziava la cerimonia, aveva percepito le persone presenti in sala, ovvero il pubblico, come una massa informe. I suoi occhi ora passavano in rassegna le file della platea salendo poi fino al podio.

«Dovrebbero esserci cento rabbini qui, vero, zio?»

«Ne sono venuti solo sessanta.»

«Che dici, zio? Guarda le facce!»

«Le vedo, mio caro.»

«Ma sono ben più di sessanta là sul podio!»

«Non tutti gli ebrei che ne hanno l'aspetto sono rabbini. Lassù siedono anche i delegati più importanti.»

«E nessuno che abbia pronunciato un elogio funebre...»

«No!» esclamò il Dr Frankl, e la parola urtò la questione in modo secco e brusco.

«Niente sfoggio di cilindri neri o di discorsi profondi...»

«No» ripeté piano il Dr Frankl, e stavolta la parola sfiorò la questione con molta delicatezza.

«Niente lacrime di coccodrillo, nemmeno una, né corone listate a lutto: O mio popolo, mio Israele!»

Il Dr Frankl fissò brevemente il ragazzo con uno sguardo inquieto che, di colpo, lo riportò indietro di anni, molti anni, fino al giorno in cui gli era stato permesso di portare il piccolo Alfred a teatro per la prima volta e, proprio come in quel momento, temeva che le impressioni ricevute potessero sovreccitare la sua mente fantasiosa. Non poté che sorridere della propria esagerata preoccupazione. Sorrise e rimase in silenzio.

«Zio, sai indicarmi chi è stato a lanciare quel grido? Era quel vecchio rabbino seduto lì al posto d'onore?»

«Non lo so. Non penso che sia stato un uomo così vecchio. Era un grido molto potente.»

«Hai ragione, zio. Forse è stato l'altro, quello seduto a sinistra del vecchio. Ma guarda che tipo, ha l'aria di un contadino con la faccia di un bambino e il barbone pesante...»

Dalle prime file della platea si levò un brusio, un mormorio che, fra teste allungate verso l'alto e braccia protese in avanti, si propagò di fila in fila, di sedia in sedia, a tratti lo si udiva più distintamente, saliva in alto, verso i palchi, volava di bocca in bocca, era un nome, sempre lo stesso: «Il rabbino di Czortków! Il rabbino di Czortków!»

Sul podio si era alzato in piedi un rabbino molto anziano che, sorretto da due uomini, avanzava lentamente verso la tribuna degli oratori. Era un pulpito costruito in modo rudimentale, assemblato con assi chiare di legno fresco, a cui si accedeva salendo sei o sette gradini. Mentre i due accompagnatori tenevano gli occhi allarmati sul vecchio che saliva esitante la ripida rampa per raggiungere il pulpito, Alfred si allontanò dal parapetto del palco lasciandosi ricadere sulla sedia e, come se fosse lui e non il rabbino a rischiare una caduta rovinosa, afferrò il braccio sinistro dello zio e gli sibilò nell'orecchio: «Ma come, il rabbino di Czortków terrà un discorso?!»

Il Dr Frankl però sembrava ora molto più preoccupato per l'integrità fisica del venerabile rabbino che per i travagli spirituali del suo protetto. Con le braccia abbandonate oltre il parapetto del palco, seguiva passo passo la traballante salita del vecchio verso il pulpito degli oratori. E tradendo il suo nervosismo rispose ad Alfred senza guardarlo: «Certo che terrà un discorso, il rabbino di Czortków!»

«Ma il rabbino di Czortków non deve tenere alcun discorso!» sussurrò Alfred con ostinazione.

«Stai calmo, Alfred. Perché ti agiti? Non c'è niente di strano se un religioso tiene un discorso» sbottò il Dr Frankl. Il tono non era più così gentile: al rabbino mancavano solo tre gradini per conquistare il pulpito.

«Che cosa c'entra? Il rabbino di Czortków non è mica un ministro di culto nominato da un'autorità, è un *wunderrabbi*, un taumaturgo, un uomo santo! Figurati se va lì e attacca con un "Compagni e compagne!".»

«Forse dirà: "Miei devoti uditori"» ribatté il Dr Frankl, rivolgendo un sorriso rasserenato al suo pupillo: il rabbino ce l'aveva fatta! Era ormai al sicuro nel pulpito degli oratori, sorretto e protetto da quattro pareti in legno che gli arrivavano alla cintola.

Nel frattempo il mormorio si era propagato fino alle

ultime file della platea, ai palchi, alla galleria, alle balconate e ai corridoi affollati. Continuava a montare, a crescere e, prima che il rabbino di Czortków fosse giunto in cima, rifluì come un coro di mille voci, e il coro accompagnò l'uomo dei miracoli salendo insieme a lui un gradino dopo l'altro, per ammutolire di colpo quando il rabbino apparve sul pulpito, quando chiunque in sala poté vedere con i propri occhi che era davvero lui e non un altro, lui in carne e ossa: lo zaddik di Czortków.

4

Rabbi Israel Friedmann, un uomo anziano dall'aspetto malaticcio, stava lassù a occhi chiusi, avvolto dall'eco del suo nome ripetuto da mille voci adoranti. Se in un primo momento poteva sembrare che tenesse gli occhi chiusi a causa delle vertigini procurate dall'altezza, per lui eccessiva, di quel pulpito, il movimento oscillante del busto lasciò presto intendere che si accingeva a fare un discorso come fosse una preghiera. Quando calò il silenzio e le sue labbra si dischiusero, quando quelle labbra, nel silenzio carico di tensione, pronunciarono la prima parola, un soffio visibile ma silenzioso, gli stessi rabbini radunati sul podio sembrarono sperare che il rabbino di Czortków, presidente onorario del congresso, li degnasse di un discorso. Pur di non perderne una parola, infatti, le folte schiere di uomini sul podio si erano inclinate da destra e da sinistra verso il centro, verso il pulpito, mentre le file alle loro spalle si erano alzate in piedi e – ciascun uditore proteso in avanti, con la mano a conchiglia dietro l'orecchio –, come attratte da un magnete, apparivano rapite nell'estasi dell'ascolto, gli occhi persi in lontananza oltre la sala, verso la galleria avvolta dalla penombra.

«Non farà un discorso» sussurrò Alfred al suo tutore.

«Stai calmo, Alfred! Non vedi che si sta raccogliendo? Tra qualche istante parlerà.»

Della stessa opinione sembrava essere l'uditorio in estasi sul podio. Anche se la tensione delle figure in ascolto si andava chiaramente allentando, le mani rimanevano incollate a conchiglia dietro le orecchie.

Il rabbino di Czortków pregava. I suoi occhi restavano chiusi. Il corpo dondolava a un ritmo veloce ma composto. Le labbra si muovevano con misurato fervore, ora sicure ora esitanti. La barba rada e canuta fremeva. I tratti stanchi e cerei del viso si andavano animando. L'ardore dell'orante, in principio solo un'esile fiammella, attizzato dal mantice della preghiera, divenne presto una fiamma il cui bagliore illuminava tutti gli occhi sul podio.

Ma non appena ebbe iniziato a placare l'inquietudine della sala, la fiamma si spense all'improvviso. Il rabbino di Czortków aveva benedetto il congresso. Si inchinò tre volte a destra e tre volte a sinistra, piuttosto goffamente e un po' a caso, o così parve al pubblico, aprì gli occhi e cercò con lo sguardo i due accompagnatori che accorsero all'istante. La preghiera era terminata. Gli stessi inchini non erano rivolti al pubblico. Erano rivolti alla preghiera.

Come al risveglio da un lungo sogno, Alfred si passò la mano sinistra sulla fronte e gli occhi, dopo averla tenuta anche lui tutto il tempo a conchiglia dietro l'orecchio, e a mezza voce disse: «Il rabbino di Czortków ha benedetto il congresso. Com'è giusto che sia. Degli uditori devoti se ne infischia. Com'è giusto che sia. Mio popolo! Mio Israele!»

Il Dr Frankl aveva afferrato la mano di Alfred e, premendo l'avambraccio sul parapetto del palco per controllare l'eccitazione del suo vicino di posto, osservava con la massima attenzione la discesa del rabbino di Czortków da quella tribuna così precaria. Ai due accompagnatori della guardia personale dello zaddik si era aggiunto un intero stuolo di assistenti che, facendo ala con le braccia alzate ai due lati della rampa di legno, formavano una specie di ringhiera sospesa. Gli altri astanti seguivano le suole traballanti del vecchio prodigandosi in consigli muti, veicolati a gesti da mani furiose ed espressioni convulse del viso. Così protetto, il sant'uomo discese verso il popolo lungo un solido sentiero lastricato di consigli.

Appena ebbe posato entrambi i piedi sul podio, fu accolto da una cerchia esultante che saltava di gioia, come fanno i chassidim alla stazione dei treni, quando in una cittaduzza piccola piccola un bel giorno arriva il grande Rebbe, il Rebbe, il Rebbe!

«Quel pulpito striminzito è proprio una mascalzonata» constatò il Dr Frankl, finalmente sollevato, tenendo però ancora stretta la mano di Alfred e l'avambraccio premuto sul parapetto del palco. «Hai vinto mio caro. Il rabbino di Czortków non ha fatto alcun discorso. Ma è anche già la seconda volta che ti sento esclamare "Mio popolo! Mio Israele". Fai attenzione! Rischi che il popolo ti prenda in parola!»

«Magari, zio! Magari!»

5

Per la seconda volta in sala si levò un brusio, un mormorio, un coro frusciante: «Il rabbino di Ger, il rabbino di Ger, il rabbino di Ger!»

E siccome il nome della cittadina orientale di Ger non possedeva certo la potenza sonora di Czortków, a rafforzare il primo si levò un secondo mormorio: «Lo zaddik di Ger, lo zaddik di Ger!»

Rabbi Abraham Mordechaj Alter, il rabbino di Ger, attraversò il proscenio e raggiunse il pulpito degli oratori. Era un uomo sulla cinquantina, alto e corpulento, avvolto in un caffettano di seta nera con una cintura lavorata a maglia in fili di seta scintillanti che, solo per l'ampiezza della sua circonferenza, evocava opulenza e ricchezza materiale. A passo leggero, come non è raro nelle figure corpulente ma sensibili alla musica, il rabbino di Ger conquistò il pulpito e, nel momento in cui rivolse il viso al pubblico, scatenò un inarrestabile soffio di giubilo. Non un suono, non un grido, solo un soffio di giubilo.

«Guarda bene quest'uomo!» esortò la voce del tutore.

«Ma è l'uomo che ti ho indicato prima, zio! È lui!»

«Il rabbino che ha gridato in quel modo? Credi che sia lui?»

«Io credo di sì.»

Sul pulpito il rabbino di Ger appariva ancora più alto. Se ne stava lì, immobile e possente, con l'aspetto di un principe contadino. Un corpo vigoroso e massiccio, un volto da bambino con le guance rosse orlato da una lunga barba nera e grigia e due grandi occhi miti da serafino. Questi suoi occhi, che parevano capaci di inspirare aria ed espirarla sotto forma di pura luce, questi occhi miti trafiggevano la sala come lance dorate di benevolenza, riuscendo a raggiungere anche l'ultimo angolino del cuore più incallito. Tutto l'amore per la natura, l'allegria campagnola, tutta la grazia paesana del mondo chassidico sembravano rivestire di magia l'uomo degno che, in qualità di secondo presidente onorario, benediceva il congresso. Anche lui teneva gli occhi chiusi. Anche le sue labbra si muovevano con fervore e in silenzio, nel mormorio devoto. Anche il suo busto oscillava al ritmo della preghiera. Però non era un dondolio, ondeggiava in circolo a partire dai fianchi, a destra e a sinistra, a destra e a sinistra intorno alla colonna vertebrale, sempre più veloce, sempre più forte, al punto che i riccioli delle *pejes* sferzavano la bocca, il naso, le guance e le palpebre dell'orante in estasi; la folla, dal canto suo, lo guardava con commozione infantile. Il rabbino di Ger benediceva il congresso. E la benedizione ricadde sulla folla prosperando, germogliando, fiorendo e generando all'istante mille frutti. Il congresso benediceva il rabbino di Ger.

Un uomo che tocca il cuore del popolo, pensò il Dr Frankl. Non appena lo riconosce, il popolo lo prende per mano, lo innalza e trova una guida.

Quando il rabbino ridiscese i gradini, svelto come nella preghiera, e riprese il secondo posto d'onore accanto al rabbino di Czortków, quando quest'ultimo alzò lo sguardo verso di lui e gli sorrise, come un vecchio padre sorride al figlio adulto, quando il braccio destro del rabbino di Czortków si levò e si posò per un momento colmo di tenerezza sulla spalla del rabbino di Ger, i chassidim furono colti da un tale impeto di entusiasmo che si alzarono in piedi per prendere d'assalto il podio da ogni angolo della sala. Ci mancò poco che anche le signore nei palchi riservati al personale diplomatico lanciassero i fiori che ornavano i loro abiti estivi sul Rav di Ger, quasi fosse una stella dello spettacolo. Per fortuna in sala c'erano degli uscieri per far rientrare simili esplosioni di entusiasmo in forme più convenienti.

«Zio...» disse Alfred con voce velata, e poi tacque di nuovo.

«Sì?» lo incoraggiò il Dr Frankl, anch'egli impaziente di esprimere la propria opinione sul rabbino di Ger.

«Viene voglia di andare da lui, inginocchiarsi ai suoi piedi e dirgli: "Santo zaddik..."»

«Bah, troppa enfasi, ragazzo mio» lo interruppe il Dr Frankl, e gli voltò le spalle corrucciato. Sporgendosi oltre la parete divisoria, si affacciò nel palco vicino, riservato ai giornalisti, e scambiò qualche parola con uno di loro. Tornò quindi a rivolgersi al suo protetto e in tono conciliante gli disse: «Hai vinto di nuovo: a gridare in quel modo, prima, è stato proprio il rabbino di Ger.»

Fu annunciata una piccola pausa. In sala si diffuse il brusio degli ebrei che cominciavano a parlottare.

6

Appartati nel vano di una finestra per sottrarsi all'andirivieni di caffettani fluttuanti, tutore e pupillo fumavano una sigaretta nel lungo e fresco corridoio all'esterno dei palchi. Il Dr Frankl tirava profonde boccate, da fumatore incallito, Alfred dava tiri brevi, aspirando e mandando grandi sbuffi che scacciava dal naso con il palmo della mano, come fanno i giovani e le belle signore, che fumano soprattutto per il piacere della posa, non senza un certo disgusto. Tacevano entrambi, assorti, stupiti per l'intensità delle emozioni appena provate. Alfred si vergognava del proprio comportamento, che ora gli appariva piuttosto esaltato, e si teneva a distanza dal testimone dei suoi sfoghi sentimentali. Il Dr Frankl avvertiva un senso di irritazione per motivi pedagogici che in realtà trovava pedanti, e che era costretto a prendere sul serio solo in rappresentanza della signora Fritzi, cosa che accresceva ulteriormente la sua irritazione. Poiché la vergogna induce all'isolamento più dell'irritazione, stavolta fu il Dr Frankl a rompere il silenzio: «Certo che questi pii ebrei...»

Avrebbe subito voluto rimangiarsi quelle parole che preludevano a una presa di posizione osteggiata dalla sua amica Fritzi. Ma da persona perspicace qual era, confidò nella propria esperienza dialettica e attese con curiosità la risposta di Alfred.

Come se non avesse udito quelle parole, Alfred domandò: «Allora, che ne dici, zio?»

«Che ne dico...» Il Dr Frankl cercava un posacenere per sbarazzarsi del mozzicone di sigaretta, ma non trovandolo si allontanò dalla finestra. «... Su, sbrighiamoci, è già ricominciato. Senti che silenzio tutt'a un tratto.» Era contento di non doversi soffermare su quell'argomento, lo zio.

Alfred lo seguì lungo il corridoio deserto e silenzioso, in direzione del palco. Dopo qualche passo il Dr Frankl si voltò, lo prese sottobraccio e con noncuranza gli disse: «Il vero congresso inizia adesso.»

In prossimità dell'ingresso ai palchi, videro due ebrei in caffettano davanti alle porte a vetri della stanza adibita in quei giorni a sala stampa, secondo quanto annunciava un cartello in ebraico e in tedesco, vietando l'ingresso alle persone non autorizzate. Scrutavano attenti in tutte le direzioni, come in cerca di eventuali pericoli. Con un rapido sguardo d'intesa registrarono la presenza del dottore e di Alfred come innocua e, rivolto un cenno di assenso verso l'interno della sala, aprirono la porta a vetri. Preceduto da una scorta di robusti individui, anch'essi in caffettano, il rabbino di Czortków uscì e trascinò i suoi passi stanchi lungo il corridoio.

Il Dr Frankl e Alfred si fecero da parte e salutarono. Alfred si produsse in un vero e proprio inchino e arrossì fino alla radice dei capelli. Gli occhi dell'anziano rabbino sfiorarono le teste scoperte di quelle due figure sconosciute, con lo sguardo fugace e contegnoso di chi è abituato a ricevere gli omaggi più assurdi, mentre la scorta nerovestita si spostava rapida e discreta sul lato del saluto. Quando il gruppo scomparve nel corridoio che portava al podio, il Dr Frankl disse: «Ha uno sguardo buono, il tuo rabbino di Czortków. Chissà, forse aveva uno sguardo simile anche il rabbino Ischmael ha-Cohen.»

Erano entrambi rimasti in piedi contro il muro dove li aveva schiacciati il gruppo di uomini appena passato, il Dr Frankl fissava i vetri smerigliati delle finestre del corridoio attraverso le lenti spesse dei suoi occhiali e accanto a lui Alfred, che lo superava di tre teste, era ancora tutto rosso in viso.

«Di chi stai parlando, zio?»

«Del rabbino che hanno ammazzato. Il suo è stato il primo tra i nomi delle vittime citate oggi. Era un illustre talmudista, aveva ottantaquattro anni e da dieci non metteva piede fuori dal suo studio.»

«Perché mi dici questo adesso?» sbottò Alfred, e solo quando ebbe udito le proprie parole si accorse di avere alzato la voce. Cingendolo con un braccio e aprendo con l'altra mano la porta del palco, il Dr Frankl sospinse Alfred all'interno e gli sussurrò: «L'ho detto perché tu comprenda ancora meglio il grido del rabbino di Ger.»

Per un momento rimasero lì fermi al buio, senza riconoscere i propri posti, pensando di aver sbagliato palco.

7

I due posti di parapetto erano occupati da due sconosciuti, mentre erano libere le sedie posteriori. Gettato uno sguardo ai palchi vicini e inteso cos'era accaduto, il Dr Frankl avanzò con decisione sfoderando un amabile sorriso. Quasi non avessero atteso altro – e avessero captato con le spalle l'amabile sorriso del Dr Frankl –, i due sconosciuti si voltarono nello stesso istante: due ebrei con barba e caffettano, uno vecchio e uno giovane. Per mostrarsi bendisposto, il giovane indossò il cappello di velluto a tesa larga sopra lo zucchetto di seta e girò il busto verso i signori appena entrati, mentre il vecchio rivolse agli intrusi uno sguardo di circostanza e domandò: «Sono forse i vostri posti?» Parlava tedesco con inflessione ebraica. Con i gesti, tuttavia, indicava in maniera molto plastica e precisa non i posti di parapetto, bensì quelli liberi dietro.

«Sì» disse il Dr Frankl, «sono proprio i nostri posti», e con sconcerto di Alfred indicò con gesti altrettanto plastici e precisi i posti dove i due sedevano.

Il giovane si alzò subito e con impazienza, visibilmente imbarazzato, trascinò con sé il vecchio che lo aveva afferrato per il braccio, cercando di trattenerlo. Il vecchio seguì il giovane, ma assai controvoglia e scuotendo dispiaciuto la testa, quasi si accusasse di aver ceduto troppo presto agli intrusi un diritto ancora tutto da stabilire, e solo per la frenesia del giovane; allo stesso tempo agitava la mano libera, per far intendere che, personalmente, non attribuiva la minima importanza all'accaduto.

Il Dr Frankl si sedette al suo posto e con un gesto cortese invitò gli sconosciuti ad accomodarsi sulle sedie di dietro. I due in realtà erano già seduti. Alfred invece esitava ancora. Il vecchio dunque disse a voce molto alta, rivolto al suo compaesano: «Un giovane signore assai molto cortese, assai molto beneducato.» Allora si sedette anche Alfred, trascinò la sedia accanto al tutore e gli sussurrò all'orecchio: «Hai sentito? Non sei altro che un vecchio signore assai molto scortese, assai molto maleducato.» Solo in quel momento si accorse che il Dr Frankl stava mordendo le dita di uno dei suoi guanti; il suo corpo sussultava. Temendo il contagio dell'attacco di risa, Alfred cercò di ricomporsi e diresse lo sguardo verso il podio.

Là niente era cambiato. Tutti i posti di tutte le file erano occupati, un assieparsi di figure e volti così come Alfred li ricordava. In piedi, presso il pulpito, c'era un uomo di corporatura snella, con una barba castana appena ingrigita, già folta sotto gli zigomi sporgenti e talmente fitta da formare una sorta di rigido cuscino che copriva metà del busto. Il suo caffettano era provvisto di tasche esterne con risvolti e ad Alfred parve avere un taglio più secolare e pure più pratico, anche se non avrebbe saputo dire perché. Si capiva che stava per prendere la parola, tuttavia manteneva in testa lo zucchetto di lucido velluto nero e non sembrava voler salire sul pulpito. Aspettava evidentemente che venissero chiusi tutti gli ingressi della sala. Con l'interesse tranquillo e paziente dell'oratore navigato, osservava la moltitudine in sala, nei palchi e nelle gallerie. Teneva un rotolo di carta nella destra, mentre la sinistra era posata sul petto, seminascosta dalla barba.

Adesso il Dr Frankl era inquieto come lo era stato Alfred all'inizio della cerimonia.

«Ora sono davvero molto curioso» disse sottovoce, nervoso e perfino un po' preoccupato.

«Di cosa? Perché?»

«Qui ci sono rappresentanti di tutte le ambasciate. Molti ambasciatori sono venuti personalmente. Ora il protocollo prevede che vengano salutati secondo un ordine prestabilito. Questo signore non ha l'aria di essere particolarmente versato in questo genere di cose.»

L'oratore attese che gran parte degli ascoltatori smettesse di sistemarsi nei posti a sedere, facendo tacere ogni rumore. Poi, lentamente, avanzò ancora di qualche passo verso il margine del podio, aprì il rotolo di carta e iniziò a parlare. Fu allora che anche Alfred venne colto da quel senso di responsabilità che assale gli ebrei civilizzati ogni volta che, in treno, in tram o in un altro luogo pubblico, spunta una figura in caffettano e da tale apparizione, che la civiltà ha fatto oggetto di scherno, tutti gli sguardi attendono, per non dire reclamano, un comportamento ridicolo. Un imbarazzo che affligge l'ebreo civilizzato e da cui non proteggono né la ricchezza, né gli onori, né la posizione, né la cultura e nemmeno un certificato di battesimo; un imbarazzo che può evitare solo chi ha un animo particolarmente nobile o particolarmente meschino.

Quanto al Dr Frankl, tale malessere tipicamente ebraico lo abbandonò non appena l'oratore ebbe rivolto al governo i ringraziamenti del congresso con linguaggio appropriato. Sapeva come abbellire le formule del cerimoniale diplomatico internazionale con quelle infiorettature che, tenute in fresco per l'occorrenza, non dicono molto di per sé, ma producono un'impressione di eleganza e cordialità. Quando il rituale dei saluti ebbe oltrepassato indenne l'ambasciatore di una grande potenza presente in sala, senza che l'oratore sbagliasse il titolo ufficiale, il nome difficile da pronunciare o cadesse in altre insidie, Alfred diede di gomito allo zio, nemmeno tanto delicatamente, e gli disse: «Hai visto?»

Il tutore taceva; continuava a seguire le parole dell'oratore con la tensione dolorosa di un campione di calcio che è costretto ad assistere in panchina a un'importante partita della sua squadra e a osservare colui che lo sostituisce mentre segna un goal dopo l'altro scatenando l'esultanza del pubblico.

Il pubblico, tuttavia, non esultava ogni volta allo stesso modo. E proprio questo particolare aumentava l'interesse dell'esperto che misurava l'intensità delle manifestazioni spontanee, ora con stupore, ora con intima soddisfazione. Che a dosare l'intensità delle manifestazioni spontanee fosse in realtà lo stesso oratore, tramite una chiave retorica ben dissimulata, balzò all'occhio dell'esperto psicologo dei convegni quando l'oratore si preparò a salutare il rappresentante di una grande nazione, nota per essere particolarmente amica degli ebrei. Sfidando la tempesta di entusiasmo, il Dr Frankl domandò al vecchio che applaudiva fragorosamente alle sue spalle: «Chi è quell'uomo?»

«È il deputato del nostro Sejm...», e borbottò tutto eccitato un nome della Camera bassa del Parlamento polacco che lo scroscio del suo stesso battimani non permise di udire.

Quando la tempesta si fu placata, il Dr Frankl ringraziò per l'informazione aggiungendo a mo' di commento: «Un uomo in gamba.»

Il vecchio scambiò una rapida occhiata con il giovane e, indicando con la testa il Dr Frankl mentre lo guardava con calma, disse al suo compaesano: «Quando vede uno con la kippà in testa, qui la gente pensa sempre che si tratti di un selvaggio. E quando poi si accorgono che non è affatto un selvaggio, credono che si tratti di un bambino prodigio. Di questi bambini prodigio ne abbiamo molti.»

Con gran rammarico del Dr Frankl, l'istruttiva lezione s'interruppe bruscamente. L'oratore sul podio aveva ripreso la parola, passando ora alle potenze minori per concludere il discorso con un solenne rondò finale dedicato a una sfilza di paesi esotici.

Alfred, da parte sua, non era tanto impressionato dal contenuto del discorso e neppure dalla controversia all'interno del palco. Tutta la sua attenzione era rivolta al pubblico, e in particolare al modo in cui, con una serietà che perfino lui trovava ingenua, esprimeva una coraggiosa posizione politica attraverso i suoi applausi. Dopo averne sentito una serie, in realtà, si rese conto che a colpirlo non era tanto l'ingenuità della critica, quanto lo strano effetto sonoro di quel battimani.

Sulle prime, infatti, non era riuscito a capire perché quel suono gli paresse allo stesso tempo così strano e divertente. Soltanto quando, tanto per provare, decise di unirsi, si accorse subito che le sue mani battevano per così dire fuori dal coro. Gli altri applaudivano con un altro ritmo. A un tratto lo colse con l'udito e pure con la vista. Non applaudivano come persone adulte, battevano le mani come fanno i bambini o come fanno gli adulti quando giocano ad acchiappare i bambini o quando vogliono scacciare gli uccelli dal giardino.

«Dai zio» disse, «batti un po' le mani anche tu. Per favore.»

Lo zio non era dell'umore di dire di no, e appena partì l'applauso successivo partecipò obbediente. S'interruppe però quasi subito, interdetto, e con le braccia ancora aperte guardò Alfred.

«Non conosci questo ritmo, zietto?»

«No» rispose il Dr Frankl.

«Infatti, è un altro ritmo.»

«Non capisco. Che vuoi dire?» domandò il Dr Frankl.

«Stando al risultato dei miei esperimenti, neanche tu

sei uno di loro. Le tue mani seguono un tempo completamente diverso.»

«Hai fatto esperimenti?»

«Sì. Con te. Sei stato la mia cavia, zio. Ne avevi anche tutta l'aria.»

«È vero» ammise timidamente il Dr Frankl. «Neanch'io sono uno di loro.»

«Guarda, guarda» proruppe la voce del vecchio alle loro spalle. Con il braccio teso in mezzo alle teste del Dr Frankl e di Alfred, fremeva con l'indice puntato verso la platea. «Guarda laggiù, là... c'è il Neuwert!»

«Neuwert chi?» domandò il giovane in tono tranquillo.

«Il Neuwert! Il caporedattore Neuwert di Varsavia!»

«Dov'è seduto?» volle sapere il giovane che, a dispetto della barba incolta e degli ardenti occhi neri, sembrava essere di indole flemmatica.

«Non è seduto. È in piedi adesso. Laggiù» rispose il vecchio puntando ripetutamente l'indice in basso, verso la platea, come se volesse esortare il caporedattore Neuwert a tornare al suo posto. «Laggiù a destra. Uno, due, tre... ottava fila. L'ultimo posto a destra. Sta lì di fianco, in piedi. Guarda la sua espressione.»

«Ora lo vedo. Che sorrisetto. Come se sapesse già tutto dall'inizio. Tutti i discorsi passati e quelli che ancora devono venire. Neuwert sa tutto! A memoria!»

«Un uomo capace» osservò il vecchio.

«Io non lo sopporto. Un gesuvita!»

Il Dr Frankl – il cui sguardo aveva seguito così platealmente la traiettoria di quell'indice imperioso, che anche Alfred non aveva potuto fare a meno di individuare il caporedattore Neuwert – domandò sottovoce: «Hai sentito come lo chiama?»

«L'ho sentito, ma non l'ho capito.»

«Il caporedattore Neuwert, guardalo bene, secondo lui sarebbe un gesuvita, ovvero un gesuita.»

E dal momento che lo zio, sempre così corretto, a stento riusciva a trattenersi, Alfred scoppiò a ridere: fu il primo, irresistibile attacco di risa.

8

Con l'intervento del Dr Frankl, che già in altre occasioni era stato costretto ad ammonire severamente Alfred per la sua propensione all'ilarità, l'attacco fu stroncato sul nascere. Anche i due sconosciuti presenti nel palco, che non capivano cosa avesse causato lo scoppio di risa del ragazzo, per un attimo parvero turbati. Il vecchio ostentò la propria disapprovazione pizzicandosi una ciocca della barba con due dita e tirandola orizzontalmente in direzione di Alfred.

Solo dopo essersi fustigato con un fascio di pensieri molto seri e tristi e aver riacquistato il controllo di sé attraverso quel metodo già più volte sperimentato, Alfred trovò il coraggio di guardare ancora una volta il caporedattore Neuwert di Varsavia.

Era un uomo di aspetto tondeggiante, con barba e folta capigliatura color rosso fulvo; lo zucchetto poggiava così precariamente sul groviglio di ricci, da sembrare appeso a un unico capello e quasi sul punto di involarsi verso il soffitto. Indossava un soprabito nero di lana pettinata di media lunghezza, che poteva anche passare per un caffettano, ma solo in quell'ambiente: in un contesto urbano più secolare si sarebbe detta una finanziera allungata di due o tre palmi. Il soprabito non era abbottonato e lasciava intravvedere un panciotto con una profonda scollatura a scialle, i cui bottoncini lampeggiavano come piccoli specchietti neri trasmettendo il loro umido luccichio anche ai bottoncini dorati della camicia, così come alla barba, alle labbra carnose, ai baffi, agli scintillanti occhietti neri, su su fino alle sopracciglia cespugliose, la capigliatura ricciuta e lo zucchetto di seta nera. Davanti a tanto sfolgorio Alfred dovette abbassare gli occhi. Immaginare il caporedattore Neuwert nei panni di un gesuita lo costringeva a mordersi le labbra, anche perché sentiva il pugno ammonitore dello zio solleticargli la nuca ogni volta che il suo sguardo sgusciava furtivo in direzione di Neuwert, il gesuvita! Fortunatamente, la splendida figura sprofondò nel buio della platea e un nuovo oratore prese possesso del pulpito.

Non era tanto nell'aspetto che si distingueva dal suo predecessore, quanto nella lingua. Parlava lo jiddisch dei polacchi, che suona meno melodioso di quello dei russo-lituani, ma in compenso di gran lunga più comprensibile per chi conosce il tedesco. A rallegrarsene fu soprattutto il Dr Frankl, poiché proprio quel discorso forniva indizi precisi circa gli interessi e le finalità del congresso. In realtà ne capì solo alcuni passaggi, sufficienti però per farsi un'idea di prima mano, quanto gli serviva. Oltretutto, quando dopo il breve preambolo pronunciato con timida e commovente partecipazione l'oratore entrò nel vivo delle argomentazioni, iniziò a capire intere parti di frasi e, se formulate con calma e lentamente, a volte addirittura frasi complete, quasi parola per parola.

Il Dr Frankl gettò uno sguardo al programma per scoprire il nome di quel timido oratore, il cui aspetto e i cui gesti gli sembravano stranamente familiari. Leggendo, sentì un tuffo al cuore e chiuse gli occhi: il nome stampato chiaramente a caratteri blu su fondo bianco era Wolf Mohylewski. Wolf Mohylewski! Con dita tremanti il Dr Frankl ripiegò il programma e si affrettò a nasconderlo nella tasca della giacca. Gli occhi ancora chiusi, tutto gli fu chiaro: il simpatico oratore altri non era che il fratello! Il fratello del suo amico Josef Mohylewski! Lo zio in carne e ossa! Se il ragazzo l'avesse scoperto! Inutili tutte le precauzioni dell'ansiosa Fritzi, vane tutte le misure per proteggere il figlio dalla tribù galiziana! Una volta imboccata la strada sbagliata non si torna più indietro. Qui dobbiamo tagliare la corda il prima possibile, si disse il tutore in preda all'ansia, ma come?

Il nome dell'oratore successivo accendeva a tal punto la curiosità del pubblico che anche il Dr Frankl avvertì il bisogno quasi fisico di restare. Che lo scrittore di fama mondiale figurasse tra gli oratori di quel congresso era un evento già di per sé, e se destava scalpore la sua presenza sul podio – un europeo circondato da ebrei in caffettano! – ne suscitava altrettanto il tema che si preparava a trattare: "Può esistere l'ebreo senza la fede in Dio?" La celebrità era lì in persona per rispondere a quella domanda.

La relazione durò un'ora d'orologio, ma il trattatello si rivelò una delusione, a dispetto dei suoi solidi presupposti e della stesura accurata. Per quanto strano possa sembrare, non rientrava nella cornice del congresso. Il celebre signore non si era reso facile il compito. Affrontava la questione con risolutezza da tutti i punti di vista, in particolare da quello teologico. Ma né il fervore sermonesco con cui prendeva le parti della fede in Dio, forte di una conoscenza sorprendente di tutti gli ultimi orientamenti teologici, né la gloria del suo nome e neppure la sua rotonda voce baritonale poterono evitare il disinteresse dell'uditorio, che si manifestò già dopo pochi minuti e senza la minima cortesia.

9

«Ma perché qui c'è tanto chiasso?» si stupì Alfred, sebbene lo divertisse non poco vedere la celebrità europea fare fiasco in un posto come quello.

«Qui non c'è affatto chiasso» replicò il Dr Frankl, «è solo un'impressione.»

Come aveva fatto prima con la temperatura, Alfred ora saggiava anche l'acustica della sala con gli occhi. E come era accaduto prima per la sensazione di caldo, anche il chiasso ora era percepibile, anzi palpabile, solo con gli occhi. Non aveva mai visto una dimostrazione collettiva di noia così profonda e inequivocabile. Bastava osservare i volti, le posture e i gesti che da un posto all'altro, di fila in fila, concorrevano a esprimere una comune sensazione di noia, ed ecco che l'immaginazione si metteva al lavoro integrando l'immagine con rumori, parole, esclamazioni e urla di ogni genere: un baccano che, come un allarme visivo, assordava gli occhi.

«Hai ragione, zio» disse Alfred, con voce venata di assurda tristezza, «è solo un'impressione.»

Di lì a poco, tuttavia, quel quadro chiassoso si animò. Intere file di spettatori si alzarono in piedi e si riversarono nei corridoi, sciamando da ogni direzione e trasformando l'assemblea congressuale in un concerto *en plein air*. Schiere ondeggianti di persone si incrociavano, confluivano insieme o si scontravano in un flusso disordinato, spinte a radunarsi, disperdersi e ricongiungersi nuovamente per sfociare infine, in tanti rivoli, verso le uscite. Le porte della sala parvero aprirsi da sole. Intanto il discorso, benché declamato con crescente potenza vocale, martellava spento e monocorde, simile a una fine pioggerellina su un fiume impetuoso.

Al pari di tutto il pubblico distinto che occupava i palchi, sia il Dr Frankl sia Alfred, ormai di malumore, rimasero ai loro posti, meravigliandosi del comportamento inopportuno di un uditorio tanto devoto in reazione a un discorso così edificante.

Ma quando iniziarono a diradarsi anche le file dei rabbini seduti sul podio, il Dr Frankl tirò fuori i guanti e li infilò lentamente, accomodando un dito dopo l'altro, quasi un gesto di silenziosa protesta. Allungò quindi le mani infilate nei guanti color crema oltre il parapetto, come per segnalare all'oratore che era proprio il momento di concludere, anche se non era ancora arrivato alla fine, e non sortendo alcun effetto la considerò una battaglia persa.

«Sì, ma questo non va bene» disse facendo per andarsene, «almeno i rabbini avrebbero dovuto darsi un contegno.»

«Peccato che se ne siano già andati anche i nostri ospiti» osservò Alfred, indicando le due sedie vuote, «sarebbe stato divertente sentire la loro opinione sulla teologia moderna.»

Lasciato il palco, però, si trovarono davanti a una situazione inaspettata. Lungo i corridoi, infatti, non c'era la folla del pubblico che immaginavano di vedere intenta a fumare, a dibattere o a prendere d'assalto il buffet, come accade di solito durante le pause. Cosa facevano dunque i fuggiaschi che a centinaia – ben più di mille contando anche le gallerie e il podio – avevano disertato la sala senza il minimo riguardo e senza vergogna, voltando le spalle a un famoso scrittore? Ovunque nei corridoi, nelle anticamere, nelle salette laterali, in ogni angolo, in ogni nicchia di finestra si erano formati innumerevoli e sovrabbondanti *minjan*. E mentre nella sala del congresso un uomo ricco di spirito dimostrava agli ebrei in caffettano come l'ebreo non possa vivere senza la fede in Dio, inondando le sedie vuote di edificanti argomentazioni tratte dal suo sontuoso repertorio di studi teologici, gli ebrei se ne stavano assiepati all'esterno, nelle anticamere, sulle scale, nella sala buffet, avevano conquistato perfino la sala riservata ai giornalisti, e ovunque si trovassero se ne stavano in piedi, rivolti a Oriente, gli occhi chiusi, i corpi oscillanti: stavano pregando.

«Se l'oratore avesse un po' più di spirito la pianterebbe lì e si unirebbe di corsa a questa gente» disse Alfred.

«Più spirito?» obiettò il Dr Frankl sarcastico. «Un po' più di umorismo semmai. E di devozione.»

«Di devozione mi pare averne abbastanza. Non hai sentito come s'infervora?»

«Eh, ma uno così raramente ha il senso dell'umorismo» disse il Dr Frankl chiudendo il suo ragionamento.

«Cosa intendi con "uno così"?» s'incuriosì Alfred che, tra la moltitudine degli oranti, sembrava volersi aggrappare alla conversazione come a un salvagente.

«Uno così in questo caso significa: un clericale. Uno così grida sempre: "Pregate Dio!" E questo è l'unico messaggio che sa rivolgere ai fedeli. I veri devoti non stanno a sentire queste grida. Gli voltano le spalle e hanno ragione.»

Il Dr Frankl non distoglieva lo sguardo dagli oranti, come se si fosse ripromesso di ricavare ulteriori informazioni dai loro volti.

Prima, quando pregavano per i morti, l'atmosfera era molto diversa, pensò Alfred. Che preghiera era quella che ora vedeva per la prima volta? Non capiva bene l'uscita perentoria dello zio. Quanto a lui, era stato preso da una sorta di spavento. Uno spavento a cui segue un doloroso imbarazzo. Quasi che in quel luogo fosse un estraneo, un importuno testimone del pubblico divampare di una passione bizzarra e malvista. Che cosa aveva detto lo zio? E che cosa gli aveva domandato lui? All'improvviso, come un guizzo di luce, si accese in lui una scintilla di quel fervore. Veniva dallo sguardo estatico, dagli occhi rivolti al cielo dell'orante che saltellava in modo così buffo davanti a lui? Erano occhi privi di sguardo. O era una scintilla scaturita da quella vecchia mano con le vene in rilievo, che danzava verso il cielo con due dita divaricate? Come attraverso un velo, Alfred vide lo zio che, con la fretta di chi deve rimediare a un errore imperdonabile, indossava il cappello e lo esortava, prima con gli occhi e poi più insistentemente con un gesto della mano libera, a fare altrettanto.

Alfred si affrettò a seguire l'esempio dello zio che ora, per la prima volta, gli apparve molto buffo con quel cappello rotondo in testa. Quanto era strano! Pensava forse che bastasse coprirsi il capo per meritare rispetto? Ed era sempre stato così basso, lo zio? Strano pure che avesse un atteggiamento più solenne di tutti quei signori raccolti in preghiera. Ma davvero poteva definirsi solenne il loro atteggiamento? Prima, durante la preghiera per i morti, allora sì che gli era sembrato di percepire un'atmosfera solenne.

«Adesso però dobbiamo andare» disse il Dr Frankl.

Si passò una mano guantata sopra l'altra, quasi che solo ora stesse indossando definitivamente i guanti, e lo precedette. Alfred gli andò dietro controvoglia e guardandosi continuamente intorno, come un bambino che viene portato via a forza da un parco giochi.

«Ma così disturbiamo, zio» tentò di trattenerlo.

«Non temere, mio caro. Per disturbare questa gente dovrebbe arrivare la polizia con gli idranti.»

Lo zio aveva perso tutta la sua aura di solennità. La sua piccola figura avanzava fendendo la moltitudine di oranti e, là dove questa diventava più fitta, si faceva largo con le braccia come un nuotatore tra le onde. Gli oranti in effetti restavano impassibili e non ci facevano caso. Chi era costretto a scansarsi lo faceva senza alzare lo sguardo, seguendo il proprio ritmo cantilenante. Chi veniva spinto da parte, cedeva all'urto senza che il proprio corpo smettesse di inclinarsi e di oscillare. Allo stesso tempo non c'era davvero alcunché di solenne nel loro atteggiamento, e questo era per Alfred motivo di grande stupore. Come si coniugavano quell'oblio di sé e quella naturalezza? Come potevano coesistere fanatismo e sobrietà?

Con riluttanza Alfred aveva seguito il tutore lungo vari corridoi e giù per una rampa di scale, sempre in mezzo alla folla degli oranti. Soltanto nell'atrio d'ingresso, dove l'ampio dispiegamento di polizia aveva impedito la formazione di *minjan*, gli venne in mente che in fondo lui non aveva altri programmi. Si riscosse all'improvviso, provando un senso di rabbiosa ribellione contro il tutore che lo trascinava con sé e anche contro se stesso, visto che si lasciava trascinare senza opporre alcuna resistenza.

«Aspetta zio, non ho capito perché devo venire via con te! Non posso restare qui da solo fino alla fine?»

Il Dr Frankl si voltò sorpreso, le mani sui fianchi, e per qualche istante si soffermò a guardarlo senza aprire bocca, come si fa alle mostre davanti a un quadro difficile da capire.

«Perché quel muso lungo? Chi ti impedisce di restare?»

«Scusami, zio, sono piuttosto frastornato.»

«Si vede» disse il Dr Frankl in tono di finto rimprovero.

«Tu hai da fare, zio, mentre io non ho impegni.»

«Come desideri. Ecco il biglietto.»

«Queste persone mi interessano. Di facce così non se ne vedono mica tutti i giorni.»

«Hai assolutamente ragione. Questi ebrei conservano ancora le loro facce. Se sei così interessato, posso procurarti gli ingressi per le prossime sessioni.»

Il Dr Frankl aveva completamente dimenticato quale pericolo rappresentava per Alfred la presenza dello zio in carne e ossa: con la testa era già in ufficio, assorbito da altre preoccupazioni. Si era scordato perfino le temute reazioni della sua amica Fritzi.

Libro terzo

SECONDA PARTE

I

Alfred cadde in quello stato d'incertezza che spesso assale un giovane sensibile quando all'improvviso passa dalla socialità alla solitudine – non importa dove, anche nello sport o nel gioco – restando così solo con se stesso. Non si piaceva in quello stato. È da immaturi, si rimproverava, e cercò di cancellare quella macchia fumando un'altra sigaretta. Uscì in strada tra la gente. C'erano molti passanti, era il popolo di Vienna che, oggi come ieri, ogni volta che succede qualcosa, ama accorrere sul luogo e starsene per un po' a guardare e, pur di farlo, è disposto anche ad allungare il cammino, come se volesse convincersi che quanto sta accadendo, in qualità di semplice spettatore, non lo riguarda. L'aria fresca lo ridestò e rinvigorì al punto che di lì a poco osò avventurarsi di nuovo tra gli oranti.

Le lampade ardevano già lungo le scale. L'atmosfera era ancora pervasa dal fervore delle preghiere, qua e là sostavano piccoli gruppi, di quando in quando delle labbra si schiudevano, borbottavano un'ultima, incomprensibile formuletta e tornavano a richiudersi. L'improvvisata funzione collettiva sembrava conclusa.

Alfred s'infilò nella calca del fiume umano che, pur tra anse e curve, per la fitta concentrazione di rivoli che confluivano insieme, avanzava compatto in una direzione precisa. Eccitato e accaldato, senza sapere bene per quanto tempo la corrente l'avesse trasportato, approdò come un fuscello sospinto a riva direttamente alla sala stampa.

Alle pareti erano appesi cartelloni a grandi lettere quadrate. Sparsi sui tavoli e sulle sedie, c'erano opuscoli evidentemente a disposizione dei giornalisti, una sorta di abbeveraggio gratuito dell'opinione pubblica. In un frenetico ma composto intrecciarsi di mani, i suoi rappresentanti si dissetavano attingendo alle effervescenti fonti di carta. Un quadro che poteva intitolarsi *Opinione pubblica all'abbeveratoio* o anche *Dopo una rissa*. Alcuni avevano bevuto già così tanto da non poter fare a meno di mettere su carta, seduta stante, la pubblica opinione. Tra questi, alcuni scrivevano con mano lesta da destra a sinistra, mentre le loro barbe spazzavano il foglio da sinistra a destra. Esistono davvero giornalisti simili?, si chiese Alfred. Ma siccome lo zio non c'era, la domanda rimase senza risposta.

Dove sarà mai il caporedattore Neuwert? Giusto in quell'istante Alfred lo vide, come se Neuwert avesse percepito il suo pensiero. Se ne stava nell'angolo accanto a una finestra, ai margini di un piccolo assembramento che faceva cerchio intorno a una persona seduta nel mezzo. Erano protesi in avanti, neanche lì al centro vi fosse un bambino dalla grazia irresistibile. I pochi volti erano tutti sorridenti. Lo stesso Neuwert che, visto da vicino, irradiava una luce ancora più fresca, come se stesse sotto la pioggia in una giornata di sole, lo stesso Neuwert tendeva un orecchio al centro, chinando la testa di lato, mentre gli occhi vagavano per la sala come gli occhi di un ritratto, fino a posarsi su Alfred, quando questi si avvicinò al gruppo, quasi calando dall'alto di un'invisibile parete.

La voce che si levava dal mezzo e catturava l'attenzione di tutti, compreso Alfred, diceva con un timbro dolce e puro: «... e così abbiamo pensato: il congresso si farà a Vienna. A Vienna ci saranno molti invitati, letterati, giornalisti. Un bel pubblico. Che racconti pure a loro, questo signore, perché l'ebreo non può vivere senza la fede in Dio. Mica deve venirle a raccontare a noi certe cose!»

I volti in ascolto sorridevano incantati. Tra poco, pensò Alfred, tutti schioccheranno la lingua gridando in estasi: «Ahi, ahi, ahi», come la tavolata di chassidim al teatro ebraico dopo le sagge parabole dello zaddik, che erano piaciute perfino alla nonna.

E fu proprio quello che accadde. Quando la voce si azzittì, Alfred vide qua e là nel cerchio una mano sfregare divertita l'altra, qua e là una bocca spalancarsi ed esclamare: «Ahi, ahi, ahi», sonorità gaudenti di lingue che avevano assaporato la saggezza. Era un rabbi ad aver parlato?

Alfred stava per chiederlo ma non ne ebbe il tempo. Nel tramezzo, alle spalle del gruppo, si aprì una porta nascosta dalla tappezzeria e apparve un giovane che, pur fermo sulla soglia, sembrava animato da una gran fretta: tutto in lui fremeva e svolazzava, il caffettano, la barba, le *pejes*, le mani e perfino gli occhi ridenti.

«Rebbe!» disse il giovane ebreo fissando l'intera compagnia. «Rebbe, la questione appena posta è stata fortunatamente risolta. Il *dajtsch* l'ha risolta in favore della fede: no, l'ebreo non può vivere senza la fede in Dio!»

Un coro di risate omeriche, di cui mai Alfred avrebbe creduto capaci quei poveri ebrei deperiti e denutriti, accolse il messaggero svolazzante. Il gruppo si scostò e dal centro, sospinto dall'onda sonora delle risa, si eresse il Rebbe destinatario del messaggio. Alfred vide un uomo alto e magro, un profilo ben delineato, un naso adunco affilato, una barba fine che senza l'aiuto delle forbici si assottigliava terminando a punta sotto il mento. E quando il Rebbe si congedò dall'allegra compagnia passando tutti in rassegna con uno sguardo divertito, Alfred lo vide in faccia. Il suo volto sembrava fatto per dimostrare che intelligenza e saggezza sono due cose diverse.

«Chi è?» chiese Alfred a un caffettano.

«È Rabbi Jizchak di...» rispose quello senza terminare la frase.

La calca avanzava verso la sala del congresso. Anche i giornalisti stavano sgomberando l'abbeveratoio. Deluso, ma non più di tanto, dalla risposta distratta che aveva ricevuto e già proiettato verso il prossimo discorso, Alfred si unì ai giornalisti che, con le loro cartelle e le tasche delle giacche piene zeppe di fogli, mantenevano quell'aria feriale – a dispetto dell'abito scuro e del contegno serioso – che li distingueva dai caffettani festivi; come se costituissero la squadra del personale profano a servizio del congresso religioso.

Seguendo il corteo, Alfred arrivò davanti al suo palco. Sbirciò attraverso la porta socchiusa e vide che era vuoto. I due sconosciuti se n'erano evidentemente andati. I corridoi ormai deserti, qua e là gli ultimi ritardatari. Quando la porta della sala si chiuderà alle loro spalle, mi ritroverò qui tutto solo, pensò Alfred. E ancora sedotto dalle impressioni suscitate in lui dalla sala stampa, seguì gli ultimi giornalisti fin dentro la sala del congresso. Occupano sempre più spazio del necessario, si disse. Troverò pur un posto libero in mezzo a loro.

2

Nelle file riservate alla stampa c'erano infatti diversi posti liberi. Alfred ne scelse uno non lontano dal caporedattore Neuwert, la fila dietro, dove la stampa era già circondata da regolari figure in caffettano. E subito si produsse in lui un cambiamento. Dal palco, da quel piccolo vano separato che prima aveva condiviso con lo zio, la platea sembrava lo specchio di un lago scuro dove i volti pallidi sotto i cappelli neri galleggiavano simili a strani funghi acquatici. Ora, invece, il podio gli appariva come il palcoscenico di un teatro sul quale si stava svolgendo una scena collettiva.

Tutt'intorno vedeva i palchi e le balconate, dove splendevano i chiari abiti estivi delle signore. Vedeva la sala di un teatro con un uditorio straordinariamente vario. Era svanita quell'atmosfera solenne che la preghiera per i defunti aveva creato. Si era rotto quell'incanto doloroso che, perfino nello spirito non iniziato di Alfred, aveva risvegliato echi di testi antichi: *Riordina la tua casa perché morirai e non rimarrai vivo*. Testi antichi di una saggezza cruda da togliere il respiro. Testi antichissimi che lui non conosceva e che le melodie del lamento funebre avevano evocato sulla scena come fantasmi. Ora era in un teatro a tutti gli effetti. Alfred era uno spettatore tra gli spettatori, e il gesuvita, intento a scarabocchiare nel suo taccuino, le dita leste da destra a sinistra, non stava forse preparando il suo resoconto dello spettacolo?

Era una metamorfosi dovuta soltanto a quello stolto che aveva osato chiedere in pubblico se l'ebreo potesse vivere senza la fede in Dio? Ora Alfred rivedeva con chiarezza l'entrata del messaggero svolazzante nella stanza, nelle orecchie gli riecheggiava l'ilarità che aveva scatenato il suo annuncio: lui sedeva in quel teatro come dentro una scena culminante che si prende la libertà di scivolare di tanto in tanto nella comicità. E la cosa gli piaceva molto.

Sulle prime, l'attore che ora saliva sul podio non sembrava essere in grado di divertire il pubblico al pari del famoso oratore che lo aveva preceduto. Era un signore dall'aria seria, distinta, in finanziera, barba curata e occhiali con la montatura dorata; se non fosse apparso su quel podio davanti a quell'assemblea, nulla in lui avrebbe fatto pensare a un ortodosso.

Un rabbino in cilindro!, constatò Alfred, e cercò di ricordarsi da chi avesse sentito quell'espressione e in quale circostanza. Il signore dall'aria distinta in realtà non portava un cilindro, ma un copricapo simile gli sarebbe calzato a pennello. Peraltro era veramente un rabbino, come apprese in seguito Alfred. Tuttavia troppo tardi. Altrimenti, forse, sarebbe riuscito a imporsi quel contegno che è più facile avere davanti a un capo spirituale rispetto a una persona comune. Per quanto ridicola possa essere la condotta del primo.

Alfred si guardò intorno. Colse l'ultimo sussulto che precede il silenzio, quell'istante in cui un grande uditorio già seduto prende, per così dire, definitivamente posto e punta lo sguardo sul palcoscenico in attesa della rappresentazione. Scosse da quel sussulto, le *pejes* arricciate parevano annunciare solennemente, come mille campanelle mute, l'arrivo del silenzio. Migliaia di occhi brillavano, sembravano aspettarsi molto dall'oratore!

Il signore dall'aria distinta stava ritto in una bella posa ma non diceva ancora nulla. Il pizzetto si abbassava e si alzava silenziosamente – come a un concerto, quando il violinista, prima di attaccare, sfiora le corde con il pollice con finta umiltà per zittire l'ultimo fastidioso rumore –, finché a un certo punto il pizzetto si piegò risoluto verso il basso e una voce forgiata nel pathos di centinaia di prediche infuocate si abbatté sulle orecchie del congresso religioso con tale forza da far tremare le *pejes*: «V o i p a l a d i n i d e l l' A g u d a s J i s r o e l !!!», così la voce gridò, rivolta agli ebrei in caffettano.

Alfred rimase a bocca spalancata. Quasi che la bocca non si fidasse di quanto avevano appena udito le orecchie e la gola volesse accogliere le parole a cui le orecchie si ribellavano. La gola di Alfred era evidentemente troppo piccola per quel grosso boccone, che infatti venne risputato fuori con una risata esplosiva che rimbombò in tutta la sala. Sembrava che all'oratore avesse risposto uno sparo. Adesso mi prende la ridarella, fece ancora in tempo a pensare, meglio filare via subito!

Ma la risata continuava a scuoterlo a tal punto che, simile a un bimbo impaurito in cerca di nascondiglio, istintivamente si piegò in due, il busto sulle cosce. Al riparo dell'oscurità creata dalle file, svanì il primo spavento e partì il secondo irrefrenabile accesso di risa, un sommesso susseguirsi di sibili e gorgoglii, che gli faceva rimbalzare la testa contro le ginocchia con una voluttà convulsa.

Alfred chiamò in soccorso tutta la sua coscienza, e la coscienza gridava spaventandolo con immagini di terribili disgrazie.

Alfred vide: la mamma è morta!

Ma i paladini dell'Agudas Jisroel ebbero la meglio.

E mentre si piegava e si contorceva in preda al riso convulso, l'orologio gli scivolò dal taschino e cadde a terra producendo un rumore metallico e di vetro infranto.

«Un petardo!» Il grido di paura lo raggiunse là in basso, come attutito da una massa d'acqua.

«Vogliono profanare il congresso!»

«Vogliono far saltare in aria il congresso!»

«È un attentato!»

«Una bomba!»

Il panico e il tumulto suscitati dall'allarme bomba fecero tornare Alfred in sé. Di colpo emerse dal suo nascondiglio e, come un ragazzo che per spavalderia aveva rischiato di annegare, vide – la paura della morte e la vergogna negli occhi – le file di spettatori spaventati prima retrocedere in rapide onde e subito dopo, come l'acqua, tornare a riempire lo spazio vuoto che si era creato intorno a lui. Braccia che si protendevano, mani che cercavano di afferrarlo. Alzò gli occhi verso il podio, aspettandosi da lassù aiuto e comprensione. Ma il podio pareva sempre più distante, una riva che si allontanava. Le mani che volevano prendere, tirare e strappare erano già inspiegabilmente vicine al suo viso. In un attimo lo travolsero.

Se solo mi finissero... Ma non ne sono capaci queste

mani gracili, frettolose e maldestre! Mi strappano i vestiti! Che cosa dirà lo zio? Durante la caduta si stupì della lucidità dei suoi pensieri. Chiuse gli occhi quasi potesse nascondere la sua colpa, e pensando a quanto fossero sciocche e ridicole quelle misure difensive abbozzò un flebile sorriso.

Come infuriate per quel sorriso, le mani ignote si scagliarono sul viso di Alfred e cominciarono a strattonarlo. D'un tratto, altre mani forti e pesanti s'impossessarono della sua testa, delle sue braccia, delle sue spalle e sollevarono prima il tronco, poi con una presa rapida le gambe. Ecco delle prese esperte, da mani occidentali, si disse rassicurato Alfred. Questi devono essere gli uscieri! Ma dove mi stanno portando e perché così lentamente? Riaprì di nuovo gli occhi, gli sembrava di sprofondare in una tomba, anche se continuava a fluttuare orizzontalmente nell'aria.

Sopra di lui dei volti. Facce bianche, sfocate. Migliaia di grida. Che cosa hanno tanto da urlare? E cosa dicono? Stanno chiamando me? Fu allora che piovve dall'alto, duro e appuntito come un fascio di legna sulla fronte, sugli occhi. Una volta, due volte, sul viso, sugli occhi, caldo, aguzzo, legnoso, bruciante. Fiamme guizzavano. La sala vorticava in un turbine abbagliante. Soffitto, volti, luci, in alto – luci, volti, soffitto, in basso. Una volta, due volte, oscillava sospeso con magica leggerezza. Finché tutto precipitò e il turbine abbagliante fu risucchiato da un gorgo nero.

3

Quando fu in grado di riaprire gli occhi, vide di nuovo molti volti sopra di lui. Uno solo però, un viso ben rasato e con i baffi, incombeva molto da vicino e ancora più vicina ai suoi occhi era la fila di bottoni tondi e metallici di un'uniforme che, come una rampa di gradini, conduceva fino a quel volto. La polizia! Quella visione mise in allarme lo sguardo di Alfred ma paralizzò le palpebre che, prive di ogni forza, tornarono a calare.

Alfred sentiva le mani del poliziotto che lo palpavano, con fare energico e deciso. Gesti calmi ma spudoratamente risoluti – le mani ora tastavano il petto, le costole, la pelle nuda! – lo rianimarono quel tanto da indurlo a fare un istintivo movimento di difesa. Drizzò il busto e tentò di chiudersi la giacca. Non trovando i bottoni, se la strinse al petto e con le mani percepì il contatto fresco dei pollici sul torso nudo e non sulla camicia. Era seduto sul pavimento.

«Può alzarsi?» chiese il poliziotto, infilandogli una mano sotto il braccio per sorreggerlo.

Alfred si alzò in piedi, stupito della domanda. Vide i manifesti alle pareti e riconobbe la sala stampa. Una moltitudine di ebrei concitati gremiva la stanza. Un altro poliziotto presiedeva la porta a vetri chiusa, le mani sulla maniglia, per impedire un ulteriore afflusso dalla sala del congresso.

La folla elettrizzata rivolgeva occhiate e gesti all'indirizzo di Alfred e ogni occhiata, ogni gesto, era un durissimo atto d'accusa. Il fatto di sentirsi al riparo da quegli sguardi per la presenza dei poliziotti gli procurava molta vergogna. Distolse velocemente gli occhi dalla calca ostile e sentì il sangue montargli in viso. Gli occhi e la fronte bruciavano come ferite aperte.

«Com'è entrato?»

Alfred guardò il poliziotto. Non era lui ad aver parlato, bensì un uomo in abiti civili con una bombetta nera in testa che Alfred identificò subito, pur non avendo grande esperienza in materia, come un ufficiale di polizia giudiziaria, un agente investigativo. Dalla voce, era senza dubbio anche lo stesso che lo aveva aiutato a rialzarsi.

«Com'è entrato? Ha un biglietto?»

«Sono venuto con mio zio» balbettò Alfred. Il labbro inferiore pesava come piombo.

«Si asciughi la bocca... là sotto, il labbro inferiore. Dov'è il biglietto? Faccia vedere!»

Alfred infilò una mano nella tasca interna della giacca ed esibì l'invito.

«Questo ha perfino un palco di lusso...» constatò l'uomo con la bombetta mostrando l'invito al poliziotto, e i due si misero a ridere.

«Come l'ha avuto?»

«Sono venuto con mio zio...»

«E dov'è suo zio, se è venuto con lui?»

«Se n'è andato durante l'intervallo.»

«Facile rispondere così!» commentò l'ufficiale. «E che cos'ha lanciato giù in platea?»

«Non ho lanciato niente...» protestò Alfred con la voce spezzata.

«Questo lo vedremo. Stanno giusto ispezionando la sala. Prima o poi verrà fuori... tanto vale dire subito la verità. In ogni caso, mi seguirà al commissariato.»

L'idea lo spaventò al punto da farlo tornare completamente in sé.

«Non ho lanciato niente» ripeté, come se l'intero incidente potesse risolversi rispondendo a quell'unica domanda.

«Se non voleva lanciare niente perché non è rimasto nel palco?» chiese l'ufficiale e, come se ora tutto dipendesse da quel nuovo indizio, si accostò ad Alfred quasi invitandolo a sussurrargli la risposta nell'orecchio.

«Insomma» riprese con voce acuta, «che diamine ci faceva giù in platea? Quando aveva un posto così bello nel palco di lusso!»

«Volevo vedere gli ebrei più da vicino» rispose Alfred sommessamente. Solo quando l'ufficiale scoppiò a ridere inarcandosi all'indietro, comprese quanto fosse sciocca la sua risposta. Nemmeno gli ebrei che tendevano le orecchie dalle retrovie riuscirono a trattenersi.

La folla eccitata discuteva sempre più animatamente il caso, quand'ecco spuntare il gesuvita. Con un sorriso affabile e trasognato, avanzava tra la calca, un maestro benevolo in mezzo a uno stuolo di bambini che giocano nel cortile della scuola. Poiché si comportava come se al mondo dovesse sempre esserci un posto per lui, per il caporedattore Neuwert, trovò il suo posto anche in mezzo a quella ressa. Nel varco che quell'uomo così abile si era aperto tra la gente, lo seguiva un secondo poliziotto.

Quando i due emersero dalla calca nello spazio libero che si era creato e i più curiosi ripresero a spingere alle loro spalle, intervennero prontamente l'uomo con la bombetta e, a un suo cenno, anche il poliziotto, riportando subito la calma. Rimasto solo nel suo angolo, Alfred osservava gli agenti che, consultandosi a bassa voce, gravi in viso e impegnati nel reciproco scambio di informazioni, davano vita a un tribunale improvvisato, presieduto dalla figura del caporedattore Neuwert che in piedi brillava in mezzo agli oscuri burocrati.

Tuttavia la discussione sembrò non portare ad alcun risultato concreto. La commissione si sciolse e, mentre i due poliziotti in divisa rimasero di rinforzo agli uscieri, il caporedattore Neuwert affiancato dall'uomo con la bombetta si avvicinò ad Alfred. Per un istante fissò il giovane con occhi neri, umidi e lucenti, in cui si leggeva tanto scherno quanta compassione, poi gli tese la mano presentandosi: «Caporedattore Neuwert da Varsavia.»

Alfred vide nei suoi occhi solo lo scherno. Trascurò la compassione che forse, in quella circostanza, gli avrebbe giovato. Si strinse ancor più la giacca sui lembi lacerati dello sparato e abbassò la testa.

«È arrabbiato con me?» chiese il caporedattore, e se ne

rammaricò lanciando un'occhiata stupita all'ufficiale con la bombetta.

Lo sguardo di Alfred era caduto sui bottoni lucidi come specchietti neri e umidi del panciotto che fasciava il ventre rotondo del caporedattore, una visione che gli provocò, senza che ne capisse il motivo, un senso di nausea.

«E va bene» disse docilmente il caporedattore ritirando la mano. «È arrabbiato. Io non lo sono. Mi sono permesso d'intervenire perché lei era seduto poco distante da me. Quando l'ho sentita ridere, mi sono subito voltato. E ho visto che era piegato in due dalle risate – certo, non era molto carino ridere in quel modo –, ma non ha mica lanciato una bomba, lo garantisco. Ed è quello che ho subito dichiarato... Del resto non è stato trovato niente. Mi sono quindi presentato come testimone e sono pronto a deporre. Ma, anche se lei ha solo riso, il signor commissario parla di...»

«Disturbo della quiete pubblica e minaccia all'integrità fisica delle persone in circostanze particolarmente pericolose, sono questi i reati di cui si è reso colpevole! E ora mi segua!» dichiarò l'uomo con la bombetta, afferrando Alfred per un braccio.

«Ha sentito?» replicò energico Neuwert, afferrandolo per l'altro braccio, quasi fosse ancora da stabilire chi dovesse prendere in consegna il malfattore. «Ha sentito che cosa è riuscito a combinare? Disturbo della quiete pubblica, minaccia all'incolumità fisica delle persone... in circostanze particolarmente pericolose!» continuò infervorato, strizzando un occhio all'ufficiale e l'altro ad Alfred. «Date le circostanze, naturalmente dovrà essere arrestato!»

Alfred cercò di liberarsi. Il caporedattore non oppose alcuna resistenza. Al contrario, inscenò un gesto così ostentato, così d'effetto, che anche l'ufficiale non poté fare a meno di mollare l'altro braccio.

Fu in quel momento che Alfred capì le buone intenzioni del gesuvita. Alzò gli occhi per ringraziarlo con lo sguardo, e gli occhi ritrovarono sulle grosse labbra rosse di Neuwert la stessa umida lucentezza dei bottoni del panciotto.

«È ancora arrabbiato? Sta bene... in fondo a noi poco importa, giusto?» disse il caporedattore, e guardò l'ufficiale sorridendo. «Vorremmo solo sapere perché è scoppiato a ridere in quel modo. Ce lo spieghi! Non avrà mica voluto provocare uno scandalo? Di sicuro nemmeno lei voleva ridere così! Ma non è riuscito a trattenersi: perché? Ce lo può spiegare?»

«Ma lo capisce il tedesco, lei?» disse tra i denti Alfred, scandendo controvoglia ogni singola parola.

Neuwert ritirò pian piano le braccia che teneva protese verso di lui da quando l'aveva investito con le sue domande, lasciandole però a mezz'aria, in un gesto teatrale, i palmi carnosi che guardavano la sua faccia e gli occhi chiusi, come se non potessero sopportare tanta stupidità. E volgendo il viso accecato verso l'ufficiale, disse profondamente offeso, a voce bassa: «Non so quanto capisco il tedesco. Forse non lo so bene. Di sicuro non quanto lei. In tutti i casi... il signor commissario mi ha capito. Il commissario mi ha capito molto bene. Non è vero, commissario capo?»

«Le chiedo scusa» si affrettò a dire Alfred, avvicinandosi al caporedattore risentito. «Non volevo offenderla. Ovviamente lei parla molto bene il tedesco. Ma volevo sapere... ho fatto quella domanda solo perché non so bene come spiegarle che cosa mi ha fatto tanto ridere. Sono stato davvero uno stupido. È che proprio... No, non ci riesco...»

«Ah, non ci riesce? Allora lo farò io. Sempre che ci riesca. Ma credo di sì. Ci proverò. Vede, penso che sia andata così: lei era seduto giù in platea, nel mezzo della fila, e guardava gli ebrei, gli ebrei in caffettano, ebrei strani, con le *pejes*. Poi arriva un oratore e si rivolge a questi ebrei in tedesco, li incita, ma come li incita?» Parlando, il gesuvita si era raddrizzato sempre più. Ora stava in punta di piedi, la mano destra sopra la zazzera d'un rosso fulvo, quasi fosse pronto a lanciare un petardo. «Bene, come li incita, questi ebrei?» ripeté. E cadendo con tutto il peso all'indietro sui talloni, neanche fosse un ballerino, citò in tono patetico: «Voi, paladini dell'Agudas Jisroel!»

Le parole riecheggiarono come se a pronunciarle non fosse stato Neuwert, bensì ancora una volta l'oratore.

«E non fa ridere?» chiese girandosi verso l'ispettore e, dopo una pausa teatrale, di nuovo verso Alfred per poi abbracciare con un unico, ampio sguardo tutti gli astanti che – s'intuiva – pur non capendo la spiegazione erano evidentemente soddisfatti dell'eccellente imitazione del patetico oratore.

«Eccome se fa ridere!» concordò Neuwert rispondendosi da solo. Ma lo esclamò con un tale slancio, quasi avesse catturato con una sola occhiata le voci di tutti i presenti. «Ovvio che fa ridere! Anch'io ho riso se vuole saperlo» confessò all'ispettore, quasi invitandolo a mettere la cosa a verbale. «Non ero piegato in due dalle risate come il ragazzo e non mi sono rintanato dietro le sedie per far credere che volessi mettere una bomba... Ma ho riso! Anch'io ero sbalordito a sentire che ci si potesse rivolgere ai bravi ebrei dell'Agudas Jisroel in un tono tanto eroico e patetico. È andata così o no?» E corrugando le sopracciglia, guardò Alfred con aria severa e stizzita.

«È andata così» rispose Alfred con un filo di voce. Era assorto e distratto. Tutto era motivo di meraviglia. Da un pezzo aveva dimenticato di essere l'oggetto di un interrogatorio. Il pubblico che lo circondava lo divertiva non meno dei paladini dell'Agudas Jisroel evocati da Neuwert. Ci mancava poco che scoppiasse di nuovo a ridere!

«È gentile da parte sua ammetterlo. Pensavo che si sarebbe fatto pregare.»

«È andata proprio così» confermò Alfred, incantato dalla scena non meno che dal suo attore principale: il caporedattore, il gesuvita.

«Vede, signor commissario capo, il ragazzo non ha fatto niente. Non ha attentato all'incolumità di nessuno. Non ha commesso alcun reato. Ha riso? Anch'io ho riso! Mi arresterà per questo?»

«Si dichiara dunque disponibile a testimoniare?» chiese l'ispettore guardando Neuwert severo, e tirò fuori dalla tasca un taccuino.

«Mi dichiaro disponibile» rispose solenne il gesuvita. «Scriva: Adolf Neuwert, caporedattore, Varsavia, domicilio attuale Hotel National, Vienna.»

Mentre l'ispettore annotava sotto dettatura, Adolf Neuwert, già nella funzione di testimone, ammiccava divertito al giovane in segno di incoraggiamento. Ma Alfred non lo capiva. Il caporedattore emise un sospiro profondo, afferrò Alfred per la mano e lo avvicinò a sé.

«Bene. Ora prenda anche i dati del ragazzo, così poi possiamo tornare tutti tranquillamente in sala. Certo, senza di lui. Lui non lo lasciamo più entrare. Ridere è di sicuro una cosa molto bella, una cosa innocente. Ma il posto giusto per chi ride come ha fatto lei...» sentenziò con improvvisa severità e allontanando Alfred da sé, «non è un congresso, è un cabaret. Se vuole ridere degli ebrei, figliolo, vada in un cabaret viennese!»

«Il suo nome?» gridò quindi l'ispettore ad Alfred, neanche lo avesse appena colto in flagrante o l'altro dovesse ripagarlo della magnanimità con cui lui, l'ispettore, rinunciava a procedere al suo arresto.

«Alfred Mohylewski» dettò allora a voce quasi altrettanto alta, e s'inchinò educatamente davanti al caporedattore Neuwert al quale, di fatto, non si era ancora presentato.

Alle spalle dei poliziotti e degli uscieri che difendevano

l'interrogatorio dall'assalto dei più curiosi, si levò un improvviso tumulto. Tutti si voltarono a guardare. Nell'angolo più lontano della sala, vicino alla porta nascosta dalla tappezzeria, si era aperto un varco nella folla. Chini sul vuoto, gli ebrei stavano lì pigiati l'uno contro l'altro, le teste si susseguivano in cerchio come tante anatre intorno a una ciotola d'acqua. I due poliziotti si fecero avanti fendendo il groviglio di persone. L'interrogatorio s'interruppe. Un attimo dopo riemerse uno dei due poliziotti con una notizia rassicurante: «Un vecchio si è sentito male. Gli uscieri lo stanno portando dal dottore!»

«Professione? Domicilio?» riprese l'ispettore, sempre con lo stesso tono duro.

«Studente del Politecnico. Residente a Vienna.»

«Religione?»

«Senza confessione.»

L'ispettore levò gli occhi dal taccuino e lanciò uno sguardo inquisitore prima al caporedattore Neuwert e poi, puntandogli la matita contro il petto, ad Alfred. Il quadernetto si chiuse con un colpo secco, e fu come se fosse stato il taccuino e non l'ispettore ad aver esclamato forte e chiaro: «Aha!»

«Bene, bene... allora che cosa ci faceva a questo congresso?» La spiegazione del caporedattore Neuwert non gli pareva plausibile. Del resto aveva una sua idea riguardo all'incidente. Se aveva apparentemente ceduto, se aveva rinunciato ad arrestare il sospettato, era infatti per altri motivi. Non aveva mai dubitato che vi fosse stato un malevolo disturbo della quiete pubblica, e precisamente un disturbo provocato da un'opinione politica che lui, a titolo personale, sottoscriveva appieno. Questa volta però le disposizioni erano state particolarmente rigide, e gli ordini sono ordini. Contro il giovane maldestro fino a quel momento non era emerso che un indizio: l'invito in suo possesso. Ora se ne aggiungeva un secondo: «Se è senza confessione, allora che cosa ci faceva qui?» ripeté l'ispettore con una voce melliflua che non prometteva niente di buono.

«Sono venuto con mio zio» ripeté Alfred, ormai in tono discorsivo e assai disinvolto.

«E sentiamo un po', come si chiama questo zio? Se aveva perfino un invito, sarà di certo qualcuno di conosciuto... Forse lo conosce anche il signore qui presente, il signor caporedattore di Varsavia so-tutto-io?» replicò, e additò Neuwert roteando l'indice in un gesto non privo di ironia.

«Mio zio è il Dr Stefan Frankl.»

«Cosa??? Il Dr Frankl dell'Ufficio generale della stampa è suo zio?» ribatté l'ufficiale, andandogli così vicino che la tesa della bombetta adombrò anche gli occhi di Alfred.

Alfred arretrò di un passo e disse piano: «È un pezzo, signor ispettore, che volevo chiederle di telefonare allo zio. Ora sarà in ufficio. Quando ha lasciato il congresso, andava direttamente lì.»

«Avrebbe dovuto dirmelo subito che il Dr Frankl è suo zio!» Suonava come un rimprovero e una giustificazione, aveva l'aria di chi era stato offeso profondamente e ingiustamente.

«Ma cosa sta succedendo ancora laggiù?» gridò l'ispettore rivolto al poliziotto. Nella sala stampa c'era di nuovo un gran vociare.

«Sgomberate la sala!» urlò sovrastando il baccano. «Nessuno può restare qui!»

E come se, in onore del Dr Frankl, non bastasse trasformare la sala stampa in un normale salone, si levò la bombetta e si asciugò la fronte che si era imperlata di sudore, evidentemente sempre in onore del Dr Frankl.

Lo sgombero ebbe inizio. Con facce feroci e a suon di grida imperiose, i poliziotti spingevano i caffettani che, pur visibilmente intimoriti dalle forze dell'ordine, esitavano a muoversi. Se qualcuno si isolava dalla calca, gli agenti ricorrevano anche all'uso delle mani, ma lo facevano con delicatezza e cautela, in buffo contrasto con la ferocia dei volti. Procedevano all'antica, alla maniera dei cani da pastore, nella tradizione di tutti i bravi poliziotti: *fortiter in modo, suaviter in re*, abbaiavano ma non mordevano. Come un gregge di pecore che preme attraverso la stretta apertura del recinto, gli ebrei spingevano attraverso la porta nascosta dalla tappezzeria, un ammasso indistricabile di fianchi pigiati l'uno sull'altro, colli protesi e lunghe *pejes* dondolanti. Ultimo del gregge – la pecora prediletta del pastore –, il caporedattore Adolf Neuwert da Varsavia. Lui sarebbe anche potuto rimanere. Visti i suoi buoni rapporti con la polizia! Ma conoscendo bene le autorità, preferiva ritirarsi da questa operazione giudiziaria che aveva preso una svolta davvero sorprendente.

«Vada, vada, signor caporedattore!» gridò l'ufficiale. «Chieda ai signori ebrei di dare un'occhiata in giro, forse qualcuno ritrova il colletto e la cravatta del signor Mohylewski! È ridotto in uno stato pietoso!»

Con un gesto che esprimeva sia preoccupazione per l'aspetto del signor Mohylewski sia perplessità sulla riuscita dell'impresa, il caporedattore promise di fare tutto il possibile.

«Se permette, ora telefono al Dr Frankl!» annunciò l'ispettore. Congedò un poliziotto, piazzò l'altro di guardia davanti alla porta e sparì nello stanzino del telefono.

Nella quiete della sala vuota, dove le ultime impercettibili onde della grande eccitazione andavano via via attenuandosi, Alfred cominciò a sentire un ronzio nelle orecchie, un tintinnio alle tempie, un calore alle guance e, in bocca, avvertì quel cattivo sapore causato dai bottoncini del panciotto sul ventre rotondo del caporedattore, così lucidi e umidi da sembrare lustrati con la saliva. Si accostò alla finestra, aprì un battente e cercò nel riflesso del vetro un'immagine fugace del proprio aspetto. Il poliziotto intese il gesto a modo suo. Intervenne energicamente, richiuse il battente della finestra, tirò fuori uno specchietto e lo tenne un istante davanti al viso di Alfred. Era uno specchietto minuscolo con una cornice di latta scanalata, in cui non si riusciva a vedere un granché. Tuttavia, Alfred scorse: un occhio blu, un bernoccolo sulla fronte, un labbro inferiore spaccato, del sangue coagulato sul mento e – mentre il poliziotto, inclinando lo specchietto, guidava lo sguardo – un collo nudo, orrendo, tutto graffiato, coperto di lividi rossi e in parte già bluastri. Alfred tirò su il colletto della giacca e chiese al poliziotto: «Signor agente, potrei avere un bicchiere d'acqua dal buffet?»

«Certo, finché non torna l'ispettore...» rispose il poliziotto, ma aggiunse: «Se posso darle un consiglio, sarebbe meglio un cognac. Le ha prese di santa ragione in testa, è meglio evitare l'acqua, rischia di sentirsi ancora peggio.»

Allora non sono quei bottoni, pensò Alfred. A giudicare dal mio aspetto e da quanto sto male, forse ho una commozione cerebrale. Se ne stupì perché non si ricordava di averle prese in testa.

«La testa le fa male?» si informò il poliziotto.

«A dire il vero no. Non ricordo niente...»

«... perché ha perso i sensi.»

«Come sarebbe?» chiese sorpreso Alfred.

«Sì, ha perso i sensi» gli assicurò il poliziotto con un tono che escludeva ogni dubbio, quasi fosse stato testimone di una prestazione particolarmente meritoria. «Tutto è successo molto velocemente. All'inizio...» Era sul punto di descrivere l'accaduto nei dettagli, e Alfred l'avrebbe anche ascoltato volentieri, quando entrò l'ispettore e interruppe il suo bel racconto.

«Il signor Dr Frankl viene a prenderla di persona. Aspetti qui, arriverà subito.»

Il sudore che l'ispettore si asciugò dalla fronte non

era certo immaginario: in una cabina telefonica viennese chiunque finisce per avere caldo!

«Può andare, Winninger» disse poi, liquidando sbrigativamente il poliziotto. «Rimanga in corridoio e non lasci entrare nessuno.»

Winninger salutò l'ispettore, fece un cenno amichevole con il capo ad Alfred e uscì dalla stanza accompagnato dal tintinnio della sciabola. L'ispettore prese due sedie e invitò Alfred ad accomodarsi. Rimasero un momento in silenzio, fumando seduti l'uno accanto all'altro.

«Nessuna traccia del colletto e della cravatta! Il caporedattore è molto dispiaciuto ma non hanno trovato niente. Se i negozi fossero aperti, si potrebbe ancora acquistare un farfallino. È ridotto in uno stato pietoso! Il Dr Frankl sgranerà gli occhi vedendola in queste condizioni. Dovrebbe almeno sistemarsi un po' i capelli. Che cosa potevamo fare? È successo tutto così in fretta. Quando siamo arrivati, era già troppo tardi. Ci hanno dato dentro come dei selvaggi, gli ebrei!»

«Erano gli uscieri, mi pare.»

«Certo, sono stati gli uscieri a menare. I nostri atletici ebrei! Gli altri non se ne intendono di cose del genere, sono rimasti lì a guardare, guardavano con gli occhi della fede!»

Riordinandosi obbediente i capelli con un pettinino, Alfred lo guardò sbigottito.

«Per esempio...» continuò l'ispettore affabile, «quando li ho visti lì a pregare e a piangere, mi sono detto: ma sì, è tutta scena. Ho pensato: è come in quel film che ho visto al cinema, un film documentario – mi segue, signor Mohylewski? –, dove ci sono i selvaggi che, prima di battersi contro un'altra tribù di selvaggi, cadono in trance e poi eseguono le loro danze sacre. Forse gli ebrei fanno lo stesso: pregano, piangono...»

«E poi picchiano» concluse Alfred. «Dev'essere proprio così. I popoli selvaggi, quando vanno all'attacco, lanciano un urlo di guerra, levano un grido di battaglia... gli ebrei levano un pianto di battaglia. Dev'essere proprio così!»

L'ufficiale lo guardò con aria interrogativa, quindi replicò: «Senta un po', signor Mohylewski, mi vuole forse prendere in giro?»

In quell'istante il poliziotto che era di guardia in corridoio gettò un'occhiata nella sala attraverso la porta a vetri, aprì un battente e apparve il Dr Frankl. L'ufficiale si alzò e gli corse incontro. Il Dr Frankl si era fermato vicino alla porta: gli occhi grandi e tondi sporgevano con tutto il loro bianco dalle palpebre, le labbra sottili erano contratte. Ascoltò il rapporto dell'ispettore, le braccia serrate al corpo magro. Stava un po' piegato in avanti verso l'ufficiale e, siccome questi era più alto di una testa, sembrava che il Dr Frankl fosse impaziente di captare le parole direttamente dal petto dell'interlocutore. Non degnava Alfred di uno sguardo. Solo quando l'ispettore ebbe terminato il rapporto – che Alfred, dal suo angolo, colse a frammenti, sempre gli stessi: «Dr Frankl...», «Non abbiamo potuto fare niente» – e con un gesto del braccio, a conferma di quanto detto, indicò Alfred, il Dr Frankl, stringendo i denti e con occhi furibondi, guardò finalmente il ragazzo facendogli cenno di avviarsi, e lasciò precipitosamente la sala.

Alfred prese congedo dal suo salvatore e seguì il tutore che scese di volata gli scalini di pietra alla maniera degli uomini piccoli ma energici, lanciando le gambe corte da un lato e dall'altro, quasi non volesse perdere il vantaggio conquistato per mantenere le distanze dal malfattore. Alfred lo lasciò fare e non si affrettò, tornando a chiedersi per quale ragione l'ispettore si fosse sentito preso in giro, pensiero che lo tormentava più del comprensibile comportamento dello zio.

Per la prima volta nella vita si era scontrato fisicamente con l'incomprensione: ancora non poteva capire che il sentimento di impotenza che lo aveva paralizzato di colpo lo aveva fatto diventare, nobilitandolo, una volta per tutte ebreo. Come poteva capire infatti che il suo comportamento, dopo lo scontro, era un comportamento autenticamente ebraico: difendersi attraverso la fuga nell'ironia? La santa ironia ebraica, svilita e screditata perfino da imbecilli ebrei. Poiché, ultimamente, si contano più imbecilli tra gli ebrei civilizzati di quanti ne contempli la comune stoltezza.

4

«Spenga la luce!» gridò il Dr Frankl all'autista appena Alfred sbatté dietro di sé la portiera del vecchio taxi.

Sedevano ciascuno nel proprio angolo, separati dallo spazio che il buio aveva eretto tra loro. Per la polizia ero innocente, pensò Alfred, perché non lo sono anche per lo zio? Nell'oscurità dell'abitacolo cercava una risposta nel viso del Dr Frankl, ma non vedeva che il bianco degli occhi.

Le file di case scorrevano indistinte ai lati dell'auto, come lungo i fianchi di una barca che risale un fiume di notte. Nel cerchio di luce del primo lampione i due sguardi si incrociarono, uno arrabbiato, l'altro interrogativo. Il Dr Frankl si rigirava sul sedile, ricordava qualcuno che cerca nervosamente di prendere sonno ma non ci riesce. Il suo corpo subiva e amplificava ogni sobbalzo della vettura scarsamente molleggiata, senza opporre alcuna resistenza, quasi gli stesse bene che a scuoterlo fosse l'auto, risparmiando questa fatica alla sua rabbia.

Solo all'altezza dell'Urania, quando il taxi si fermò in attesa del segnale verde, il Dr Frankl gridò: «Da quando sono tuo zio? E poi... perfino per la polizia?! Allora, si può sapere?»

Era così furioso da aver perso ogni voglia di darsi un contegno. L'accesso d'ira contagiò anche Alfred, che rispose insolente: «Mica potevo dire alla polizia che in realtà sei solo il fidanzato di mia madre.»

«Come hai osato fare il mio nome?»

«Mi è stato chiesto chi mi aveva portato al congresso.»

«Non sono certo lo zio di chi non può esser lasciato solo per mezz'ora senza mettersi nei guai con la polizia! Basta!» sbottò, contento di sentire che la vettura ricominciava a sballottarlo, per così dire, gratuitamente.

All'incrocio dell'Opera l'auto si fermò una seconda volta. Un chiarore penetrò nell'abitacolo cancellando lo spazio che separava i due nemici. Da dietro gli occhiali, il Dr Frankl lanciò uno sguardo sghembo ad Alfred con i suoi occhi miopi: «In che stato sei ridotto, figliolo!»

«Ah, zio, mi hanno riempito di botte, per poco non mi facevano fuori, gli ebrei. Ma il peggio era... che gridavano come ossessi! "Vogliono far saltare in aria il congresso!", "Una bomba!". In quel momento avrei voluto che mi facessero fuori davvero.»

Il Dr Frankl allungò il braccio e accarezzò leggermente con il guanto i capelli ancora scompigliati del ragazzo: «Il tuo popolo, il tuo Israele...»

«Eppure mi piacciono quei... quei porci ebrei!» Alfred fece finta di ridere della sua stessa battuta. Ma il riso convulso si tramutò in pianto. E d'un tratto si accasciò, la testa contro il petto magro del Dr Frankl, le spalle si sollevavano e si abbassavano, era scosso dai singhiozzi.

«Ah, sei proprio un bambinone!» gridò spaventato il Dr Frankl, gli passò un braccio intorno alle spalle tremanti, con la mano libera strinse ancor più a sé la giovane testa ed esortò l'autista a ripartire finalmente.

I sobbalzi del vecchio taxi non sortirono subito l'effetto

che il tutore si aspettava. Ma già dopo un paio di sfoghi strazianti, i singulti convulsi si placarono trasformandosi in un pianto sommesso.

Il Dr Frankl ascoltava in silenzio, molto stupito di ciò che gli stava accadendo: passato infatti il primo spavento per quella crisi improvvisa, alla compassione per il ragazzo – erano passati dieci anni dall'ultima volta che lo aveva sentito piangere – si era aggiunto un altro sentimento, un sentimento contrastante, autenticamente paterno. La voce rotta dal pianto lo aveva riportato a tempi lontani, quando ancora riusciva a tenere Alfred sulle ginocchia per consolarlo da un dispiacere infantile e asciugargli i lacrimoni. Ora l'udito risvegliava in lui il ricordo di quei tempi passati in modo talmente vivido che, come ogni ricordo seppur malinconico, era tanto dolce all'orecchio: certo, solo all'orecchio, ma quanto dolce!

L'orecchio umano è un abisso, pensò il Dr Frankl, e notò con gioia che il tono lacrimevole della voce andava via via affievolendosi. Alfred si era ormai ripreso, tanto da trarre anche lui beneficio dai sobbalzi e dal fracasso del taxi, diversamente però da come se n'era giovato prima il Dr Frankl nel suo accesso d'ira.

Quando il taxi, arrivando davanti al Mariahilfer Gürtel, fu fermato di nuovo dal poliziotto che regolava il traffico, Alfred si scostò e... tornò a sedersi nell'angolo.

«Non diremo niente a mamma. Non una parola. Nemmeno del congresso. Ma se ora ti vede conciato così?»

«Oggi mamma ha il suo bridge in città e rientra tardi» rispose Alfred, la voce limpida, quasi lavata e purificata dalle lacrime.

«Giusto, oggi è martedì. Casca bene. Forse puoi dirglielo domani...»

«Potrei dirle che sono andato al campo sportivo per ricominciare ad allenarmi e sono caduto facendo il salto con l'asta.»

«Non ci crederà vedendo la camicia tutta strappata.»

«Ma sì, ci crederà. Cosa ne sa mamma del salto con l'asta?»

«In tal caso, tanto meglio» replicò il Dr Frankl, divertito da questo complotto che gli ricordava storie passate. «D'altronde è nel tuo interesse... Altrimenti rischi di finire sul lettino dello psicoanalista!»

Alfred rise. E solo in quel momento cominciò a raccontare allo zio le sue peripezie. «E poi...» concluse, perché erano arrivati a destinazione; il taxi illuminò con un faro laterale il numero civico e si fermò davanti al portone. «... poi un vecchio si è sentito male, e nella baraonda ho chiesto all'ispettore di telefonarti... Il resto lo sai già dalla polizia.»

«Ti hanno dato una bella lezione!»

«Sì, zio, mi fa male dappertutto. Non lo scorderò così presto questo congresso.»

Il Dr Frankl aprì la portiera di Alfred dall'interno e rimase seduto al suo posto.

«Ora attenzione, il portiere non deve vederti in questo stato!»

«Giusto! Ti prego zio, scendi solo un attimo e apri tu la porta della bussola. Il portone è già aperto, ma se l'altra la apro io, c'è il rischio che mi veda.»

Il Dr Frankl corse ad aprire la porta e coprì Alfred, che sgattaiolò dentro. Aspettò ancora un momento in taxi, finché vide accendersi e subito dopo spegnersi la luce della finestra del salotto, segnale che tutto era andato liscio, e poi si fece riportare difilato in ufficio, per quanto potevano consentirlo le condizioni del taxi. Il piccolo incidente gli sembrava perfettamente risolto.

5

Alfred aveva così fretta di dare il segnale luminoso allo zio che dimenticò perfino di chiudere la porta dell'appartamento. Siccome era anche il giorno di libera uscita della cuoca, si trovò solo in casa e poté così cominciare, senza complicazioni domestiche e senza affanno, a far sparire le tracce dell'incidente, spazzolando innanzitutto i vestiti.

Subito dopo accese il gas dello scaldabagno e riempì la vasca. Si tolse la giacca, a cui mancavano solo i bottoni. Erano saltati senza lacerare la stoffa già alla prima colluttazione – ora ricordava bene l'istante in cui era stato gettato a terra e risentiva ancora il leggero tintinnio dei bottoni sul parquet della platea. Quanto alla camicia, era strappata sul petto, sulle spalle e sulle maniche. Avvolse i brandelli di camicia nella carta, legò il pacchetto con lo spago e lo nascose in bagno in attesa di una soluzione migliore. Poi si spogliò, si lavò mani e viso nel lavandino e, mentre si asciugava, rimase immobile davanti allo specchio che, come ogni superficie di vetro e nichel, era già tutto appannato dal vapore dell'acqua calda. Ci passò sopra l'asciugamano e finalmente vide il suo viso.

Lo sguardo si ribellò alla vista dell'occhio gonfio. I graffi sulla fronte, sul mento e sul collo e il labbro inferiore spaccato lo preoccupavano meno. A suon di botte mi hanno fatto l'occhio blu, i pii ebrei. Affranto, lo fissava. E per consolarsi si disse divertito: Chi avrebbe mai pensato che anche gli ebrei hanno un debole per gli occhi blu?

Il bagno caldo era un balsamo, e non solo per il corpo. Anche il corpo, ovviamente, era pieno di segni bluastri, giallastri, lividi e pizzicotti, ma questo rimaneva un segreto tra lui e la vasca da bagno. Grave era solo quell'occhio blu, mica facile procurarsi un occhio così facendo il salto con l'asta.

Il bagno comunque ritemprava, eccome! Alfred spostò la levetta deviando il flusso dell'acqua dal rubinetto al bulbo della doccia. La nebbia calda lo faceva sentire ancora meglio, più protetto, e poi, quella nebbia calda, non l'aveva pure nella testa? Per pensare ci sarà tempo anche domani. Gli incidenti... meglio dormirci sopra. Tanto era a pezzi, stanco morto.

Tornò davanti allo specchio. Da un vasetto azzurro prese della crema bianca e se la spalmò sul mento, sul collo, sulle guance, sulla fronte, sulle arcate degli occhi, massaggiò gonfiori, graffi e ferite con dita allenate e con quell'amorevole tenerezza che distingueva la giovane generazione di sportivi dalle vecchie generazioni maschili, un sentimento volto a curare la bellezza del proprio corpo, un piacere nuovo e delicato che tra le precedenti generazioni, meno atletiche, forse apparteneva solo alle ballerine.

Avvolto in una camicia da notte fresca, ripulito dal bagno, la pelle impomatata e frizionata, la testa e il viso negli asciugamani, Alfred andò subito a letto. Con una piacevole sensazione di pulizia esteriore ma sfiancato e scottato nell'intimo, sprofondò nei cuscini.

L'ho scampata bella con gli ebrei, me la sono cavata con un occhio blu, pensò. Fa niente. Una volta spenta la luce, nessuno mi vede in questo stato. E domani sarà un nuovo giorno. Allungò il braccio per premere l'interruttore della lampada, ma la mano non obbediva. L'uomo con la bombetta la tratteneva ancora con forza... Beatamente, in pace, scivolò come un bambino nel sopore del primo sonno.

Libro quarto

I

Il poliziotto che aveva constatato il malore di un vecchio ebreo, così aveva riferito, doveva essere giovane, giovane abbastanza perché un uomo di una cinquantina d'anni gli apparisse come un vecchio ebreo. Noi infatti sappiamo che reb Welwel Mohylewski non aveva più di cinquant'anni.

Che il vecchio ebreo colto da un malore in sala stampa fosse reb Welwel, lo si sarà già intuito. L'incidente accadde quando Alfred, esortato formalmente dall'ufficiale di polizia giudiziaria a fornire nome, stato civile e professione, aveva risposto in modo altrettanto chiaro e udibile a tutti: Alfred Mohylewski.

Non era il caso ad aver portato reb Welwel in sala stampa rendendolo testimone di quell'interrogatorio. La colpa – se di colpa è lecito parlare in questo caso – era del vecchio Jankel.

Lo aveva accompagnato al congresso. Insieme avevano assistito alla commemorazione funebre con il massimo raccoglimento e partecipato allo spargimento delle lacrime sante per i defunti. Welwel con animo pietoso e mansueto, cedendo all'onda del dolore; Jankel con sguardo riluttante e sopracciglia aggrottate. Come tutti gli ospiti devoti del congresso, avevano ricevuto la benedizione dei *wunder-*

rabbi con cuore trepidante, e si sarebbero senz'altro potute distinguere entrambe le loro voci nei cori di bisbigli entusiasti che avevano accolto il rabbino di Czortków e il rabbino di Ger.

Sedevano in platea, dove Welwel, in qualità di delegato, aveva preso posto davanti al pulpito improvvisato; anche il vecchio Jankel sedeva tra i delegati, accanto a Welwel: da quando erano arrivati a Vienna non si era mai separato da lui. Durante il quarto d'ora scarso del discorso di Welwel, Jankel si sentì così solo e abbandonato in mezzo a tutti quegli ebrei che, insieme alla mente, gli si offuscarono anche i sensi. Facevano difetto tanto l'udito quanto la sua vista acuta: nel bravo oratore sul podio non riconosceva Welwel, Welwel Dobropoljer, il suo Welwel.

Il paesano intimidito dalla grande città, dai suoi colori e dai suoi rumori; il vecchio che non lasciava il suo villaggio da molti anni sopraffatto dalla folla di quell'assemblea; il contadino senza istruzione e senza conoscenze approfondite della dottrina divina messo in soggezione dalla vista del podio occupato da sessanta rabbini illustri, luminari d'Israele; insomma, Jankel sedeva accanto a Welwel in uno stato d'animo che – per quanto strano possa sembrare –, dopo le impressioni suscitate dal podio, dalla voce del cantore e dalla commozione generale dei presenti, non era molto dissimile da quello del giovane Alfred Mohylewski.

Jankel sedeva accanto a Welwel e si stupiva. In preda allo stupore, taceva. In preda allo stupore faceva domande, a cui Welwel rispondeva stupendosi del disorientamento di Jankel: in mezzo al congresso quasi non lo riconosceva. Comprensivo verso la trasformazione di Jankel, Welwel rispondeva in modo partecipe ed esauriente, con amorevole pazienza lo istruiva su quanto andava accadendo in sala, esortandolo a porre ulteriori quesiti con una frase tratta dalle *Massime dei Padri*: «Domanda, domanda pure quanto vuoi, caro Jankel, come dice il saggio Rabbi Hillel: "Chi è timido non impara".»

Così erano rimasti seduti fianco a fianco, nella fraterna armonia che tra gli uomini in genere s'instaura solo a seguito di una funzione religiosa. Ma quando era scoppiato il violento parapiglia intorno ad Alfred, quando grida e schiamazzi avevano fatto sussultare le prime file della platea e la paura, propagandosi di fila in fila, era degenerata in panico, in un batter d'occhio Jankel era tornato a essere il vecchio Jankel Christjampoler: che un singolo attentatore fosse in grado di terrorizzare un migliaio di ebrei aveva acceso in lui un'ira indomabile.

Il vecchio attaccabrighe, che al villaggio aveva appianato a pugni nudi innumerevoli risse fra contadini, si fece rapidamente largo tra la folla avanzando nello spazio vuoto che lo spavento aveva creato intorno al malfattore e – anche se in seguito non avrebbe mai voluto ammetterlo – fu lui, il vecchio Jankel, il primo a mettere le mani addosso al presunto attentatore. Welwel gli era corso dietro per cercare di trattenerlo ma, a sua volta trattenuto da delegati prudenti e ancora più spaventati di lui, era arrivato sul posto solo nel momento in cui gli uscieri accorsi in fretta e furia avevano afferrato saldamente il ragazzo e da terra lo avevano sollevato in aria.

Fu allora che Welwel vide gli occhi di Alfred, colmi di spavento e vergogna, occhi che protestavano innocenza...

2

... Welwel vide gli occhi di Alfred. Vide gli occhi di suo fratello. Il volto a cui appartenevano quegli occhi non riuscì a vederlo. Ormai lo stavano portando via. Lo vide ondeggiare in aria, orizzontale e pallido come il viso di un morto. Ormai anche gli occhi erano svaniti, gli occhi di suo fratello.

Come colpito da un lampo silenzioso e inesorabile, più veloce di un pensiero, più inatteso di un sogno, Welwel riconobbe gli occhi del fratello. E come quando si sogna una persona morta, che anche il sogno sa essere morta eppure tale non la considera – tanto caro è il sognato al sognatore che il sogno trasforma la morte nella farsa di un miserabile dramma consolatorio –, quando si sogna una persona amata che non c'è più, Welwel seguì con il cuore spaurito il corteo tumultuoso che trasportava gli occhi di suo fratello fuori dalla sala.

«Che t'immischi a fare, Welwel?! Giusto tu ci mancavi!»

Welwel udì le parole di Jankel. E lo vide ansimante, la barba sconvolta, le vene rigonfie sul collo e sulla fronte, mentre tentava di riemergere dalla mischia violenta. Welwel udì la voce e vide Jankel. Udì il basso minaccioso eppure lontano, come il ronzio di un bombo quando ci si addormenta sotto un albero in una calda giornata di sole. Vide Jankel già vicino, e tuttavia lo percepiva come l'ombra di un fedele compagno di strada che a un certo punto, dopo aver camminato insieme per un lungo tratto, bisogna lasciare indietro perché non vede la meta. Welwel seguiva il corteo. A colpi di gomito, sicuro come lo era a Dobropolje, Jankel aveva spinto da parte le ultime figure in caffettano che ancora lo separavano da lui e, agganciandolo per la cintura con le dita della mano destra, lo trasse energicamente a sé, mentre con il dorso della sinistra si asciugava il sudore dalla fronte, al pari di un falciatore accaldato. «Ma cosa ci fai qui, Welwel?!» lo sgridò in tono paterno. «Lo sistemeranno anche senza il tuo aiuto! O vuoi forse presentarti come testimone alla polizia o in tribunale?»

La polizia, i tribunali, specialmente di un paese straniero, sono realtà con cui un ebreo devoto non deve avere niente a che fare, neppure come testimone, Dio ne guardi, poiché anche il semplice giurare di dire la verità è un peccato per l'uomo veramente devoto. Il monito di Jankel riuscì infine a risvegliare l'attenzione di Welwel. Dimenticò per un istante la ragione che lo aveva spinto a gettarsi in mezzo a una folla così pericolosa, poi di colpo gli tornò in mente, e fissò Jankel con occhi smarriti.

Jankel era profondamente arrabbiato. I polmoni faticavano, la barba squadrata si alzava e abbassava come un mantice insieme al torace, gli occhi erano iniettati di sangue e il respiro fischiava.

«L'hai... lo hai visto?» domandò Welwel.

«Altroché se l'ho visto» lo rassicurò Jankel. «Altroché! Gli ho messo le mani addosso!»

Welwel ancorò lo sguardo in un punto lontano, oltre il suo compagno di viaggio. I suoi pensieri si stavano schiarendo e i suoi occhi sembravano domandarsi chi dei due potesse essere il più folle: lui, che nell'attentatore aveva visto gli occhi di suo fratello, oppure Jankel, che nella sua stoltezza senile addirittura si vantava di aver messo le mani addosso al figlio di Jossele. Il dilemma opprimeva così tanto la mente di Welwel da fargli chinare sempre più il petto. Solo per dare sollievo alla testa, decise in favore di Jankel. Che follia aver pensato una cosa del genere anche solo per un istante! In fondo Dio è misericordioso. Una tale vergogna sarebbe una punizione troppo severa perfino per una famiglia disonorata per sempre dalla presenza di un rinnegato.

Ma quando in sala un po' alla volta ritornò la calma tra il pubblico e il patetico oratore fu sul punto di riprendere la parola, quando con i gesti sonori e risoluti dei vincitori gli uscieri richiusero la porta attraverso la quale era stato portato fuori il turbatore della quiete pubblica, allora Welwel a passo lesto si allontanò da Jankel, salì i pochi gradini che precedevano l'uscita della sala e riuscì a infilarsi nella sala stampa prima che la polizia chiudesse le porte a vetri presidiando l'entrata. A Jankel, che si era avventurato attraverso una porta laterale, passando poi per una stanza riservata ai delegati e battibeccando a lungo con gli uscieri, ci volle un quarto d'ora per raggiungerlo. Lo trovò in uno stato che perfino lui giudicò preoccupante.

Welwel era seduto su una sedia addossata alla parete in cui si apriva la porta tappezzata, all'ombra per così dire del nugolo di caffettani che, accalcati l'uno sull'altro, seguivano con gran curiosità l'interrogatorio di Alfred, incuranti della pena solitaria e incomprensibile dell'uomo alle loro spalle.

«Non ti senti bene, Welwel?» s'informò Jankel, improvvisando consigli utili per dissipare la propria, di inquietudine. «Fumati una sigaretta, in questa stanza è permesso fumare.»

Senza alzare lo sguardo, Welwel afferrò la mano di Jankel e con un filo di voce esangue gli domandò: «Mi puoi dire, ti prego, mi puoi dire com'erano gli occhi di Jossele?»

«Che ti prende, Welwel?» sbottò Jankel, turbato a tal punto dalla domanda, che si piegò con tutto il corpo sopra la figura seduta, come se volesse intrappolare la domanda nel suo caffettano in modo che nessun altro potesse sentirla. Per anni Welwel aveva evitato di parlare di suo fratello, per decenni non si era potuto pronunciare il suo nome: cancellato era per Welwel il nome del fratello tra i vivi e i morti, come recita la maledizione contro gli apostati.

«Tu forse lo ricordi ancora, Jankel: gli occhi del nostro Jossele erano grigi o castani? Io non me lo ricordo, Jankel, non riesco più a ricordare che colore avevano gli occhi del mio unico fratello...»

«Che razza di pensieri ti vengono in mente?» gli sibilò Jankel nell'orecchio, in un tono così acuto che più di una faccia stupita si voltò nella loro direzione. «Tu stai male, Welwel, vieni, andiamo subito in albergo.»

«Allora non lo sai neanche tu. Lo vedi? Tu però non sei il fratello di Jossele.»

«Jossele aveva occhi castani, se ci tieni tanto a saperlo. Adesso però andiamo.»

«Questo è quello che dici tu, quello che credi, ma neanche tu ne sei più sicuro. Pesje lo saprà. Pesje lo sa senz'altro. Lo amava molto. È l'unica che ha conservato intatto il suo amore per lui. Avresti dovuto vederla un paio di settimane fa, quando ha trovato un vecchio quaderno di Jossele in soffitta. Avresti dovuto vederla, Jankel, com'è corsa da me con quel quaderno. Io l'ho sgridata, ero arrabbiato con lei e lei si è messa a piangere.»

«Pesje è una femmina» tagliò corto Jankel spazientito, «e se continui così, tra poco anche tu diventerai una vecchia femminuccia. Che diavolo è successo?»

«Guarda tu stesso, Jankel, vai laggiù e guardalo bene, il delinquente: è il figlio di Jossele!»

Welwel aveva sollevato il braccio per indicare a Jankel l'angolo in cui si trovava Alfred. Ma il gesto era fiacco e il braccio non aveva raggiunto l'altezza necessaria per additare il ragazzo al di là del gruppo che lo circondava. Welwel guardò Jankel da sotto il braccio, come se volesse parare un colpo in arrivo. Allora Jankel lo afferrò per le spalle e prese a scuoterlo, quasi volesse ridestarlo da un'allucinazione.

«Ma guardalo bene, Jankel. I suoi occhi sono grigi. Quindi forse li aveva grigi anche Jossele.»

Come molte persone ostinate, anche Jankel non era fisionomista. La capacità di individuare le somiglianze nei volti umani sembra essere un talento incompatibile con l'ostinazione, un talento quasi creativo dell'immaginazione che, con l'avanzare dell'età, di norma appassisce con l'aumentare dell'ostinazione. Quella di Alfred con il padre non era semplicemente una somiglianza. Era la replica naturale di una forma. La somiglianza non si manifestava solo nei tratti del viso, era impressa nella figura del figlio come una legge di natura che, a volte, viene incontro al desiderio di immortalità personale in modo ingannevole e maldestro. L'unica variante visibile nella ripetizione della figura del padre erano gli occhi di Alfred, che erano grigi come gli occhi della madre. Ma pur con gli occhi grigi della madre, il figlio riusciva a guardare il mondo con lo sguardo del padre. Il colore era quello degli occhi della madre, lo sguardo del padre. Un ambito misterioso questo, in cui le risorse della natura sono pressoché infinite.

Non sarebbe mai stato capace di notarlo da solo, eppure ora Jankel osservava meravigliato e profondamente commosso quell'incantesimo della natura. L'avrebbe visto anche un cieco, pensava: era il figlio di Jossele, Jossele tale e quale.

Superando in altezza tutti i presenti di una testa abbondante, Jankel riusciva a vedere bene oltre l'assembramento. Si era solo allontanato da Welwel di qualche passo, aveva drizzato il capo e subito era rimasto inchiodato sul posto. Welwel si era alzato in piedi e lo aveva raggiunto, aggrappandosi a lui per un braccio. Sebbene da lì riuscisse a vedere ben poco, e nulla di Alfred, scrutava trasversalmente gli occhi attenti di Jankel e ne guidava lo sguardo con una pressione del braccio, attendendo con ostile impazienza il risultato dell'osservazione.

La vista di Alfred però sembrava aver ammutolito Jankel. Per alcuni minuti continuò a fissare il ragazzo senza riuscire a pronunciare parola.

«Riconosci Fedja Cyhan a mezzo miglio di distanza in piena campagna, e non riconosci il figlio di Jossele a dieci passi in una stanza» gemette Welwel al suo fianco.

Staccatesi a fatica dalle labbra incerte di Welwel, le parole cariche di dolore e scherno si erano sgretolate senza arrivare a destinazione.

«*Sst! Sst!* Silenzio!»

Nella sala si fece silenzio. L'ispettore aveva tirato fuori il suo taccuino puntandolo nella direzione di Alfred – adesso si faceva sul serio – e mentre gli domandava come si chiamava, la sua voce risuonò secca e tagliente.

Welwel si aggrappò a Jankel con entrambe le braccia e a sua volta Jankel gli cinse la spalla, tutti e due stupiti dell'insolita prossimità dei loro corpi, che di norma sperimentavano solo una volta l'anno, in occasione della festa della gioia della Torà, quando insieme a tutti gli ebrei di Dobropolje danzavano intorno alla Torà nella "stanza del nonno".

«Il suo nome?» aveva detto l'ispettore. Welwel teneva le palpebre serrate, i suoi lineamenti pallidi apparivano contratti in un sorriso cereo di tensione dolorosa, la barba gli tremava.

Una voce giovane e schietta, la voce profonda di Jossele disse: «Alfred Mohylewski.»

Jankel sentì che Welwel si faceva sempre più pesante, più pesante e più piccolo. Per poterlo reggere dovette chinarsi molto, come verso un bambino che per divincolarsi da un abbraccio, simulando per burla un accesso di stanchezza, cede con tutto il peso del corpo, quasi non gli reggessero più le gambette. Intorno a Welwel si formò un cerchio di teste sconosciute. C'era chi gridava, chi spingeva da parte Jankel, chi tentava di prestare soccorso. Jankel non era più al suo fianco, ma trovò la forza necessaria per opporsi alle spinte. Qualcuno gli cacciò un cappello in mano, il cappello di Welwel. Lui lo strinse al petto, e quando all'improvviso si ritrovò presso la porta tappezzata, attraverso la quale stavano portando fuori Welwel, una voce dolce che solo Jankel udì – era la voce di Welwel oppure la stava solo sognando o era per caso la sua stessa voce? – disse: «Di nome si chiama *Alfred*...»

3

Il medico della polizia fu chiamato a trattare il quinto caso di svenimento dall'inizio del congresso. «Non c'è da stupirsi, con la temperatura che c'è in sala!» disse prima ancora di avere davanti il paziente. Dopo la rapida visita che si fa di norma a bordo dell'ambulanza, il medico, che Jankel aveva scambiato per un commissario di polizia, ordinò tre giorni di assoluto riposo e scrisse su un foglietto l'indirizzo di un cardiologo, raccomandando a Jankel, nell'interesse del paziente, di consultare di tanto in tanto quel suo collega. Non che ci fosse motivo di preoccuparsi ma, valutato il polso del paziente, riteneva auspicabile, anche se non urgente, il parere di uno specialista. E visto che erano già in città conveniva approfittarne: i migliori internisti si trovavano a Vienna.

Con l'aiuto di un usciere Jankel portò in albergo il paziente, che si era ripreso in fretta ma aveva ancora un'aria apatica e, una volta arrivati, lo mise subito a letto. Welwel lo lasciò fare senza aprir bocca. Solo quando si ritrovò disteso con Jankel che, in modo tenero quanto maldestro, gli rimboccava trapunta, coperta di lana e piumino, protestò con voce piagnucolosa che stava soffocando. Jankel notò che Welwel più che malato appariva piuttosto spaventato e, siccome non aveva la minima fiducia in medici che sembravano commissari di polizia e che per di più curavano le persone gratuitamente, tramite il portiere, che fin dal primo momento aveva manifestato una simpatia personale per il vecchio Jankel, mandò subito a chiamare un vero dottore.

La seconda visita gli piacque di più: durò un bel po' e il medico ebbe l'estro di condirla con alcune storielle ebraiche. Molti viennesi si sentono in dovere di raccontare le storielle ebraiche proprio agli ebrei orientali. Il vero dottore liquidò l'ipotesi dell'insufficienza cardiaca. Arrivò perfino a strappare il foglietto con l'indirizzo dello specialista consigliato e diagnosticò un semplice collasso nervoso. Prescrisse al malato un tranquillante, ordinò tre giorni di riposo, una dieta che non era nemmeno stretta e riposo, soprattutto riposo. Solo, niente emozioni ebraiche! Sarebbe ritornato a vedere il paziente – domani mattina per esempio? Avvisò Jankel che, date le condizioni, il malato sarebbe stato incline a discorsi lacrimosi e sfoghi del cuore, nel qual caso conveniva lasciarlo parlare; occorreva tuttavia evitare crisi di pianto ed esplosioni di rabbia, eccessi che andavano stroncati anche con brutalità.

Jankel non era soddisfatto del medico. La diagnosi non lo convinceva. Che i nervi di Welwel non fossero a posto lo sospettava già prima dello svenimento, anzi aveva temuto qualcosa di peggio. Ma l'espressione "collasso nervoso" lo aveva profondamente inquietato. Anche se non avrebbe saputo dire perché, gli era tornata in mente l'espressione "presidio d'emergenza" udita in tempo di guerra. Suonava molto minacciosa e gli provocava lo stesso sconvolgimento che il presidio d'emergenza aveva causato nel falegname Katz di Dobropolje il giorno in cui, mentre suo figlio era al fronte, aveva ricevuto la comunicazione da parte del comando del reggimento: suo figlio era ferito in modo lieve ed era ricoverato all'imperial regio presidio d'emergenza n. 4. In paese nessuno credeva che il figlio del falegname fosse ferito in modo lieve. Se era così, si domandavano tutti, perché mai era ricoverato in un presidio d'emergenza e non in un ospedale normale? Cosa poteva significare la parola "emergenza" in relazione a guerra, ferite e ospedali se non emergenza grave e morte? Lejb Kahane poteva parlare, argomentare e spiegare quanto voleva: un presidio d'emergenza era in primo luogo un ospedale militare come tutti gli altri, e se si chiamava anche "d'emergenza" era perché non si trattava di un'istituzione regolare, bensì riservata, lo diceva il nome, alle emergenze, alle situazioni in cui gli ospedali militari tradizionali non erano attrezzati per trattare i casi più gravi. Nessuno però si fidava delle spiegazioni e dei discorsi di Lejb Kahane.

Che aspetto hanno i nervi quando collassano? Forse

l'espressione "collasso nervoso" suonava così minacciosa solo perché non si sapeva esattamente cosa volesse dire. Così Jankel cercava di rassicurare se stesso, lui che verso le malattie aveva più l'atteggiamento fatalista del contadino che quello combattivo dell'ebreo. Welwel giaceva immobile e tranquillo nel suo basso letto d'albergo. Lo zucchetto di seta nera sul capo lo faceva sembrare più pallido di quanto non fosse. Teneva le mani intrecciate sopra la trapunta rosa, gli occhi spalancati brillavano umidi. Di tanto in tanto una lacrima si staccava dalle palpebre e scendeva solitaria sulla rada barba castano chiaro.

Jankel sedeva sul divano di fronte al malato e non osava incrociarne lo sguardo, tanto temeva una delle esplosioni emotive predette dal medico. Erano ormai le otto e mezzo quando Welwel, a voce bassa e senza alzare gli occhi dalla coperta, si rivolse a Jankel: «L'altro ieri, in viaggio, mi hai domandato cosa aveva portato il nostro Jossele a dover recitare il *kaddish* per Rabbi Abba, anche se...»

«Te l'ho domandato, sì, perché non sono mai riuscito a capire il motivo per cui l'avessero costretto a farlo. Che l'avessero costretto, lo sapevo già da tempo. Ho mostrato il mio stupore, la mia curiosità, solo per farti parlare. Ma adesso non importa. Adesso tu hai bisogno di riposo, soltanto di riposo, ha detto il medico. Avrai tutto il tempo di raccontarmelo un giorno, quando sarai guarito, che Dio ci aiuti.»

«Non sono malato, Jankel. Non ti devi preoccupare. Il collasso nervoso non è una malattia dei nervi. Ma se davvero mi sono ammalato, forse è perché per così tanto tempo – per tutta la vita! – ho taciuto una cosa che ha pesato come un macigno sul cuore. E siccome me la sono tenuta dentro, il macigno è diventato sempre più pesante. Così pesante che oggi, all'improvviso, mi ha schiantato. Ma quello che sto dicendo non è del tutto vero. Vedi, fino a un'ora fa non sapevo di questo macigno. È per questo che a un tratto mi sono sentito mancare. Però non sono malato.»

«Non lo sei, ma hai bisogno di una cosa soltanto: riposo. Ti hanno dato un tranquillante, parlare ti metterebbe in agitazione, prova piuttosto a dormire un po', mi racconterai tutto domani, non abbiamo nessuna fretta.»

Welwel non aveva la forza di contraddire Jankel: chiuse obbediente gli occhi per mostrare che si arrendeva alla sua volontà. Per un po' Jankel tenne d'occhio il malato, poi si alzò piano piano e in punta di piedi attraversò titubante il tappeto rosso in fibra di cocco, duro al tatto perfino oltre le suole delle scarpe tanto da sembrargli fatto di vimini, spense la luce e raggiunse la sua camera dove rimase in ascolto, separato solo da una parete e una porta, fino a quando Welwel non si fu addormentato veramente.

4

Non era solo la malattia di Welwel ad affliggere Jankel. A inquietarlo assai di più era lo scompiglio che si era creato così all'improvviso e che minacciava di mandare all'aria il suo bel piano. Quanto era stato difficile ottenere che Welwel non si opponesse al piano – pur senza approvarlo esplicitamente. E come tutto il resto gli era poi sembrato facile. Andare a Vienna, un giorno fare visita alla signora, la vedova di Jossele, e in quattro e quattr'otto la faccenda sarebbe stata risolta, con soddisfazione di tutti. Le donne vedono le cose da un punto di vista pratico. Di certo non avrebbe fatto storie. In fin dei conti agli ebrei non capita mica tutti i giorni di vedersi piombare in casa dei parenti dimenticati, per non dire ostili, in cerca di un erede a cui affidare un patrimonio pur sempre considerevole. E il ragazzo si sarebbe certamente persuaso.

Ma adesso a che punto era la faccenda? Il figlio di Jossele

era un delinquente. Aveva disonorato Welwel più ancora di suo padre, visto che sarebbe stato difficile nascondere che l'attentatore, colui che voleva far saltare in aria il congresso, era un parente stretto: il nipote di un illustre delegato. I giornalisti ci sguazzano in questo tipo di notizie.

E se Welwel era stato costretto a vedere con i propri occhi il figlio snaturato di tale padre, di chi era la colpa? Sua! Solo e soltanto sua!

Ora calma, si disse Jankel tentando di placarsi, anch'io ho bisogno di riposo. Perché Welwel aveva cambiato completamente atteggiamento rispetto al fratello? Quando mai aveva parlato del fratello in termini simili? Era forse una conseguenza del collasso nervoso? O aveva invece scoperto qualcosa che lo aveva sconvolto così tanto da provocargli il collasso?

Erano supposizioni che Jankel, a furia di riflettere su quello scompiglio, decise di rigettare proprio in quanto tali, ritenendo invece assai più utile procurarsi notizie certe sulla persona più importante, sul ragazzo che aveva tradito così scelleratamente tutte le speranze covate in segreto per anni da un vecchio.

Come fare? E se il ragazzo non fosse stato responsabile di quello scandalo? In realtà Jankel ne dubitava. Eppure era quanto avevano detto gli uscieri a cui aveva chiesto il permesso di entrare nella sala stampa. Lo aveva udito con le proprie orecchie. Ma allora perché la polizia lo aveva sottoposto a un interrogatorio così lungo e severo? Come minimo, non erano sicuri che fosse colpevole. Alla fine, poi, il ragazzo era stato arrestato? Perché se non l'avevano arrestato forse era già tornato a casa. E se era a casa, allora si poteva parlare con lui. Subito!

Appena presa questa decisione, Jankel si sentì invadere da una vampata di calore, come se con trenta sotto zero avesse mandato giù d'un fiato una vodka a ottanta gradi. Se già era responsabile di quello scompiglio, ecco che ora aveva l'opportunità di riparare le proprie colpe, un'occasione che a un vecchio come lui poteva anche non ripresentarsi. Jankel era più che determinato a fare di testa sua.

Per prima cosa si tolse le scarpe, che gli bruciavano la pianta dei piedi. Erano scarpe leggere con un rinforzo in gomma, chiuse da una fibbia sul davanti, le scarpe da festa che però usava solo per le occasioni veramente importanti, poiché erano talmente leggere da risultare scomode. Indossò i suoi stivali da cavallerizzo con i pantaloni adatti, sentendo di avere la coscienza a posto. Si era messo le scarpe leggere e i pantaloni lunghi a righe solo per riguardo al congresso. Ma all'uscita dalla stazione, nel battibecco con Welwel aveva pur sempre fatto valere il diritto di andare in giro con gli stivali alti anche a Vienna.

In albergo quegli stivali da cavallerizzo gli erano valsi il massimo del rispetto: lo avevano preso per un eccentrico possidente polacco e Welwel per il suo domestico ebreo. A Vienna tutti sanno che ogni possidente polacco ha il proprio domestico ebreo senza il quale non può muovere un passo! È assai probabile che Jankel mettesse in conto proprio quel rispetto mentre si toglieva le scarpe leggere per indossare gli stivali, nel momento in cui si preparava a un'azione decisiva: per questo passo aveva bisogno del consiglio e dell'aiuto del portiere.

Prima di raggiungere la portineria, si fermò ancora qualche istante davanti alla stanza di Welwel, l'orecchio sulla porta, per accertarsi che il paziente dormisse tranquillo, e poi disse alla cameriera di controllare di tanto in tanto la camera 127, all'incirca ogni quarto d'ora, per vedere se il malato si fosse svegliato. Quindi scese le tre rampe di scale consapevole di poter propiziare un epilogo felice, con mezzi forse non del tutto leciti – perché tenuti nascosti a Welwel – ma accettabili, trattandosi di una buona causa.

«Come si fa a Vienna, quando si vuole far visita a qualcuno, ma non se ne conosce l'indirizzo esatto?» domandò al portiere in tono disinvolto, pensando che ricorrere all'astuzia fosse l'unico modo per impedire che carpisse il suo segreto.

«Si va alla polizia in Elisabethpromenade, all'ufficio per i forestieri, si scrive il nome su un foglio e poi loro ci mettono niente a darle l'indirizzo» lo informò quello, allungandosi per prendere un pezzo di carta.

«Mi chiami un fattorino, voglio che mi ci porti» comandò Jankel.

«A quest'ora non è possibile, l'ufficio è chiuso la sera.»

«E allora che ci fa con quel pezzo di carta, se ci posso andare solo domani?»

«Se si tratta di qualcuno che risiede a Vienna, con un domicilio intestato a suo nome, possiamo cercare l'indirizzo nel Lehmann oppure nell'elenco telefonico.»

«Cerco una certa famiglia Mohylewski» rispose Jankel dopo averci riflettuto un bel po'. Dirlo al portiere era comunque un azzardo. C'era pur sempre il rischio che il cognome di Welwel fosse già su tutti i giornali della sera.

«Vedrà che lo troviamo subito» disse il portiere. «Non è un nome molto comune. Me lo scriva su questo pezzo di carta per favore.»

Detto fatto, aprì l'elenco del telefono e mentre sfogliava con dita svelte le pagine del librone spiegava: «Se si fossero chiamati Kohn o, che ne so, Grünfeld oppure Grünbaum, allora ci voleva anche il nome di battesimo, ma con un cognome così – to', ecco qua, signora Fritzi Mohylewski, Vienna, XIII distretto.» Accanto al cognome annotato sul pezzo di carta, il portiere trascrisse il nome della signora, la via e il numero civico.

Se qualcuno venisse a cercare Franko Bielak a Dobropolje, pensò Jankel, non farebbe così in fretta; ah, Vienna sì che è una città, come direbbe Lejb Kahane, e avrebbe ragione, eccome se ce l'avrebbe! Così andava pensando Jankel.

«Benissimo. E adesso mi chiami un fattorino, voglio che mi ci porti.»

«Con un'automobile sarà sul posto in un quarto d'ora. A cosa le serve un fattorino?»

«Lasci fare a me!» comandò Jankel. «Me lo chiami e faccia venire subito una vettura.»

Jankel non credeva che l'impresa fosse così facile come diceva il portiere. A malincuore accettò la sua proposta. Non era forse un'automobile anche quella che alcune ore prima lo aveva riportato in albergo con Welwel sofferente? Lì però c'era anche un usciere con loro. Ebbene, ora lo avrebbe accompagnato un fattorino dell'albergo.

Con il pretesto di voler vedere la città, chiese all'autista di andare piano, non aveva fretta. Seduto nella vettura scoperta, respirando l'aria fresca, Jankel era molto impressionato dallo spettacolo notturno che offrivano le strade di Vienna con tutte quelle luci colorate, pur avendole già viste la sera prima, quando Welwel l'aveva portato un po' in giro. Come ogni vero gigante, pensò Jankel, è quando riposa che la grande città mostra tutta la sua forza. Dunque, di notte. A trasmettergli quell'impressione mentre attraversavano lo Schwedenbrücke furono le file di luci che sembravano estendersi all'infinito sulle rive del canale del Danubio. Vaste acque sovrastate da ponti di roccia... Che parole enfatiche gli venivano in mente, doveva per forza averle sentite da Lejb Kahane. Le luci delle réclame, rosse, blu, verdi, bianche, i bulbi luminosi che lampeggiavano, guizzavano, saltellavano, sfavillavano, tessendo il loro misterioso gioco di figure, erano una festa per i suoi occhi.

«Passiamo davanti al palazzo imperiale?» domandò al lift che gli sedeva di fronte in posa composta, incapace di riuscire a trattenere un lieve ghigno per lo sbalordimento fanciullesco che si leggeva sul volto del vecchio.

«Avremmo potuto farlo, se il signore avesse voluto.»

Si rammaricò di non averci pensato per tempo, perché come tutti gli ebrei barbuti anche Jankel era fedele all'imperatore, e per lui Vienna continuava a essere la città dell'imperatore.

«Questa che strada è?»

«È la Mariahilferstraße.»

Nelle grandi città la notte vuol dire luce, al villaggio tenebre, constatò Jankel.

Passarono davanti a un grande magazzino. Punti di luce rossi, blu, verdi si accendevano di scatto uno dopo l'altro disegnando i contorni di uno, due, tre rettangoli; tre strisce di seta rossa, blu e verde degli stessi colori delle luci si srotolavano divampando come una fiamma e scomparivano spegnendosi punto dopo punto. L'ilarità che si era impossessata del lift e dell'autista non impedì a Jankel di far fermare l'automobile per poter contemplare la magia di quelle luci colorate. Che faccia avrebbe fatto Lejb Kahane! Non è poi così tonto, Lejb, con le sue città...

«E questa che strada è?»

«È la Mariahilferstraße» disse il lift, come se nulla fosse.

Una strada così lunga! Jankel era molto sorpreso e decise che avrebbe aspettato un po' prima di chiedere di nuovo. Viaggiamo in automobile e siamo sempre nella stessa strada. Vuol dire che a piedi sarebbe quasi impossibile percorrerla tutta dall'inizio alla fine. Che senso ha una via così lunga che ha sempre lo stesso nome? L'inconcludenza di questa riflessione gli indusse un profondo senso di tristezza che subito lo riportò con il pensiero a Welwel malato e abbandonato in albergo, e alla sua audace impresa che ora, davanti alla lunghezza di quell'unica strada, gli sembrava costellata di ostacoli insormontabili.

«La Mariahilferstraße termina qui» gli spiegò il lift. «Ora costeggeremo il giardino davanti a Schönbrunn, e se non fosse buio il signore potrebbe vedere anche la reggia, ci passiamo vicinissimi.»

È giusto che sia buia la reggia dell'imperatore, pensò Jankel. Niente imperatore niente luce. Tuttavia, aguzzò la vista e si ripropose di tornarci di giorno per visitarla. Sempre che le cose fossero andate bene. Viceversa, non sarebbe stato dell'umore adatto e probabilmente non ne avrebbe avuto l'opportunità. L'automobile lasciò la strada principale e si infilò in una via laterale e l'autista regolò i fari al massimo per leggere i numeri civici. Vista l'ora, il portiere della villetta se ne stava seduto in maniche di camicia nel piccolo giardino davanti al portone, intento a fumare la sua Virginia, e non si scompose all'arrivo di Jankel che si fermò in attesa dietro il cancelletto. Non l'aveva visto scendere dall'auto, perché l'autista aveva sbagliato numero e aveva proseguito fino alla casa successiva. Ecco il nuovo trucco escogitato dai polacchi, si disse il portiere, arrivano tardi, a sera calata, e fingono che si tratti di roba urgente.

«Niente porta a porta qui! È proibito!» ringhiò restando tranquillamente seduto, e decise di alzarsi in piedi soltanto quando il lift gli gridò un insulto in dialetto.

«Sono un parente della famiglia Mohylewski e devo parlare urgentemente con la signora o con il signorino» disse Jankel, senza capire per chi l'avesse scambiato.

«Così lei sarebbe un parente della signora?» s'indignò il portiere. «Lo vada a raccontare a qualcun altro. Sono quindici anni che lavoro qui e i parenti della signora li conosco. Tanto la signora non è in casa. Aveva annunciato la sua visita? A quest'ora della sera?»

«Vengo da molto lontano e devo parlare urgentemente con il signorino» replicò Jankel, passando al tono energico: l'assenza della madre gli cadeva a fagiolo.

«Il signore è un possidente» sussurrò il lift al portiere.

«Ma non ha annunciato la sua visita! A quest'ora della notte poi!» In ogni caso aprì il cancello e, dopo aver lanciato uno sguardo alle finestre illuminate, aggiunse: «C'è luce in camera del signorino, se vuol provare; che colpa ne ho se arriva così tardi!»

Con l'atteggiamento di chi ha subito un'offesa personale, il portiere accompagnò Jankel nell'atrio, aprì la porta interna della bussola e tornò in giardino, sperando di ottenere informazioni più precise dal lift.

«Venga con me» ordinò Jankel al lift. Il ragazzo lo precedette su per la stretta scala di legno ricoperta da una corsia verde. Jankel lo seguiva lentamente.

Come ebbe premuto il bottone del campanello, il lift si accorse che la porta era aperta. Dopo qualche istante di esitazione, i due entrarono. Anche l'ingresso era illuminato e, poiché nessuno veniva ad accoglierli, il ragazzo tornò fuori e scampanellò ancora un paio di volte.

«Davvero strano» disse non vedendo spuntare anima viva, «con tutte queste luci accese.» Iniziò ad aprire le porte, una dopo l'altra, la stanza della cameriera, la cucina, il bagno, un'altra stanza ancora e quindi annunciò: «Qui c'è la luce accesa e qualcuno che dorme, un uomo o una donna.»

«Lei quanti anni ha?» gli domandò Jankel a voce alta, sperando così di richiamare l'attenzione di chi era in casa.

«Venti» rispose il ragazzo.

«Alla sua età uno dovrebbe saper distinguere un uomo da una donna!»

Jankel era furente. Nel frattempo, infatti, aveva capito per chi l'avesse preso il portiere e la furia che gli mise addosso questo pensiero agiva come una sferzata di energia. A passo deciso raggiunse la porta della stanza illuminata e bussò.

«Ma, è questa?» domandò visto che nessuno gli rispondeva, e poi si girò verso il lift che era tornato alla porta dell'appartamento e, la mano sulla maniglia, si teneva pronto a scappare. Jankel adocchiò la cassetta sulla porta con su scritto LETTERE e a un tratto provò vergogna: non sarebbe stato meglio spiegarsi per lettera? O per telefono? Perché non gli era venuto in mente? Pensava forse di essere a Dobropolje?, si rimproverò. Quanto sarebbe stato più facile chiedere al portiere dell'albergo di telefonare, piuttosto che entrare in casa di sconosciuti in piena notte, quando la gente dorme.

Jankel si ricordò del biglietto su cui il portiere aveva trascritto l'indirizzo, l'aveva tenuto in mano per tutto il tempo. Lo lisciò con il palmo sulla mensola davanti allo specchio e vi scrisse: «Al signor Alfred Mohylewski, Vienna. Suo zio Wolf Mohylewski è a Vienna. L'ha vista al congresso e l'ha riconosciuta. È malato. Alloggia all'Hotel Continent. Venga domani. Si presenti prima al suo amministratore, che sono io, Jankel Christjampoler.»

All'ultimo, un forte dubbio lo trattenne dall'infilare il biglietto nella cassetta. Era sicuro che una cassetta come quella venisse aperta tutti i giorni? E chi lo faceva? In quali mani poteva finire il suo biglietto?

Piano piano tornò alla stanza dove il lift aveva intravisto una persona che dormiva. Aprì la porta con delicatezza, infilò la testa nello spiraglio e dagli abiti sparsi in giro capì che a occupare la stanza era una persona di sesso maschile. In punta di piedi si avvicinò al dormiente. Il cuore gli batteva, le mani gli tremavano, le pareti della stanza sembravano ondeggiare. Allungò il braccio e, da lontano, lasciò cadere il biglietto sullo strano tavolino basso collocato davanti al letto, dove c'era anche la lampada, e fece marcia indietro, molto rapidamente, lieto di non aver svegliato il ragazzo. Del dormiente, in realtà, aveva visto solo la testa avvolta in un asciugamano, ma era proprio quel turbante ad avergli dato la certezza: È lui! Dunque non l'hanno arrestato. Non è un bombarolo! Non è un antisemita!

Jankel scese le scale trionfante, saltellando, quasi a passo di danza.

«Ha visto? Che le avevo detto? Era inutile...» commentò in tono affabile il portiere che nel frattempo si era messo a chiacchierare con l'autista.

Jankel si spremette il cervello per ripescare dalla memoria una delle ruvide imprecazioni in lingua tedesca apprese da soldato. Ma gli venivano in mente solo frasi smozzicate, parole senza nesso, senza senso, e allora rinunciò: in quanto conoscitore dell'anima popolare, Jankel sapeva che un'imprecazione può essere efficace solo se detta per intero e correttamente. Si limitò a tirar fuori una moneta e la consegnò al portiere apostrofandolo con un gentile rimprovero: «Ho conosciuto scemi del villaggio più capaci di lei a trattare con la gente. Ma visto che lei è dai Mohylewski, va bene così.»

Quando la signora Fritzi rincasò un'ora più tardi, il portiere la stava aspettando: «È venuto un polacco, un ebreo con caffettano, barbone e cernecchi, ha detto che era vostro zio!»

Inorridita, la signora Fritzi fece finta di niente. Non era possibile! Proprio quello che aveva sempre temuto, per anni, per decenni, quando l'amato marito era ancora in vita e anche dopo la sua morte: che un membro della tribù galiziana un giorno facesse irruzione in casa sua coprendola di ridicolo davanti alla famiglia, ai conoscenti, agli amici e al personale di servizio. Alla fine era veramente accaduto.

«Non ho nessuno zio che rassomigli alla sua descrizione» disse Fritzi ridendo, come se il portiere avesse fatto una buona battuta. «Sarà stata la persona incaricata di portarmi notizie dei miei parenti. In realtà mi avevano annunciato questa visita per ieri.»

Fritzi entrò in casa a passo leggero, salì le scale lenta e pensierosa e per qualche istante si stupì di trovare Alfred già a casa, coricato e sprofondato nel sonno. Quando si accorse dell'asciugamano attorno alla testa credette che si fosse finalmente deciso a lavarsi i capelli, cosa che lo aveva esortato a fare da quando era tornato a casa. Avvertì un moto di tenerezza e con le mani ancora inguantate gli rimboccò la coperta – la finestra era rimasta aperta –, spense la luce e si diresse verso il telefono per avvisare il suo amico della visita inaspettata giunta dalla Galizia. Sebbene fosse ancora in ufficio, il dottor Frankl, così le dissero, era occupato e non fu possibile farselo passare. Ragione per cui Fritzi quella notte non dormì bene come al solito. Ma in fondo neanche tanto male.

5

A dormire peggio fu il vecchio Jankel.

Al suo rientro in albergo, la cameriera riferì che il signore della numero 127 si era svegliato intorno alle nove e mezzo e aveva chiesto ripetutamente di lui. Per cena gli avevano servito brodo di carne e un po' di pollo freddo. Non aveva mangiato molto, ma in compenso aveva bevuto molte tazze di tè, poi aveva preso il suo medicinale e di lì a poco aveva ripreso a dormire sodo.

Jankel si sentiva in colpa. Non avrebbe dovuto lasciarlo da solo in quello stato. Certo, aveva compiuto un passo importante per uscire da quel guazzabuglio, un passo che avrebbe soltanto potuto giovare alla salute di Welwel, ma questo lui non lo poteva sapere. Una volta in camera, decise di riposare un poco sul divano.

Non aveva acceso la luce. Era sdraiato nella penombra incerta e fugace che il chiarore della strada creava filtrando nella stanza buia, lasciando gli occhi liberi di scegliere fra chiaro e scuro. Ogni volta che udiva lo sferragliare, stridere e scampanellare del tram, che a intervalli irregolari sopraggiungeva facendo tremare il suolo e le pareti, il suo vecchio cuore cedeva a un sentimento di sconforto e profonda compassione per il malato che, in mezzo a quel fracasso, aveva bisogno soltanto di riposo, quiete e silenzio. Era la prima volta che la pace del mondo esterno gli appariva come un bene così prezioso da arrivare ad agognarla invano, come una fonte nel deserto, e con ardente nostalgia pensò alla pace infinita del mondo di Dobropolje. Niente da fare, Lejb Kahane restava un tontolone. Come si fa a vivere in una grande città, dove non c'è mai pace, neanche di notte, neanche per un malato?

Gli pareva inutile spogliarsi e andare a letto, dove avrebbe comunque continuato a subire gli assalti ripetuti del tram, ma lo fece ugualmente, senza fretta e tornando ogni tanto a sedersi per una breve pausa sul divano. Durante la notte lasciò più volte il suo giaciglio per dare un'occhiata al malato. Solo verso mattina, anche lui si assopì brevemente e si risvegliò, come soleva fare fin dalla prima giovinezza, all'ora in cui si dà il primo fieno ai cavalli. Un po' per passare il tempo, un po' per approfittare delle comodità dell'albergo, ordinò un bagno caldo. La sola vista della stanza da bagno, con le lucide piastrelle bianche e blu, gli oggetti in vetro e tutto quel nichel scintillante lo rianimò più del riposo notturno. Rimase però tanto a lungo nell'acqua calda da doversi rimettere a letto, spossato. E solo allora cadde in un sonno pesante e senza sogni, capace di vincere anche il frastuono del traffico diurno.

Grazie al tranquillante, che in realtà era un potente sonnifero, Welwel dormì fino a tardi. Non avvertì l'urgenza di far chiamare Jankel. Da quando era arrivato a Vienna, anzi, da quando era partito da Dobropolje, per la prima volta era di nuovo da solo e assaporava l'isolamento che la malattia gli offriva. Si fece portare i giornali del mattino, per vedere quale eco trovasse il congresso nell'opinione pubblica viennese, ma non vide che due trafiletti a caratteri minuscoli, ben nascosti nelle pagine locali. La cosa non lo preoccupò più di tanto. Non solo perché sapeva che la buona riuscita del congresso non dipendeva dalla stampa, ma anche perché dopo quanto era accaduto il giorno prima, tutto quello che vi aveva a che fare ora gli appariva molto, molto distante.

Aveva lui il diritto, si domandava, di occuparsi di questioni che riguardavano la comunità? Lui che non era nemmeno capace di capire cosa fosse giusto per la propria famiglia?

Dal letto riusciva a vedere, attraverso la finestra, l'intreccio di cavi della rete tranviaria e i frontoni e i tetti di alcune case; lo sferragliare del tram, le scintille azzurre che di quando in quando guizzavano tra i cavi elettrici, lo stridere delle rotaie, lo scampanellio, nulla di tutto ciò lo disturbava, perché anche questi rumori erano ricordi degli anni che aveva passato in quella città. A Vienna aveva conosciuto solo disgrazie, preoccupazioni e lutti – qui era morta sua moglie, qui era morta sua figlia, la sua unica discendente; l'indomani sarebbe andato a visitare le loro care tombe e avrebbe chiesto a Jankel di accompagnarlo –, ma a Vienna non viveva forse il figlio di suo fratello, quella radiosa speranza che non avrebbe nemmeno riconosciuto senza l'aiuto di Jankel? Se è possibile ricondurre gli ebrei alla Legge divina, si domandava Welwel, non è forse dovere di ciascuno dare innanzitutto il buon esempio, agendo correttamente in seno alla propria famiglia? È quasi impossibile trovare una famiglia risparmiata dallo spirito del tempo – qui tirò un profondo sospiro – e anche se, grazie a Dio, non in tutte le famiglie ebree ci sono dei rinnegati, è giusto che ciascuno metta a posto le cose a casa propria prima di operare per la collettività. Il prossimo congresso vedrà un delegato Wolf Mohylewski completamente diverso o non lo vedrà affatto!

Raggomitolato sotto le coperte, la trapunta tirata fino al mento perché tremava di freddo, guardò fuori dalla finestra, oltre l'intreccio dei cavi del tram, verso le case di fronte. Gli occhi indugiavano sul grigio dei tetti e dei frontoni. Era una mattina fosca e nuvolosa, perfino la luce che cadeva dal cielo invisibile sembrava grigia e ossidata. Sul cornicione sgretolato di un palazzo sedeva un passerotto, una femmina cicciotta dalle piume arruffate che faceva il bagno nella sabbia e nella polvere. L'immagine lo colmò di tristezza, una tristezza scaturita da un ricordo infinitamente lontano. Alla luce grigia che pervadeva quella mattina si sovrappose la bianca luce accecante di un'altra mattina. È seduto, ancora bambino, nella "stanza del nonno". Nonno Sussja recitava la preghiera del mattino e lui, Welwel, non era andato a scuola, come spesso accadeva nelle giornate d'inverno, quando il gelo mordeva a tal punto che neppure i figli dei contadini avevano il coraggio di affrontare il lungo tragitto. Welwel siede davanti a un banco di preghiera e i suoi occhi oltrepassano le pagine ingiallite, unte di sego di candela, per migrare fuori dalla finestra, verso la "parete verde" che ora è rivestita da una fitta coltre di neve, così alta che i corvi appollaiati sulle chiome spoglie degli alberi raggiungono il suolo della foresta senza spiegare le ali, con un breve saltello. Il cielo blu cobalto sopra la "parete bianca" è di un freddo tagliente come il riflesso del sole sulla neve. Sul davanzale della finestra, una crosta di ghiaccio sotto una barra di neve, siede un passerotto, non una femmina cicciotta, bensì un piccolo maschio magro e sparuto, che per non morire di freddo con le ultime forze cerca di procurarsi un po' di calore sbattendo le ali nella neve soffice. Ma le alucce non gli obbediscono più, sono così deboli che la neve candida ha il tempo di gelare le piume, le vede sussultare come piccoli vetri rotti. Il battito è sempre più debole.

Il nonno prega. È un canto triste. Di sospiro in sospiro nasce il soffio di una melodia e i suoni misericordiosi avvolgono le parole incomprensibili con la stessa umiltà dei primi teneri fiocchi di neve che l'inverno posa sui rami argentati degli abeti. Perché non ha mai udito questa bella melodia cantata da suo padre, ma solo dal nonno?, si domanda Welwel. Non era un canto che si poteva imparare, come tutti quelli che gli insegnava suo padre? Era l'unica volta che il nonno pregava con quella melodia? Proveniva dall'immagine della "parete verde" che era di un bianco così accecante e di una bellezza così triste? Dalla vita del passero che di sospiro in sospiro stava morendo di freddo? Dalle grida dei corvi affamati? Dal riflesso brillante del gelo? Dal funesto blu cobalto del cielo invernale?

Devo alzarmi, pensò Welwel. Devo alzarmi e pregare subito con questa melodia. Nell'anniversario della morte del nonno, al mattino pregherò sempre con questa melodia. Il nonno era un uomo così buono. Non gli aveva forse dato il permesso, quel giorno, di portare in casa il passerotto che stava per morire di freddo? Nella sala di preghiera, oltretutto, dove c'erano i libri sacri e dove aveva potuto nutrirlo e curarlo per tutto l'inverno fino alla primavera, quando il passerotto era ormai salvo. Sciocchino, aveva detto il padre, pensi di salvare dal gelo tutti i passerotti? Devo salvare la melodia del nonno. Sono migliaia le melodie degli antenati morte per il gelo, perché i pronipoti non pregano...

Welwel si sollevò sui gomiti. I pensieri gli si confusero. L'immagine bianca svanì e quando i suoi occhi ritrovarono il grigio dei tetti e la passerottina cicciotta in mezzo alla polvere del cornicione, la melodia di nonno Sussja si dissolse. Sentì un sapore di polvere sulla lingua. Ho preso troppo sonnifero, pensò. Non ce la faccio ad alzarmi per la preghiera del mattino...

«Sei sveglio, Jankel?» domandò con la voce piagnucolosa del giorno prima, vergognandosi della propria debolezza. Jankel entrò subito in camera, come fosse lì da tempo e aspettasse solo di essere chiamato.

«Anch'io ho dormito fino a tardi, Welwel. Non ti volevo disturbare. Stai meglio, vero?»

«Ho preso troppo sonnifero.»

«Ma no. Comunque sono quasi le dieci. Tra poco sarà qui il dottore. Beviamoci un buon caffè viennese ora, vedrai come farà bene a tutti e due.»

Jankel ordinò il caffè, spinse accanto al letto di Welwel il tavolino striminzito, che era fuori posto ovunque in quella stanza d'albergo, lo servì nel lavaggio delle mani e, per fargli piacere, addirittura recitò insieme a lui la breve preghiera del risveglio.

La prima colazione mise Jankel di ottimo umore: insieme al caffè, avevano portato del miele e cornetti viennesi appena sfornati. A Dobropolje – come in tutte le case devote – miele e pane bianco si mangiavano solo in occasione del pranzo del primo giorno dell'anno, per iniziare con qualcosa di dolce. Welwel si negò il piacere del miele: per lui il pane bianco con il miele era il dolce del primo giorno dell'anno e non andava profanato con il consumo quotidiano. Non toccò nemmeno i cornetti: non aveva ancora recitato la preghiera del mattino. Jankel invece intingeva nel miele gli squisiti *kipfel* viennesi appena sfornati e li assaporava come se fosse arrivato il momento di rendere dolce un nuovo anno.

«Sei molto rosso in viso» osservò Welwel, il cui sguardo aveva seguito il percorso di un boccone dorato dal vasetto del miele alla bocca di Jankel.

«Ho fatto un bagno caldo, Welwel, caldissimo. Che meraviglia, quella stanza. E che silenzio lì dentro, che pace! Si dovrebbe dormire nella stanza da bagno qui, altroché! Questi tram sono i diavoli nell'inferno della grande città. Non c'è mai un attimo di pace. Neanche per un malato.»

«Qui anche il silenzio è roba che si compra. Tutto è una questione di denaro nella grande città. Il silenzio, il sole, l'aria, la vista. Ogni cosa ha il suo prezzo. Una stanza da bagno però è veramente una gran cosa. Anche il nostro Jossele voleva sempre che ne costruissimo una. Te l'immagini, una stanza da bagno da noi, a Dobropolje! Ma chissà, forse un giorno lo faremo. In fondo la si può riscaldare anche con la legna, non occorrono per forza il gas o l'elettricità.»

Jankel bevve un lungo sorso di caffè, si asciugò i baffi con il dorso della mano e disse: «A proposito, visto che hai ricordato di nuovo Jossele, ho una buona notizia. Insomma, una notizia rassicurante. Stavo quasi per svegliarti stanotte, ma poi ci ho ripensato.»

«Non è mai troppo presto per una buona notizia» replicò Welwel, senza interrompere la colazione a cui ora sembrava dedicarsi con gran gusto e profitto.

«Per farla breve» proseguì Jankel, «il figlio di Jossele non è un attentatore, né un antisemita, non ha lanciato alcuna bomba. È innocente.»

«Come lo sai?» domandò Welwel, paziente.

«Ho chiesto per telefono» mentì il vecchio Jankel che, rosso com'era per via del bagno caldo, non poteva arrossire ulteriormente.

«Hai chiesto dove, per telefono?» domandò Welwel con indifferenza, come se s'informasse per pura cortesia.

«A casa sua!»

«Tu, Jankel, hai telefonato?»

«Lo sai che non so usare il telefono. Mi prendi in giro? L'ha fatto il portiere.»

«Ah, il portiere. E che cosa gli hanno detto?»

«Il ragazzo era a casa. Stava già dormendo. Alle dieci e mezzo. Dunque è innocente. Non l'hanno arrestato.»

«Alquanto affrettata come conclusione» obiettò Welwel. Si riempì la tazza di caffè per la terza volta ed erudì il vecchio Jankel: «Credi che la polizia debba essere severa con un giovane sconsiderato che ha messo paura a un paio di ebrei polacchi? Avranno senz'altro redatto un verbale e, a tempo debito, probabilmente lo convocheranno. Quanto a stabilire se è colpevole o innocente, si dovrà attendere un bel po'.»

«Non dovresti bere così tanto caffè, Welwel. Il dottore non l'ha proibito espressamente, ma caffè e nervi...»

Con un gesto sprezzante Welwel liquidò il dottore, i nervi e soprattutto le preoccupazioni di Jankel, e avvicinando alla bocca la tazza fumante disse: «Il caffè mi fa bene, molto bene. Mi sento rinato, ecco. Ora mi alzo, mi lavo e prego. Sto benissimo, non mi manca niente.»

«Certo che ti alzi, Welwel. Anche subito. E ti lavi, si capisce. Ma poi devi tornare a letto. Ora non c'è tempo per pregare. Abbiamo visite. Il ragazzo è già qui, tra poco salirà. Volevo solo usare un po' di delicatezza, ma se sei già così in forma...»

Welwel aveva riappoggiato la tazza sul vassoio con mani tremanti, per sgridare Jankel. A gridare però erano solo i suoi gesti e l'espressione del viso, la voce era priva di forza: «Che delicatezza vuoi usare? Sono forse una puerpera? Fa aspettare il ragazzo per tutto questo tempo! E s'ingozza di *kipfel* con il miele come a Capodanno! Deve usarmi delicatezza, lui!»

Agguantò la cornetta del telefono sul comodino, ma subito la rimise sulla forcella di nichel, si lasciò cadere sui cuscini e con voce debole gemette: «Deve usarmi delicatezza, lui! Delicatezza!»

Alzatosi in piedi, Jankel si diresse verso la porta brontolando: «Vado, vado a chiamarlo. Te lo porto subito. Che bisogno c'è di agitarsi tanto? Sono diciannove anni che aspetta e ora, per cinque minuti...»

Welwel si liberò della trapunta, saltò giù dal letto, si lavò mani e viso in fretta e furia, si spazzolò la barba e i lunghi riccioli che scendevano dalle tempie e tornò sotto le coperte. Si mise seduto nell'angolo formato dalla parete e la testiera del letto e fissò la porta con occhi spalancati, due piccole pupille sperse nel bianco. Con entrambe le mani tormentava le *pejes*, le labbra fremevano, con il pensiero passava frettolosamente in rassegna parole, frasi, formule di saluto profane, cordiali, solenni, religiose...

Quando la porta si aprì e Jankel fece entrare il giovane ospite tenendolo davanti a sé, le mani sulle spalle – come per dire: Eccolo qui, te l'ho portato, basta che non ti agiti –, quando gli sguardi timidi, indagatori dello zio e del nipote si incontrarono per la prima volta, Welwel scivolò dolcemente sotto le coperte e dalle sue labbra frementi e incolori uscirono solo due parole: «*Baruch haba!*» – la formula di benvenuto che si rivolge a un ospite importante.

«Benedetto sia colui che entra!» si affrettò a tradurre, rosso di vergogna, per l'improvviso timore di aver turbato l'ospite con un saluto incomprensibile. A voce bassa, quasi inudibile, salutò l'ospite ancora una volta: «*Baruch haba*... Beati gli occhi...»

Alfred però non era per nulla turbato. Aveva percepito l'emozione del malato e si era fermato a due passi dal letto. Nel volto pallido di quel singolare ebreo con i cernecchi, in apparenza così poco somigliante alle fotografie che conosceva del padre, ora andava scoprendo i tratti arcani, inequivocabili della sua famiglia. Che cosa dirà la mamma?, si domandò. Che cosa dirà quando lo vedrà e quando si accorgerà che perfino a me questo singolare ebreo con i cernecchi ricorda la fotografia del bel tenente che tiene sulla sua scrivania? A questo pensiero sentì crescere l'imbarazzo nei confronti dell'estraneo che era suo zio. In viso si fece ancora più rosso del malato: osservava il fratello di suo padre e avvertiva la molestia del proprio sguardo curioso, manifestamente curioso, senza per questo avere il coraggio di distogliere gli occhi.

Nessuno apriva bocca. Da fuori giungeva il mormorio della pioggia. Jankel si schiarì la voce con un tono da basso profondo. Per qualche istante ciascuno udì soltanto i battiti del proprio cuore e tutt'a un tratto Welwel disse: «Anche tuo padre, dopo gli esami di maturità, aveva un abito blu scuro come il tuo.»

Jankel fece qualche passo nella stanza, ricominciando a bofonchiare parole incomprensibili. Welwel non riusciva a sentirlo, mentre Alfred credette di aver afferrato una parola: «... importanza!» Senza più esitare, raggiunse il bordo del letto e afferrò la mano che lo zio gli tendeva. Welwel la strinse teneramente fra le sue, traendo dolcemente il nipote a sé.

«Mi spiace molto, zio, che ieri abbia dovuto assistere a una scena così imbarazzante e vergognosa. In parte temo di esserne responsabile, ma in nessun modo intendevo disturbare il congresso ed è inutile dire che non volevo lanciare una...»

«So che sei innocente» lo interruppe Welwel. «Lo so. Lo so già da ieri. L'ho saputo nel momento in cui ti ho visto.» Lo guardava con la felicità negli occhi.

«Come sarebbe, da ieri?» s'intromise Jankel, avvicinandosi ai due. Con questa domanda non intendeva chiarire che era stato lui, Jankel, e nessun altro, a far di tutto per persuadere Welwel, oltretutto pochi minuti prima, dell'innocenza di Alfred. La domanda era dettata semplicemente dallo stupore per la repentina trasformazione di Welwel, di cui ignorava le ragioni ma della cui sincerità non osava dubitare.

«Come sarebbe, da ieri?» ripeté con insistenza, dal momento che Welwel, dopo aver salutato l'ospite, lisciava la coperta con entrambe le mani sul petto, senza distogliere gli occhi raggianti dal viso di Alfred, quasi non avesse neppure udito la domanda di Jankel. I lineamenti del malato erano animati da una luce di intimo orgoglio, come quelli di un giovane padre che, mentre passeggia con il figlioletto, la calda manina nella sua mano, sente incredulo e felice che il bambino ha abbandonato le chiacchiere infantili in terza persona e per la prima volta si rivolge direttamente a lui dicendo: «Tu, papà!» Era la stessa felicità provata da Welwel, che aveva udito la parola "zio" uscire per la prima volta dalla bocca del figlio di suo fratello.

«Da noi si dà del "lei" solo a un prozio» aggiunse con sguardo impacciato perché, sopraffatto fino a quel momento dai propri sentimenti, notava solo ora che Alfred mostrava i segni dell'incidente del giorno prima: una borsa blu sotto l'occhio sinistro, come se fosse piena d'inchiostro, i graffi sulla fronte e sul collo, la sottile linea brunorossastra del taglio cicatrizzato sul labbro inferiore.

«Ieri era molto peggio, zio, ma domani non si vedrà più nulla.»

Nel frattempo Jankel aveva rinunciato alla sua domanda e cercava con lo sguardo il posto migliore dove sedersi sul divano. Ma l'accenno di Alfred ai segni delle sue ferite gli mise paura. Il sospetto che Welwel volesse tornare ancora sull'argomento lo irritò tremendamente. Così fece dietro front, raggiunse il letto e, chinandosi sopra Welwel come se dovesse parlargli a quattr'occhi, per la terza volta ripeté: «Come sarebbe, da ieri? Come puoi affermare una cosa simile? Puoi dirmelo?»

«Volevo spiegartelo già ieri, ma non mi hai lasciato parlare.»

«Ma quando? Ma dove?»

«Ieri. Qui. Avevo iniziato a raccontare e tu mi hai interrotto. Hai detto che lo proibiva il dottore.»

«Insomma, Welwel! Tu volevi solamente raccontare la vecchia storia di Rabbi Abba, il motivo per cui Jossele ha dovuto recitare il *kaddish* per lui.»

«Appunto. Lo so. Volevo solamente raccontare la vecchia storia di Rabbi Abba e di Jossele. È tutto collegato. Vedrai come. Voglio raccontare questa storia. In fondo è un bene che tu mi abbia interrotto ieri. Voglio raccontarla ad Alfred e a te; a nessun altro. Riguarda tuo padre, Alfred.»

«So così poco di mio padre» rispose Alfred, come se stesse pensando ad alta voce.

«Devi sapere tutto. Tuo padre l'hai conosciuto appena.

C'è tanto da dire. Oggi, per cominciare, scoprirai perché ieri ho capito subito che eri innocente. Prima però devo raccontarti un episodio della mia gioventù, mia e di tuo padre. Ieri sera volevo parlarne con il nostro Jankel, ma è un bene che anche tu senta la storia di Rabbi Abba. Forse ti aiuterà a capire alcune cose della vita di tuo padre, che io stesso ho compreso soltanto ieri.»

«Quello che non sono mai riuscito a capire è soprattutto perché mio padre ha rotto in modo così drastico con la sua famiglia, con la sua fede. O meglio, è più o meno da un anno a questa parte che me lo chiedo. Prima non ci pensavo.»

«Sono domande a cui è praticamente impossibile rispondere. E molte sono le cose che ancora oggi non riesco a comprendere del tutto. Ma è giusto che tu sappia quello che ricordo della vita di tuo padre, del tempo in cui viveva ancora con noi. Ciò che sto per raccontarvi risale a un periodo lontano, così lontano che riesco a ricordarlo per filo e per segno. Perché l'infanzia, il tempo della giovinezza, vivono in noi più solidi della giornata di ieri, forse più reale della giornata di oggi...»

«Hai già fatto colazione?» lo interruppe Jankel, rivolgendosi ad Alfred. Avrebbe preferito aspettare il medico per sentire se tutta quella voglia di raccontare non fosse per caso dovuta anch'essa al collasso nervoso.

«Un caffè lo prende di sicuro» rispose Welwel al posto di Alfred, che ringraziò con un lieve inchino. «E per me un'acquavite, caro Jankel!»

Jankel suonò il campanello, fece l'ordine alla cameriera e si mise comodo sul divano. Welwel riposava a occhi chiusi, apparentemente assente. Alfred avvicinò una sedia al letto dello zio e si sedette composto come un alunno a scuola, in attesa del racconto. Quel silenzio gli piaceva. Stava per apprendere un episodio importante della giovinezza di suo padre ma provava solo un'intensa curiosità, nulla di più. La cosa non lo stupiva. Sapeva poco di suo padre e altrettanto poco di quell'ebreo venuto da lontano che, evidentemente, aveva bisogno di lui come testimone di un'antica storia di famiglia. La voce del sangue? Taceva. Avrebbe parlato per bocca di quello zio appena conosciuto? E lui, Alfred, l'avrebbe capita?

Intanto, il dolce mormorio della pioggia cresceva tamburellando sui tetti in lamiera, sulle grondaie arrugginite, sui vetri appannati delle finestre.

6

«Da bambini noi due fratelli, tuo padre e io, eravamo quel che si dice un'anima sola. Tuo padre aveva solo due anni più di me. Giocavamo insieme e avevamo gli stessi amici, gli stessi maestri, le stesse gioie e gli stessi dolori. La nostra era un'infanzia felice, bella come solo può essere l'infanzia dei bambini che vivono in campagna. Certo, dovevamo studiare parecchio – nostro padre era molto severo! –, ma per il resto eravamo liberi come uccelli nell'aria. Fin da piccolo tuo padre era un bambino molto dotato, avanti a me non solo per età, era il mio modello e la mia guida in tutto.

Come forse saprai, non era previsto che tuo padre, e nemmeno io, proseguissimo gli studi. Nella nostra famiglia, per generazioni, è sempre stato naturale che i figli imparassero ciò che avevano imparato i padri, per diventare un giorno ciò che erano stati i padri. Tuo padre doveva diventare agricoltore, come del resto dovevo diventare io. Non farlo è stata una decisione che, per quanto strano ti possa sembrare, prese egli stesso quando era ancora un ragazzino. Aveva dodici anni e mezzo quando, grazie alla sua testardaggine, fu il primo di tutta la famiglia a ottenere il permesso di frequentare il liceo. A quel tempo non erano molti i figli di famiglie ebree devote che osavano ingaggiare simili battaglie in casa. Chi avvertiva questa spinta in genere lo faceva più tardi, ormai adolescente, e di loro poi si diceva che erano stati colti da una sete di conoscenza, dal bisogno di seguire i tempi, finendo così per approdare alla cultura occidentale, europea. Avrai senz'altro letto o sentito di casi simili.

Ma sarebbe molto sciocco da parte mia affermare che anche tuo padre fosse stato preso da questa sete di conoscenza. Difficilmente una tale spinta assume una forma chiara in un ragazzino che non ha ancora compiuto tredici anni, però a quell'età è senz'altro possibile avere già un'ambizione elevata. Deve essere stato così per tuo padre. Perché ricordo ancora il giorno, l'ora, per non dire l'istante in cui prese la decisione di frequentare il liceo, anche contro la volontà dei nostri genitori.

Era una bellissima giornata d'estate, molto calda, uno dei primi giorni di vacanza, in luglio. Avevamo fatto il bagno per ore e ci eravamo sdraiati all'ombra nell'erba, in riva allo stagno, tuo padre, io e tutti gli altri bambini che allora vivevano nella tenuta. Jossele», e qui Welwel si rivolse a Jankel, «era apprendista agricoltore già da diversi mesi. Aveva terminato la scuola primaria un anno prima, ovvero a dodici anni: da noi al villaggio era così, perché per i figli dei contadini il programma scolastico veniva svolto in sei anni invece che in quattro. Già nostro padre aveva deciso di avviarlo all'agricoltura, calcolando un periodo di pratica di tre anni. Al termine dell'apprendistato, Jossele avrebbe completato la sua formazione in un istituto agrario. Per nostro padre questa era già una concessione allo spirito dei tempi, una concessione anche a Jossele, che avrebbe sempre voluto andare al liceo, ma che dopo lunghi e suadenti discorsi sulle migliori prospettive legate allo studio, si era accontentato di un istituto agrario.

Per circa sei mesi, poi, fu effettivamente apprendista e

orgoglioso di esserlo, ora che faceva pratica alla scuola del nostro amministratore Jankel Christjampoler», e con un leggero cenno della testa, Welwel fece capire che si trattava del vecchio Jankel lì presente, provocando lo stupore di Alfred, che aveva un'idea molto diversa degli amministratori di tenute. «Naturalmente, ora che nostro padre ne era a conoscenza e lo permetteva, per Jossele fu fantastico poter fare alla luce del sole ciò che prima facevamo sempre di nascosto e con la coscienza sporca: andare a cavallo, guidare i carri, aiutare domestici e braccianti come un adulto in mezzo agli adulti, nelle scuderie, nei fienili, nella stalla, durante la semina, il raccolto, la trebbiatura, giocare a fare il guardiano... insomma, fare l'agricoltore lo rendeva molto felice. Fino a quel giorno di luglio. Noi bambini ci stavamo rotolando nell'erba dopo il bagno, all'ombra degli ontani, quando tutt'a un tratto, lungo la strada del villaggio, vedemmo arrivare due piccoli liceali nelle loro belle uniformi...

In tutto il villaggio c'erano soltanto tre ragazzi che frequentavano il liceo: il figlio del falegname Katz, uomo povero ma illuminato e non esattamente pio, e i figli della cuoca del parroco, una coppia di gemelli che, come sapeva tutto il villaggio, erano anche figli del parroco. Il figlio del falegname aveva già diciassette anni e stava per iniziare l'ottava classe, mentre i figli del parroco erano stati compagni di Jossele, essendo coetanei, e avevano appena terminato la prima liceo. Jossele li riconobbe già da lontano, anche se avendo passato tutto l'anno in città e indossando l'uniforme – da noi i liceali portavano l'uniforme – sembravano molto cambiati. Avanzavano fieri come due ufficiali in formato tascabile e Jossele corse loro incontro, voleva salutare i due vecchi compagni di scuola, Witold e Tadeusz Zaremba.

Ma l'uniforme non aveva cambiato soltanto l'aspetto dei figli del parroco. Erano diventati altezzosi, altezzosi come spesso lo diventano i bambini del villaggio quando vengono mandati in città. Sebbene fossero nostri ospiti ogni volta che venivano a fare il bagno nello stagno – al villaggio era l'unico posto dove poter fare il bagno –, trattavano il loro ex compagno di scuola Josef Mohylewski con la condiscendenza di liceali novelli, ostentando modi superbi e sdegnosi. Erano simpatici, Tolek e Tadek, non erano cattivi, in fondo si stavano solo prendendo una meritata rivincita sul nostro Jossele, che alla scuola del villaggio, in quanto primo della classe, li aveva sempre ignorati, dicendo che insieme facevano una testa scarsa. Ora gli rendevano semplicemente pan per focaccia. Ma Jossele era sempre stato molto orgoglioso e chi ha una natura orgogliosa ricorda solo ciò che subisce. Il nostro Jossele era così.

Quell'incontro con i gemelli ebbe conseguenze, non esito a dirlo, per tutti noi. Jossele si rivestì in fretta e riportò a casa anche me. Già strada facendo disse, fuori di sé: "Gliela farò vedere io a quei due! Scopriranno che anch'io posso andare al liceo. Non sarà poi tanto difficile se sono riusciti a farsi promuovere. Tu però tieni la bocca chiusa!"

"Ma come farai?" gli dissi. "Chi ti preparerà all'esame di ammissione?"

"Domani vado dal parroco. Se è riuscito a preparare i suoi gemelli..."

"Mica lo farà gratis" obiettai. "Dove troverai tutto quel denaro?"

"Chiederò un favore a Jankel. Di lasciar pascolare diciamo sette invece che quattro vacche del parroco sul nostro prato. Naturalmente senza dire niente a papà!"

"Per come lo conosco, Jankel non accetterà senza dire niente a papà".»

«Per come lo conosco, probabilmente Jankel avrebbe accettato su due piedi» s'intromise Jankel dal divano, facendo al contempo cenno con la mano di andare pure avanti perché stava bevendo avidamente il racconto di Welwel.

«A quell'epoca, caro Jankel, ancora non ti conoscevo così bene» disse Welwel rivolgendogli uno sguardo compiaciuto. «Con il parroco, comunque, non andò in porto anche per altri motivi. Disse che senza il consenso di mio padre non si poteva fare e poi la preparazione all'esame avrebbe richiesto come minimo sei mesi. Per Tadek e Tolek ci era voluto un anno intero. Jossele non si fece scoraggiare: grazie a Dio in paese c'era anche il figlio del falegname Katz! A dire il vero nostro padre ci aveva proibito tassativamente di frequentare i figli del falegname Katz. Aveva una cattiva reputazione. Era un uomo illuminato, si era fatto tagliare la barba, era l'unico ebreo del villaggio che non veniva a casa nostra per la funzione di shabbat. I contadini dicevano addirittura che Katz fosse un socialista, roba che aveva imparato in America. Ma di fronte al suo fermo proposito, quanto poteva valere la proibizione paterna?

Il figlio del falegname era un ragazzo forte e robusto, non particolarmente dotato, ma laborioso e sempre pronto ad aiutare. Quando Jossele gli riferì quello che aveva detto il parroco, si mise a ridere. A suo parere, il parroco si dava solo tante arie con quei suoi gemelli. E per uno come Jossele l'esame di ammissione sarebbe stato un gioco da ragazzi. Chi faceva due dettati senza errori – uno in polacco e uno in tedesco – e risolveva correttamente un esercizio scritto di aritmetica era dispensato dall'esame orale, che in ogni caso non rappresentava un ostacolo. Lo mise subito alla prova, facendo fare a Jossele due dettati e poi l'esercizio di aritmetica. La prova andò così bene che il figlio del falegname, dopo una breve consultazione con il padre, ideò un piano molto più ambizioso.

"Hai già dodici anni e mezzo, hai perso un anno in questa stupida scuola del villaggio e un altro lavorando nei campi" spiegò il giovane Katz. "Due anni certo non li recuperi più, ma se mi dai retta e ti impegni, puoi fare la prima classe nei due mesi estivi e iniziare l'anno scolastico dalla seconda. Così avrai guadagnato un anno. Abbiamo due mesi, per una bella testa come la tua è un sacco di tempo. Possiamo farcela."

La proposta mise Jossele talmente in subbuglio che scoppiò in lacrime.

"Se ti metti a piagnucolare come un bambino, però, non se ne fa niente" osservò con tristezza il figlio del falegname. "Per l'esame di ammissione comunque non ti devi preoccupare. Una settimana prima che inizi la scuola vieni da me un paio di volte, ripassiamo un po' di grammatica e ti garantisco che sarai ammesso."

"Voglio andare in seconda" disse Jossele ancora tra le lacrime. "Ma dove trovo i soldi per i libri?"

"Abbiamo tutti i libri per tutte le classi. Mio padre li ha conservati per mio fratello" annunciò allegro il figlio del falegname. Il padre, un omaccione con il fisico da contadino, aprì l'armadio, ne trasse una pila di manuali sottili, legati con uno spago, e li posò sul tavolo davanti a Jossele.

"Ma non ho i soldi per pagare le lezioni" piangeva Jossele, "mio padre non deve saperlo finché non sarò ammesso."

"Troverò il modo di accordarmi con tuo padre" intervenne il falegname Katz, "c'è tempo per questo. Dopo che avrai superato l'esame."

Il falegname sembrava trovare un particolare diletto nell'intrigo contro mio padre, il figlio abbozzò subito un programma di studio per due mesi e quello stesso pomeriggio iniziò l'insegnamento accelerato.

Jossele studiava giorno e notte con l'ardore che gli era proprio. Era la stagione della falciatura del grano, pertanto nostro padre aveva molto da fare e Jossele poteva nascondersi ovunque con i suoi libri senza correre grossi rischi: in casa, in giardino, nel bosco, nei campi, nei fienili e perfino nelle stalle. Nostra madre, in realtà, lo scoprì di lì a qualche giorno e sulle prime ne fu turbata, ma rimase al fianco di Jossele e non tradì il suo segreto. Che studiasse pure. Quando sarebbe arrivato il momento, lei stessa l'avrebbe accompagnato in città. E se Jossele avesse superato l'esame, si sarebbe occupata lei di tutto il resto; se non fosse passato, però, doveva scordarsi il liceo per sempre. Gli parlò così a metà luglio. All'inizio di settembre andò in città con Jossele e con il figlio del falegname. Non fu difficile convincere papà che Jossele era malato e necessitava di cure mediche approfondite, tanto era dimagrito e debilitato dallo studio. In capo a una settimana mia madre rientrò senza preavviso a bordo di un fiacre preso a nolo in città, scortata da due liceali: il figlio del falegname e Jossele! Portava un berretto rigido di colore blu scuro con il distintivo argentato, una corona d'alloro con la lettera *G* di *Gymnasium*, la camicia dell'uniforme, anch'essa blu scuro, con due strisce di gallone argentato sui risvolti di velluto nero del colletto, e pantaloni grigio chiaro. Un ufficiale in formato tascabile, come Tadek e Tolek! Aveva superato l'esame.

Solo in religione era stato bocciato: il figlio del falegname illuminato aveva completamente dimenticato quella materia. E così il figlio di Juda Mohylewski non era stato capace di recitare correttamente i dieci comandamenti in polacco. In ebraico naturalmente li sapeva e li aveva ripetuti più volte al rabbino, singhiozzando di vergogna e paura, ma questo non valeva per il Dr S.W. Taubeles, il rabbino distrettuale. Jossele dovette rassegnarsi a ripetere in seguito l'esame di religione.

Chi non vide Jossele scendere dal fiacre quel giorno! La sua prima visita nella nuova uniforme fu al parroco. I gemelli non ci volevano credere. Erano convinti che si fosse travestito per burla.

Per fortuna, quando arrivò il fiacre, papà era ancora nei campi con i falciatori, altrimenti il corruttore, ovvero il figlio del falegname, se la sarebbe vista brutta. Forse sai già» disse Welwel rivolgendosi direttamente ad Alfred, «che tuo nonno è morto per un attacco cardiaco nel 1910, una settimana dopo aver ricevuto la notizia che suo figlio, il Dr Josef Mohylewski, si era sposato in chiesa con una tal signorina Peschek. La sera di quel giorno, quando mia madre era ritornata piena d'orgoglio con il suo liceale, potrebbe aver inflitto il primo colpo al cuore di mio padre.» In verità era stato preparato con molto tatto e mille riguardi, sapeva già tutto quando il figlio ebbe il permesso di comparirgli davanti in uniforme. Ma perfino mia madre dev'essersi resa conto solo in quel momento del guaio che lei e Jossele avevano combinato, complice il figlio del falegname...

La trasformazione di Jossele sconvolse papà al punto che il suo viso non riuscì a dissimulare un involontario compiacimento di fronte all'armonia di quella piccola figura in uniforme – come gli donava quella divisa! Papà ne era consapevole e la cosa lo turbava più che mai. Non fu capace di aprir bocca. Guardò a lungo il figlio con occhi atterriti, poi gli prese la testa con le cinque dita della mano destra, lo fece girare sul posto un paio di volte, a mo' di trottola, come se dovesse prima osservarlo da tutti i lati per poterlo riconoscere e, aperta di colpo la porta con la mano libera, lo spinse fuori. Quindi fece cenno di uscire anche a mia madre e a me.

L'indomani inviò un messo con una lettera al rabbino di Czortków: papà era un chassid e per tutte le questioni importanti si consultava con il rabbino di Czortków.»

«È lo stesso rabbino che ieri ha inaugurato il congresso con una benedizione?» domandò Alfred arrossendo, con voce roca.

«Sì, è lui. All'epoca era ancora giovane. Ci vollero due

giorni perché il messo tornasse a casa con il verdetto del rabbino di Czortków. Per tre giorni papà non parlò con nessuno di noi, passava tutto il giorno nei campi, dove era in corso la fienagione, e la sera si ritirava nella "stanza del nonno", dove pregava fino all'alba. Pareva così invecchiato che Jossele si tolse spontaneamente l'uniforme e fece consegnare a papà il suo proposito scritto di restare a casa e diventare agricoltore. Jossele era molto legato a suo padre.

Ma inaspettatamente, il rabbino di Czortków si era pronunciato a favore di Jossele! La cosa era ormai andata troppo oltre, sosteneva, non era con i divieti e con la severità che si potevano persuadere i figli. Del resto, erano finiti i tempi in cui l'istruzione era nemica della fede; molti ragazzini ebrei proseguivano gli studi con successo, senza per questo allontanarsi dal credo. Per via dello studio profano, tuttavia, non andava dimenticata la dottrina divina; tra le famiglie ebree più istruite e moderne erano fioriti luminosi esempi di devozione e osservanza della Legge, perfino in Occidente. All'epoca, come ho già detto, il rabbino di Czortków era ancora giovane. In seguito cambiò completamente la sua opinione, c'è pure un detto dello zaddik di Czortków che nel corso degli anni è diventato famoso nei circoli chassidici: "Incomincia con il liceo e finisce con lo *Schmad*".»

«*Schmad* vuol dire...» tentò di tradurre Jankel.

«... vuol dire battesimo» lo interruppe Alfred, con l'impazienza da primo della classe che risparmia all'insegnante la fatica della spiegazione. Welwel e Jankel si scambiarono un rapido sguardo d'intesa, colmo di speranza.

Poi Welwel riprese il suo racconto: «La decisione del rabbino di Czortków indusse mio padre a cambiare immediatamente il suo atteggiamento nei confronti di Jossele. Diede il suo consenso per il liceo e prese a trattarlo come un adulto. Nei pochi giorni che poté ancora restare a casa, non uscì più da solo a cavallo, come faceva sempre durante la seconda raccolta del fieno. Ogni mattina lasciava che il cavallo venisse attaccato al carretto a due ruote e portava Jossele con sé. E quando arrivò il momento di partire, perché stava per iniziare la scuola, fu mio padre ad accompagnare Jossele in città.

Lo sistemò a pensione presso una famiglia devota amica e lo portò dal vecchio rabbino Simon Babad, dove Jossele dovette impegnarsi con una stretta di mano a presentarsi due volte al giorno, al mattino prima dell'inizio della scuola e la sera, nella sua casa di preghiera privata per la funzione religiosa. Parlando personalmente con il direttore dell'istituto, ottenne che Jossele fosse esonerato dai compiti scritti di shabbat e durante le festività ebraiche: era un liceo domenicano e la maggior parte degli insegnanti, che erano dei religiosi, in fondo preferivano un ebreo che santificava il suo shabbat a quelli che, pur di adeguarsi rapidamente, pensavano di poter ignorare le usanze dei loro padri.

Con il passare degli anni il rapporto tra padre e figlio proseguì nel migliore dei modi.

Certo, non mancarono piccole tensioni, soprattutto nel periodo del passaggio all'adolescenza, ma nulla di grave, non più di quanto accadesse abitualmente anche nelle più felici relazioni tra padri e figli al volgere del secolo.

I risultati di Jossele erano eccellenti. Ogni anno figurava tra i migliori della classe. Ma più che con i successi scolastici, Jossele riuscì a conquistare una volta per tutte il cuore di nostro padre imparando a suonare il violoncello. Nostro padre era quello che in città si dice un musicomane. In più di un'occasione gli abbiamo sentito dire che avrebbe dato dieci anni della sua vita per trovare qualcuno che gli insegnasse, a lui da vecchio, a suonare il violino. Come concordato, Jossele tornava a casa ogni volta che le vacanze scolastiche erano lunghe abbastanza da valere il viaggio, ma l'avrebbe fatto comunque, per papà e anche per me. Non gli sembrava giusto poter studiare lui solo. Anch'io dovevo poterlo fare, e siccome era impensabile che papà desse il suo consenso, mi avviò, in segreto, ai suoi studi. Il nostro patto era che avrei preparato tutte le materie sotto la sua guida, anno dopo anno, per presentarmi all'esame di maturità da privatista, uno o due anni dopo di lui. Questo era il nostro patto e lo abbiamo rispettato a lungo, ovvero fino a Chanukkà... Chanukkà del 1896. Fu allora che accadde quella storia con il nostro prozio Rabbi Abba, il *dajan* di Rembowlja. Fino ad allora il rapporto tra noi fratelli aveva mantenuto la stessa intimità di quando Jossele viveva ancora in casa.»

«Non vuoi bere qualcosa, Welwel?» lo interruppe Jankel. «Di sicuro sarai stanco, raccontare tante cose tutte in una volta...»

«Non sono affatto stanco. Anzi, mi farebbe male continuare ancora a tacere.»

«Ma il dottore ha detto...»

«Ah, tu con il tuo dottore! Da quando credi ai dottori, Jankel? Un'acquavite però la berrò volentieri! E ne prende una anche Alfred, vero?»

«Volentieri, zio. A proposito, c'è una parola che non ho capito: che cos'è un *dajan*?»

7

«Rabbi Abba era prozio di papà da parte materna. Era un illustre talmudista, l'orgoglio della famiglia. Era *dajan*, che vuol dire giudice, e vicerabbino nella piccola cittadina di Rembowlja. Non che gli mancassero le competenze richieste per essere un rabbino. Al contrario. Tutti e tre i rabbini che si avvicendarono alla guida della comunità nel periodo in cui egli fu *dajan* lo sapevano e sostenevano che, quanto a conoscenza e devozione, essi non erano che umili allievi di Rabbi Abba. Lo veneravano e lo amavano come gli allievi amano e venerano il proprio maestro.

Rabbi Abba viveva esclusivamente per lo studio. Considerava un grave peso la carica di *dajan* anche in una cittadina così piccola, perché lo distoglieva dai suoi libri per alcune ore alla settimana. Giorno e notte sedeva chino sui libri: studiava, leggeva e scriveva pure. Grazie ai commentari che aveva redatto, l'importanza e la fama del suo nome si erano allargate al punto che, in diverse occasioni, si trovò a rifiutare nomine molto onorevoli.

È risaputa la storia della sua nomina a Francoforte. Accadde negli anni Sessanta. Essendosi reso vacante il posto di rabbino a Francoforte, la pia e venerabile comunità inviò due notabili a Rembowlja per trasmettere all'eminente studioso Rabbi Abba Wratzlawer la nomina a rabbino di quella città. Gli emissari trovarono l'erudito davanti alla sua misera casupola, intento a mungere una capra. Sconcertati da quello spettacolo, gli emissari stranieri, convinti che l'illustre talmudista vivesse onorato, rispettato e immerso negli agi dell'Occidente, riferirono immediatamente il loro messaggio, convinti di innalzare il povero ebreo, che stava lì a mungere una capra, verso il cielo di una fortuna inaspettata. Rabbi Abba ringraziò con deferenza i notabili della grande e pia comunità ebraica di Francoforte, ma rifiutò anche questa nomina aggiungendo: "Come vedete, io ho una capra. Non manco di nulla." Invano gli emissari, che erano abili negoziatori, fecero ricorso a tutta la loro forza di persuasione e, una volta a corto di argomenti, tentarono di conquistare alla loro causa la moglie di Rabbi Abba, donna molto ambiziosa. La decisione finale però spettava al rabbino: "Mia moglie ha ragione. Lei potrebbe certamente diventare la *rebbezin* di Francoforte. Potrebbe diventare anche la *rebbezin* di Varsavia o di Wilna. D'altra parte ho ragione anch'io: le mie conoscenze non sono sufficienti per diventare il rabbino di Francoforte."

Rabbi Abba visse fino alla morte nella miseria che aveva scelto liberamente, come *dajan* di Rembowlja. Sopravvisse a tutti e tre i rabbini di cui fu vicario, sopravvisse a tutti i suoi figli e alle due mogli, raggiungendo l'età di novantadue anni.

Dei parenti gli importava poco. Non aveva tempo per le questioni familiari. Noi bambini conoscevamo appena il nostro prozio. Il babbo andava a trovarlo tutte le volte che aveva da fare a Rembowlja e a volte ci portava con sé. Ma ai nostri occhi il vecchio appariva come una figura fiabesca sbucata da tempi remoti. Il prozio entrò realmente nel nostro universo infantile solo il giorno in cui a Rembowlja si sparse la voce che Juda Mohylewski mandava suo figlio al liceo.

Jossele era ormai in città da sei mesi, quando mio padre ricevette una lettera del prozio, contenente una domanda secca, direi quasi dettata dall'ira: se era vero quel che si raccontava a Rembowlja. Il babbo allora si mise in viaggio, voleva spiegargli tutto quanto di persona. Tornò a casa molto triste e abbattuto. Al termine del colloquio, Rabbi Abba aveva dichiarato interrotti tutti i rapporti con la nostra famiglia e proibito di fargli visita in futuro. Appellarsi alla decisione del rabbino di Czortków non era servito a niente. Anzi. Non aveva fatto che aumentare l'ira del prozio, che era sempre stato uno strenuo oppositore del chassidismo, un nemico di tutti i *wunderrabbi*.

Questo accadeva nell'inverno del 1888. Negli anni che seguirono nessuno di noi vide più Rabbi Abba da vicino. Certo, quando qualcuno della famiglia aveva da sbrigare qualcosa a Rembowlja, a volte capitava di vedere casualmente il vegliardo uscire dalla sua catapecchia o attraversare la strada a piccoli passettini diretto alla casa di preghiera, ma nessuno di noi ha mai osato mostrarsi, farsi riconoscere o salutarlo, neppure mio padre.

Fu solo per una coincidenza che, più o meno sette anni

dopo, Jossele e io lo incontrammo. Una coincidenza fatale, si può ben dire. Fatale per Rabbi Abba, fatale per tutta la nostra famiglia, fatale soprattutto per tuo padre, mio caro Alfred. Quell'anno frequentava già l'ottava classe, si stava preparando all'esame di maturità, aveva più o meno l'età che hai tu adesso. Accadde in inverno, a dicembre, prima di Chanukkà. E ora apri bene le orecchie, Jankel.»

Il vecchio Jankel, che aveva ascoltato con attenzione sdraiato sul divano, si raddrizzò di scatto e riempì nuovamente tutti e tre i bicchierini. Le cose ascoltate fino a quel momento gli erano note, forse non in ogni dettaglio, ma le sapeva già e pertanto, più che sul racconto di Welwel, aveva concentrato la propria attenzione sull'ascolto di Alfred. Che idea si starà facendo il ragazzo? Era saggio raccontargli di punto in bianco tutte quelle vecchie storie? Jankel era indeciso. Welwel saprà quello che fa. Un uomo accorto come lui non fa nulla senza averci riflettuto sopra. A sentirlo parlare, non si direbbe grave il suo collasso nervoso. Che racconti quanto gli pare e piace, in nome di Dio!

8

«Jossele aveva scritto prima di Chanukkà che stavolta le vacanze sarebbero durate tre settimane: una settimana per il Natale cattolico, una per il Natale ortodosso e i giorni nel mezzo la scuola restava chiusa per via del freddo tremendo che si faceva sentire già da metà dicembre. Fin dall'inizio del mese era caduta una straordinaria quantità di neve. Si annunciava un inverno particolarmente rigido perfino per una regione come la nostra, dove le forti gelate non sono una rarità.

Andavo incontro a mio fratello ogni volta che tornava a casa, aspettandolo alla stazione di Rembowlja. All'epoca era la stazione ferroviaria più vicina a Dobropolje. Oggi ce n'è una più vicina, a Daczków. Da Dobropolje a Rembowlja ci sono sei miglia polacche buone, e siccome non esisteva ancora la strada provinciale, partii il giorno prima per poter rientrare con i cavalli riposati.

Passai la notte da un mezzadro amico a un paio di chilometri da Rembowlja e l'indomani ero alla stazione molto prima dell'arrivo del treno. Non ero preoccupato per il ritorno, anche se per raggiungere la stazione avevamo impiegato il doppio del previsto. Avevamo un bravissimo cocchiere – era ancora il vecchio Matwej – e ottimi cavalli. Saremmo dovuti ripartire al più tardi alle due del pomeriggio, tenendo conto dell'inevitabile ritardo causato dai cumuli di neve.

Ma il treno arrivò soltanto alle cinque e, cosa ben più grave, preceduto da una brutta tempesta di neve. Il vecchio Matwej aveva già detto che forse sarebbe stato meglio pernottare di nuovo dal mezzadro a Woronka. Non era uno scherzo quella tempesta, e non se la sentiva di prendersi la responsabilità del viaggio.

Jossele non ebbe alcuna esitazione. Sebbene il treno avesse fatto sei ore di ritardo, era di ottimo umore quando scese dal vagone coperto di neve e incrostato di ghiaccio. Aveva portato con sé il violoncello – sarebbe stata una sorpresa per nostro padre – e non vedeva l'ora di salire sulla slitta, di iniziare le vacanze, di essere a casa. Di pernottare a Woronka non ne volle sapere.

Partimmo da Rembowlja alle cinque e mezzo. Quando superammo l'ultima casa della cittadina, che con le sue finestre illuminate sembrava un balocco fra due cumuli di neve, il vecchio Matwej, seduto a cassetta, si voltò lentamente e domandò, come se non fosse già stato deciso: "Allora, Josko, andiamo o non andiamo?"

"Certo che andiamo!" disse Jossele. "La bufera si è già calmata."

"Si è calmata per ora. Ma saremo a casa alle quattro

del mattino, se tutto va bene. Fino ad allora, Josko, hai voglia!"

"Alla peggio ci fermiamo a dormire da qualcuno in un villaggio strada facendo."

"Va bene. Comandi tu, Josko."

In effetti la tempesta si era placata. La neve però cadeva più fitta di prima. Non cadeva più a fiocchi, bensì in lunghe candide colonne che scendevano placide, con un lieve fruscio, ma così fitte che per prendere fiato durante la corsa dovevamo mettere la testa sotto le coperte di pelliccia. Ben presto la slitta fu sommersa dalla neve, ma noi, infagottati come eravamo, quel freddo pungente lo sentivamo poco o per nulla. Anche Matwej, tutto intabarrato nel suo cappotto bianco di montone e nel suo colbacco d'agnello, sembrava comodamente sistemato, a sinistra davanti a noi, sul sedile rialzato della slitta. Incitava lesto i cavalli e solo di tanto in tanto sospirava profondamente, lasciando intendere che, da parte sua, di quella placida nevicata non si fidava per niente.

E infatti aveva ragione. Appena un paio d'ore più tardi, la tempesta ricominciò. Ora non cadevano più placide e soffici colonne di neve. La neve ci investiva come polvere fine e dura, il vento disperdeva i cumuli in turbini e l'aria sembrava frantumarsi in un pulviscolo gelato. Il vento soffiava da tutti i lati allo stesso tempo, rendendo il gelo più tagliente e a sua volta il gelo trasformava le folate in lame di ghiaccio. Intere pareti di neve si abbattevano sui cavalli che, come gli esseri umani, erano costretti a fermarsi per riprendere fiato. In poco tempo la strada divenne irriconoscibile e non era neppure possibile orientarsi guardando il cielo.

Chi non ha mai vissuto una tale tempesta di neve non può neanche lontanamente immaginare i pericoli di un viaggio simile. Chi invece ha viaggiato in mezzo a una tormenta, sa bene quali paure incute e in quale ordine. All'inizio si ripongono tutte le speranze nel villaggio più vicino. Conoscendo la regione, si sa che sono tanti i villaggi lungo la strada. I cavalli non hanno più la forza di lottare contro il vento gelido. Le criniere sono congelate, bianche. Le loro gambe, ricoperte di pelo bianco e arruffato, sono fiacche e pesanti. Anche se mancasse poco al villaggio più vicino, ce la faranno i cavalli a raggiungerlo? Stanno affondando nella neve. A un certo punto il cocchiere si ferma. Salta giù e si allontana dalla slitta, sparendo nella notte. Cerca la strada. Riuscirà a ritrovare la slitta? Infine, l'ultima risorsa: abbandonare le redini e affidarsi all'istinto dei cavalli. Sapranno portarci in salvo. Una volta raggiunto il villaggio più vicino, si aspetta che faccia giorno nel tepore soffocante e tuttavia meraviglioso di una casa contadina. E quando al mattino è di nuovo tutto bianco e la bufera si è placata, non si riesce a credere che sia accaduto davvero: quel peregrinare notturno nella tormenta dev'essere stato per forza un sogno. Tanto sicuri appaiono ora la strada e il mondo.

Il nostro Matwej era già dell'idea di cedere l'iniziativa ai cavalli, ma Jossele continuava a ripetere che ormai dovevamo essere vicinissimi a questo o a quell'altro villaggio, e Matwej continuava a obbedirgli. Alla fine ecco lampeggiare una luce in quelle tenebre bianche. I cavalli drizzano le orecchie e partono di scatto, ma Matwej non riesce a guidarli nella direzione del bagliore intravisto e già perso.

"Stiamo andando nella direzione sbagliata, Matwej. La luce era laggiù, a sinistra."

"Macché luce, Josko. Era un fuoco di paglia. Qualcuno si è perso e ha acceso un falò, molto lontano da qui. Per paura dei lupi. I cavalli hanno il loro fiuto, laggiù non li ci porti."

"E allora lasciali andare, da qualche parte ci porteranno."

"Dio sia lodato!" esclama Matwej, facendosi il segno della croce.

Ormai anche Jossele ha perso tutta la sua baldanza. È talmente scoraggiato che non dice una parola quando la slitta, sbilanciata da un cumulo di neve, si ribalta e il suo violoncello va in pezzi sotto i pattini.

"Guarda! L'archetto è intatto!" grida poi, lieto di poterlo salvare.

Avanzando di buon trotto, dove la neve lo permette, i cavalli ricominciano a sudare. Il vapore caldo che emana dai loro fianchi, gli sbuffi e i gemiti degli animali affaticati – il calore di quella vita in mezzo alla bufera di neve – inducono ancora a sperare.

Il vento ora soffiava lateralmente, non più in faccia ai cavalli. Per un bel tratto procediamo sospinti dal vento.

"Matwej, stiamo tornando indietro? O il vento ha cambiato direzione?"

"Ah, se lo sapessi, ragazzi miei! Saprei anche dove stiamo andando. Ma chi può saperlo?"

Ci appisoliamo. Abbiamo tanta paura, così tanta che il freddo bagliore verdastro della stella solitaria che per un attimo fa capolino tra le nubi basse ricorda gli occhi di un lupo, ma ugualmente ci addormentiamo. Cadrà nel sonno anche Matwej?, penso con orrore un attimo prima che mi si chiudano le palpebre...

Come se lo avessi sognato, mi sveglio riscosso dal grido di Jossele: "Matwej! Quella non è Dobropolje?"

"Mai e poi mai, Josko. Non è un villaggio. Però è una città! Una piccola città. Come avremo fatto ad arrivare fin qui?"

9

Attorno a noi tutto era notte e neve, solo neve e notte. La nostra slitta era una montagna di neve e quando muovevamo le gambe sotto le coperte di pelliccia, le sentivamo pesanti come sacchi di farina. I cavalli procedevano adagio, con un vigoroso pestar di zoccoli, le orecchie puntate in avanti, ansimando fiduciosi: avevano trovato un insediamento umano.

Era proprio una piccola città. Se ne rese subito conto anche Jossele. Ma le case, immerse com'erano nella neve, sembravano minuscole e sparpagliate un po' a caso nella bianca oscurità, come le casupole di un villaggio. Era notte fonda. Sulla cittadina incombeva la stessa notte, la stessa neve e la stessa bufera che infieriva in aperta campagna. Ma eravamo vicini ad altri esseri umani. Eravamo salvi.

"Josko" disse Matwej, quando passammo davanti alla chiesa che affondava per metà nella neve, "sarei pronto a giurare che questa è la chiesa di... ma no, non è possibile."

"Cosa non è possibile?" mormorai risvegliandomi. Jossele si consultò con Matwej e propose di fermarci davanti alla prima casa, bussare alla finestra e domandare il nome del posto.

"In quella casa lassù, dove c'è ancora una finestra illuminata" decise Matwej, indicando con il manico della frusta un poggio dove una debole luce lampeggiava al di sopra della neve. Era una casa molto bassa o era la neve a essere arrivata così in alto? O forse quella luce proveniva da una lanterna posata sopra un cumulo di neve? Benché sprofondassero fino al ventre, i cavalli accettarono di lasciare la traccia del sentiero e lottando con tutte le loro forze si diressero verso il solitario barlume di luce. A pochi passi dalla casetta illuminata, si arrestarono e ripresero fiato scrollandosi la neve dai fianchi: come fossero giunti alla meta di quel peregrinare.

Il primo a scendere faticosamente dalla slitta fu mio fratello. Tentò di raggiungere la finestra ma, affondando fino alla cintola, riuscì ad arrivare a malapena al rombo di luce giallo-dorata che la finestra proiettava sulla neve. Era più facile raggiungere la porta della piccola abitazione, dove il passaggio scavato evidentemente il giorno prima fra due muri alti quanto un uomo non era ancora stato del tutto ricoperto dalla neve caduta durante la notte.

Jossele e io bussammo alla porta. Matwej era rimasto con i cavalli. Se ne stava ritto in piedi dietro la slitta, con i pugni pesantemente inguantati contro la fronte, come se questo potesse aiutarlo a vedere meglio attraverso il buio e la bufera, mentre cercava di individuare – lui stesso simile a un massiccio pupazzo di neve – le statue dei santi davanti alla chiesa.

10

Sentendo battere alla porta, qualcuno in casa doveva essersi avvicinato alla finestra, perché il rombo di luce gialla fu attraversato da un'ombra, che subito dopo svanì. Quando bussammo una seconda volta, ci furono dei passi e alcune parole gridate in jiddisch. La casetta immersa nella neve era dunque abitata da ebrei. Dopo qualche istante udimmo una porta che si apriva sull'andito e una voce di donna domandò chi fossimo e cosa volessimo a quell'ora di notte.

Jossele rispose in jiddisch, disse che ci eravamo persi nella bufera e che stavamo cercando riparo.

"Sono ebrei" gridò la donna verso il soggiorno. Il chiavistello fu aperto ed entrammo. Mentre cercavamo di scuotere bene le coperte di pelliccia per liberarle dalla neve e dalle incrostazioni di ghiaccio, la donna ritornò nel soggiorno lasciando aperta solo una fessura della porta, per non disperdere il prezioso calore della stanza oppure per prudenza. Attraverso quella fessura ci illuminò con una candela e domandò da dove venissimo con quel tempaccio. Jossele spiegò che eravamo partiti dalla stazione di Rembowlja, ma che poi ci eravamo persi e quindi chiedevamo il permesso di restare lì finché faceva giorno.

Come ebbe udito la parola Rembowlja, la donna richiuse sbattendo la porta del soggiorno e si affrettò a mettere il chiavistello. Eravamo di nuovo al buio. Matwej ci raggiunse con passo pesante, gridando: "Che ci crediate o no, questa è Rembowlja! Il diavolo stanotte ci ha menato in un cerchio stregato. Siamo di nuovo a Rembowlja, ragazzi. Potete crederci?"

Vista la situazione, in fondo importava poco dove fossimo finiti, eppure l'annuncio di Matwej ci spaventò. Non che fossimo superstiziosi come il cocchiere – il quale giurava che fosse il diavolo ad averci fatto girare in tondo –, ma siccome quando eravamo piccoli avevamo sentito carrettieri e domestiche raccontare innumerevoli storie di gente alle prese con tempeste di neve lungo sentieri incantati, fu solo davanti alla porta di quell'abitazione che ci rendemmo conto dei pericoli cui eravamo felicemente scampati.

Frattanto la donna doveva essersi consultata con un membro della famiglia più comprensivo. Riaprì la porta del soggiorno e ci fece entrare.

La stanza era spaziosa, pulita, e così calda! Il pavimento in argilla battuta era giallo come lo zafferano, mentre le pareti erano dipinte di verde. C'erano pochi mobili e moltissimi libri sugli scaffali che coprivano la parete orientale da metà altezza fino alle travi in legno scuro del soffitto. C'erano molti più libri che nella nostra "stanza del nonno", a cui quel soggiorno un po' somigliava, avendo più l'aspetto di una stanza di preghiera e di studio che non di un vero soggiorno. C'era pochissima luce. L'unico angolo veramente illuminato era quello dove si distingueva un banco di preghiera o di studio. Lì in piedi, con un braccio appoggiato sul banco, c'era un omettino molto vecchio che indossava un caffettano di seta a righe grigie e nere, cinto da un semplice nastro. Il vecchio era di statura così bassa che l'avremmo preso per un ragazzino di dodici o tredici anni, se al nostro ingresso non ci avesse guardati da quell'angolo illuminato che gli rischiarava il viso. Al suo fianco c'era la donna che era venuta ad aprirci, sua moglie, occhi scuri e devoti nel viso ossuto, avvolta in uno scialle di lana che evidentemente aveva messo in fretta sopra la camicia da notte. Sicuramente aveva superato la sessantina, ma accanto all'uomo sembrava una giovinetta.

"Buonasera" salutammo entrambi il vecchio. Jossele si fece avanti e disse: "Chiediamo scusa per il disturbo a quest'ora della notte. Ma fuori c'è una terribile tempesta, ci siamo persi nella neve e..."

"Sono figlioli ebrei" disse lui alla moglie. "Figlioli ebrei, con questo tempaccio! Porta del tè per i figlioli! E dell'acquavite per il cocchiere!"

L'esile vecchio parlava con una voce incredibilmente forte e profonda, come se fosse arrabbiato. Sulle prime pensammo che avesse litigato con la moglie a causa nostra e che la sua voce sembrasse irritata per questo, ma quando tornò a rivolgersi a noi, ci accorgemmo che era il suo modo abituale di parlare: "E da dove vengono questi figlioli ebrei, in una notte simile?"

Per via di quei suoi modi bruschi, Jossele lo riconobbe all'istante e arretrò rapidamente verso di me, la pelliccia pesante sempre sulle spalle, bisbigliando con labbra frementi: "Ma è Rabbi Abba, il nostro prozio! Ti supplico, non dire chi sei."

All'epoca avevo diciassette anni; dopo la rottura con nostro padre, non avevo più visto il prozio che di noi non voleva sapere più nulla, e infatti io quasi non lo conoscevo. Jossele però lo riconobbe.

Vedendo mio fratello che indietreggiava alla sua domanda, Rabbi Abba afferrò gli occhiali che giacevano sul libro lasciato aperto sul banco, e li inforcò con le sue mani tremolanti e grinzose, portandovi poi sopra una mano, come a farsi ombra dal sole, per guardare nella nostra direzione.

"Rabbi" si fece coraggio Jossele, "chiediamo ancora una volta scusa. Ci siamo persi. Non sapevamo più dove eravamo. La vostra casa era l'unica con una luce accesa e per questo abbiamo bussato alla vostra porta. Se avessimo saputo di essere a Rembowlja, avremmo cercato subito una locanda."

"Cosa sono queste scuse? Non sento parlare che di scuse! Come sarebbe a dire locanda? A chi serve una locanda? Figlioli ebrei in una notte come questa! Tè caldo per i figlioli! E acquavite per il contadino! Sbrigati Dinah, fai presto!"

Come ho già detto, Rabbi Abba aveva novantadue anni. Era sopravvissuto a tutti i suoi figli e a due mogli. La donna che lui chiamava Dinah era la sua terza moglie: Jossele non la conosceva, non l'aveva mai vista. Era una donna timida e tranquilla. Si affrettò a portare tazze e bicchieri da tè dalla cucina e ad apparecchiare il tavolo davanti alla panca della stufa, anche se le braci del samovar non erano ancora bene accese, come si vedeva attraverso la porta della cucina. Sembrava che il rabbino si sentisse più sicuro in presenza della moglie. Infatti, fu solo quando lei si affaccendò intorno al tavolo e rimase nella stanza che lui venne verso di noi e ci tese la mano per il saluto di pace ripetendo: "E da dove vengono questi figlioli ebrei?"

"Volevamo andare a Lapijówka" mentì Jossele, per non menzionare Dobropolje, e avvampò davanti al rabbino. "Ma nella bufera di neve abbiamo perso la strada. Siamo partiti dalla stazione nel tardo pomeriggio, abbiamo viaggiato a lungo e alla fine ci siamo ritrovati di nuovo qui."

"Sono già le due del mattino" si stupì Rabbi Abba, "capita spesso di girare in tondo così, con un tempo come questo, l'ho sentito dire. Che voglia dire qualcosa?" L'ultima frase era un pensiero mormorato fra sé.

Ora riuscivo a vederlo bene. Da vicino era ancora più piccolo di come ci era apparso accanto al suo banco di studio. Il viso, che a suo tempo sarà stato lungo e affilato, era ormai tenuto insieme solo dalle ossa della fronte, degli zigomi e del naso. La pelle era tutta un groviglio di solchi e rughe. Ma la carnagione non era giallastra come lo è di solito nelle persone molto anziane. La pelle era bianca. Quasi come la rada barbetta sul mento, dove tra i ciuffi mancanti occhieggiava la pelle nuda. Anche gli occhi sembravano bianchi, tranne le pupille che galleggiavano come frammenti di ghiaccio azzurro pallido tra le palpebre gonfie e arrossate. Bianche, esangui erano pure le sue mani, piccole mani di bambino fitte di rughe. Non fosse stato per le venuzze viola visibili sulla pelle del viso e delle mani e per le palpebre infiammate, si sarebbe detto che anche l'ultima goccia di sangue avesse abbandonato il fragile corpo infantile di quell'uomo. E tuttavia si muoveva con agilità, sebbene a scatti, irrequieto, e anche la sua andatura era simile a quella di un uccellino. Nulla dei passi trascinati tipici della vecchiaia. Sotto il caffettano liso portava soltanto dei mutandoni caldi, infilati in calzini bianchi, i piedi minuscoli calzavano un paio di ciabattine nere.

Matwej, che era andato a controllare i cavalli, rientrò dicendo: "Toglietevi le pellicce, ragazzi. Dobbiamo coprire i cavalli con tutto quello che abbiamo. Ci vorranno ancora tre ore buone di attesa."

"Che cosa dice il cocchiere?" volle sapere Rabbi Abba che – come molti dei nostri talmudisti, ancora oggi – non conosceva neanche una parola della lingua del paese. Jossele tradusse.

"Che stacchi i cavalli e li porti nella legnaia" ordinò il rabbino nel suo tono iroso, "io non ho una stalla, ma nella legnaia c'è paglia e posto sufficiente per due cavalli." Proseguì in un bisbiglio: "Uomini e bestie Egli salverà, è detto", come seguendo il filo di un pensiero di cui già sembrava aver scordato l'origine.

Dopo che mio fratello ebbe tolto la pelliccia, il rabbino

si mise a gridare, piantandogli addosso i suoi occhi bianchi che per l'orrore balzavano fuori neri dalle palpebre gonfie: "Ma tu sei un soldato! Sei un soldato!"

E simile a un uccello ferito arretrò saltellando: "Ecco il soldato, Dinah! È arrivato il soldato!"

Dalla cucina la moglie si precipitò nella stanza, il terrore negli occhi devoti, e stringendo fra le braccia il vecchio come un bambino spaventato, più che condurlo lo trasportò nell'angolo di fronte al banco di studio e lo mise a sedere sul letto che, quella notte, evidentemente non era ancora stato toccato.

"Non sono un soldato, Rabbi" disse Jossele. "Sono uno studente."

"Non è un soldato, Rebbe" ripeté la donna. Parlava con voce calma e rassicurante, come quando si spiega a un bambino che non c'è motivo di avere paura. "Non c'è nessun soldato qui. Il giovanotto è uno studente. È solo uno studente, Rebbe, non un soldato."

Il rabbino spinse dolcemente da parte la moglie e si levò in fretta lanciandoci un'occhiata. Poi raggiunse il banco con i suoi passetti saltellanti, si fermò a riflettere un istante, richiuse di scatto il grande libro aperto, si chinò e prese un altro grosso libro di dimensioni più piccole da uno scaffale basso del banco di studio. Prese a sfogliarlo con dita sfarfallanti, lisciando le pagine con entrambe le mani e posandoci sopra gli occhiali come contrappeso. Probabilmente stava sfogliando una parte del libro consultata di rado visto che, per quanto il volume apparisse vecchio e consumato, le pagine su cui aveva posato gli occhiali balzarono su ricoprendo le lenti.

"Se è solo uno studente, tanto meglio" lo udimmo ripetere un paio di volte. Poi si appoggiò con i gomiti sul banco e tornò a dire: "Tè per i figlioli e acquavite per il contadino!" Parlava di nuovo nel suo modo rabbioso, ma in tono sommesso e con voce tremula. La moglie, che per tutto il tempo lo aveva osservato con sguardo preoccupato, ritornò in cucina mentre con gli occhi ci faceva cenno di seguirla.

Le andai subito dietro, pensando che le servisse una mano. Jossele invece rimase nella stanza. La donna accostò piano la porta alle mie spalle e bisbigliò: "Quello lì è tuo fratello?"

"Sì, è mio fratello."

"Se è un soldato, dovete andarvene immediatamente. Il rabbino però non può vedere che ve ne andate. A un uomo devoto non è permesso mettere alla porta qualcuno in una notte come questa. Lo capisci?"

"Sì" dissi, "lo capisco. Ma mio fratello non è un soldato. È uno studente."

"Se è veramente uno studente, allora potete restare. Devi sapere..." La donna esitò. In piedi davanti al samovar, si portò la mano al viso, pensierosa, e poi mormorò in fretta: "Il Rabbi fa un sogno che si ripete da settimane. Sempre lo stesso. Sogna di essere in cammino verso un villaggio che conosce bene. È inverno e sta nevicando. Perde di vista il sentiero e vaga a lungo finché incontra un soldato. Dov'è il cammino?, gli domanda. Il soldato gli risponde: Qui non c'è nessun cammino per te. Il tuo cammino finisce qui. Che ne sai tu del mio cammino, soldato?, domanda il Rabbi. Non sono un soldato, dice il soldato. È vero, non sei un soldato, si sorprende il rabbino, in mano hai un archetto. Sei un musicante. Non sono un musicante, dice il musicante, e quel che ho in mano guardalo bene: ti sembra un archetto? Lo vedo, dice il rabbino, non è un archetto, è un coltello; allora vedi che sei un soldato. No, non sono un soldato, dice il soldato. Sono il tuo angelo della morte, Rabbi Abba ben Gedalje Hakohen, e qui c'è il coltello..."

La moglie del rabbino raccontava il sogno a bassa voce, bisbigliando, per timore che dalla stanza potessero sentirla, lo raccontava come se si trattasse di una delle fissazioni del vecchio. Se non fossi stato ancora scosso da quel viaggio nella tempesta e dunque più vulnerabile, non credo che un racconto del genere a quell'epoca mi avrebbe fatto più impressione del diavolo che, a sentire Matwej, ci aveva fatto girare in tondo durante la notte. Non vedevo l'ora di riferire quello strano sogno a Jossele, per spiegargli lo spavento del nostro prozio alla vista della sua uniforme – quella reazione lo aveva rattristato, per non dire avvilito –, ma non appena ebbe terminato il suo racconto, la moglie del rabbino mi porse una zuccheriera e anche la teiera con l'essenza di tè in infusione, quindi prese il samovar fumante e mi precedette nella stanza, dove trovammo il Rabbi presso il suo banco, sprofondato nella lettura. Sembrava essersi assopito in piedi, chino sul libro.

II

Il calore della stanza e il tè caldo e profumato che, dopo otto ore di viaggio a vuoto nel gelo e nella bufera, aveva davvero l'effetto di una bevanda rigenerante, non tardarono a dissipare in me ogni paura. La donna, Jossele e io sedevamo a tavola sulla panca della stufa e, in silenzio, mandavamo giù un bicchiere di tè dopo l'altro. Le fiammelle azzurrine del carbone di legna e il gorgoglio dell'acqua che bolliva e fumava nel samovar animavano la stanza. Matwej era seduto su uno sgabello davanti alla stufa, beveva il suo tè e con il suo coltello da tasca, fra un sorso e l'altro, tagliava sottili fette di pancetta. Dall'ampio petto gli uscì un lungo sospiro: "*Boshe! Boshe!*", mio Dio mio Dio, un sospiro di gratitudine per il calore della stanza, per il tè caldo e certo anche per la legnaia dove, quando gli ululati della tempesta cessavano per un attimo, si udivano scalpitare e sbuffare i cavalli, e a volte perfino triturare avidamente l'avena.

Il sospiro di Matwej ruppe il silenzio strappando il rabbino alla sua meditazione. Rimise subito gli occhiali tra le pagine per tenere il libro aperto e trotterellò lieve verso la tavola. Più si avvicinava e più la sua figura minuta mi sembrava lontana e impalpabile.

Quando prese posto su una sedia di fronte a noi, ci levammo in piedi e poi tornammo a sederci. Fra noi e lui sedeva sua moglie. Il rabbino si era messo di fianco rispetto al tavolo. Era evidente che stava adempiendo al comandamento dell'ospitalità con un appagamento solenne, per rispetto però più del comandamento che degli ospiti.

Jossele, che di Rabbi Abba sapeva più cose di me, sedeva a tavola in una postura riverente e nei suoi occhi brillava un sentimento di tenerezza e profondo rispetto per il nostro curioso ospite.

"Tu sei un figliolo ebreo" disse Rabbi Abba dopo aver bevuto un piccolo sorso di tè, senza degnare Jossele di uno sguardo, "e sei uno studente."

"Sì, Rabbi" confermò Jossele imbarazzato, "sono uno studente."

"Dunque stanotte non è stata la prima volta che ti sei allontanato dalla retta via" proseguì il suo ragionamento Rabbi Abba, senza far caso alla risposta.

"Non so di aver commesso colpe" prese coraggio Jossele.

"Non profani lo shabbat?"

"In vita mia, che io sappia, non ho mai profanato lo shabbat, Rabbi" disse Jossele con voce ferma.

"Ma alla tua scuola dovrai pur scrivere di shabbat."

"Nessuno è costretto a scrivere di shabbat, Rabbi. E io non l'ho mai fatto, come ho promesso a mio padre."

"Tuo padre è un ebreo devoto?"

"Sì, Rabbi, mio padre è un uomo devoto."

"E ti ricordi ancora di pregare almeno una volta di shabbat?" domandò il rabbino, senza più rabbia nella voce.

“Io prego ogni giorno, come ci è stato comandato, prego due volte al giorno a casa di Rabbi Simon Babad.”

“Conosci il Rav?” domandò Rabbi Abba, e per la prima volta guardò mio fratello.

“Sì, Rabbi, il Rav è un amico di mio padre.”

“Una testa fina! Una mente acuta, il giovane Rabbi Simon Babad...”

“Il Rav ha settant’anni, Rabbi” notò Jossele sorridendo.

“Ah sì?” si meravigliò Rabbi Abba. “Anche Rabbi Simon non è più un giovanotto?”

Rivolse lo sguardo alla moglie, poi prese a bere il tè a piccoli sorsi ravvicinati.

“Dunque, studente, sei rimasto un figliolo ebreo?” riprese a interrogare Jossele, come se fosse arrabbiato.

“Faccio ogni sforzo per esserlo, Rabbi” rispose Jossele con umiltà, e questo dovette piacere al rabbino, perché avvicinò la sedia al tavolo come per unirsi una seconda volta a noi. Esaminò mio fratello con occhi miti e gli domandò: “Che libro di studio hai lì nella tasca del mantello? E perché non te lo togli, il mantello? Fa caldo abbastanza, qui.”

Jossele obbedì e si tolse il mantello. Per fortuna feci in tempo a levargli l’archetto del violoncello, che evidentemente aveva tenuto tutto il tempo con sé, e a nasconderlo sotto il tavolo, sulle mie ginocchia, senza che Rabbi Abba mi vedesse. Al sogno del rabbino per un po’ non avevo più pensato.

“Non è un libro di studio, Rabbi” rispose Jossele, gettandolo sul mantello che aveva posato sulla panca della stufa.

“Bel modo hai di trattare i tuoi libri” lo rimproverò il rabbino, mentre lo sguardo amichevole si era già spento.

“Non è un libro di studio” ripeté Jossele, per giustificarsi. “È solo un libro da leggere.”

“Che cosa vuol dire, solo da leggere?” s’inviperì il rabbino. “Qual è la differenza? Un libro è un libro. Lo leggi e impari alcune cose; quando hai imparato alcune cose, lo rileggi, capisci che hai ancora molto da imparare e lo rileggi daccapo. Più e più volte. Qual è la differenza?"

"Rabbi" spiegò Jossele, "questo libro è solo un libro da leggere. Non è un libro di scuola. Non è un libro di studio. Siccome l'avevo appena iniziato, l'ho portato via per leggerlo in treno. Quando finisci un libro come questo, può darsi che un giorno lo rileggerai, ma solo se è un libro importante. Altrimenti l'avrai letto una volta sola, per passare il tempo."

"Per passare il tempo? Esistono libri per passare il tempo? E una volta che l'hai letto, il libro per passare il tempo, che fai, lo getti da qualche parte come un paio di ciabatte sfondate? Un libro? Che bel libro dev'essere! Che senso ha leggere libri del genere? E che scopo ha scrivere libri del genere? Per passare il tempo? Se c'è chi legge per passare il tempo, forse c'è anche chi scrive per passare il tempo? Cosa può esserci scritto in un libro del genere?"

"Per la verità, Rabbi" tentò di spiegare Jossele in tono serio, "questo è un libro importante. Un senso ce l'ha. Perfino un senso profondo."

"Lo credo, studente. Lo credo. Un qualche senso deve pur averlo. Altrimenti come si potrebbero riempire d'inchiostro tante pagine e poi farle stampare, rilegare, comprare, vendere. Ora, studente, spiegami il senso di questo libro. Ne sei capace?"

"Certo, Rabbi. Ci proverò. Sebbene il suo valore non risieda tanto nella domanda che pone, quanto nella descrizione dei personaggi, delle persone intorno a cui ruota la trama."

Con un gesto impaziente della mano, che liquidava descrizione, persone e trama, il rabbino tornò a insistere irritato: "Il senso! Devi spiegarmi il senso profondo del tuo libro, studente!"

"L'autore del libro pone la seguente domanda: se sia permesso sopprimere la vita priva di valore di un essere umano insignificante per un fine più elevato" spiegò Jossele, ed erano evidenti lo sforzo del suo pensiero e il disagio per la spiegazione che era riuscito a dare.

Il rabbino era schizzato in piedi. Appoggiando sul tavolo i pugni rugosi di bambino, investì Jossele: "L'autore? Pone la domanda? Che razza di domande pone? Una vita priva di valore? Un essere insignificante? È un malvagio, il tuo autore! Solo un malvagio può porre domande simili! Una vita priva di valore? Chi lo dice, a quel malvagio, quale vita umana ha valore e quale ne è priva? Come fa a saperlo, l'autore, quale essere è importante e quale insignificante? Chi pone simili domande è già un assassino!"

"Rabbi, l'autore non è un malvagio. Forse mi sono espresso male. Sicuramente la mia spiegazione non era giusta. È l'autore stesso ad aver deciso, per dimostrare..."

"Che cosa ha da dimostrare? Che cosa ha da decidere? È deciso da tempo. Una volta per tutte! È detto..."

"Certo, Rabbi, è detto: Non uccidere..."

"Tu mi suggerisci un buon pensiero..." disse Rabbi Abba a voce bassa, sorpreso. "Hai le idee chiare, studente. Hai ragione. In fondo basta il comandamento. Una volta per tutte. Non uccidere! Non potrebbe essere più chiaro. Deciso una volta per tutte. Ma l'uomo è superbo. I nostri saggi lo sapevano. E il superbo è malvagio. E il malvagio non smette mai di fare domande. I nostri saggi lo sapevano. E quindi hanno previsto la domanda che il tuo autore, il malvagio, ha travestito di superbia e l'hanno risolta chiaramente una volta per tutte. Ti leggerò subito una frase, studente, una frase sola, da un libro che non è un libro da leggere!"

"Che creatura irascibile questo vecchio ebreuccio!" esclamò a voce alta Matwej.

"Cosa dice il cocchiere?" volle sapere il rabbino. Frattanto aveva attraversato saltellando la stanza e si era fermato davanti ai lunghi scaffali di libri della parete orientale, il vecchio capo gettato all'indietro insieme alla rada barbetta canuta.

"Il cocchiere dice che la bufera si sta calmando" rispose Jossele.

"Acquavite per il cocchiere! Prima dell'alba nessuno mi esce di casa con un tempaccio del genere" mormorò il rabbino tra sé, passando in rassegna il dorso dei libri con l'indice alzato.

"Eccolo qua" disse, poi avvicinò una sedia e vi montò sopra.

La moglie, senza il minimo allarme negli occhi devoti, osservava il vecchio che si reggeva con un braccio allo scaffale, mentre con la destra estraeva dalla fila un grande in-folio rilegato in tela.

"Libro terzo, sezione quinta, *shure* decimottava..." cantilenò il rabbino a mezza voce, mentre apriva il grande libro alla maniera di coloro che studiano il Talmud. In quell'istante la moglie fece un cenno con gli occhi a mio fratello, che egli comprese al volo, perché si alzò immediatamente e andò dal rabbino per...»

Qui Welwel s'interruppe e fece un respiro profondo. Si passò la mano sulla fronte e sugli occhi, e mantenendo poi la mano a visiera sopra gli occhi, riprese il racconto, con voce mutata.

12

«Ancora oggi non so dire se la mia attenzione fosse completamente catturata dalla disputa fra il rabbino e mio fratello o se a un certo punto, vinto dalla stanchezza, mi fossi appisolato un momento a tavola. Ancora oggi per me rimane un mistero come l'archetto, che avevo tenuto tutto il tempo sulle ginocchia sotto il tavolo, fosse finito di nuovo nelle mani di Jossele. Me ne accorsi quando mio fratello era già con Rabbi Abba davanti agli scaffali. Con una mano agitava l'archetto in aria come una bacchetta, mentre con l'altra teneva fermo lo schienale della sedia su cui era montato il rabbino. Ascoltava attentamente la sommessa cantilena nasale che il rabbino seguitava a ripetere, sfogliando il grande tomo appoggiato contro il suo petto: "Libro terzo, sezione quinta, *shure* decimottava..."

Volevo gridare, mettere in guardia Jossele. Volevo saltar su e lanciarmi su di lui per strappargli l'archetto. Ma la paura mi serrava la gola e mi paralizzava le ginocchia. Era troppo tardi. Rabbi Abba aveva trovato il passo che cercava. Dopo aver accarezzato teneramente le righe del libro con le dita, guardò giù verso Jossele, il trionfo visibile nella fronte, nello sguardo e perfino nella barba.

"Ascolta bene, studente! Forse ti renderai conto anche tu che non abbiamo bisogno di scaldarci a focolari altrui, di cercare nelle pentole altrui. I nostri saggi..."

In quel momento, Rabbi Abba deve aver visto l'archetto nella mano di mio fratello. Lo sguardo trionfante si spense. Si spense lo sguardo negli occhi. Si spensero gli occhi. Si spense l'intero volto. Il libro gli cadde dalle mani. Le sue esili braccia brancicarono a vuoto come se volessero salvare il libro sacro dalla caduta. La sedia s'inclinò e, senza emettere alcun suono, Rabbi Abba precipitò appresso al libro che, con un fruscio di pagine, piombò al suolo spalancato...

13

Ancora oggi sarei pronto a giurarlo, finanche davanti a Dio: la caduta non recò alcun danno a Rabbi Abba. Mio fratello l'aveva afferrato al volo e, anche se poi era crollato sulle ginocchia, l'avevamo visto bene tutti, sua moglie,

Matwej e io: il rabbino non aveva che sfiorato il pavimento con i piedi. La testa e il busto, accolti fra le braccia di Jossele, non ebbero il minimo contatto con il suolo. Eppure non c'era più vita in lui quando Matwej lo prese dalle braccia di mio fratello e lo portò sul letto.

Il viso del rabbino era diventato ancora più piccolo. Si era affilato e aveva assunto il colore giallo marroncino di una pera rinsecchita. La fronte, ancora più raggrinzita, si era imperlata delle spesse gocce del sudore della morte. La donna lo sfregò via con l'aceto. Matwej si chinò sul giaciglio e posò l'orecchio sul cuore di Rabbi Abba. "Non c'è da meravigliarsi che sia morto così facilmente! Pesava come un uccellino! Era un miracolo che vivesse ancora. Era come un uccellino."

La donna se ne stava composta e silenziosa. Si mosse solo una volta, per trattenere Matwej che voleva toccare il morto. Poi, lentamente si portò una mano alla tempia e si strappò un ciuffo di capelli grigi. Il suo viso era immobile, pietrificato, sembrava stesse eseguendo un rituale.

"Sarà il Rav a chiudergli gli occhi" disse piano, mentre stendeva la coperta sopra il defunto. Rabbi Abba occupava così poco posto che in quel letto sembrava esserci un bambino nascosto sotto la coperta.»

14

A questo punto intervenne brevemente Jankel che, lanciando un'occhiata ad Alfred, sfoderò una voce roca e innaturalmente profonda per via della notte insonne: «Rabbi Abba aveva novantadue anni. È morto perché era giunto alla fine dei suoi giorni. Non è stato giusto gravare un ragazzo di un tale senso di colpa.»

«Nessuno avrebbe avuto il cuore di accusare Jossele. Fu lui che iniziò a sentirsi in colpa.»

«Chi gli ha raccontato del sogno di Rabbi Abba?»

«Restammo a vegliare il morto fino all'alba. Sedemmo in silenzio finché le finestre velate di ghiaccio divennero azzurre. Neanche Matwej osò aprire bocca. Solo verso mattina, quando Matwej andò a vedere come stavano i cavalli, la donna portò Jossele con sé in cucina e gli raccontò il sogno così come aveva fatto con me, certo senza cattive intenzioni. Semplicemente raccomandò a Jossele di recitare il *kaddish* per Rabbi Abba. Quando rientrò nella stanza insieme alla donna, Alfred, quel mattino mio fratello aveva esattamente gli occhi che avevi tu ieri, quando gli uscieri ti hanno portato fuori dalla sala. Da quello sguardo, che ha incrociato il mio prima ancora che riuscissi a vedere bene i tuoi occhi, io ti ho riconosciuto. E ho anche capito subito che non potevi essere colpevole.»

«Siete poi riusciti a scoprire qual era la frase che Rabbi Abba voleva leggere a mio padre?» domandò Alfred, e anche la sua voce era più bassa del solito, come se volesse imitare Jankel, e per un attimo ne restò turbato.

«Sì. Proprio tuo padre, prima che ce ne andassimo, raccolse il libro da terra e cercò il passo. La frase dice: *Chi uccide una creatura vivente, uccide il mondo intero. Poiché il mondo non esiste per sé. Il mondo esiste solo in nome delle creature. Pertanto, chiunque uccide una creatura, anche la più piccola, uccide il mondo intero.*»

«Rabbi Abba aveva ragione, zio» disse Alfred. «Non abbiamo bisogno di scaldarci a focolari altrui, di piluccare dalle pentole altrui, se nei libri dei nostri saggi sono scritte frasi come queste. Rabbi Abba aveva ragione.» Alfred aveva di nuovo quel tono per cui il Dr Frankl lo aveva ripreso ironicamente il giorno prima, nella sala del congresso.

«Me ne resi conto proprio allora. E ho agito di conseguenza, abbandonando per sempre i miei studi clandestini. Tuo padre, purtroppo, non comprendeva la mia decisione. Parlava di superstizione, di oscurantismo. Purtroppo lui non mi ha capito.»

«Devi sapere che tuo zio era un clericale fin da bambino» intervenne Jankel.

«Da allora non fu più lo stesso tra noi: iniziammo ad allontanarci. In seguito si aggiunse anche dell'altro... ma non è il caso di parlarne oggi. È una storia dove tutti abbiamo commesso degli errori: mio padre, tuo padre, e anch'io. Ognuno a modo suo. L'errore di mio padre è stata la sua spietata severità. Quello di tuo padre l'impazienza. È sempre stato un impaziente, tuo padre. Il mio, la prudenza. Sono sempre stato molto prudente, fin da bambino. Non è detto che sia sempre un bene. Quando un giovane è troppo prudente, a volte può essere un male, come quando un vecchio è imprudente.»

«È proprio così, Welwel» lo rafforzò il vecchio Jankel, e Welwel gli rivolse un amichevole sorriso trasognato. «Quindi non fare l'imprudente ora! Basta così. Ricorda che sei ancora malato. E a momenti sarà qui il dottore.»

«Che venga pure. Io non ho più bisogno di lui. Adesso però devo alzarmi. È quasi mezzogiorno e devo ancora recitare la preghiera del mattino. Mi devi scusare, Alfred. Intanto potrai intrattenerti con il nostro Jankel in camera sua. Hai ancora tempo?»

«Sì, zio. Resto volentieri, se non disturbo. Devi continuare il tuo racconto. So così poco di mio padre» lo pregò Alfred.

«Ho ancora molto da raccontarti, mio caro. E abbiamo cose importanti da discutere. Anch'io ieri ho imparato una lezione. Ma ora fatemi giusto terminare la storia di...»

«Come? Non era finita la storia di Rabbi Abba?» obiettò Jankel.

«Non proprio, Jankel, visto che mi hai interrotto. Lo scompiglio che si abbatté sulla nostra famiglia quella notte sarebbe germogliato solo in seguito. Ma di questo non voglio parlare adesso. Ci tengo invece a dire che, prima di lasciare la casa del defunto, tuo padre non lesse soltanto il passo che stava cercando Rabbi Abba. L'avevo detto che, trasalendo alla vista dell'uniforme di mio fratello, Rabbi Abba aveva chiuso di colpo il volume che teneva sul banco per immergersi subito nella lettura di un altro libro? Sì? Ebbene, tuo padre volle dare un'occhiata anche a quel testo. Era il libro di preghiere. Ed era aperto alla pagina della preghiera per i morenti, quella per l'ora estrema. Aveva recitato la preghiera per i morenti prima di unirsi a noi al tavolo del tè. E ora che mi dici, Jankel?»

«Te l'ho già detto, Welwel: sei un clericale, lo eri fin da bambino» sentenziò Jankel con una voce che era roca e profonda perché non aveva dormito.

15

Ormai la camera si era fatta luminosa. Aveva smesso di piovere. Il sole dardeggiava sulle finestre bagnate, tramutando grigie gocce di pioggia in scintillanti perle di cristallo. La quiete scintillante della stanza fu presto spezzata dai colpi che qualcuno batteva alla porta dove, come se spuntasse un secondo sole, fece il suo ingresso il dottore, preceduto dalla cameriera. Raggiante e rasato di fresco, indossava una giacca bruno porpora, pantaloni color crema e scarpe gialle che s'intonavano con la cravatta, nella mano sinistra teneva la solida borsa di cuoio.

«A quanto pare, in questa stanza si è sbevacchiato un po'» constatò dopo un cenno di saluto generale, adocchiando i bicchierini vuoti. Già al polso del paziente, esclamò tutto allegro: «Ah, ma va benissimo. Dormito bene? Sì? Salvo imprevisti, domani sarà in forma smagliante. Riposo e nient'altro.»

Il breve responso bastò a Jankel, che si ritirò nella sua camera con Alfred.

Rimasto solo con il paziente, il simpatico dottore si accomodò accanto al letto, fece qualche domanda, procedette a una rapida auscultazione, trovò l'attività cardiaca più che soddisfacente e, a poco a poco, passò alle chiacchiere amene.

Raccontò a Welwel Dobropoljer che era appena stato in piscina, al Dianabad. Era magnifico poter nuotare un paio d'ore al mattino! Poi tirò fuori una serie di nuove storielle ebraiche.

Non erano nuove. E non erano neanche divertenti. E di ebraico avevano solo quella sorta di umorismo autoinfangante che, per definire ebraica una storiella, si accontenta di appioppare ai personaggi nomi come Mojsche Bottondibraga, Schlojme Sentordacqua e Isidor Gratadicloaca.

Welwel dovette sorbirsi una mezza dozzina di simili storielle. La gioia infantile che quell'uomo raggiante, bene in carne, inebriato dalla sua pratica natatoria, provava raccontandole, lo inteneriva al punto da non potersi mostrare scortese. Ascoltò indulgente, con un sorriso forzato, e i suoi occhi un po' alla volta assunsero quell'espressione che hanno sempre gli ebrei orientali, anche quando non gli si raccontano storielle ebraiche, un'espressione di pazienza e tristezza che, insieme, non vogliono dire molto più che: Forse è così che dev'essere...

Libro quinto

I

La camera di Jankel somigliava a quella di Welwel, come si somigliano tutte le camere d'albergo. Sembrava la sua gemella. Anche qui c'erano un letto d'ottone, un comodino con il telefono, un divano e un armadio con un'anta a specchio. Anche qui c'erano un angolo rivestito di piastrelle verdi con il portacatino nel mezzo, e una finestra con le tende avvolte inestricabilmente l'una nell'altra. Anche qui il parquet era ornato da un moderno tappeto rosso che sembrava fatto di vimini e, anche sotto i passi più discreti, protestava con uno scricchiolio infastidito. Anche qui il mobilio comprendeva un tavolino che, per quanto striminzito, era fuori posto ovunque e tre sedie che erano sempre d'intralcio. Jankel stava bene, Welwel era malato. Una persona malata influisce sull'ambiente che la circonda – anche se si tratta di una camera d'albergo – molto più di una persona sana; forse perché la salute ha un volto solo, mentre ogni malattia fa le sue smorfie.

Tuttavia la camera di Welwel era solo una stanza d'albergo, mentre quella di Jankel era già la stanza di Jankel Christjampoler. La vecchia valigetta da recluta, il cappello nero di paglia, gli stivali da cavallerizzo, la cui lucentezza avrebbe resistito perfino ai colpi di spazzola di un lustrascarpe d'albergo, i sacchetti portatabacco all'antica (ne possedeva tre di differente grandezza, colore e contenuto), i bocchini in legno di visciolo, alcuni molto corti, altri molto lunghi, allineati in bell'ordine sul comodino (Jankel aveva subito spostato il telefono sotto il letto), ma soprattutto la personalità dell'ospite conferiva alla stanza un tocco rustico e soldatesco al cui fascino Alfred non poté sottrarsi. La simpatia che aveva nutrito per l'anziano amministratore fin dal loro primo breve incontro, privo di ogni sentimentalismo, giù nella hall dell'albergo si trasformò in un cordiale affetto.

«Sai arrotolare una sigaretta?» gli chiese Jankel non appena seduti.

«No, signor Christjampoler, purtroppo no» rispose Alfred, guardando con interesse Jankel che, dopo aver esaminato il contenuto dei tre sacchetti portatabacco, scelse il più piccolo, un tempo probabilmente di cuoio rosso.

«Per il nipote di Juda Mohylewski non sono il "signor Christjampoler": sono semplicemente il vecchio Jankel. O devo forse chiamarti "signor Mohylewski"?»

«Non sarebbe carino da parte sua, signor Jankel.»

«Dunque non sai arrotolare una sigaretta?»

«No, signor Jankel!»

«Devi imparare. Altrimenti diventerai lo zimbello dei nostri contadini. Sai cavalcare?»

«No, signor Jankel.»

«Sai andare in carrozza? Condurre un carro?»

«No, signor Jankel.»

«Ma che cosa hai studiato?»

Alfred rifletté un attimo: «Mi sono interessato alle lingue. Ho imparato alcune lingue.»

«Quali?»

«L'inglese» rispose Alfred esitante.

«Aha.»

«Il francese...»

«Pure.»
«E l'italiano. Ma questa non la so bene.»
«Fa niente. Da noi non avrai occasioni di parlare italiano. Ma neanche inglese o francese. Conosci l'ucraino?»
«No, signor Jankel.»
«Il polacco?»
«No, signor Jankel.»
«Ma continui a studiare, vero?»
«Sì. Studio architettura.»
«E che cosa sarebbe? Con me devi parlare semplice. Non sono così istruito come tuo zio.»
«Imparo a costruire case.»
«Ah, costruire case, questo sì che serve. Sapresti già costruire una piccola casa?»
«Non ancora, sto imparando.»
«Per quanto ne hai ancora?»
«Tre, quattro anni.»
«Sono troppi. Noi non possiamo aspettare così a lungo. Senti, caro Alfred: bisogna che parliamo di cose importanti...»
Jankel si accese la sigaretta corta e ben confezionata, rifletté per qualche istante e poi riprese il discorso: «Tuo zio è venuto qui per il congresso degli ebrei devoti. Io non sono un ebreo devoto e non sono venuto qui per il congresso. Tuo zio pensa che bisognerebbe ricondurre gli ebrei alla Torà, alla fede.»
«E ha ragione, lo zio!»
Jankel lo scrutò stupito. «Sta bene. Forse ha ragione. Tanto meglio. In questo andrete d'accordo, tu e lo zio. Sappi però che io... io non sono venuto per il congresso. Sono venuto per te...»
«Per me?»
«Sì, per te. Sono venuto per chiederti: vuoi venire con noi a Dobropolje, oppure no?»
Era intenzionato a battere il ferro finché era caldo. Che

fosse caldo, lo vedeva da sé. Welwel aveva fatto bene la sua parte. Molto bene. Ma se continua così, pensò Jankel, se continua a rivangare tutte le vecchie storie, finirà per confondere il ragazzo e lasciare tutto al caso. Alfred deve decidere subito. Prima che la madre possa mettersi di mezzo. Se è vero che ha il temperamento del padre – come sembrerebbe –, deciderà in fretta e non sarà necessario perdere tempo a trattare con le donne.

«Le sono davvero grato, signor Jankel! Vengo molto volentieri a...»

«A Dobropolje! Il villaggio si chiama Dobropolje che vuol dire "buon campo"» lo istruì Jankel.

«Dobropolje» ripeté Alfred assorto, «... buon campo, proprio un bel nome per un villaggio...»

«E se lo merita. Ha le terre migliori. Ed è anche un bel villaggio. Ti piacerà. È la tua patria, anche se non l'hai mai vista. Tuo zio non è più giovane, non ha né moglie né figli, li ha sepolti qui...»

«Lo zio ha vissuto qui? Non lo sapevo.»

«Ha vissuto qui da profugo, durante la guerra.»

«Anche lei, signor Jankel?»

«Dio me ne liberi! Ci mancherebbe!»

«Anche lo zio sarà d'accordo se vengo da voi per un periodo?»

«Tuo zio è un ebreo molto devoto. Sai cosa vuol dire?»

«Non credo. Ma per impararlo ci vengo volentieri. Infatti, anch'io vorrei diventare un ebreo devoto...»

«Ci mancava solo questa!» sfuggì a Jankel. Ma si ricompose velocemente e disse calmo: «Fai come vuoi, questo riguarda voi due, tu e tuo zio. A me interessa fare di te un buon agricoltore. I tuoi avi erano agricoltori, bravi agricoltori. Anche tu dovrai diventare un bravo agricoltore...»

«Dovrò restare a Dobropolje per sempre?»

«Chi ha detto per sempre?» temporeggiò Jankel. «Non

possiamo deciderlo né tu né io. Hai solo diciannove anni, hai una madre e di certo anche un tutore, e con tuo zio niente è mai semplice!»

«Con il tutore deve parlarci lei, signor Jankel. Non ci saranno problemi.»

«Perché io?»

«Perché penso che vi intenderete.»

«Come desideri, gli parlerò io. E con tua madre?»

«Se il mio tutore non creerà problemi, anche lei sarà d'accordo.»

«Affare fatto, dunque! Verrai con noi!»

«Ma ancora non so se verrò per sempre, signor Jankel.»

«Nessuno te lo chiede. Quando potresti partire?»

«In qualunque momento. Meglio prima che poi. Ho ancora due mesi di vacanza...»

«Allora partiremo domani!» decise Jankel.

«Tanto meglio! Prima si parte e meno ci si agita... A mia madre, però, diremo che vengo solo per le vacanze.»

«Sta bene.»

«Diremo che vengo solo in visita.»

«Mi metterò d'accordo con il tuo tutore. Allora, affare fatto?»

«Affare fatto!»

Jankel si astenne dal mostrare il minimo segno di gioia per il successo di quel colloquio. Aveva invitato a Dobropolje un ragazzo, un membro della famiglia, e quello non aveva rifiutato l'invito. Era una gran bella cosa. Ora li attendevano alcune settimane molto piacevoli – ma poi? L'importante ora era non agitarsi! Smaniava dalla voglia di aprire la porta, di andare da Welwel e annunciargli l'esito felice del piano che lui, Jankel e nessun altro, aveva architettato e messo in opera nel corso degli anni. Ovvero per dirgli: Tu, Welwel, e il tuo Domanski, il tuo futuro amministratore, comprate pure tutti i nuovi cavalli che volete per Dobropolje; io, vedi, io con un solo viaggio a Vienna mi compro un nuovo padrone! Che supplizio non potergli dare subito la notizia! Già da qualche istante, infatti, Jankel sentiva il salmodiare di Welwel nella camera accanto. Un canto dapprima sommesso, intimidito dall'ambiente estraneo, ma poi, a mano a mano che la voce sprofondava nella preghiera, sempre più libero, più trionfale: no, nemmeno Jankel con la sua intraprendenza avrebbe potuto interrompere la preghiera del mattino di Welwel per delle cose profane.

Anche Alfred sentiva la cantilena dell'orante e la melodia gli sembrava molto bella. Sarebbe rimasto volentieri più a lungo da Jankel per ascoltare ancora quel canto, ma ormai era quasi mezzogiorno e aveva appuntamento con la madre e il Dr Frankl, l'altro zio, che aveva invitato lui e Fritzi al ristorante per festeggiare la riconciliazione con il pupillo. Alfred doveva raccontare al più presto e in anteprima allo zio Stefan della sua visita in albergo, se voleva convincere la madre a incontrare, il giorno stesso, la "tribù di Dobropolje".

«Signor Jankel» disse Alfred quasi sussurrando per non disturbare il canto, «è ora che vada. Non posso interrompere lo zio, vero?»

«No, caro Alfred, questo non si può» rispose Jankel.

«Per quanto pregherà ancora?»

«Non si può mai sapere con tuo zio. Oggi potrebbe durare ancora a lungo...»

«Oggi è un giorno speciale?»

«Forse...» replicò Jankel con un sorriso malizioso. «Certo che oggi è un giorno speciale. Ieri tuo zio era malato, oggi sta di nuovo bene, quindi pregherà più a lungo del solito. Con lui la preghiera del mattino dura sempre molto, ti ci dovrai abituare.»

«È stato tanto male, lo zio?»

«"Collasso nervoso" ha detto il dottore. Ma oggi sta bene, come hai visto. I nervi della gente di Dobropolje non collassano così facilmente. Forse ha avuto solo uno svenimento.»

«Allora oggi dovrebbe restare ancora a letto.»

«E lo farà. In ogni caso domani partiamo. A casa si ristabilirà più in fretta.»

«E il congresso? Lo zio non è venuto per il congresso?»

«Domani prenderemo il treno di mezzogiorno, ci penso io. Quello che tuo zio si aspettava da questo congresso l'ha già ottenuto.»

«Posso tornare nel pomeriggio?»

«Certo, caro Alfred, certo. Tuo zio ne sarà felice.»

«Forse dovrebbe venire anche mia madre. Probabilmente lo conosce appena.»

«No. Non lo conosce per niente. Che venga pure. Tuo zio ne sarà felice. Oggi si può ottenere molto da lui. Ma bisogna fare in fretta. Capirai tutto, una volta a casa, a Dobropolje. Avrò molte cose da raccontarti: c'è voluto così tanto per convincere tuo zio. Ora però non c'è tempo da perdere. Non pensare che sia sempre come oggi. Che venga pure, tua madre! Anzi, sarà un bene se viene oggi.»

«Speriamo che non crei problemi. Se fossimo qui alle quattro?»

«Preferirei alle tre e mezzo. Sai, volevo chiederti di portarmi un po' in giro per Vienna. Partendo domani, non resta molto tempo. Ti andrebbe?»

«Come no, signor Jankel, con piacere!»

«Non ho intenzione di camminare a lungo. Non dormo bene qui in albergo, in più la grande città mi ha molto stancato. Ma voglio vedere la reggia imperiale a Schönbrunn, la Menagerie, la Grande Ruota e... quella strada, ho già dimenticato come si chiama: una strada lunga, molto lunga... Ieri sera, venendo da te, mi hanno detto il nome, ma l'ho completamente dimenticato.»

«Si riferisce alla Mariahilferstraße?»

«Sì! Proprio quella!»

«Bene, allora alle tre e mezzo! Ancora grazie mille per tutto quanto.»

«Partiamo domani! Non dimenticarlo. È la cosa più importante.»

2

Scendendo le scale Alfred, che era stato vivace durante il colloquio con Jankel, fu colpito da un improvviso senso di vertigine che a stento riuscì a controllare. Un calore intorno al cuore, le guance in fiamme. Era già in strada? Sentiva il sangue pulsare sotto l'occhio tumefatto, come se l'occhio avesse un proprio cuore palpitante. Scavalcando prudentemente gli abbaglianti giochi di luce delle pozzanghere lasciate dall'ultima pioggia, attraversò lo Schwedenbrücke inondato dal sole in uno stato di lieve stordimento, come in sogno. Il fatto di essersi impegnato con quella stretta di mano al vecchio a un viaggio che avvertiva già come una fuga non lo sconvolgeva più di tanto. Anzi. L'accordo concluso così precipitosamente con Jankel era ancora l'appiglio più sicuro in quel vortice di sensazioni, in quel groviglio di impressioni. Negli ultimi mesi aveva spesso fantasticato un viaggio come quello che ora stava per fare. Aveva perfino vagheggiato l'idea di una visita alla famiglia paterna che lui non conosceva. Di fatto, con il suo amico di Berlino aveva perfino già progettato tale viaggio. La realtà che gli si prospettava non sembrava meno avventurosa dei suoi progetti, e la sua fantasia, eccitata com'era, poteva includere giocosamente tra i sogni, a mo' di avventura estiva, anche la decisione appena presa e quella stretta di mano con il vecchio Jankel. L'avventura... l'avventura non era forse un tratto della sua famiglia? E comunque: aveva accettato un invito per un soggiorno estivo. Tutto qui. L'invito gli era stato fatto sicuramente a nome del nuovo zio... e dopo la storia di Rabbi Abba, come si poteva rifiutare un invito a Dobropolje? Ma perché lo zio aveva voluto raccontare subito quella storia! Era un'esortazione? Un avvertimento?

La storia di Rabbi Abba lo aveva esaltato. Sulle prime aveva toccato solo la sua immaginazione, il suo spirito. Dalle letture recenti, da tutto quello che aveva indistintamente divorato – e con quale avidità! – Alfred si era formato un'idea romantica del mondo ebraico orientale, impregnato di religione e indomitamente radicato in sé: un'idea che ben si sposava con la storia di Rabbi Abba. Era così una volta? Sarà così un'altra volta, deve essere così. In un mondo ebraico migliore, arricchito da tutte le esperienze fatte sbagliando. E un cammino lungo il quale lui, che di ebraismo sapeva così poco, poteva incontrare lo zio di Dobropolje, doveva essere il cammino giusto...

Aveva capito lo zio e la storia di Rabbi Abba. E questo zio sconosciuto aveva capito Alfred. Ma lui, Alfred, aveva capito il fratello di suo padre? Il sangue gli montò in viso per la vergogna: la storia di Rabbi Abba non era forse anche la storia di suo padre? Forse doveva tornare immediatamente sui suoi passi, presentarsi allo zio in preghiera e dirgli: «Ho capito che cosa intendevi, zio! La storia di Rabbi Abba è la storia di mio padre e tu sei il fratello di mio padre!»

Del padre, nel migliore dei casi, una madre può trasmettere ai figli il corpo. Ma è possibile – com'è possibile? – che mia madre sapesse così poco di mio padre? Il poco che sapevo io fino a oggi? Ovvero, niente. Era un bel tipo, un uomo di successo ed è caduto in guerra. Durante uno dei primi combattimenti al confine russo. In base alla data di morte, Alfred calcolò che era stato ucciso il quarto giorno dall'inizio delle ostilità.

Che cosa avrà pensato lo zio di me che, sentendo la storia di mio padre, non ho saputo dimostrare altro se non curiosità, ovvero quella domanda sul passo del libro? Mio padre è morto vicino a Zloczów. Là è stato sepolto. Mamma ci è andata un anno dopo l'accordo di pace e ha fotografato la tomba. È lontana Zloczów da Dobropolje? Se fossi il vero figlio di mio padre, sarebbe stata questa la prima domanda da porre allo zio! Io però non sono un vero figlio. Perché non ho avuto un padre. Quando si ha un padre... il padre dà al figlio la sua anima, il suo spirito, la sua fede. Dev'essere questo il vero senso della paternità. Mio padre è morto quattordici anni fa, come sarei potuto diventare suo figlio? Da una fotografia? Da due fotografie? Dall'album che mia madre conserva come una reliquia? Altro che reliquia! Quelle foto erano prove! Rappresentano ciò che mia madre ha sempre voluto dimostrare: che il suo Pepperl era un gran bell'uomo! Mio padre però non si chiamava Pepperl! Lo zio lo chiama Jossele. Matwej, il cocchiere, lo chiamava Josko. Come aveva fatto Jossele a diventare così in fretta Pepperl?

Ora Alfred vedeva il padre. Lo vedeva: da bambino, da ragazzino, nella sua nuova uniforme del liceo, e vedeva anche il nonno, il severo Juda Mohylewski che afferra il figlio per la testa e lo fa girare come una trottola spingendolo fuori dalla porta, e il ragazzino inciampa sulla soglia e cade, nella sua nuova uniforme. Non aveva raccontato così lo zio? Ora Alfred vedeva il padre in carne e ossa! E camminando per la strada, in mezzo alla calca, i suoi occhi diventarono umidi.

Mio padre era un uomo in fuga. Fuggiva. Com'era scappato al liceo, sedotto dal figlio del falegname Katz, così poi aveva continuato a fuggire, sempre più lontano verso ovest. Era stato accusato? Si difese fuggendo. Lontano dalle tenebre, lontano dalla superstizione! Fuggì là dove allora c'era la luce: verso occidente. Le tenebre dell'Occidente, le tenebre della falsa scienza, il Medioevo costellato di stazioni radio: questo come avrebbe potuto prevederlo? Mio padre era un impaziente. Com'era fuggito verso la luce, verso la vita, così poi era fuggito anche verso la morte. Il quarto giorno della grande guerra era già morto. Di fatto mio padre non ha vissuto la guerra... Che cosa poteva sapere della guerra al quarto giorno dall'inizio del conflitto mondiale? Forse ha vissuto tanto poco la vita quanto la morte? Verso la quale era fuggito, nei dintorni di Zloczów?

Alfred vuole essere il figlio degno di suo padre. Anche lui sarà un uomo in fuga, un impaziente. Seguirà a ritroso il cammino del padre, passo dopo passo, per scoprirlo. Vedrà le terre e i boschi, i prati e i campi di Dobropolje, i fienili e le stalle e lo stagno, dove i gemelli Tolek e Tadek o come diavolo si chiamavano... Siederà nella "stanza del nonno", dove ci sono quasi tanti libri come a casa di Rabbi Abba. Imparerà da quei libri. Pregherà sulla tomba di Rabbi Abba. Vivrà in un mondo dove esiste ancora la vera saggezza. Uomini sapienti, devoti, come Rabbi Abba, il *dajan* di Rembowlja, il suo pro-prozio. Chi potrà impedirgli di cercare rifugio in quel mondo? L'altro zio? Lo zio Stefan? Andrà subito da lui e gli racconterà tutto. Zio Stefan, gli dirà, ora so dov'è mio padre e voglio seguire il cammino che mi porterà da lui. Al ragazzo che era quando era figlio di suo padre e fratello di suo fratello: non Pepperl ma Jossele!

Fu così che l'anima dell'uomo Josef, chiamato Mohylewski di Dobropolje, quattordici anni dopo la sua morte, resuscitò nell'anima di suo figlio Alfred.

3

Jankel era soddisfatto dell'esito di quel colloquio improvvisato con Alfred ma non del modo in cui si era svolto. Gli sembrava, infatti, che il ragazzo avesse preso la sua decisione con una certa superficialità, leggerezza. Si vede che è cresciuto senza padre, pensò. È troppo malleabile, troppo accomodante. Chissà cosa non gli si potrebbe dare a bere! Quando a educare sono le femmine! Ma si può ancora rimediare. L'importante adesso è convincere Welwel a partire già domani. Visto che il ragazzo è così malleabile. Chissà se avranno qualcosa da obiettare il tutore e la madre! Con il tutore ci parlerà lui, Jankel. Con la madre se la vedrà Welwel. Prima, però, bisognava pensare al compito più arduo: convincere Welwel a partire subito, domani stesso, ma come?

Jankel si tolse le scarpe, infilò gli stivali e, camminando avanti e indietro per la camera, rifletté sul da farsi. Dunque, pensò, nel pomeriggio visita alla città con Alfred. Nel frattempo Welwel potrà andare un'ultima volta al congresso. Difficilmente ci rinuncerebbe. Domani mattina, visita al cimitero. E con questo il più era fatto. A mezzogiorno ci sarebbe un buon treno. Ma... dopodomani è già venerdì! Altro intoppo: Welwel accetterà di percorrere la distanza da Daczków a Dobropolje in sette ore, al galoppo, il venerdì pomeriggio, lanciati a briglia sciolta nello shabbat con il rischio di non farcela? Quando mai Welwel aveva preso impegni per il venerdì, sapendo di avere così poco tempo? Stavolta però lo farà! Deve partire domani!

A grandi passi Jankel misurava la stretta camera d'albergo. Il tappeto rosso e duro faceva sentire il suo secco scricchiolio, quasi fosse arrabbiato con le suole spesse degli stivali che gli proibivano di punzecchiare i calcagni dell'ospite inquieto. Nella stanza accanto era calato il silenzio. Jankel si fermò e accostò l'orecchio alla porta. Welwel si stava levando i filatteri e mormorava le ultime formulette. L'eco dei baci, con cui si separava dai filatteri prima di riporli negli astucci di seta nera, lo avvisò che era arrivato il momento decisivo, per lui e per il suo piano. A breve Welwel avrebbe aperto la porta e...

Jankel si precipitò sul divano e vi si allungò. Da sdraiato si sentiva più forte. Come l'erculeo Sansone, le cui sette trecce erano cresciute di notte mentre era disteso.

Ringalluzzito e di buonumore – come sempre dopo la preghiera del mattino –, Welwel entrò poco dopo, sbocconcellando un angolino del *kipfel* scampato alla colazione di Jankel. «Se andassimo a pranzo? Ho fame.»

Bisogna decidere prima di pranzo, pensò Jankel, e partì subito all'attacco: «Poco fa mi hai insultato... Non sono una puerpera, hai detto! Non occorre usarti delicatezza! E ora, guardati, hai tutta l'aria di una puerpera che ha appena partorito!»

«Forse è così, forse ho davvero appena partorito» ribatté dolcemente Welwel.

«Dei due, caso mai, sono io ad aver partorito, certo non tu, Welwel! Lo ammetterai, no?»

«No, Jankel. Non lo ammetto. Tu sei stato solo la levatrice. E ti sei anche comportato da levatrice: non appena è apparso il bebè, l'hai sculacciato! Esattamente come fa la levatrice con i neonati. Ma avremo tutto il tempo per parlarne. Ora ho fame e andiamo a mangiare!»

«Che cosa ha detto il dottore?» chiese Jankel.

«Mi ha raccontato delle storielle ebraiche. Gli ho già fatto avere il suo onorario. Non avrò più bisogno di lui. Dio ci ha aiutato, Jankel, ma ci attende ancora la cosa più importante... Non abbiamo tempo da perdere con le sciocchezze.»

«Giusto, Welwel! Niente sciocchezze, soprattutto ora che bisogna capire come partire al più presto, tutti e tre. Fosse per me, andrei a casa già domani. Qui dormo male, sono vecchio, non sarei dovuto venire... Non reggerò un altro giorno.»

«Vuoi fare quel lungo viaggio da solo, Jankel? Non ti credo.»

«Chi ha detto da solo? Parto domani. Ma non da solo. Parto con Alfred.»

«Cosa? Viene anche lui? Alfred?» Welwel scivolò dalla sedia sul divano e afferrò la mano di Jankel. «Alfred viene con noi?»

«Viene con noi. Ovvio che viene. Che cosa pensavi? Te l'ho sempre detto a Dobropolje: se un giorno andrò a Vienna, non tornerò senza il figlio di Jossele.»

«Ma ne hai parlato con il ragazzo?»

«Sì, è fatta: domani pomeriggio partiamo per Dobropolje.»

«Ma non possiamo portarlo via così, Jankel. Ha solo diciannove anni. Ha una madre. Dobbiamo parlare con lei.»

«Ha anche un tutore. Dobbiamo parlare anche con lui. Alle tre e mezzo saranno qui tutti e tre. Con la madre ci parlerai tu. Quanto alle cose da sbrigare con il tutore, lascia che me ne occupi io. Ho già discusso tutto con Alfred.»

«E vuole partire già domani? L'hai costretto, Jankel! Non dovevi...»

«Nessuna costrizione. Il ragazzo si lascia convincere facilmente. Ha deciso molto in fretta. Se gliene diamo il tempo, è anche capace di cambiare idea. È stato educato dalla madre, non ha un carattere solido, mi sembra. Prima lo portiamo a Dobropolje meglio è.»

«Ma qui ho ancora molto da sbrigare, Jankel, che cosa hai in mente?»

«C'è tutto il tempo fino a mezzogiorno di domani. Oggi pomeriggio vai ancora una volta al tuo congresso. Si troverà ben qualcuno che ti può sostituire. Dopotutto sei malato, hai bisogno di pace e qui non ce n'è. Domani mattina andremo al cimitero; poi, che altro dobbiamo sbrigare qui?»

Jankel si alzò dal divano e, in piedi davanti a Welwel, disse: «Tu fai ciò che ti sembra giusto. Io parto domani e porto con me Alfred. Non posso più stare qui. Non riesco a dormire. Non voglio morire qui. Ho vissuto settantasette anni a Dobropolje, e dovrei morire in una grande città?

Perché Lejb Kahane possa ridere di qualcosa? L'unica volta che Jankel mette piede in una grande città ci resta secco?!»

Welwel si rese conto che Jankel faceva la commedia e Jankel, da parte sua, si vergognava di dover ricorrere a certi mezzi. Ma stavolta non si trattava di lui! Era il piano della sua vita a essere in gioco e, in casi simili, non ci si poteva affidare alla prudenza di Welwel.

«Tu con la tua prudenza finirai per distruggere tutto!» sbottò Jankel.

La stoccata andò a segno. Welwel pensò alle tombe che doveva visitare l'indomani. Se, come la maggior parte dei profughi di guerra, fosse tornato a casa già nel 1916, quando l'armata del generale von Linsingen respinse i russi oltre il confine, forse ora non avrebbe tombe da visitare qui... Ma all'epoca, per prudenza, si disse che i russi sarebbero potuti ritornare, e restò a Vienna fino all'accordo di pace, fino all'anno della peste – la cosiddetta "influenza spagnola" –, quella peste di guerra che strangolò sua moglie e sua figlia. Guai a essere prudenti nel momento sbagliato.

«Ma come facciamo a partire domani?» ribatté azzardando un'ultima obiezione. «A che ora arriveremmo?»

«A Daczków dopodomani a mezzogiorno. E a Dobropolje alle sette di sera.»

«Alle sette? Venerdì? Così a briglia sciolta nello shabbat? Non mi sono mai...»

«Lo so, Welwel, lo so. Ma ti garantisco che arriveremo in tempo per lo shabbat. Te lo garantisco: saremo a Dobropolje prima che Pesje abbia acceso le candele. E tu sai che è sempre la prima ad accenderle. Abbiamo sette ore!»

«Ma può sempre succedere qualcosa! Si ammala un cavallo! Si rompe una ruota!»

«Quando in carrozza siede Jankel Christjampoler, nessun cavallo si ammala e nessuna ruota si rompe, Welwel.

Ricordatelo! Nel caso non lo sapessi ancora. Quindi partiamo domani pomeriggio, e adesso andiamo a mangiare!»

«Sta bene, andiamo» sospirò Welwel. «Oggi però non mangiamo in albergo. Ti porto in una piccola trattoria nella Zirkusgasse. Non è lontana, e ti leccherai i baffi come da Kestenblatt a Kozlowa.»

Camminando, Welwel prese il vecchio Jankel sottobraccio e disse: «Ah, Jankel, il mio cuore trabocca! Non so come spiegarti... Una volta a casa, ci racconteremo tutto quello che ci è successo qui. Una cosa però te la posso già dire: Dio è un padre! Un buon padre! Dovresti pregarlo più spesso Jankel...»

«Dio è un buon padre. Certo, certo» commentò il vecchio, «ora andrà tutto bene da noi a Dobropolje. E se quel tonto di Domanski non si è sbrigato con l'avena, Jankel avrà giornate formidabili, la prossima settimana. Lunedì uscirò con Alfred e lo porterò al campo dove si raccoglie l'avena. Questa volta sarò io a dividere il campo tra i falciatori, non Domanski, e lo farò in presenza di Alfred, il figlio di Jossele! Ah, Welwel, Dio è veramente un buon padre se mi è dato vedere anche questo alla mia veneranda età. Farò del giovane un agricoltore, un fior di agricoltore, parola di Jankel!»

«Vuoi trascinare il ragazzo nei campi già lunedì? Alfred viene da noi per riposarsi e, a differenza di te, non ha certo fretta di darsi all'agricoltura! È più importante che diventi un buon ebreo. Vedrai, diventerà anche un agricoltore, c'è tempo...»

«Sono io a non aver tempo, Welwel. Devo sbrigarmi. E tu vedrai, con il tempo riuscirai a fare di lui un clericale. Sembra avere la predisposizione giusta, rallegrati! Per me è più importante che diventi un buon agricoltore. Di buoni ebrei pullula già la terra.»

E così Welwel e Jankel, già nella Zirkusgasse, andavano disponendo del futuro di Alfred. Lo facevano in buona fede e in amicizia. Ma accompagnavano le loro parole con una tale quantità di gesti e supportavano le loro opinioni con pose così teatrali, fermandosi spesso per scambiarsi sguardi taglienti con l'indice alzato, che gli stradini – intenti a riparare l'asfalto accidentato del marciapiede nella Zirkusgasse – interruppero il lavoro e, appoggiandosi ai picconi, cominciarono a prenderli in giro bonariamente: «Guarda quei due polacchi! Manca poco che si strappino le barbe in strada...!»

4

«*Herr Doktor*» annunciò il segretario, «il signor Alfred sarebbe già qui.»

«Di già?» domandò il Dr Frankl dando una rapida occhiata all'orologio. «Doveva passare a prendermi all'una e mezzo. Ora è appena mezzogiorno e mezzo.»

«Il signor Alfred vi prega di scusarlo. È arrivato in anticipo perché deve comunicarle una cosa molto urgente.»

«Capisco. Lo faccia entrare tra un quarto d'ora. Che attenda.»

«Gli dev'essere successo qualcosa, signore. Ha dei lividi blu sotto un occhio e sembra sconvolto.»

«Ieri ha avuto un incidente d'auto, Kubatschek. Faccia entrare il signor Alfred tra un quarto d'ora.»

Il Dr Frankl aveva già svolto tutto il lavoro della mattina, e dunque avrebbe potuto riceverlo subito. Ma accogliere così, su due piedi, una visita inaspettata era contrario alla tradizione. La gente non deve credere che non si abbia altro da fare che attendere le irruzioni altrui! Sarebbe come aprire la porta a chicchessia. Beninteso, Alfred non faceva parte della "gente". Ma era pur sempre arrivato un'ora in anticipo, e una visita non annunciata, come insegna l'esperienza, è quella di un postulante. Lasciare un po' a marinare i postulanti ha un suo perché. L'anticamera, soleva dire il Dr Frankl, è per il postulante ciò che la matita è per lo scrittore: un potente mezzo di concentrazione. E quindi, che Alfred meditasse qualche minuto in anticamera prima di entrare nel suo ufficio tutto eccitato! Quanto alla questione urgente, il Dr Frankl pensava di aver indovinato. Di cos'altro poteva trattarsi se non delle inevitabili conseguenze dell'incidente accaduto il giorno prima al congresso? Il Dr Frankl non aveva dubbi: Alfred – tutto il suo comportamento lo dimostrava – non era certo guarito dalle sue "idee" con la legnata che gli avevano rifilato gli ebrei. Il punto era capire se la legnata avrebbe accelerato l'evoluzione in corso o se l'avrebbe spinto a prendere una decisione avventata. Poco importa!, pensò il tutore. Alla fine, con la sua sensibilità per la musica, Alfred non vorrà certo cantare fuori dal coro!

Il Dr Frankl dominò facilmente l'eccitazione del pupillo: «Sei così agitato, come mi dicono, Alfred?»

«Si vede tanto, zio?» chiese il giovane.

«*Io* non vedo niente. Ma Kubatschek è un fine psicologo... Quando è venuto ad annunciarti, ha detto che avevi un'aria sconvolta.»

«L'avrà pensato per via dell'occhio blu. Tu sei più psicologo di lui, zio Stefan.»

«Speriamo. Non mi piace quando devo ricevere persone agitate. Siediti!»

Oggi lo zio ha una giornata storta, pensò Alfred, si mise a sedere e restò in silenzio.

«Tua madre ha creduto alla storia del salto con l'asta?»

«Non ha battuto ciglio. Non sono poi così malridotto come sembrava ieri. Non è vero?»

«No, in effetti. Certo, sei ancora tutto graffiato...»

«Sì, zio. Sono pieno di graffi. Ieri mi hanno graffiato il corpo e oggi lo spirito, gli ebrei!»

«Ancora?»

«Sì, zio. Eccome! Scusa per questa improvvisa irruzione, ma devo assolutamente parlarti prima che incontriamo la mamma. Mi è successa una cosa molto importante...»

E così Alfred si mise a raccontare, cercando inizialmente di esporre i fatti con pacatezza e nella sequenza in cui erano accaduti. Raccontò del biglietto che aveva trovato la mattina sul comodino e che lì per lì pensava di aver solo sognato. Raccontò del vecchio amministratore dello zio a Dobropolje e del modo in cui l'aveva accolto in albergo. Dello zio Mohylewski che il giorno prima era stato testimone dell'incidente al congresso e, poveretto, aveva avuto un collasso nervoso.

L'attesa nella sala d'aspetto sembrò effettivamente aver aiutato Alfred a raccogliere le idee, perlomeno in un primo momento. Perché poi, quando cominciò con la storia di Rabbi Abba, perse velocemente il filo, saltò bruscamente alla fine, tornò precipitosamente all'inizio per poi lanciarsi *in medias res*, annunciando che l'amministratore l'aveva invitato a Dobropolje e lui aveva promesso di partire già l'indomani con lo zio Mohylewski...

«Sei davvero un ragazzo baciato dalla fortuna! Ti è appena andata in fumo un'eredità e come d'incanto spunta uno zio dalle uova d'oro!» commentò il Dr Frankl, e Alfred percepì un misto di ironia e di rancore nella voce stanca del tutore. «Dimmi un po', come pensi di fare? Pianti tutto e tagli la corda?»

«Ho accettato solo per le vacanze, zio Stefan» replicò Alfred con un filo di voce.

Il Dr Frankl posò un lungo sguardo preoccupato sul volto turbato del ragazzo. Vedeva la confusione, la passione caotica di un giovane cuore. Scattò in piedi e, il busto proteso in avanti, fece uno o due giri intorno alla scrivania, intorno ad Alfred, prima di fermarsi davanti a una delle grandi finestre. Guardò un attimo giù, nella piazza, e sbottò arrabbiato: «Devi proprio andare? È davvero necessario?»

«Credo di sì, zio Stefan!»
«Allora abbiamo sbagliato tutto! Tutto sbagliato!»
«Che cosa?»
«Tutta la tua educazione è stata sbagliata!»
«Forse. Ma era l'unica possibile?»
«Hai mai visto un'anatra che, dopo aver covato le uova, una volta nati gli anatroccoli resta sul bordo a guardarli scivolare nell'acqua e nuotare verso l'altra riva? Ecco, a tua madre questo volevo risparmiarlo!»
«E ci sei riuscito, zio?»
«Dipenderà da te!»
«Ma se l'altra riva è più bella?»
«Tu l'hai vista, l'altra riva?»
«Voglio vederla.»
«Solo vederla?»
«Forse.»
«Nemmeno tu ne sei convinto!»
«Sì, nemmeno io...»
«Com'è il nuovo zio?»
«È un uomo molto devoto.»
«Somiglia a tuo padre?»
«Molto, da quel che ho potuto vedere.»
«Un vero ebreo in caffettano. Come quelli di ieri al congresso...»
«Sì, proprio uno di quelli, zio.»
«Non ti fa uno strano effetto?»
«Non più di quanto mi farebbe senza caffettano.»
«E tu a lui?»
«È stato molto gentile con me...»
«Ti ha invitato lui?»
«No, il suo amministratore. Lo devi assolutamente conoscere!»
«Devo conoscere anche tuo zio! Sono ancora io il tuo tutore!»
«Ancora?!»

«Certo, fino a quando il tuo nuovo zio, il vero zio, non assumerà la tutela...»

«A che scopo, zio Stefan?»

«Per il cammino che intendi intraprendere è lui la guida migliore.»

«Ma se tu neppure conosci quel cammino.»

«Lo conosco. È il cammino di tuo padre.»

«È il mio cammino.»

«Anche tuo padre ne aveva uno.»

«Ma il mio ha un obiettivo.»

«E quello di tuo padre no?»

«Era un obiettivo buono?»

«Sembrava di sì!»

«Lo pensavi anche tu, zio Stefan?»

«Sì, anch'io!»

«Non vi sarete sbagliati?»

«Non su ogni cosa.»

«Il tuo caso è diverso, zio. Tu sei cresciuto in un ambiente con dei sani valori morali.»

«E tu pure! Nello stesso ambiente!»

«Certo, zio. Purtroppo, nel frattempo, il clima è cambiato. Comincia a soffocarci.»

«Senti che ti soffoca, sul serio?»

«Sì, mi soffoca. A te no?»

Il Dr Frankl alzò di colpo le spalle e le lasciò ricadere lentamente.

«Vedi, zio Stefan, tu sei il buon prodotto di una buona assimilazione. Aveva un senso quando il senso era di assimilare il nobile al nobile nobilitandolo ancora di più. E pazienza se andava perso qualcosa.»

«Non andava perso nulla!» gridò il Dr Frankl.

«Ammettiamolo pure, zio. Ma comunque sia: era così una volta. E ora non lo è più. Come è giusto che sia.»

«Perché?»

«Perché non avrebbe senso adeguarsi a ciò che è malvagio! Del resto ci riuscirebbe solo il malvagio. Unire il male che è in noi con il male che è nell'altro, è questo che auspichi, zio Stefan?»

Il Dr Frankl si girò bruscamente e, da dietro le lenti spesse degli occhiali, gli rivolse uno sguardo colmo di tristezza: «No, Alfred! Non lo auspico. Per nulla al mondo! Sarebbe perdere troppo. E perciò ora ti dico: sarò molto felice se riuscirai a raggiungere l'altra riva senza farti troppo male. Sfortunatamente, in questo non posso esserti di alcun aiuto.»

D'un tratto Alfred capì fino a che punto la sua decisione, così come l'aveva presentata al tutore, fosse un gioco illusorio. Il cuore gli pulsava all'impazzata, palpitava, martellava contro le costole, come per metterlo in guardia, per esortarlo a battere in ritirata prima che fosse troppo tardi... Di colpo il tutore aveva lasciato andare l'altro capo della fune che Alfred aveva tirato così ostinatamente. E per non cadere, Alfred si rizzò in piedi. Dov'era finita la fune, la sua fune di sicurezza? All'improvviso si sentì abbandonato. Se sua madre fosse stata là, avrebbe dovuto lottare per non aggrapparsi disperatamente alla sua gonna.

«Sei sorpreso?» chiese il Dr Frankl.

«Non sono sorpreso, zio Stefan» sussurrò Alfred, le labbra tremanti. «Non sono sorpreso» ripeté e, ripigliatosi, aggiunse con un sorriso doloroso: «Dopotutto eravamo seduti insieme al congresso.»

«Eravamo insieme anche al concerto, ieri sera.»

«Era l'altro ieri, zio...»

Il Dr Frankl si rigirò verso la finestra. Dopo un lungo silenzio, sforzandosi di assumere un tono più leggero, disse: «Forse presto lo saremo di nuovo. Forse domani...»

«Forse, zio» replicò coraggiosamente Alfred. «Dopodomani... forse.»

Il Dr Frankl vedeva nella sua nuova decisione la conseguenza logica degli ultimi accadimenti e, per un attimo, ebbe perfino l'impressione di avere tutte le ragioni per invidiare il ragazzo non solo per la sua giovinezza ma ancora di più per questa sua risoluzione apparentemente molto sensata. Questo pensiero non durò a lungo, ma abbastanza per impedire al tutore d'interferire nel destino di un'altra persona. Per fortuna o per sfortuna? Sono un cattivo tutore, si rimproverò il Dr Frankl. Poi, preceduto da Alfred, lasciò pensieroso l'ufficio. In silenzio, l'uno accanto all'altro, si avviarono verso il Volksgarten. Sono un cattivo tutore, si ripeteva. È un bene che ora Alfred abbia un nuovo tutore. Sono diventato debole, molto debole.

«E mamma?» chiese Alfred.

«Perché, che cosa le è successo?»

«Che cosa le diciamo?»

«Ah, già! Le diremo che tuo zio ti ha invitato per le vacanze.»

«Faresti meglio a dirle che laggiù c'è una tenuta da ereditare, questo la consolerà» suggerì Alfred. E, senza dolore, pensò, anche la mamma mi abbandonerà.

«Possiamo fare meglio, diremo: una tenuta signorile, una contea! Così ha qualcosa da dare in pasto alla nonna!» rincarò il Dr Frankl per rallegrare il ragazzo, e lo guardò di sottecchi.

«La cosa ti rattrista, Alfred?»

«Non è niente, zio. È solo che si sta avvicinando il momento degli addii.»

«Lo spero! Altrimenti mi stupiresti molto.»

Il volto di Alfred, fino a quel momento rosso per l'eccitazione, si era spento. L'immagine dello zio di Dobropolje messa a confronto con il tutore in carne e ossa lo faceva sentire su un'altalena vertiginosa che, dopo averlo spinto bruscamente in alto, di colpo lo riprecipitava nell'abisso, con un movimento ampio quanto la distanza che separava i due zii.

Il Volksgarten era deserto. Gli alberi svettavano immobili sotto il sole di mezzogiorno. Dalle chiome goccioloni sfavillanti come diamanti cadevano sui vialetti di ghiaia inzuppati e sciupati dalla pioggia. Il Dr Frankl si fermò davanti a una panchina, sembrava colto da un'improvvisa stanchezza e deciso a cercare un posto asciutto dove sedersi.

«È troppo umido, zio» l'avvertì Alfred.

«Cosa?» domandò con l'aria di chi non ha compreso. Assorto nei suoi pensieri, stava osservando un merlo che, con l'operosità di una casalinga, setacciava un'aiuola con il becco giallo. Quando picchiettava nell'erba ancora bagnata in cerca di vermi, le goccioline di pioggia schizzavano vaporose e scintillanti sul suo capino nero che, spaventato e curioso, si chinava di lato.

«Ultimamente mi hai mosso aspri rimproveri, Alfred...»

«Io? A te? E quando?»

«Ieri, al caffè.»

«Ma zio! Ieri non siamo stati al caffè: siamo stati al congresso.»

«Allora è stato l'altro ieri. Comunque mi hai rimproverato. Mi hai chiesto come io, l'unico amico di tuo padre, abbia potuto permettere che rompesse in modo così drastico con la sua famiglia, con il suo popolo... Non ti sei espresso così?»

«Sì, zio. Ma era solo una domanda. Non volevo farti alcun rimprovero.»

«Anche se era solo una domanda, io non ti potevo rispondere. Tua madre non desiderava che ti raccontassi troppe cose di tuo padre. Ha sempre vissuto nell'angoscia che ti succedesse qualcosa di brutto a causa della famiglia paterna, della "tribù". Ora è successo. Ora ti posso rispondere.»

Ma non rispose. Come se avesse cambiato idea all'ultimo momento, prese Alfred sottobraccio e insieme, senza dire niente, si rimisero in cammino lungo il vialetto di ghiaia sotto un sole sfavillante. Davanti alla cancellata dell'uscita il Dr Frankl, dopo uno sguardo distratto in direzione della Ringstraße, tornò all'improvviso sui suoi passi, si fermò di nuovo davanti alla stessa panchina e, abbassando gli occhi, sul punto di fare una confessione imbarazzante, disse molto velocemente, senza pause, senza enfasi, quasi senza fiato: «Era la primavera di venticinque anni fa, i lillà erano in fiore al Burggarten. In una bella giornata di giugno il piccolo studente di legge Stefan Frankl stava passeggiando con la signorina Fritzi Peschek. Il piccolo studente di legge era veramente piccolo. E accanto alla signorina Fritzi Peschek era ancora più piccolo. Non aveva grosse chance con la bella signorina, lo studente. Era troppo piccolo! Siccome non aveva speranze e tuttavia era molto innamorato, soffriva di inibizioni in presenza della sua adorata. E siccome soffriva di inibizioni, non sapeva come avviare una conversazione. E siccome non trovava argomenti adatti ed era troppo giovane per apprezzare il silenzio, cianciava della prima cosa che gli passava per la testa. In quel bel giorno di giugno al Burggarten, il piccolo studente era ancora più a corto di idee del solito. Forse perché i lillà erano così belli, tutti in fiore. Fu così che per riempire un momento di silenzio disse: "Sai, Fritzi, all'università c'è un compagno di corso che è il vero sosia del grande... (qui il piccolo studente pronunciò il nome di un attore tragico, a quel tempo all'apice del successo e beniamino di tutte le giovincelle)." "Figuriamoci!" deve aver replicato la signorina Fritzi, scettica, perché si era ben accorta che il piccolo studente, timido com'era, non era in grado di dire nulla di interessante. "Te lo assicuro, il mio amico grazie a questa somiglianza ha già avuto diverse avventure e storie d'amore." "Allora dev'essere davvero un bel tipo, il tuo amico, se gli somiglia così tanto. Portalo con te, una volta!" Il piccolo studente aveva leggermente esagerato. All'epoca, infatti, il compagno in questione non era ancora suo amico né aveva avuto storie d'amore o avventure. Lo studente cercò subito di rimediare e, tentando di ridimensionarlo un po', precisò: "Lo porto volentieri, ma è un ebreo polacco." Già all'epoca gli ebrei polacchi non erano particolarmente amati dalla signorina Peschek che, divertita da questa rivelazione, replicò ridendo allegramente: "Un *Feigenbaum*! Un *Feigenbaum*! Un albero di fico che somiglia all'attore! Devo proprio vederlo! Portalo! Devi portarlo! Già domani. Sarò qui alla stessa ora. Se vieni senza *Feigenbaum*, nemmeno ti saluto!" L'indomani il piccolo studente si presentò con il compagno di studi. E all'istante capì che razza di sciocchezza aveva fatto. Subito dopo l'incontro telefonò a Fritzi: "Che mi dici del *Feigenbaum*?" "Non ha niente di un *Feigenbaum*! Ha l'aria di un cosacco! E questa somiglianza...!" "Che mi dici della signorina Peschek?" domandò poi all'amico. "Molto graziosa. Ha l'aria di una faraona." Quel giorno tua madre portava un tailleur a quadrettini neri e grigi. Era un po' più cicciottella di oggi, e tuo padre aveva un debole per i paragoni campagnoli e le espressioni colorite che si usavano a Dobropolje. Un anno dopo erano fidanzati. Tre anni dopo sposati.»

«Guarda a cosa può portare l'antisemitismo» commentò Alfred.

«Allora avevo parecchi anni più di te ma di queste cose non ci capivo più di te oggi. Ero convinto che tuo padre mi avesse rubato qualcosa. L'amicizia si guastò appena nata. Ti racconto tutto questo per farti capire che, quando tuo padre ha troncato con la sua famiglia e si è convertito, io ormai non avevo più contatti con lui. Per due, tre anni non ho più visto neppure tua madre. L'amicizia tra me e tuo padre si è sviluppata in seguito. Nell'anno cruciale, dunque, non lo frequentavo. Del resto, anche tu ora conosci la storia di Rabbi Abba e pertanto sai che non è stata solo l'influenza dei Peschek ad averlo spinto così lontano da Dobropolje e dalla sua famiglia.»

«Tu la conoscevi già, quella storia?» chiese Alfred stupito.

«Sì. Una volta tuo padre me l'ha raccontata.»

Alfred si sentì di nuovo trasportato dall'ampio movimento dell'altalena. Oggi tutti mi parlano di mio padre! Oggi è il suo giorno! L'altalena lo sollevava con forza, al di sopra di tutti gli abissi. Preceduto dal Dr Frankl, entrò con passo deciso nella trattoria. Calmo, virile, sicuro di sé: un cosacco. Come suo padre. Sua madre aspettava già nella sala e accolse con un bel sorriso i "suoi due uomini".

5

Jankel e Welwel avevano fatto un buon pranzo nella Zirkusgasse. Buono, kosher e pesante. Questa cucina non era però del tutto genuina e la mancanza di aromi freschi era generosamente compensata dai grassi.

«Da Kestenblatt si mangia comunque meglio» riconobbe con sincerità Welwel sulla via del ritorno.

«Non si può pretendere troppo» ribatté Jankel. «In fondo Vienna non è Kozlowa. Va bene per gli ebrei viennesi.»

Welwel, al quale le emozioni del giorno prima e di quella mattina avevano restituito e perfino aumentato l'appetito che di norma aveva a Dobropolje, aveva spolverato diversi piatti e, già lungo il cammino, non poté fare a meno di sbottonarsi un po' il panciotto sotto il caffettano.

Arrivato in albergo, tuttavia, Welwel si sentì di nuovo debole e per Jankel non fu difficile convincere il convalescente a rimettersi subito a letto. Quanto a lui, si era abbuffato ancor più di Welwel, spazzolando fino all'ultimo grammo il fegato d'oca nel battuto di cipolle e lardo, il luccio farcito, il trito di petto d'oca con orzo e fagioli, finendo con il dar fondo senza ritegno al *Fächerfladen*, un dolce a strati disposti a ventaglio, davanti al quale perfino Welwel aveva capitolato. Eppure si sentiva leggero come una farfalla, il vecchio Jankel! E fu soltanto per occupare comodamente il suo tempo e mettere in ordine i pensieri prima della visita, fissata alle tre e mezzo, che si allungò sul divano nella camera di Welwel. Con il tutore, era certo che ne sarebbe venuto a capo velocemente. Ma come se la sarebbe cavata Welwel con la cognata? Questo pensiero lo spingeva ad arrovellarsi tra ipotesi e congetture.

Quando dunque la signora Fritzi fece il suo ingresso nella stanza, accompagnata dal Dr Frankl e da Alfred e tuttavia in preda a un evidente turbamento, si trovò davanti a due ebrei barbuti in caffettano colti di sorpresa: il più giovane, quello malato, mezzo seduto sul letto, il più vecchio, quello sano, sul divano.

Fritzi era pronta a tutto. Alfred aveva fatto in modo che dopo pranzo passasse un'ora da sola con il tutore. In quell'ora, il Dr Frankl aveva usato la sua fine diplomazia per preparare l'adorata amica all'incontro. Fritzi era quindi pronta a tutto. Ed era contenta che fosse andata così.

Era contenta specialmente perché l'inevitabile incontro avrebbe avuto luogo in un albergo. Sulle prime aveva infatti temuto un'irruzione in casa propria. Era anche contenta che il Dr Frankl fosse presente nella sua veste di tutore. Era perfino contenta che la "tribù" si fosse fatta viva proprio al momento giusto e, sul piano puramente materiale, avesse offerto il suo sostegno proprio quando la tirannia della nonna era diventata intollerabile. Il Dr Frankl era stato abile nel presentarle la faccenda sotto questa luce e la signora Fritzi era dotata di sufficiente senso pratico per riconoscere nell'inaspettata offerta da parte della famiglia del marito una grande fortuna per il figlio. Già in cammino verso l'hotel, aveva formulato nella sua testa la letterina da mandare a sua madre, nella quale si sarebbe limitata a fare qualche rapido accenno alla novità. Pensa, cara mamma, avrebbe scritto, all'improvviso la famiglia Mohylewski si è fatta viva! Esiste ancora! Il fratello di Pepperl, un brav'uomo... grande possidente... vedovo senza figli, è venuto a trovarci e, tieniti forte mamma, ora dipende solo da tua figlia se Alfred erediterà una bellissima proprietà, una contea d'immenso valore in Polonia, come mi ha rivelato il Dr Frankl. Che ne dici, cara mamma? Anche solo per quella letterina valeva la pena di andare all'albergo.

Il tragitto non le risultò facile. L'albergo non si trovava nella Taborstraße, il cuore ebraico del quartiere ebraico di Leopoldstadt – là dove si dice che Vienna sia già Galizia –, ma avrebbe potuto tranquillamente essere in quella via. Del resto la Taborstraße stava giusto dietro l'angolo. Se la moda lo avesse permesso, Fritzi avrebbe percorso quel tragitto completamente velata.

Invece non portava nessun velo, ed era accompagnata da suo figlio e dal Dr Frankl. Tuttavia, entrando nella hall, avvertì un pizzicore caldo al viso e un brivido quasi lubrico lungo la schiena, come se fosse stata trascinata in un albergo a ore.

La signora Fritzi era pronta a tutto ciò che l'imminente incontro avrebbe potuto riservarle di "imbarazzante", nel senso mondano che lei attribuiva a questa parola. Doveva sforzarsi ma non dubitava della propria capacità di sopportare dignitosamente l'inevitabile. Del resto, un cognato di passaggio a Vienna, per di più malato, bastava a giustificare una visita. Nulla di sconveniente, dunque. Fritzi comprò un mazzo di fiori e se lo tenne al fianco come un'arma, con coraggio ed eleganza, fino al capezzale del malato.

Alfred salutò lo zio e presentò la madre e il tutore con tutti i suoi titoli. La signora Fritzi tese il braccio per consegnare i fiori a Welwel. Il mazzo le scivolò di mano, il braccio era come paralizzato. Gli occhi spaventati, in quella camera d'albergo troppo piccola Fritzi vedeva tre uomini accanto a sé stringersi intorno al letto di un malato, sentiva le rituali formule di presentazione e di saluto, ma perfino quelle formule le suonavano estranee, ambigue, incomprensibili, enigmatiche. Vide Alfred chinarsi, raccogliere i fiori e consegnarli al malato. Perché Alfred sorrideva? Perché aveva quel sorriso? Era lo stesso dello zio malato? Alfred, suo figlio Alfred, era già in combutta con gli ebrei in caffettano?

Welwel ricevette i fiori con mani maldestre ma piene di dignità contadina, com'era solito ricevere ogni anno, a fine raccolto, le corone di spighe che gli tendevano le mietitrici agghindate a festa. E dato che stavolta Pesje non era dietro di lui, passò il mazzo al vecchio Jankel e levò gli occhi in segno di ringraziamento.

Fritzi abbassò la testa e curvò le spalle, come se quello sguardo la stesse bruciando da capo a piedi. Quegli occhi erano gli occhi di Pepperl! Gli occhi del suo amato, indimenticabile Pepperl che la guardavano indagatori e turbati! La signora Fritzi si era intimamente preparata alla visita al cognato. Era pronta a tutto. Aveva dimenticato solo quel piccolo dettaglio: che il cognato era il fratello, il fratello in carne e ossa del suo Pepperl. Sui begli occhi grigi di Fritzi calò un velo di nebbia. Le figure, i loro volti e i contorni degli oggetti nella camera presero a sfumare, le sue ginocchia si fecero deboli... Tempestivo, il Dr Frankl le accostò con discrezione una sedia e la fece sedere. Senza quell'intervento, forse, la signora Fritzi sarebbe caduta perdendo il suo contegno. Questa fu la sua prima reazione. Poi le successe un'altra cosa. Il velo di nebbia che le aveva offuscato gli occhi di colpo svanì e tutto le apparve chiaro.

Nel suo pudico imbarazzo, che la rendeva ancora più bella, la signora Fritzi sedeva stretta all'amico, e tale era il suo sgomento che il Dr Frankl doveva di continuo ritrarre la mano che Fritzi cercava convulsamente di afferrare, come un bambino spaventato fa con la mano della madre. Mica poteva stare lì seduto davanti a Welwel, tenendo la mano della vedova del fratello come un soldato con il suo bottino!, pensò il povero Dr Frankl, e si stupì del comportamento della sua amica.

Gli uomini, Welwel Mohylewski e il Dr Frankl, si ritrovarono presto impegnati in una conversazione che era all'altezza della serietà dell'incontro e dell'importanza della questione. E forse sarebbero anche pervenuti presto a un esito felice se Jankel avesse dato il suo contributo. Solo che, curiosamente, al momento decisivo il vecchio Jankel mancava all'appello. Nel momento in cui il suo piano, il piano dei giorni della sua vecchiaia, stava per definirsi e giungere a buon fine, Jankel era totalmente assente. Dal primo istante era rimasto folgorato dalla bellezza della signora Fritzi. Incantato dall'avvenente apparizione, non aveva occhi che per lei e se ne stava seduto, muto come un pesce, sul divano alle sue spalle – negli occhi tutta la tenerezza di un nonno per la graziosa nipotina, nel cuore tutta la cupa tenerezza di un vecchio conoscitore di cavalli e di donne. Ah, se solo quel povero Welwel non fosse così clericale! Che moglie sarebbe per un proprietario terriero! Che signora per Dobropolje! Jossele, il mio Jossele, pensò Jankel, lui sì che era un uomo! Sapeva riconoscere i veri tesori di questo mondo!

Fritzi non notava nulla di tutto questo. Certo, udiva la conversazione dei due uomini che, in presenza di Alfred, negoziavano il suo avvenire anche se questi, di norma un ragazzo così vivace, non osava pronunciare una parola. In realtà non udiva che il suono delle parole; il loro senso le giungeva da così lontano, che le parole si disperdevano in vacui frammenti sonori prima che lei riuscisse a coglierne il senso. La signora Fritzi vedeva soltanto Welwel, il fratello di suo marito! La vista di quell'ebreo in caffettano, che le sembrava tanto una brutta caricatura del suo Pepperl, all'inizio le aveva velato gli occhi e ora le confondeva e le velava anche il cuore. Quel cuore fedele che da venticinque anni era colmo d'amore per il suo sposo.

Non sono molte le vedove di guerra che hanno mantenuto così a lungo una fedeltà assoluta e incondizionata ai loro uomini caduti sul campo di battaglia. Solo che, come molte donne fedeli, più che un cuore fedele la signora Fritzi aveva soprattutto una fantasia ostinata, tipicamente femminile. Questa fantasia ostinata era lo spazio vuoto che, a quattordici anni dalla morte dello sposo, manteneva ancora vivo il suo amore fedele. Nessuna tentazione era ancora riuscita a insinuarsi in quel vuoto. Non ci era riuscito neppure il corteggiamento tenero e testardo del Dr Frankl, che pure aveva la capacità di commuoverla. L'amore era stato il grande evento della sua vita. Per questo amore Fritzi aveva dovuto sostenere una lunga lotta negli anni giovanili. Anche lei, infatti, aveva avuto un padre severo che, per l'unica figlia, aveva in mente partiti migliori di "uno di quegli orientali sbarcati in città". Con coraggio, Fritzi aveva combattuto e vinto la battaglia della sua vita. E quanta ragione aveva avuto! Com'era stata felice con il suo Pepperl...

Quando poi – la felicità era stata breve – la guerra le aveva strappato l'amato sposo, metà della vita era svanita con lui nella morte. Per anni era stato come se la bella e giovane vedova si fosse protesa anima e corpo fuori dalla vita, incontro alla morte.

Con uno sforzo eroico della fantasia era riuscita a trasformare in un culto segreto tutti i ricordi e tutto il piacere del suo amore felice. La signora Fritzi non aveva certo una grande immaginazione. Ma da brava padrona di casa qual era, sapeva amministrare bene anche la casa delle sue illusioni. Del resto non è affatto vero che vivere una realtà immaginaria inibisca la facoltà di immaginare altro. La scienza che lo afferma più che psicologia è una morale del sistema nervoso. È vero il contrario. Comunque sia, con l'esercizio dell'immaginazione, Fritzi aveva raggiunto un isolamento dove viveva non già come dietro un paravento, bensì come dentro una corazza, padrona assoluta di tutti i requisiti della sua felicità segreta.

Ora la corazza si era rotta, l'aveva infranta grottescamente Welwel di Dobropolje, il fratello!

Lo sguardo, la voce, l'espressione del viso, i gesti delle mani: tutto ciò che era unico nel suo amato, ogni particolare fisico che il ricordo usava per accendere e alimentare il fuoco dei sogni d'amore, tutto ciò ora emergeva in forme distorte dalla realtà per irrompere nelle sue illusioni... La sua immaginazione fu colta da spasmi. Contrazione, dilatazione, contrazione, dilatazione... Il sorriso di Pepperl, ricordo felice, l'avvolgeva come una nuvola dolcissima. Ma non era il suo Pepperl. Era un ebreo in caffettano!

Fritzi era abbastanza cosciente per rendersi conto di quanto le stava succedendo. Coraggiosa com'era, avrebbe comunque potuto sopportare la lacerazione della sua fantasia ostinata, senza perdere la dignità. Ma il *modo* in cui stava accadendo, no, era troppo! Lei era una ninfa. E quello era il suo fauno? Ora il suo Pepperl era veramente morto...

La signora Fritzi non era per niente incline all'isteria. Ma dovette fare ricorso a tutte le sue forze per lottare contro un attacco isterico.

Gli spasmi della fantasia s'impadronirono del suo corpo. Un pallore livido fece appassire il suo bel viso e arrivò alle mani infilate nei guanti bianchi come fiori. Le spalle si alzavano e si abbassavano convulsamente. Fritzi stava singhiozzando...

E fu così che il corpo del giovane Josef, chiamato Mohylewski di Dobropolje, quattordici anni dopo la sua morte, morì ancora una volta nel corpo della sua vedova.

6

Welwel rifletté a lungo prima di rispondere lentamente ma con fermezza: «È vero, sono venuto a Vienna con questa intenzione. Prima, però, volevo consultarmi con il rabbino di Czortków e soltanto dopo andare dalla cognata con le mie proposte. Se non fosse stato per quello che è successo ieri al congresso, avrei lasciato la decisione al rabbino di Czortków. Ora dipende tutto da Alfred. Se Alfred è capace di diventare un ebreo davanti a Dio e al mondo, di propria volontà, con tutto il suo cuore e in ogni forma, allora sarà il benvenuto in casa mia come figlio di mio fratello e come figlio mio. Figli io non ne ho. Ma se Alfred non può o se voi non date il vostro consenso, tra noi rimane tutto come prima. Non posso dire altro. Lei mi capisce, Dr Frankl.»

Gli sguardi degli uomini, Jankel compreso, ora erano puntati su Alfred. Era arrivato il momento di decidere. Si era creato un silenzio assoluto, come la solennità del momento richiedeva. Ma all'improvviso quel silenzio fu rotto dai singhiozzi strazianti di Fritzi. Tutti gli uomini ebbero lo stesso pensiero: la madre, la madre, la madre! I loro sguardi si abbassarono davanti al dolore di una madre che doveva perdere il figlio. Mia madre non mi abbandona! La mamma non mi abbandona!, esultava il cuore del figlio, che ora si sentiva così leggero e così pesante, leggero e pesante allo stesso tempo. E come se quella pesantezza e quella leggerezza gli avessero dato la forza necessaria, volle pronunciare una parola per sciogliere la tensione del grande momento, una parola virile, adulta, una parola di sfida, l'unica, la risposta alla domanda dello zio: «Sì!»

Ma il dolore della madre era talmente profondo e sonoro che oscurò il grande momento del figlio. Le rivolsero parole di consolazione, l'avvolsero con il calore della compassione. Il colloquio tra gli uomini era concluso. Welwel e il Dr Frankl si scambiarono sguardi muti, come due chirurghi che sospendono per un attimo il loro terribile operare, prima di osare l'incisione risolutiva. Il vecchio Jankel andò dalla madre in lacrime e, con l'aiuto di Alfred, condusse Fritzi in camera sua. Invitata a sedersi sul divano, lo fece, obbediente come un bambino, un bimbo piagnucoloso che ha visto stroncare sul nascere la propria ostinazione con una sculacciata. Con un residuo di ostinazione, la bimba avvilita domandò tra le lacrime, ma in inglese: «*Who is this old robber chief, Freddy?*»

«Non è un capobrigante, mamma» la consolò il figlio con voce commossa, anch'egli in inglese. «È il vecchio amministratore dello zio, una persona molto amabile.»

E come se a scatenare i singhiozzi fosse stato lo spavento provocato dal vecchio capobrigante, gli spasmi si andarono placando. Solo gli occhi continuavano a piangere. Il volto arrossato, Fritzi si abbandonò al flusso silenzioso delle lacrime.

A quattr'occhi, Welwel e il Dr Frankl si capirono ancora meglio. Se il più era deciso, che altro c'era da discutere? Il Dr Frankl raccontò di Alfred, del suo soggiorno berlinese, della lite con la nonna, del suo comportamento esaltato al congresso; della trasformazione che il giovane aveva subito negli ultimi tempi e della sua determinazione a trarne le conseguenze ripercorrendo, a ritroso, il cammino del padre. Lui, il Dr Frankl, aveva sempre considerato suo dovere trattenere il ragazzo e metterlo in guardia contro decisioni affrettate. Ma quella stessa mattina si era reso conto che Alfred era maturo abbastanza per rispondere di se stesso e che un tutore non aveva il diritto di recitare la parte del destino. Quanto alle formalità: per il passaggio era sufficiente una dichiarazione scritta di Alfred indirizzata all'autorità competente. E per il resto, be', per le cose a venire ne avrebbe certo saputo di più il nuovo tutore.

«Scusi la domanda, dottore: lei è ebreo, vero?»

«Sì.»

«E perché vorrebbe trasferire la tutela a un'altra persona?»

«È a lei e a nessun altro che voglio trasferirla, signor Mohylewski. Suo fratello era un mio carissimo amico. Ma d'ora in avanti è lei, in quanto suo fratello, a essere il tutore più indicato.»

«Io però preferirei che continuasse lei, dottore. Diciamo per altri sei mesi. Ancora non sappiamo se Alfred vorrà restare da noi anche dopo le vacanze.»

«Come desidera, signor Mohylewski. Ma perché non dovrebbe voler restare?»

«Dr Frankl, lei non deve farsi un'idea troppo idilliaca della vita da noi all'Est. Benessere e sicurezza sono concetti relativi. Viviamo in una terra di confine, perennemente tra incudine e martello. Come ai tempi funesti di Bohdan Chmelnytskyj...»

«Non credo che Alfred abbia aspettative esagerate. Vuole restare da voi, dove avrà ben modo di apprendere come si vive, da ebrei, tra incudine e martello. Di questi tempi, signor Mohylewski, è più importante di un benessere garantito, che peraltro non esiste più da nessuna parte.»

«Il vaso è buono. Ora si tratta di riempirlo con il contenuto giusto. Mi domando solo: non sarà troppo tardi? Lo domando a lei e me lo domando anch'io.»

«Questo è nelle mani di Dio» concluse diplomaticamente il Dr Frankl.

Welwel la intese a modo suo. E nel suo cuore si accese una speranza, tonda e calda come un grande sole.

7

Vedendo entrare il Dr Frankl nella camera di Jankel, Fritzi si alzò di scatto dal divano, come se fosse stata in attesa del suo liberatore. Davanti allo specchio si tolse il cappello, aggiustò l'acconciatura e, con qualche tocco di cipria e rossetto, cancellò in un baleno i segni del suo turbamento.

Si congedarono dandosi appuntamento l'indomani alla stazione. Alla partenza ci sarebbe stato il tempo per un ultimo saluto. Il vecchio Jankel preferì dirlo subito: «Cara signora, quando vorrà farci visita a Dobropolje, sarà una gioia per noi tutti.»

Ci mancava solo questa, pensò Fritzi, che la si apostrofasse con "cara signora"! «Gra-zie!» ricambiò la cortesia guardando Jankel con occhi sgranati, una sola parola scandita con la lentezza e la precisione di un colpo ben assestato. Poi prese sottobraccio il Dr Frankl sussurrandogli all'orecchio: «*Nous nous marions demains!*»

«Anche lei, caro dottore, sarà sempre il più gradito degli ospiti» estese l'invito Jankel, come se avesse capito ciò che Fritzi aveva detto, e questo la irritò a tal punto che volle entrare in camera di Welwel al braccio del Dr Frankl, per prendere congedo in modo ostentatamente esplicito. Il Dr Frankl però si sganciò dalla morsa. Era pallido. I suoi bulbi oculari parevano ancora più grandi e sporgenti del solito. Anche se l'adorata Fritzi gli aveva sussurrato all'orecchio in francese la sorprendente, del tutto inattesa decisione di sposarsi l'indomani, proprio l'indomani, il tono non gli piaceva. Quel tono gli ricordava qualcosa di imbarazzante. Conosceva quel tono. Dove l'aveva già sentito?

Era il tono in cui la nonna, "la massa ereditaria", soleva rivolgersi al consigliere commerciale Peschek! Cos'era successo a Fritzi? Non sono un consigliere commerciale, pensava il Dr Frankl scendendo le scale con passo energico, facendo rumore con le scarpe come il giorno prima, quando era andato a prendere Alfred al congresso dopo la chiamata dell'ispettore Brennseis.

Fritzi, accompagnata da Alfred, non lo raggiunse che

giù nell'atrio, dove tentò di chiarire la situazione con i suoi begli occhi, che ora apparivano di nuovo materni e benevoli. Non le fu difficile. I due salutarono in fretta e affettuosamente Alfred che, preso com'era da se stesso, non si era accorto di nulla e tornò di corsa su per le scale, salendo i gradini a quattro a quattro.

Di sopra trovò un'atmosfera tesa. Il dolce zio aveva un'espressione furibonda e Jankel sembrava preoccupato. Non appena gli ospiti se n'erano andati, ritrovandosi solo con Welwel, gli era balenata un'idea. «Welwel, che te ne pare della moglie di Jossele?» domandò.

«È una donna» disse Welwel.

«Una donna affascinante. Una donna molto affascinante.»

Welwel tossicchiò nervosamente.

«Se tu fossi un uomo...»

«Ora non sarei un uomo!» lo interruppe Welwel, già su tutte le furie.

«Se io fossi in te, se fossi un uomo devoto come te, agirei secondo il comandamento della Bibbia, dove è scritto: *Il cognato andrà dalla vedova e...*»

«Quale vedova? Quale Bibbia? Di che cosa parli, razza di goj! Ti ricordo che la figlia di Peschek è battezzata! Jossele ha dovuto rinnegare la sua fede per avere l'onore di... È tutta colpa di quella donna!» Welwel era fuori di sé.

«Come non detto, come non detto» lo rabbonì Jankel, «l'avevo del tutto scordato.»

«Pensi proprio a tutto, tu! L'esperto della Bibbia! Tu e la tua vedova!»

Proprio in quel momento arrivò Alfred. Welwel lanciò ancora un'occhiata furiosa al vecchio Jankel e tacque. La lite era solo temporaneamente sospesa. Ma ancora una volta fu Jankel a suscitare, involontariamente e con le migliori intenzioni, il malumore di Welwel. Erano ormai le quattro e mezzo e andò a prepararsi per la passeggiata che aveva deciso di fare con Alfred. Quando fu pronto, tornò nell'altra stanza e chiese: «Welwel, dov'è il tuo libro di preghiere?»

«*Tu* hai bisogno di un libro di preghiere?»

«È che vado a Schönbrunn con Alfred.»

«E per questo ti serve un libro di preghiere? È una sinagoga, Schönbrunn?»

«Devo controllare una cosa.»

«Che cosa?!»

«Welwel, non esiste forse una formula di benedizione che si recita davanti a un imperatore? Com'è che dice?»

«Dice: "Lodato sii, Signore, che all'uomo presti della tua gloria."»

«Sì, è questa la formula. La dirò a Schönbrunn...»

«Ma sei pazzo, Jankel?!»

«Perché no? Se si dice davanti a un imperatore, si potrà pur dire anche in una reggia imperiale.»

Welwel chiuse gli occhi ed emise un profondo sospiro: «Non si è mai visto un goj come questo! Profana la benedizione, profana il palazzo! Vattene, goj! Non ti posso più vedere!»

Jankel si limitò a ridere, voltandosi verso Alfred.

«Devi sapere che da noi mi chiamano tutti Jankel il goj. Così mi chiamano, quei clericali. Sta bene. Non dirò la formula.»

Alfred era molto sorpreso da quella reazione. Come tutti gli ignoranti, infatti, anche Alfred credeva che la parola "goj" – usata per indicare un ignorante, ovvero una persona che ignora la Legge divina – fosse un insulto. E di conseguenza la bonarietà del vecchio che, ridendo, si lasciava chiamare così, lo stupiva. Era ancora un ignorante, il giovane Alfred, un goj per l'appunto.

8

Presero il tram fino a Schönbrunn. Negli occhi di Jankel, dove in genere si riflettevano solo immagini del passato, come accade alla maggior parte delle persone anziane, occhi sempre rivolti a un mondo scomparso, tutto ciò che ora vedeva si rifletteva negli occhi di una mente giovane, fresca, aperta al presente.

Con passi circospetti attraversava le stanze, i saloni, gli ambienti del palazzo. Il lucido parquet giallo-bruno intimidiva l'incedere pesante dei suoi stivali, così che Jankel avanzava piano, mettendo un piede davanti all'altro, come si fa durante una cerimonia solenne. La sontuosità di quelle sale premeva sulle sue vecchie spalle, schiacciandole, e lui ne portava il peso in silenzio, la schiena incurvata, quasi che attraverso quell'interminabile infilata di stanze dovesse portare in spalla l'intero palazzo. Esausto già alla quinta sala, si appoggiò ad Alfred cercando un'uscita con sguardi furtivi, ma erano rimasti intrappolati in una visita guidata: non c'era scampo a quella gloria opprimente.

Sfinito, andò a sedersi su una panchina di pietra nel parco, mentre gli occhi svelti scoprivano la grande bellezza artificiale dell'arte topiaria con autentico entusiasmo. Il "viale chiaro" incantava lo sguardo del vecchio con le sue due file d'alberi potati a siepe, due pareti verdeggianti, di cui una era divisa dal sole che disegnava in alto una chioma luminosa e sotto un abito più scuro, proiettando un ampio tappeto d'ombra sul viale. Da vero uomo di campagna, Jankel si compiaceva nel vedere come l'arte umana riusciva a dominare la natura. Infatti, solo l'uomo di città stravede per la vegetazione che cresce indomita e selvaggia, la cosiddetta "natura vergine", le cui bellezze egli prende tanto a cuore perché dà retta a quella schiera di letterati degeneri che lo illudono di essere afflitto da un eccesso di spirito quando ciò di cui soffre è una carenza d'intelletto.

Alfred, uomo di città, non capiva l'entusiasmo di Jankel. Non lo condivideva ed era deluso. Lo fu ancora di più quando, più tardi, si recarono al Prater, dove il vecchio Jankel andò in visibilio per la Grande Ruota. Gli spiegò che era solo l'avanzo di un'esposizione universale, una stravaganza ridicola e antiquata che avrebbero sbaraccato da tempo, se i costi di demolizione non fossero stati tanto elevati. Ma Jankel non ne voleva sapere. Era proprio un vecchio cocciuto e testardo.

Tuttavia, fu grazie al vecchio che Alfred scoprì la bellezza della Mariahilferstraße. La sosta nel parco di Schönbrunn aveva rimesso in sesto Jankel, tanto da fargli dire: «Se non sei troppo stanco, Alfred, mi piacerebbe tornare in quella strada, tu sai quale...»

«Mariahilferstraße.»

«Mi piacerebbe vederla per bene, dall'inizio alla fine.»

«Non vorrà farla tutta a piedi, signor Jankel?»

«A piedi? Non credo sia possibile.»

«A dire il vero, non è poi così lunga. Ma non è stanco di camminare?»

«Non è così lunga, dici? A me sembrava non finire più. Ma non sono stanco e, se è possibile, mi piacerebbe farla tutta a piedi. Quanto tempo ci vorrà?»

Alfred valutò l'età di Jankel e rispose: «Almeno un'ora.»

«Solo un'ora?» si stupì Jankel. «Come da Dobropolje a Nabojki! Allora andiamo, andiamoci subito! È lontana da qui?»

«Dieci minuti.»

Attraversarono il giardino davanti a Schönbrunn. Alla rimessa dei tram di Rudolfsheim, Alfred indicò un punto con il braccio teso: «Ecco, lì inizia la Mariahilferstraße.» Jankel si fermò per qualche istante, quasi volesse concedere una pausa alle gambe prima di ingranare una nuova marcia, tenuta in serbo per quella via. Guardandosi intorno, vide la statua del santo davanti alla rimessa dei tram che, nella luce del tramonto, s'incendiava di un bagliore rosa e bianco calce quasi ultraterreno.

«Anche qui ci sono i santi ai crocicchi, come nei nostri villaggi!» esclamò con tale allegria che Alfred mise da parte la propria stanchezza e riprese il suo ruolo di guida con rinnovato impegno. E mentre andava istruendo il vecchio Jankel, Alfred imparò a conoscere la Mariahilferstraße.

La strada più lunga di Vienna, dicono. E anche se ne esistesse una più lunga, l'affermazione manterrebbe tutto il suo valore. È probabile infatti che, a prescindere dalla lunghezza, nessuna via regga il confronto, perché prima o poi finisce per sfociare in qualche strada di campagna che conduce nei dintorni, in provincia, nel vasto mondo, mentre la Mariahilferstraße è una via spiccatamente urbana. Parte dal XIII distretto, procede attraverso il XIV e il XV, poi attraverso il XVI e il XVII per terminare nel I. In sostanza, parte da Vienna e arriva a Vienna.

A molti questa via non dice granché. Forse perché non possiede attrattive appariscenti, né antichi palazzi, perché non ha angoli appartati ed è pure molto trafficata. Non è una via distinta. Si snoda con un piglio risoluto, espressione di una natura volitiva che della distinzione non sa cosa farsene. Mariahilferstraße inizia nei pressi del giardino davanti a Schönbrunn, avrebbe quindi la possibilità di portare con sé qualche impronta dell'antica nobiltà. Invece, preferisce partire subito con qualcosa di utile, con due depositi di smistamento dei tram e un mercato. Con queste solide premesse, si fa il segno della croce – come vuole il nome: *Mariahilf*! Vergine Maria, aiutaci! – per poi avviarsi, strada già relativamente larga, fra due quartieri popolari, Fünfhaus e Rudolfsheim, e all'altezza del "Gürtel", l'arteria che cinge i distretti interni della città, trae un profondo respiro per accogliere, nella sua cassa toracica espansa, un piccolo giardino pubblico, con un'aiuola circolare, qualche albero e qualche panchina, un posto dove possono riposare passeggiatrici disoccupate e disoccupati stanchi.

Con questo entroterra alle spalle, prende coscienza della propria indole operosa e proietta tutta la sua lunghezza nell'avventura del mondo degli affari, che è la sua ragion d'essere. Davanti alla chiesa della Santa Croce sembra perdere la bussola. Annusando l'aria trionfale che emana la bellezza a lei inaccessibile della Ringstraße, si piega leggermente, vorrebbe curvare, scansarla; ma poiché questo non è possibile né a destra né a sinistra, tenta di sprofondare sottoterra con una discesa repentina e pericolosa (per la quale più di un autobus in inverno sbuffa, ansima e si ferma). Per finire, recupera la sua tempra decisa e rinuncia piuttosto a se stessa e al suo nome cedendo l'ultimo tratto, che non può più rivendicare per sé, a un'altra via, già quasi elegante, che la continua a debita distanza: si chiama Babenberger Straße, ma in realtà serve solo a evidenziare l'ingresso inglorioso della Mariahilferstraße nel Ring.

Alfred, che non aveva mai percorso a piedi l'intera Mariahilferstraße dall'inizio alla fine, la vide così per la prima volta e fu grato al capriccio del vecchio Jankel. Non essendo in grado di afferrare lo svolgimento impressionante della strada, Jankel la divise in piccoli tratti più facili da assaporare. Ogni tanto si fermava davanti a una vetrina, si guardava intorno e si faceva spiegare tutto. Vedeva le vetrine come stanze, le vetrate che le chiudevano non come finestre, bensì come grandi porte a specchio. L'intera Mariahilferstraße gli ricordava un bazar orientale, una babilonia di seducente e riprovevole sfarzo, un gigantesco mercato che offriva generosamente e liberamente, come specchietti per le allodole, tutte le sue rutilanti mercanzie, tutta la sua variopinta ricchezza, sottraendole allo stesso tempo con perfida astuzia ai desideri dei passanti.

Indugiò più a lungo davanti a una selleria: l'occhio esperto provava una gioia infantile alla vista di quelle selle leggere ed eleganti, dei finimenti cuciti a regola d'arte, dei magnifici frustini con il manico d'argento. Decise su due piedi che doveva acquistare subito una sella da signora per la bella vedova, la mamma, che di sicuro un giorno, forse anche molto presto, sarebbe venuta in visita a Dobropolje...

Non voleva andare via da quella vetrina. Ma si stava facendo tardi e Alfred gli metteva fretta. Arrivati ormai praticamente alla fine della via, presero il tram per il Prater, dove ci fu quell'entusiasmo per la Grande Ruota che deluse Alfred.

Sulla via del ritorno Jankel, che gioiva vedendo accendersi i lampioni e le scritte luminose, tentò di giustificare la sua insaziabile curiosità: «Probabilmente sei stupito da questo vecchio.»

«Ma perché, signor Jankel?»

«Io non ho mai visto una città così grande. La città più grande che ho visto è Kiev, ma è stato tanto, tanto tempo fa. Poi, devi sapere che dalle nostre parti c'è un insediamento tedesco. E lì ci abita un ebreo che da una vita è infelice perché vive in un villaggio e sogna sempre grandi città. Si chiama Lejb Kahane, ma tutti lo chiamano Leopoli-è-una-vera-città...»

«Come lo chiamano?»

«Da noi si usa così. Tutti abbiamo un soprannome. Se lo chiamano così è perché...»

Alfred scoppiò in un'irrefrenabile risata, quasi come al congresso. Risentito, Jankel attese che scemasse e poi domandò: «Come può un uomo istruito ridere così?»

«Lei... lei ha ragione... signor Jankel... ha perfettamente ragione!» riuscì a dire Alfred, cercando di trattenersi. «La gente istruita davvero non ha motivo di ridere. Ma io non sono poi così istruito.»

«Ti hanno quasi ammazzato di botte e tu ridi di nuovo come ieri?»

«Non me ne voglia, signor Jankel, ma quel Lejb, quel Kahane, quel Leopoli-è-una-vera-città... lo devo assolutamente conoscere.»

«Lo conoscerai. Ma non ridere di lui. Tutti lo prendono in giro e io l'ho sempre considerato un gran tonto. Qui però mi è capitato più volte di pensare che non è poi così scemo, il vecchio Lejb. E devi sapere che se guardo tutto con tanta attenzione è per avere molte cose da raccontargli.»

«Saremo in due a raccontargliele, signor Jankel, saremo in due...»

«Ora però dimmi: dov'è un ufficio postale? Devo mandare un telegramma.»

«A quest'ora gli uffici postali sono già chiusi. Ma un telegramma può farlo il portiere dell'albergo.»

«Mi accompagneresti ancora fino all'hotel?»

Davanti all'albergo Alfred si congedò. Era di ottimo umore. Con l'aiuto del portiere, Jankel scrisse il suo telegramma. Era indirizzato a Pesje e conteneva il seguente messaggio:

PESJE MILGROM DOBROPOLJE ULTIMO UFFICIO TELEGRAFO KOZLOWA STOP ARRIVO DOPODOMANI VENERDÌ CON OSPITE IMPORTANTE MEZZOGIORNO DACZKÓW STOP GIOVEDÌ MANDATE STAZIONE CARROZZA GIALLA TIRO A QUATTRO STOP ASSOLUTAMENTE TIRO A QUATTRO DICO IO

JANKEL CHRISTJAMPOLER

Con il telegramma aveva sbrigato nel migliore dei modi l'ultima incombenza in sospeso a Vienna. Affidò il modulo compilato al portiere, emise un lungo sospiro per suggellare l'opera compiuta e, a gambe barcollanti, si avviò adagio su per le scale. Welwel non era in camera. È andato al congresso, si disse Jankel. Tutto come previsto. Era così stanco che si coricò immediatamente, senza aver cenato. I suoi pensieri volevano volare a Dobropolje, ma la mente era stordita da tutte le meraviglie che aveva visto con Alfred quel pomeriggio. Chiudendosi lentamente, gli occhi trasferivano la deliziosa confusione del paesaggio urbano nei suoi sogni, insieme però al rombo dei tram che irrompeva ciclicamente a disfare le immagini oniriche, come un fulmine che disperde le nuvole. Il vero sonno ristoratore latitò anche durante la sua terza e ultima notte nella grande città.

9

L'ansia per il viaggio che aveva turbato il sonno della sua ultima notte viennese mosse Alfred verso la stazione Nord tre quarti d'ora prima della partenza del treno. La mamma doveva passare a prendere il Dr Frankl in ufficio, Welwel e Jankel non erano ancora arrivati, così Alfred si ritrovò in piedi nella sala d'aspetto, solo, in mezzo alla moltitudine irrequieta dei viaggiatori. Appariva pallido e sconvolto. La borsa sotto l'occhio sinistro era più gonfia del giorno prima e si sentiva in subbuglio per la partenza. Ancora di più lo affliggeva la nostalgia di casa. Sì, la nostalgia di casa! Alfred si trovava alla stazione Nord e già sentiva la mancanza di Vienna.

Non era pentito della decisione. Ma era successo tutto troppo in fretta. Era alla stazione, pronto a partire: ma dove stava andando, ancora una volta così, senza riflettere? Quando sarebbe ritornato? Chi poteva saperlo?

Nel suo tormento interiore l'espressione dolceamara «mai più», che in bocca a un uomo così giovane ha un sapore più dolce che amaro, sedusse Alfred istigandolo all'esagerazione. E ci fu un momento in cui si aggrappò alla gonna della madre, gridando che non potevano abbandonarlo così... Ma la mamma non c'era e adesso stavano già arrivando, lo zio e il vecchio Jankel, li vide avanzare da lontano e gli parvero due sconosciuti. Tuttavia, vedendoli si rianimò e la nostalgia lacrimevole svanì. Emigro. Devo emigrare. Al giorno d'oggi sono in molti a dover emigrare. Vanno nelle colonie. Anche se avessi potuto terminare gli studi, sarei dovuto partire ugualmente. Tanto vale farlo ora.

Per riguardo all'ospite, Welwel aveva acquistato biglietti di seconda classe. Avevano molta fretta di occupare i loro posti, di installarsi comodamente prima degli altri passeggeri. Avevano entrambi un aspetto solenne: Welwel sprofondato nella tristezza del lutto, Jankel, tetro in viso e timoroso, sembrava sopravvissuto a uno spavento. Stamattina sono andati al cimitero, si ricordò Alfred. Tentando di allontanare il proprio dispiacere, prese posto senza aprire bocca tra i suoi compagni di viaggio che, cupi e muti nei loro abiti di tutti i giorni, sembravano gettare un'ombra tetra sullo scompartimento, sul vagone, sull'intero treno.

C'era un continuo e frettoloso andirivieni su e giù per il treno e per il marciapiede. Barbe nere, passi neri, sguardi ardenti, grida concitate. Alfred aveva l'impressione che il paese da cui si stava lasciando rapire fosse venuto a prenderlo alla stazione Nord.

«Tua madre non viene?» domandò Welwel.

«C'è ancora tempo» disse Jankel.

«Dieci minuti» precisò Alfred, affacciandosi al finestrino.

Cinque minuti prima della partenza, Fritzi e il Dr Frankl apparvero sul marciapiede. Fritzi voleva evitare scene d'addio troppo lunghe. Con suo figlio aveva parlato nel corso della mattinata. Alfred era stato molto affettuoso e aveva promesso di tornare subito dopo le vacanze. Perché dunque perdersi in chiacchiere con il cognato? Fritzi era di ottimo umore. L'incomprensibile incidente del giorno prima era stato superato con l'aiuto dell'album di fotografie che aveva sfogliato fino a notte fonda e che aveva perfino portato con sé a letto, per addormentarsi. Grazie a quelle reliquie erano riaffiorati tanti ricordi di un passato bello e felice. La decisione presa così all'improvviso il giorno prima, sussurrata in francese all'orecchio del fidanzato, in presenza del cognato e alle spalle del figlio, era seria e irrevocabile. Ma l'album di fotografie e anche la voce del cuore le impedivano di agire in maniera troppo precipitosa. Dopo le vacanze, quando sarebbe tornato Alfred, ci sarebbe stato ancora tutto il tempo per compiere il passo che meditava da quattordici anni. Questa era l'opinione del Dr Frankl che Fritzi, lungo il tragitto per la stazione, non aveva esitato a far sua. Ecco perché era arrivata di buonumore. Indossava un tailleur grigio che metteva in risalto l'eleganza della sua silhouette, un cappellino di feltro nero con il bordo vezzosamente ripiegato all'insù e un paio di guanti bianchissimi: era più affascinante che mai. Jankel si sentiva stringere il cuore al pensiero che quella bella persona, la vedova di Jossele, fosse la figlia di Peschek, una battezzata.

I cinque minuti passarono in un lampo. Anche perché ne occorsero quattro per spiegare un equivoco. Fritzi era talmente di buonumore che pensò di alleggerire il momento azzardando una battuta: «Speriamo che tu non debba di nuovo tagliare la corda senza bagagli!» Alludeva all'avventura berlinese del figlio. Welwel e Jankel, che non potevano capire il riferimento, fecero il muso lungo e, mentre Welwel rimase in silenzio unendo questo dispiacere alla tristezza del mattino, Jankel non era affatto disposto a lasciar correre una provocazione del genere. «Da noi, cara signora, nessuno ha mai dovuto tagliare la corda senza bagagli. A Dobropolje, cara signora...»

Il Dr Frankl fu costretto a intervenire e sudò sangue finché l'equivoco venne del tutto chiarito suscitando l'ilarità generale. Fortunatamente il tempo bastò anche per salutarsi come si deve.

La locomotiva fischiò, i respingenti cozzarono rumorosamente l'uno contro l'altro e il treno si mosse lentamente. Sporgendosi con il busto fuori dal finestrino, Alfred si preparò a quel congedo supplementare che, per l'agitar di mani e fazzoletti, ricorda in modo inquietante l'attimo in cui si gettano zolle di terra sbriciolate sulla bara per l'ultimo commiato. Mentre il Dr Frankl eseguiva quel gesto pietoso fermo sul posto, Fritzi camminava accanto al treno in movimento, il suo tenero sguardo incollato agli occhi del figlio che la seguivano dall'alto. Provando uno strano piacere misto a dolore, Alfred vide ancora la madre che allargava le mani facendosi improvvisamente pallida anche nello sguardo, e udì il suo debole grido implorante: «Torni dopo le vacanze, vero, Alfred?»

Mentre il treno lasciava l'atrio della stazione, gli occhi di Alfred incontrarono uno sguardo tagliente, uno sguardo che apparteneva a un volto, a una fisionomia... Dove aveva visto quello sguardo tagliente, quel volto, quella fisionomia? Il ricordo lo spinse via dal finestrino, facendolo ricadere sul sedile: «Anche l'ispettore Brennseis mi ha accompagnato alla stazione!»

«Quale ispettore?» domandò Welwel.

«Brennseis. L'ufficiale di polizia giudiziaria. L'ispettore che l'altro ieri voleva arrestarmi al congresso.»

«No!»

«E invece sì, zio! Mi ha lanciato un'occhiata, un'occhiata ti dico!»

«Io dico che ti sbagli, Alfred.»

«Impossibile. Era lui. Forse però si trovava lì per caso.»

«Un puro caso» confermò Welwel.

In effetti, l'ispettore Brennseis si trovava lì per caso. Per ragioni di servizio. Era sulle tracce del falsificatore di assegni e truffatore ricercato dalla polizia internazionale Joe Erik Hansen, il cui vero nome era Efraim Joel Chasen. Aveva perquisito a fondo cinque vagoni, scrutando ogni passeggero con il suo occhio clinico forgiato dalle tecniche della psicologia investigativa. Nel sesto vagone aveva individuato Alfred. Eccolo qui: Chasen alias Hansen!, pensò di primo acchito l'ispettore Brennseis. La faccia di Alfred gli risultava familiare e tuttavia era un po' troppo giovane per essere il famoso falsificatore di assegni. Mentre valutava se attendere ancora o entrare subito in azione, rimase davanti alla porta dello scompartimento, osservando Alfred senza farsi notare, finché riconobbe il Dr Frankl sul marciapiede.

Calmo e impassibile, il falsificatore di assegni Joe Erik Hansen sedeva nello scompartimento attiguo, in prima classe. A Vienna si era procurato un buon passaporto. Non si chiamava Efraim Joel Chasen e nemmeno Joe Erik Hansen. Quel giorno si chiamava Zbigniew Ritter von Maslowski e stavolta aveva anche tutta l'aria di essere un cavaliere. Era originario della regione di Brody, stava ritornando a casa per recarsi in visita alle tombe dei genitori e, di passaggio, si sarebbe fermato anche a Leopoli per sbrigare alcuni affari.

Quando l'indomani mattina, secondo giorno di viaggio, Welwel chiese al conduttore di aiutarlo a radunare dieci uomini per la preghiera del mattino, il Cavalier di Maslowski fu così gentile da rendersi disponibile quale prezioso, ricercatissimo decimo membro del quorum.

10

Fedja Chan, l'astuto contadino che arando il campo di domenica aveva contrariato Welwel, riuscendo comunque a scroccargli un carico di fieno, aveva azzeccato anche le sue previsioni meteorologiche. Nei giorni che a Vienna erano stati così densi di avvenimenti per Welwel e Jankel, era piovuto molto in Podolia. Il maltempo era iniziato lunedì pomeriggio con temporali brevi e intensi, per tramutarsi in una pioggia sottile e persistente nella notte tra martedì e mercoledì. Il frinire metallico dei grilli nei prati era scomparso, come pure il cinguettio dei pagliaroli nei canneti, il gracidio delle rane nelle paludi. Solo i venti cantavano, e dalle folate estive ancora calde la pioggia carpiva freschi brividi autunnali.

Avvolto nella sua mantella cerata marrone, Panjko attendeva sul marciapiede della stazione di Daczków, gli occhi puntati sui binari in fuga per avvistare il treno in arrivo. Roso dall'impazienza, desiderava ora che comparisse al più presto, ora che non comparisse affatto. Aveva di nuovo le sue gatte da pelare, il cocchiere. A Dobropolje il telegramma di Jankel aveva scatenato un contrasto di vedute tra Pesje, la governante, e Domanski, il nuovo economo. Pesje, destinataria del telegramma, aveva ordinato al cocchiere di preparare la carrozza gialla per recarsi alla stazione, ma in nessun caso un tiro a quattro. Domanski, invece, che aveva gettato un'occhiata al telegramma, riteneva che un ordine andasse eseguito alla lettera. La carrozza era troppo pesante per due cavalli, soprattutto con quel tempo, come aveva fatto notare: l'amministratore capo ne aveva senz'altro tenuto conto, ma in un telegramma era difficile esprimersi con chiarezza. Pesje non era d'accordo. Non era la prima volta che il vecchio Jankel tentava di attaccare quattro cavalli a un calesse. Era un altro dei suoi capricci, ma lei, Pesje, non poteva permettere che s'infrangesse un divieto della Buonanima – era così che Pesje chiamava il defunto Juda Mohylewski – senza un espresso ordine di Welwel. L'amministratore capo era il suo superiore, aveva ribattuto Domanski, e non era ammissibile sindacare gli ordini di un superiore, unico responsabile delle sue decisioni. L'unico a poter dare ordini era il padrone, aveva controbattuto Pesje, e poi questa non era una decisione che riguardava il lavoro nei campi. La Buonanima aveva severamente proibito ai suoi figli di andare in giro con un tiro a quattro e fino a quando lei fosse stata la governante dei Mohylewski, le usanze di casa sarebbero rimaste sacre. La lite terminò con un compromesso e Panjko si recò alla stazione con un tiro a tre.

Panjko era un contadino di indole pacifica. Ma attaccare tre cavalli alla carrozza gialla gli sembrava un'assurdità, e la sua coscienza di bravo cocchiere insorse al punto da spingerlo a disobbedire. «Il signor amministratore capo mi ammazza su due piedi, se mi vede arrivare alla stazione con un tiro a tre! E avrebbe pure ragione!» gridò Panjko. «Così ci andrà il diavolo a Daczków, non io!»

«Troveremo un altro cocchiere» disse Pesje, triste ma ferma. E Panjko attaccò tre cavalli alla carrozza e partì per la stazione, augurando al potere donnesco le fiamme dell'inferno. Sedeva a cassetta in una nube di vergogna e attraversava i villaggi al galoppo, lo sguardo abbassato, benedicendo l'acquazzone grazie al quale solo pochi cristiani sarebbero stati testimoni del suo scacco. Ma cos'avrebbe detto l'amministratore capo, la vecchia piaga?

Panjko si precipitò incontro al convoglio che rallentava per poter annunciare la triste notizia già attraverso il finestrino aperto dello scompartimento. Dovendo però sbrigarsi a prendere le valigie che gli tendevano dall'alto per portarle in fretta all'asciutto sul marciapiede, tenne l'ansia momentaneamente a bada. E poi ci fu la grande sorpresa: il signorino, il nipote del padrone con delle valigie così belle! Un giovane padrone si trasferiva a Dobropolje! Quale novità! Sembrava di buonumore. Altrimenti Jankel non si sarebbe affrettato a presentare Panjko al signorino in sala d'aspetto, prima ancora che venissero sistemati i bagagli in carrozza. L'amministratore capo aveva perfino citato il padre di Panjko. Il cocchiere aveva inteso perfettamente il suo nome, anche se Jankel con il signorino parlava straniero.

«Questo è il figlio del vecchio Matwej, che tu conosci dalla storia di Rabbi Abba» aveva detto in effetti Jankel.

Alfred strinse la mano a Panjko, Welwel li esortò a

sbrigarsi e tutti insieme uscirono di corsa sotto la pioggia, verso la carrozza che li attendeva con il tettuccio in cuoio rialzato e gocciolante, sullo spiazzo d'erba davanti all'uscita. Welwel montò per primo, seguito da Alfred. Una volta preso posto sotto il mantice, udirono la voce bisbigliante di Panjko, sulla quale irruppe come un temporale il basso profondo di Jankel.

«E ora che c'è, Jankel?» domandò Welwel con calma.

«Oh, niente, niente. Solo che adesso è Pesje che comanda a Dobropolje. È Pesje-sempre-in-pena a portare i pantaloni!»

«Andiamo, Jankel, sali, non abbiamo tempo da perdere.»

«Fa attaccare tre cavalli alla carrozza gialla! Pesje! Mi manda una troika, quella belva rossa!»

«Suvvia, Jankel, muoviti! Me l'hai promesso: alle sette siamo a casa. È venerdì!»

Jankel ispezionò i cavalli, i finimenti, la carrozza, le ruote. Il suo respiro pesante e affannoso era interrotto da grugniti e imprecazioni furiose, fra cui s'inserivano i bisbigli intimoriti di Panjko.

«Che cos'ha la ruota davanti a sinistra?»

«Niente, niente. Tutto a posto» lo rassicurò Jankel, chinando la parte superiore del corpo per entrare sotto il mantice. Il suo viso era paonazzo, le vene del collo e della fronte sporgevano come corde nodose e gli occhi lampeggiavano.

«Siediti qui con noi, Jankel. C'è posto per tutti e tre.»

«Ehi, *Boshe, Boshe*!» sospirò Panjko a cassetta. Come ebbe impugnato le redini, i cavalli si mossero e la pesante carrozza rotolò lieve lungo la strada erbosa.

«Da quant'è che piove così, Panjko?»

«Da lunedì pomeriggio, signor padrone.»

«Hanno cominciato a tagliare l'avena da noi?»

«No, signor padrone. Lunedì mattina il tempo era ancora buono, ma il signor economo ha voluto aspettare che tornasse il signor amministratore capo.»

Jankel sorrise e guardò il campo di avena di Krasnianjski. Era falciato per metà. La bella avena di Krasnianjski era fradicia: le spighe gonfie giacevano nel fango acquoso e il terreno era ridotto a un pantano.

Welwel guardò il campo di trifoglio bianco. La pioggia accarezzava le testoline candide, il vento le scompigliava, agitando, piegando e appiattendone gli steli, ma il trifoglio, ancora pieno di linfa, sfidava il vento e non permetteva che sciupasse la sua fioritura argentea.

«La nostra avena era parecchio indietro rispetto a quella di Krasnianjski» osservò Welwel. «Avrai un buon raccolto, Jankel. Ringrazia Dio e stattene buono!»

«Se almeno avessero attaccato un altro baio insieme agli altri due! E invece no: attaccano un grigio e due bai! Un grigio! E così che devo farmi scarrozzare per le nostre terre in vecchiaia!»

«Hanno scelto un cavallo robusto, Jankel. Sii contento! Con due cavalli non ce l'avremmo fatta ad arrivare in tempo.»

«Chi ha parlato di due cavalli?! Ho telegrafato espressamente: tiro a quattro! Ho pagato due volte per queste parole nel telegramma! La conosco, la tua Pesje!»

«Cooosa? Tiro a quattro? Hai telegrafato "tiro a quattro"?»

«Sì. A quattro. Mi sono preso questa libertà.»

«Una grande libertà, se devo essere sincero! Come ti sei permesso una simile libertà?»

«Me la sono presa e basta.»

«Meno male che Pesje ha più buonsenso di te. Brava Pesje!»

Con grande irritazione di Jankel, Welwel recitò il primo verso del bell'inno di lode ebraico che si canta il venerdì sera, dopo la preghiera che precede il primo pasto dello shabbat, di fronte alla tavola apparecchiata. Il canto di lode alla brava padrona di casa.

«E allora sposala» sbottò Jankel. «È ancora da maritare. Ma scommetto che non ti vorrà. Era innamorata di Jossele e lo è ancora.»

Welwel sorrise, trasognato. Dopo un lungo silenzio, si rivolse ad Alfred: «Devi sapere che mio padre ci proibì di viaggiare con quattro cavalli.»

«Ma anche a Jossele sarebbe piaciuto farlo se non fosse...»

«Taci, Jankel! Ora sto parlando io con Alfred. Mio padre, tuo nonno, diceva sempre: un ebreo che viaggia su un tiro a quattro distoglie lo sguardo dei nostri nemici da centomila ebrei poveri che vanno a piedi con gli stivali rotti.»

«Chamalja di Nabojki, il mercante di maiali, tre anni fa con il suo porco denaro ha acquistato un podere abbandonato di trecento iugeri. Dunque: lui può viaggiare su un tiro a quattro e il signore di Dobropolje no?» provocò Jankel, rivolgendosi anche lui ad Alfred.

«Se il mercante di maiali Chamalja viaggia su un tiro a quattro, la gente dice: "Il mercante di maiali Chamalja viaggia su un tiro a quattro." Ma se lo faccio io, che cosa dirà la gente? Dirà: "Gli ebrei viaggiano su un tiro a quattro!" Non ho forse ragione?»

«Se voi ebrei piegate il capo davanti a ogni nemico, se vi umiliate così, se chiedete scusa a tutti per il solo fatto di vivere e, come tutti gli esseri viventi, di voler vivere, andrà a finire che vi sarà negata l'aria che respirate. Chi si umilia da solo viene schiacciato! Non ho forse ragione?»

Alfred sedeva tra Welwel e Jankel. Il primo gli strinse il braccio sinistro, il secondo quello destro. Non era semplice fare da arbitro.

«Mio nonno aveva ragione» decise dopo lungo pensare, stringendo più forte a sé il braccio di Jankel per farsi perdonare. Deluso, Jankel si scostò: «Diventerai un clericale esattamente come tuo zio.»

11

Erano ormai cinque ore che viaggiavano sotto la pioggia. Il cielo era una cortina di nubi, l'aria una cortina d'acqua. Ormai le strade non erano che fango, i fossati torrenti, i campi stagni e i prati paludi. Nella penombra creata dal tettuccio rialzato, ogni tanto Alfred aveva quasi l'impressione di essere stato rapito in una notte di nebbia: ma dove stava andando? La notte precedente aveva dormito sodo, sprofondato nel pozzo scuro di un sonno senza sogni. Aveva poi trascorso la mattina in un vago stato di sonnolenza, stordito dal rumore della pioggia che batteva incessante sui finestrini dello scompartimento, impedendo di vedere il paesaggio. Ora sedeva sotto il mantice della carrozza, incastrato, intrappolato, imprigionato. Come lanciato attraverso un tunnel di cui non si vede l'uscita.

Di quando in quando si sporgeva in avanti a sbirciare il mondo sconosciuto, grondante di pioggia, da cui si era fatto rapire. Arrivava un villaggio e poi un altro villaggio; a una chiesa di paese seguiva un'altra chiesa di paese; a un pozzo a carrucola un altro pozzo a carrucola; a una casa parrocchiale un'altra casa parrocchiale; a un nido di cicogna su un tetto di paglia un altro nido di cicogna su un tetto di paglia; a una taverna di paese un'altra taverna di paese. Negli intervalli danzavano cortine di nubi e cortine di pioggia, il vento cantava e la pioggia scorreva. E per tutto il tempo, l'ampia schiena marrone di Panjko s'innalzava dal sedile del cocchiere come una torre protesa verso il cielo.

La pesante carrozza rotolava molle, quasi lieve, sopra il fango. I cavalli sbuffavano tra il sordo scalpitio degli zoccoli e la terra sospirava. Se la ruota anteriore sinistra scrosciava attraverso una pozza d'acqua, la posteriore destra le faceva eco gorgogliando dentro una pozzanghera.

«Non credere che qui piova sempre così» aveva detto un paio di volte lo zio per rassicurare Alfred.

«Avrà ben modo di vedere quanto può essere bello qui, quando fa bel tempo» aveva bofonchiato a un certo punto il vecchio Jankel.

Si addormentarono entrambi: in treno non avevano chiuso occhio.

La strada principale era terminata da un pezzo. Ora percorrevano strette stradine di campagna e gli zoccoli dei cavalli affondavano nella terra inzuppata come mani che lavorano una pasta grassa.

«Signor amministratore» domandò Panjko, «le serve niente a Fuchsenfeld?»

«Siamo già a Fuchsenfeld?» esclamò Jankel, fingendo di essere sempre stato sveglio e non ridestato da Panjko in quel momento. Anche Welwel si svegliò di soprassalto.

«Che ore sono, Jankel?»

«Le sei, Welwel. Continua pure a dormire. Tra un'ora siamo a casa.» E di lì a poco gridò a voce spiegata, facendosi udire da tutto il vicinato: «Un pacchetto di trinciato mediofine per Jankel Christjampoler!» Panjko arrestò la carrozza davanti all'emporio di articoli vari e tabacchi di Lejb Kahane.

«Non vorrai offendere di nuovo quel pover'uomo, vero, Jankel?» implorò Welwel.

«Ma no, non lo offenderò. Ora Lejb è mio amico. Ora sono anch'io un uomo di città.»

«È il signor Leopoli-è-una-vera...?»

«*Sst!*» lo ammonì Welwel in preda all'ansia.

La porta del negozio si aprì facendo suonare una campanella e apparve Lejb Kahane. All'inizio videro solo i suoi stivali, poi Lejb si chinò infilando il busto sotto il tettuccio della carrozza, salutò Jankel con un «buonasera», rivolse a Welwel il saluto di pace e infine tese la mano ad Alfred. La mano però ricadde subito per la sorpresa, non appena scorse il suo viso. «Ma questo è... è...» balbettò.

«Sì, Lejb, è lui! È proprio lui! È il figlio di Jossele!» confermò Jankel.

«Viene da noi» disse Welwel, contenendo il suo giubilo.

«Deve rimanere da noi» aggiunse Jankel.

«Rimarrà da noi» lo corresse Welwel.

«La saluto» disse Lejb Kahane, prese la mano di Alfred e la strinse a lungo. «La saluto, signor Mohylewski.»

«Dunque ha capito subito chi era?» si complimentò Welwel.

«Il signorino somiglia così tanto al...» («al battezzato» era sul punto di dire, perché da quelle parti chiamavano così il figlio perduto di Juda Mohylewski.) «... Il signorino somiglia così tanto a suo padre! È nato a Vienna, signor Mohylewski?»

«Sì» rispose Alfred, cercando con gli occhi Jankel che invece evitava il suo sguardo.

«Una fortuna invidiabile!» commentò Lejb. «Ed è cresciuto a Vienna?» volle ancora sapere.

«Sì» disse Alfred.

«Invidiabile! E vorrebbe rimanere qui?»

«Sì» disse Alfred. «Voglio rimanere da mio zio, a Dobropolje.»

«Lei è un figlio di Vienna e vuole davvero vivere qui, a Dobropolje?»

«Hoo, Panjko» gridò a un tratto Welwel, con una forza di cui Alfred non l'avrebbe ritenuto capace. «Buon shabbat, Lejb. È tardi!»

«Vengo per la preghiera domani» urlò Lejb Kahane dietro la carrozza che si allontanava a gran velocità, sperando di non aver contrariato Welwel.

«Che tontolone!» esclamò Welwel, e risero tutti e tre.

«Poverino. Era così contento di vedere un figlio di Vienna. Cercava solo il modo di tornare al suo argomento preferito» lo scusò il vecchio Jankel.

12

A un trotto spedito raggiunsero il sentiero in mezzo ai prati che da Poljanka portava a Dobropolje. Quando la carrozza attraversò con gran fracasso il ponte di legno, Panjko si voltò gridando: «Indovini un po', signor amministratore, chi sta arrivando da Dobropolje su un carro a rastrelliera vuoto!»

Jankel si sporse in avanti e subito si lasciò ricadere ridendo sul sedile imbottito. «È Fedja Cyhan, Welwel! Se ne ritorna a casa con il carro vuoto!»

«Ha bisogno di quel fieno» disse Welwel.

Fedja Cyhan era già stato quattro volte a Dobropolje per ritirare il carico che gli era stato promesso la domenica. Per tre volte, il martedì, il mercoledì e il giovedì, era andato a Dobropolje a piedi, nella speranza di riuscire anche a farsi prestare il carro e i cavalli per il trasporto del fieno. Dopotutto, possedeva un solo cavallo e aveva ogni intenzione di portare a casa un carico bello abbondante. Per tre volte fu costretto a tornare indietro a mani vuote. Ancora i signori non erano rientrati. E Domanski, l'economo, non sapeva nulla di quella donazione. Il contadino era preoccupato. Chissà cosa poteva succedere ai signori nel vasto mondo. Erano rimasti via per così tanto tempo. Da domenica a venerdì. Chissà se avrebbe mai visto quel carico di fieno. *Obitsjaw pan koshuch, teple jeho slowo*, disse fra sé. Era un proverbio contadino che esprimeva una visione piuttosto disillusa della generosità dei possidenti: «Il padrone mi ha promesso una pelliccia, com'è calda la sua parola.» Quando Pesje gli disse che i signori sarebbero tornati venerdì, si fece prestare un cavallo, lo attaccò a fianco del suo grigio davanti al carro a rastrelliera più grande che riuscì a trovare a Poljanka e partì per Dobropolje. Aveva atteso fin quasi al tramonto, ora stava per iniziare lo shabbat e gli ebrei, che se li portasse il diavolo, vagabondavano Dio solo sa dove in giro per il mondo! A reclamare il suo fieno di shabbat correva il rischio di commettere di nuovo peccato, non si poteva mai sapere con quei bigotti. Deluso e amareggiato, aveva fatto dietro front riprendendo la via di casa con il carro vuoto.

«Sia lodato Gesù Cristo» lo salutò Panjko, e fermò la carrozza perché i padroni si divertissero un po' con Fedja.

«Sempre sia lodato» rispose Fedja con voce piagnucolosa.

«Razza di pagano» lo apostrofò Panjko, «il tuo fieno fiorisce in tutte le stagioni!»

«Che venga lunedì» disse Welwel ad alta voce.

«Ma signore» supplicò Fedja. «Forse se lei dicesse oggi una parola al signor economo, potrebbe darmelo già domani. Lunedì Dio, nella sua grazia, ci donerà di nuovo il bel tempo e c'è così tanto da fare...»

«Tu che dici, Jankel?» domandò Welwel.

«Gira il carro, scroccone, avrai il tuo fieno oggi stesso. Hoo, Panjko!»

«Che Dio la ricompensi, signor amministratore! Lei comprende meglio di tutti la miseria di un povero cristiano» lo ringraziò Fedja.

«Sono contadini senza Dio» spiegò Jankel, «e tuo zio li converte con il fieno». E raccontò ad Alfred tutto l'episodio per filo e per segno, senza risparmiare il suo sarcasmo sulle aspirazioni clericali di Welwel. Ora che il viaggio stava per finire, a un tratto il vecchio Jankel si era fatto ciarliero. Volle anche far sapere come lo trattavano a Dobropolje, adesso che era vecchio. E raccontò la storia dell'acquisto del nuovo baio; Alfred dovette perfino alzarsi in piedi e sporgersi oltre il sedile del cocchiere per fare conoscenza con il cavallo.

«Guarda il nuovo baio» disse Jankel. «Guardalo, guardalo bene! Quel cavallo ti ha portato a Dobropolje, caro mio. Se non l'avessero comprato alle mie spalle, chi lo sa, forse a Vienna non ci sarei andato. La verità è che sono partito solo per mostrare a tuo zio e al suo Domanski di cosa è capace il vecchio Jankel. Voi portate dei nuovi cavalli? Ebbene, io a Dobropolje vi porto un nuovo padrone! Quel baio te lo regalo, Alfred. Lo addestrerò e lo farò diventare un cavallo da sella. Il nuovo baio sarà il tuo cavallo da sella.»

«Non si dovrebbe regalare ciò che non ci appartiene» precisò Welwel, «ma stavolta sono d'accordo con te.»

Erano arrivati.

«Se ora guardi fuori, sulla destra vedrai il vialetto che porta a casa nostra.»

«Fermati, Panjko» gridò Jankel. «Io scendo qui. Tra dieci minuti vengo a dire due paroline a Pesje.» Jankel smontò e seguì il carro di Fedja Cyhan, che aveva imboccato l'ampio viale di pioppi che conduceva all'economato.

Panjko era felice di aver concluso il viaggio in bellezza. I signori erano di buonumore, si vedeva. Stava per sfilare davanti alla casa padronale con quel tiro a tre che lui aveva guidato come un tiro a quattro! La sinistra afferrò le redini molto corte, la lingua schioccò tre volte e la destra levò la frusta con le doppie cinghie annodate – in previsione del tiro a quattro – facendola roteare e schioccare sulle teste dei cavalli una, due, tre volte. I cavalli si lanciarono in avanti con tutta la loro forza e un gran tintinnare di finimenti. I loro zoccoli già tuonavano sulle mattonelle di pietra del vialetto d'accesso, quando un cerchio scricchiolò, la carrozza emise un gemito e l'assale cedette a sinistra urtando il suolo. I cavalli s'impennarono fermandosi di scatto. Panjko batté le ginocchia contro il parafango, il cappello gli volò sulla nuca mentre lui, in ginocchio, teneva ancora le redini in mano: la ruota anteriore sinistra si era schiantata sulla prima delle mattonelle di pietra.

«Per l'amore di Dio, Panjko!» gridò Welwel, stringendo a sé Alfred con entrambe le braccia.

«Niente, signor padrone» balbettò Panjko. «Niente, niente, signor padrone! Si è rotta la ruota anteriore sinistra. Il signor amministratore l'aveva già detto alla stazione che non avrebbe retto al viaggio. Proprio a dieci passi da casa quella piaga si doveva sfasciare!»

«È stata una fortuna che sia successo qui» esclamò Welwel mentre smontava pallido e tremante.

Scendendo a ritroso dalla carrozza, la testa e il busto ancora all'ombra del mantice, Alfred udì una voce femminile spaventata e dolce: «Che Dio ci guardi da queste fortune, misera me!»

13

Pesje stava ritta davanti alla porta di casa. Già vestita per lo shabbat, portava un lungo abito di panno nero, con tre file di bottoncini di stoffa sul petto incavato, corazzato da ossi di balena, in testa un fazzoletto bianco che scintillava come seta, un pesante mazzo di chiavi appeso all'ampia cintura laccata di nero e una scatola di fiammiferi nella mano destra.

In sostituzione della padrona di casa, deceduta da tempo, spettava a lei accendere e benedire le candele dello shabbat, e Pesje era solita compiere questo sacro dovere con una sollecitudine che perfino a Welwel sembrava eccessiva.

Quando Alfred, smontato dalla carrozza, si affrettò a seguire lo zio sotto la pioggia, Pesje levò le mani al cielo, lanciò un grido incomprensibile e rientrò precipitosamente in casa, con le braccia protese in avanti.

«Abbiamo portato un ospite, Pesje, un ospite carissimo. Non scappare via» disse Welwel, ormai in corridoio.

«Il figlio di Jossele! Il figlio di Jossele...» balbettò Pesje sulla soglia della sala da pranzo, rigida come una statua.

«E questa è Pesje, l'anima buona della casa» la presentò Welwel.

Alfred si avvicinò a Pesje, sfiorò una delle due mani che teneva incrociate sul piccolo ventre, si chinò sulla mano impacciata, segnata dal duro lavoro, che ora lei gli tendeva e la baciò.

«Il figlio di Jossele! Il figlio di Jossele!» piagnucolava Pesje con le labbra esangui. Grosse lacrime rotolavano sulle guance appassite della governante.

Occhietti così piccoli e lacrime così grandi, pensò Alfred commosso. Voleva dirle qualcosa di gentile e la guardava.

«Alla buon'ora. Alla buon'ora» mormorò Pesje, rivolgendo a Welwel i suoi occhi pieni di lacrime.

«Alfred resta con noi. Dove lo sistemiamo, Pesje?» chiese Welwel.

«Il mio cuore lo sentiva, misera me. Ho preparato la stanza di Jossele!»

Il presentimento di Pesje, come quasi sempre accade quando un presentimento si avvera, poggiava su una considerazione di buonsenso. Il telegramma specificava "tiro a quattro". Era scritto addirittura due volte, in modo inequivocabile: tiro a quattro. Pesje sapeva molto bene che perfino il vecchio Jankel non avrebbe osato infrangere un divieto della Buonanima senza un buon motivo. Un ospite importante? Un ospite così importante da doverlo portare a Dobropolje su un tiro a quattro? Chi poteva essere? E la testolina di Pesje suggerì al cuore il felice presentimento. Chi poteva essere più felice di lei!

«Bene, Pesje, molto bene. Per il momento vogliamo solo lavarci le mani. Poi accenderai le candele e più tardi porterò Alfred nella "stanza del nonno".»

«Vado a darci un'occhiata» disse Pesje e corse via.

«È vedova?» domandò Alfred, mentre Welwel gli versava l'acqua sulle mani sopra il catino in corridoio.

«No, è signorina. Una vecchia signorina, poveretta. Chiamala semplicemente: Pesje.»

Dopo essersi lavati le mani, entrarono in sala da pranzo. La tavola era già apparecchiata per il primo pasto di shabbat. Nel candore damascato della tovaglia si riflettevano quattro grandi candelieri d'argento affiancati da due più piccoli in ottone. Le candele bianche arricciavano gli stoppini nell'impaziente attesa della benedizione, che già aleggiava nella penombra della stanza. Pesje tornò e accese le candele. Distese le braccia sopra le sei fiammelle tremolanti. Con mani avvolgenti fece il gesto di raccogliere a sé la luce e tuffò gli occhi nelle mani piene di luce. Per tre volte raccolse la luce con le mani e per tre volte gli occhi si tuffarono nel suo sacro balsamo. Poi si portò le mani davanti al viso e, dietro i palmi illuminati, le labbra che timidamente avevano iniziato a benedire le candele ridestarono in un sussurro tutto il fervore della preghiera.

Quando con l'ultima parola della benedizione le mani si abbassarono, Pesje era illuminata dal bagliore divino dei lumi guizzanti. Quel bagliore le rimase sul viso, propagandosi e rischiarandolo, come se con quelle candele lei avesse timoratamente acceso anche il suo viso per santificare lo shabbat.

Affascinato da quella magia di lumi, Alfred non riusciva a staccare gli occhi dalle sei fiammelle guizzanti. Aveva scordato tutta la stanchezza del lungo viaggio. Fuori era cessato il rumore della pioggia, quasi fosse stata un pianto che doveva solo accompagnare il suo viaggio. Nella stanza crepitavano le fiamme delle candele benedette.

Come evocato dal silenzio che si era creato nella stanza, apparve il vecchio Jankel.

«Buon shabbat! Avrei qualcosina da dirle, signorina Milgrom...»

«Anch'io a lei, signor Christjampoler» intervenne Welwel. «Non avevi detto: quando in carrozza siede Jankel

Christjampoler nessun cavallo si ammala e nessuna ruota si rompe?»

«Si è forse ammalato un cavallo?»

«No.»

«Si è forse rotta una ruota?»

«Eccome! Eccome se si è rotta!»

«Jankel Christjampoler sedeva forse in carrozza quando è successo?»

«Guardalo, Alfred. Guardalo. È orgoglioso. Quanto è orgoglioso che lo si chiami Jankel il goj! Ma quando serve, non disdegna l'astuzia ebraica. Vieni, Alfred, vieni! Ti porto nella "stanza del nonno".»

14

Alfred sedeva ora nella "stanza del nonno", davanti a uno dei banchi di preghiera. Welwel era in piedi davanti a una delle finestre, gli occhi puntati verso la "parete verde", come se vi dovesse scoprire qualcosa di importante. Alfred vide l'arca della Torà, il candelabro lungo la parete orientale, il lampadario, i banchi di preghiera, i tanti libri sugli scaffali. Sedeva davanti a uno dei banchi di preghiera che riempivano la stanza in otto file da quattro. Lo spazio era appena rischiarato dalla luce verdognola che filtrava attraverso le quattro grandi finestre del lato rivolto a nord. Le finestre erano aperte. Pesje faceva arieggiare la stanza per la funzione dell'indomani. E insieme all'aria entrava il grande silenzio del paesaggio della Podolia.

Alfred non aveva mai sentito un tale silenzio. Era così assoluto che aveva l'impressione di sentire il sangue pulsargli nelle tempie. Ai quattro elementi, terra, acqua, fuoco, aria, qui se ne aggiungeva un quinto, il silenzio... Grande e potente come gli altri quattro elementi, il silenzio ricopriva il paesaggio come una pelle quasi visibile, e perfino i piccoli rumori non facevano che accentuarlo. Alfred udì il verso di un giovane gallo che, con voce roca, annunciava in ritardo il cambio del tempo. Dall'altro capo del villaggio gli fece eco, attutita dalla distanza, la voce di un altro gallo. Quei versi erano piume sulla pelle del grande silenzio. Per non precipitarvi come in un pozzo profondo, Alfred domandò: «È stato il nonno ad arredare questa stanza?»

Welwel si voltò. «Non l'ha arredata tuo nonno. E neanche il mio. È stato il nonno di mio padre. Poiché mio padre parlava sempre della "stanza del nonno", anche noi bambini la chiamavamo così. E così continueremo a chiamarla.»

«Sì, zio. È molto bella questa stanza.»

Welwel tirò fuori un libro dalla tasca del caffettano e lo mise sul banco davanti ad Alfred.

«Questo è un libro di preghiere per te.»

Alfred arrossì.

«Purtroppo io non so...»

«C'è anche la traduzione tedesca. Finché non avrai imparato l'ebraico.»

Alfred aprì il libro alla prima pagina e lesse la traduzione riportata nella stretta colonna accanto alle grandi lettere quadrate dell'originale: *Come sono belle le tue tende, Giacobbe! Le tue dimore, Israele! Ed io, per tua grande bontà, verrò alla Tua casa e mi prostrerò con timore di fronte al Tuo santo Tempio. Amo la casa dove dimori, il silenzio dove riposa la Tua gloria.*

Gli occhi di Alfred si velarono di lacrime. Richiuse il libro.

«Zio, chi mi insegnerà a pregare in ebraico?»

«Io, caro Alfred. Non ci vorrà molto. Questa settimana andremo a Kozlowa dal rabbino. Sarà lui a decidere in quale forma dovrai unirti alla nostra comunità. Con la massima discrezione. Ti ho procurato questo libro perché tu apprenda alcune benedizioni. Gli ebrei del villaggio non devono sapere tutto. Per il momento imparerai solo due formulette, da pronunciare quando sarai chiamato a leggere la Torà.»

«Sarò chiamato a leggere la Torà?»

«Sì. Si viene chiamati per nome, si va davanti alla Torà, si bacia il punto dove inizia il brano della settimana e si recita una benedizione. Poi, si bacia il punto dove finisce il brano e si recita un'altra breve benedizione... Per il momento non ti serve sapere altro.»

Con dita nervose Welwel si mise a sfogliare il libro di preghiere e indicò ad Alfred dove era trascritta la pronuncia dell'ebraico in caratteri tedeschi sopra le formule di benedizione.

«Suppongo che questo sia per gli ebrei analfabeti come me, vero, zio?»

«Non importa, Alfred. Vedrai che fra due o tre settimane saprai già leggere la scrittura.»

Alfred provò vergogna. Voleva essere all'altezza di quel luogo, la "stanza del nonno", ma come doveva comportarsi? Appoggiò la fronte al banco lambiccandosi il cervello. Si guardò di nuovo intorno. I suoi occhi si fermarono al centro della parete orientale, dove la stella di David riluceva in filigrana dorata sullo sfondo scuro dell'arca della Torà.

«Zio, come mi avrebbero chiamato, se mio padre non... Non mi avrebbero chiamato Alfred, vero?»

«Probabilmente ti avrebbero... Fammi pensare... Sì, in effetti sì, le cose sarebbero andate altrimenti... È probabile che ti avrebbero dato il nome di mio nonno, ovvero del tuo bisnonno.»

«Come si chiamava tuo nonno?»

«Si chiamava Sussja. Io l'ho conosciuto. Era un uomo buono, un uomo devoto.»

«E allora sarò Sussja. Quando mi chiameranno a leggere la Torà non posso essere Alfred. Chiamatemi tutti Sussja, zio, a partire da adesso. Mi piace molto questo nome.»

Welwel si chinò verso Alfred, lo prese teneramente fra le braccia e lo baciò. «Ti ringrazio. Sarai un buon figlio per me, caro Sussja.»

In quel momento si aprì la porta. Appena li vide, Pesje balzò all'indietro e si richiuse la porta alle spalle, come se nella "stanza del nonno" avesse sorpreso una coppia di innamorati. Rimase a lungo nel corridoio buio, incerta sul da farsi. Poi prese coraggio, bussò e sussurrò: «Il figliolo avrà fame, misera me!»

Glossario

baal bechi: letteralmente “signore del pianto”, un tipo di cantore.

Chanukkà: Festa delle Luci; ricorrenza che dura otto giorni e ricorda la riconsacrazione del tempio di Gerusalemme dopo la vittoria dei Maccabei sui greci.

chassid (pl. *chassidim*): seguace del chassidismo, movimento religioso popolare di ispirazione mistica, nato nell’Europa del Settecento. Ebbe particolare diffusione in Polonia e Galizia.

dajan: “giudice”; giudice di un tribunale rabbinico o rabbino che esercita la funzione di giudice per le dispute interne a una comunità.

dajtsch: “deutsch”, “tedesco”; usato anche come termine dispregiativo per indicare una persona che si veste come un tedesco, ovvero un ebreo occidentale assimilato.

Festa delle Capanne: in ebraico “Sukkot”; festa che ricorda la permanenza degli ebrei nel deserto dopo la liberazione dalla schiavitù in Egitto.

Giorni Terribili: i dieci giorni che trascorrono fra Rosh Hashanah (Capodanno) e Yom Kippur (Giorno dell'Espiazione), dedicati al pentimento e all'introspezione.

goj: termine d'uso ebraico per designare chi non è ebreo.

Illuminato: il termine si rifà alla Haskalah, movimento di pensiero sorto nel Settecento e ispirato all'illuminismo europeo, che si prefiggeva di adeguare l'ebraismo alla società moderna. I seguaci della Haskalah si dicevano "illuminati".

kaddish: preghiera in memoria dei defunti.

kippà: copricapo maschile che gli ebrei indossano nei luoghi di culto e sempre se sono osservanti.

kosher: conforme all'insieme delle norme alimentari ebraiche.

mincha: la seconda delle tre preghiere quotidiane, si recita al tramonto.

minjan: quorum di dieci maschi ebrei adulti necessario per la recitazione di alcune preghiere importanti e per la lettura pubblica della Torà.

nu: parola jiddisch usata come intercalare o interiezione, con innumerevoli significati. Nel punto in cui appare in questo romanzo è traducibile con "allora".

pejes: letteralmente "angoli, estremità"; i riccioli che gli ebrei ortodossi si lasciano crescere alle tempie e che non possono essere tagliati.

Purim: Festa delle "sorti"; festa che ricorda lo scampato pericolo degli ebrei di Persia, che si salvarono dallo sterminio ordinato da Aman, primo ministro di re Assuero, a opera della regina Ester.

Rabbi (*Rav*): letteralmente "mio maestro"; guida, maestro riconosciuto dalla comunità in virtù del suo sapere e della sua condotta esemplare; viene anche anteposto al nome proprio come titolo onorifico.

reb: signore.

Rebbe: modo in cui gli ebrei dell'Europa orientale pronunciavano la parola "Rabbi"; rabbino chassidico. Diminutivo: *rebtschik*.

rebbezin: la moglie del rabbino.

shabbat, *shabes*: il nome rispettivamente ebraico e jiddisch per indicare il sabato ebraico, giorno di festa, preghiera e riposo.

shure: verso, riga.

Torà: letteralmente "insegnamento"; la Legge data da Dio a Mosè sul Sinai e i cinque libri che la contengono, il Pentateuco, chiamato Antico Testamento dal mondo cristiano.

ulanka: caratteristica giubba dell'uniforme degli Ulani, soldati di cavalleria leggera dell'esercito austro-ungarico.

wunderrabbi: rabbino miracoloso, taumaturgo.

zaddik: letteralmente "giusto"; uomo integerrimo, saggio.

Cantore del mondo perduto

Soma Morgenstern sarebbe potuto diventare uno scrittore yiddish e così essere uno dei pionieri di una letteratura promettente, nata tardi e assassinata ancora in fasce (ma non per questo meno grandiosa) nelle camere a gas. E magari sarebbe stato un socialista e avrebbe auspicato la morte del Messia e la nascita di un nuovo Messia, «l'operaio che alza in alto la bandiera della libertà», come recita una poesia dei primi del Novecento. Oppure possiamo immaginarlo alle prese con la rinata lingua ebraica, uno di quei personaggi che hanno inventato le parole moderne e modi di narrare consoni al Ventesimo secolo, uno scrittore partecipe dell'impresa sionista e della creazione di un canone letterario di un idioma millenario, che ha prodotto negli ultimi decenni autori dalla prosa potente come Abraham B. Yehoshua e Amos Oz o poeti sublimi e teneri come Yehuda Amichai o Leah Goldberg. E ancora, Soma Morgenstern ce lo possiamo immaginare come un narratore polacco, un collega di Bruno Schulz – scrittore ammazzato come un cane con una pallottola sparata per un capriccio da una SS nel ghetto di Drohobycz, nella tasca del cappotto aveva un tozzo di pane, e venerato da una generazione di altri scrittori non polacchi: da David Grossman a Nicole Krauss. In tal caso avrebbe fatto parte di un ambiente modernista, avrebbe dialogato con Witold Gombrowicz, che a sua volta, esule – dopo la guerra a

Buenos Aires – lasciò un segno sulla letteratura argentina, quella da Borges in giù che tutti ammiriamo. E invece un giorno, Avraham Morgenstern, il padre di Soma, gli scrisse: «*Du kannst lernen was immer – wenn Du Deutsch nicht kannst, bist Du kein gebildeter Mensch.*» (Puoi studiare qualunque cosa ma se non saprai il tedesco non sarai un uomo colto.) Così, nacque un grande scrittore austriaco di lingua tedesca, ebreo, per decenni dimenticato e riscoperto postumo, ma fin troppo spesso incasellato come «amico di Joseph Roth». Lo era davvero e condivise con Roth il pane salato dell'esilio a Parigi (e su Roth scrisse un bel testo, *Fuga e fine di Joseph Roth*, in Italia pubblicato due decenni fa da Adelphi).

Ma andiamo con ordine, cercando di essere fedeli ai dati di fatto più che alle ipotesi circa le vite immaginate. Soma Morgenstern nasce dunque... Ecco, dove nasce? Dipende, perché ci sono lembi di terra, pezzi della nostra Europa dove i nomi (delle persone, dei luoghi, delle strade, dei paesi) così come le appartenenze (identità, cittadinanza, fede) cambiano a seconda della lingua che vogliamo usare, o dell'idioma ufficiale dello stato di cui in quel preciso momento quel luogo faceva parte, o delle politiche dell'anagrafe che in dati momenti certi nomi li accetta ma in altri esige che siano in una determinata lingua. Però alcuni di quei nomi poi cambiano assieme al passaggio del luogo dalla sovranità di uno stato all'altro, e se non ne cambia il suono, muta la grafia, adattandosi alla cambiata geografia. Stiamo parlando, in concreto, di un luogo oggi al centro dell'attenzione del mondo: l'Ucraina (ma quanto sopra circa l'identità fluida è un tema che nella pubblica discussione italiana si preferisce omettere, dato che la fluidità è un principio di sovversione anarchica, e per questo guardata con diffidenza se non inimicizia – sia a destra che a sinistra, in cerca invece di certezze e punti di gravità incontrovertibili, salvo che sono atti di fede consolatori rispetto al perturbante del mondo).

E allora Soma, diminutivo di Salomo, derivato a sua volta dall'ebraico Shlomo, era nato nel 1890 a Budzanòw in polacco, Budaniv in ucraino, in quello che all'epoca era l'Impero austroungarico. In una cartolina postale («*Pozdrowienia z Budzanowa*», «Saluti da Budzanòw» in polacco) del 1904, si vedono case bassissime, pianoterra e tetto di paglia – come nei quadri di Marc Chagall (nato Moshe Segal) dove il pittore ebreo raffigura la sua Vitebsk, oggi in Bielorussia, allora parte dell'Impero zarista; e sopra, le mura di una fortezza che trasmette l'aria di un tenebroso mistero. Due anni prima della nascita del nostro Soma, a quaranta chilometri circa da Budzanòw, nella cittadina di Buczacz nacque invece Shmuel Yosef Agnon, premio Nobel per la Letteratura nel 1966, e nei fatti padre fondatore della prosa ebraica moderna. Ecco, torniamo all'immaginazione, Agnon avrebbe potuto essere uno scrittore tedesco-austriaco scambiando ruolo e biografia con Morgenstern. Non solo, dista poco più di cento chilometri da Budzanòw la città di Czernowitz, patria di Paul Celan, poeta nato come Paul Antschel nel 1920, che scelse il tedesco («la lingua dei nostri assassini») ma padroneggiava il rumeno (il luogo apparteneva alla Romania fra le due guerre mondiali), il russo, l'ebraico, il francese, il greco, l'inglese e chissà quante altre lingue, oltre a essere stato il grande amore di Ingeborg Bachmann – austriaca. E la frase di sopra non è gossip, ma un ulteriore indizio di quanto tutto si tiene in certi contesti in apparenza frammentari, che se ricostruiti (con l'archeologia della geografia e delle appartenenze) si rivelano del tutto coerenti.

La famiglia di Soma è ebrea ortodossa. In casa si parla lo yiddish. Le feste comandate vengono rispettate, la cucina è rigidamente casher. Soma, da bambino, viene mandato al cheder, una specie di scuola religiosa dove venivano fatti studiare i maschi ebrei a partire dall'età di cinque anni (o meglio, venivano fatti imparare a memoria i testi, e non conosciamo nessuno che del cheder abbia avuto un dolce ricordo). Al contempo frequenta la scuola elementare ucraina. La famiglia cambia spesso luogo di residenza, sempre nei paesini vicinissimi l'uno all'altro, uno di questi è Dobropolje, di cui si parla nel libro che tu, caro lettore o lettrice, hai fra le mani. Nell'anno 1904 Soma lascia la famiglia e va ad abitare a... ecco, a Tarnopol o Ternopil, dove si iscrive a un liceo polacco. Così, oltre al latino e greco – allo yiddish, ebraico, polacco e tedesco della vita quotidiana – impara il francese e l'inglese. Ma scopre anche l'esistenza della biblioteca pubblica di Leopoli, a centotrenta chilometri di distanza. Leopoli, o Lwòw o Lviv o Lemberg, è una metropoli, una città ricca di cultura e di beni materiali, una delle principali dell'Impero asburgico e la capitale della Galizia. Al mercato si parla in polacco, yiddish, ucraino e tedesco. Ma ci sono pure greci, tatari, armeni e via elencando. Insomma, come il giovane Alberto Moravia a Viareggio si faceva mandare i libri dal Gabinetto Viesseux di Firenze, così il giovane Morgenstern si faceva spedire i volumi di letteratura da Leopoli a Ternopil. Si innamora della letteratura tedesca e anche di quella polacca. Scopre il teatro. Traduce dal polacco in tedesco una pièce di Stanislaw Wyspianski, un classico e al contempo innovatore del teatro polacco. O se vogliamo, sempre per capire quanto tutto si tenga, non esiste il teatro contemporaneo occidentale senza il teatro polacco (e basti pensare a Jerzy Grotowski e Tadeusz Kantor), ma non esistono né Grotowski né Kantor senza Wyspianski: per ambedue un riferimento diretto e fonte di citazioni.

Conseguita la maturità, Morgenstern decide di studiare giurisprudenza a Vienna. Nelle famiglie ebree ortodosse lo studio di materie laiche (filosofia, letteratura e via elencando) non era visto di buon occhio, anzi era considerato uno spreco di tempo. Un maschio intelligente e talentuoso (come lo era Soma) avrebbe dovuto studiare per tutta la vita materie religiose: i testi e le interpretazioni della tradizione, il Talmud, la Bibbia, le Scritture, discutere su quando e come sarebbe arrivato il Messia.

Il Messia era una presenza fissa fra gli ebrei degli shtetl della Galizia. In molti di questi luoghi c'era un uomo che la mattina andava alla porta della cittadina per dare (caso mai fosse arrivato) il degno benvenuto a colui che avrebbe redento il mondo e gli ebrei. E *Messia* era il titolo del romanzo di Schulz, andato perso nella Shoah. Pare che l'incipit di quell'opera, diventata mito in quanto esistente solo nell'immaginazione, fosse «*Wiesz – powiedziała mi rano matka. – Przyszedł Mesjasz. Jest już w Samborze*» (Sai, disse la mattina la madre, il Messia è arrivato. È già a Sambor). Sambor è un'altra cittadina della zona.

Ma ecco, Avraham Morgenstern, il padre di Soma, era uno di quegli ebrei ortodossi che comunque cercavano di non rifiutare del tutto la modernità (e infatti il romanzo che avete letto è ambientato durante il congresso di un partito politico degli ortodossi che non rifiutano la modernità, ma si difendono dalle sue conseguenze; soprattutto per quanto riguarda l'aspetto identitario, loro credono in un'identità forte e immutabile). E così, gli consente di iscriversi appunto alla facoltà di Giurisprudenza. Ma lo fa in cambio della promessa che Soma non sarebbe diventato mai avvocato, ma giudice. E anche questa condizione, a pensarci bene, ha a che fare con la persistenza del Messia nelle terre di Galizia.

Non faremo qui la biografia completa del nostro autore. Basta solo accennare ad alcuni fatti. Dopo la Prima guerra mondiale (lui era arruolato nell'esercito austroungarico) e lo sfascio dell'Impero, Morgenstern risulta cittadino polacco. Termina comunque i suoi studi a Vienna. Innamorato non solo della letteratura (e amico di Roth, come si diceva, nato a Brody – altro luogo galiziano oggi in Ucraina – e di Robert Musil) ma pure della musica, frequenta Anton Webern, Otto Klemperer, Alma Mahler e così via. Soprattutto, sposa Ingeborg von Klenau. Lei è la figlia di Paul von Klenau, direttore d'orchestra danese molto apprezzato e valorizzato dai nazisti in Germania. Paradossi della vita e della storia (che gli stolti chiamano «complessità»). Intanto, Morgenstern inizia la carriera giornalistica come corrispondente culturale da Vienna della *Frankfurter Zeitung*, ma spesso entra in conflitto con i capi che considerano i suoi testi scritti più per l'eternità che non per i lettori di un quotidiano.

Nel 1938, il giorno dell'*Anschluss* dell'Austria da parte di Hitler (con l'Europa che spera che il Führer si sarebbe fermato lì), Morgenstern fugge in Francia. Nel 1940 è internato (dalle autorità francesi) in condizioni disumane come tanti altri profughi apolidi ebrei dalla Germania e dall'Austria: da Hannah Arendt a Lion Feuchtwanger. Come Arendt e altri, riesce a fuggire prima di cadere nelle mani dei tedeschi alla conquista della Francia. Via Marsiglia, Casablanca e Lisbona, ripara negli States. Muore a New York nell'aprile del 1976.

Il figlio del figlio perduto racconta, in apparenza, la storia di un benestante ebreo di Dobropolje che si reca al congresso, a Vienna, di Agudat Israel, o in yiddish Agudas Isroel. Nel 1929 Morgenstern assistette nella capitale austriaca a un evento del genere. Agudat Israel, come si diceva, era un partito nato nel 1912 a Katowice, allora in Germania oggi in Polonia, che cercava di difendere l'ortodossia ebraica intesa come modo di vita di fronte alle sfide della modernità laica. Esiste tuttora anche nello stato d'Israele, dove talvolta partecipa al governo. Ma la trama non parla di politica, quanto delle complesse questioni dell'identità, dell'assimilazione degli ebrei, del rigetto delle regole e dei rituali sullo sfondo di conflitti di famiglia, di accuse esplicite e implicite di apostasia e di una laicità che disgrega la società tradizionale. Quel libro, pubblicato nel 1935, è un omaggio alla vita degli ebrei dell'Est, gli *Ostjuden* spesso disprezzati dai correligionari tedeschi, con una descrizione precisa e dettagliata (quasi come sapeva farlo Alessandro Manzoni) e una prosa piena di ironia, di *pietas* e osservazioni filosofiche. Un omaggio appunto alla vita in una terra che nel frattempo aveva cambiato pelle e natura, perché la vera distruzione della Galizia (in yiddish Khurben Galitsie) ebbe luogo già durante la Prima guerra mondiale, nel frastuono e sangue delle battaglie, nei pogrom e nelle angherie delle truppe e delle risorgenti nazioni che si contendevano quelle cittadine dove il Messia non arrivò e dove nessuno più lo aspetta.

Włodek Goldkorn

Stampato da
Grafica Veneta S.p.A., Trebaseleghe (PD)
per conto di Marsilio Editori in Venezia

EDIZIONE	ANNO
10 9 8 7 6 5 4 3 2 1	2022 2023 2024 2025 2026